hanser**blau**

Über dieses Buch
»Sie beide, blauschwarz vor den flammenden Wolken.«

Heimliche Spaziergänge und nächtliche Telefonate – diese unerklärliche Chemie. Vor Will und Rosie liegt eine gemeinsame Zukunft, golden und voller Versprechen. Doch in einer einzigen Sommernacht zersplittert jede Möglichkeit, zusammen zu sein. Die Jahre vergehen, Rosie heiratet und auch Will geht eine neue Beziehung ein, zieht in eine andere Stadt. Ihre Leben verlaufen auf unterschiedlichen Bahnen. Und doch sind da die flüchtigen Gedanken an den jeweils anderen, verstohlene Nachrichten, unerfüllte Träume. Und das Schicksal will es so, dass sich ihre Wege immer wieder kreuzen ...

Vom Ende der Nacht erzählt von unmittelbarer Nähe, verpassten Chancen, den vielen Lieben, die wir im Laufe unseres Lebens haben – und der einen, zu der wir immer wieder zurückkehren.

Claire Daverley

VOM ENDE DER NACHT

Roman

Aus dem Englischen von
Margarita Ruppel

hanserblau

Die englische Originalausgabe erschien 2023 unter dem
Titel *Talking at Night* bei Michael Joseph,
Teil von Penguin Random House LLC, London.

Ungekürzte Taschenbuchausgabe
1. Auflage 2024

ISBN 978-3-446-28171-4
Veröffentlicht bei hanserblau
in der Carl Hanser Verlag GmbH & Co. KG, München
Das Hörbuch erschien 2023 im Argon Verlag,
gelesen von Heike Warmuth.

Umschlag: FAVORITBÜRO, München
Motiv: Shutterstock.com / © Rocks n Roses;
© Jasmine_K, Alamy Stock Foto / © Florian Kunde
Autorinnenfoto: Emma Shaw
Satz im Verlag
Druck und Bindung: GGP Media GmbH, Pößneck
Printed in Germany

MIX
Papier | Fördert
gute Waldnutzung
FSC® C014496
FSC
www.fsc.org

Natürlich für Clive

»Ich wünschte, ich hätte alles auf der Welt
mit dir gemacht.«

F. SCOTT FITZGERALD, *Der große Gatsby*, 2013

Ihre Leben brechen in einer Dienstagnacht auseinander.

Darauf fixiert sich ihre Mutter im grellen Licht des Krankenhausflurs, in ihrer atemlosen und noch nicht zur Trauer bereiten Verdrängung. Die abgewetzten Fliesen sind grau, durch die Jalousien lugt der scharlachrote Himmel. Der Morgen dämmert allmählich, und Rosie steht an der Fensterscheibe und spürt, wie eine Hälfte von ihr sich an einen Ort zurückzieht, von dem sie nicht wusste, dass er existiert.

»Aber es ist Dienstag«, sagt ihre Mutter zum Arzt. »Er geht dienstags nicht aus.«

Der Arzt ist freundlich und routiniert, legt ihrer Mutter eine Hand auf den Ellbogen, und Rosie fällt auf, wie gepflegt seine Fingernägel sind, so glatt, rund und sauber. Sie hätte selbst gern solche Fingernägel. Sie möchte so freundlich, gütig und einfühlsam sein wie dieser Arzt. Sie möchte in der Lage sein, ihre Mutter am Ellbogen zu berühren, sie nach Hause zu geleiten, sobald diese Nachricht, diese entsetzliche, unerträgliche Nachricht, irgendwie eingesickert und angekommen ist.

Doch natürlich werden Jahre vergehen, bis sich irgendetwas wieder wie zu Hause anfühlt, und Rosie weiß es. Sie weiß es genau in diesem Augenblick, in dem sie auf die Hände des Arztes, auf seine akkurat geknöpften Manschetten blickt. Nichts wird sich je wieder wie vorher auf eine Art richtig anfühlen. Nichts kann je wieder normal, unbeschwert oder alltäglich sein, auch wenn Dienstag ist, auch wenn sie in drei Stunden Musikunterricht hat, auch wenn sie noch immer seine Schlüssel in ihrer Jackentasche hat.

Sie denkt an all seine Fingerabdrücke, die sich darauf befinden.

Sie hofft, dass er nichts spürte, als er fiel.

DAVOR

EINS

NORFOLK 2008

Will bemerkt, dass Rosie Winters etwas Besonderes an sich hat, als er ihr nachts am Lagerfeuer begegnet.

Als er ihr erzählt, dass seine Mutter ihn verlassen hat.

Sie sitzen nebeneinander vor dem Feuer, das in die Novemberdunkelheit aufsteigt – als Teil einer zersplitterten Gruppe von Zwölftklässlern. Fingerlose Handschuhe, Bierdosen. Hinter den Pinien in der Ferne die Brandung. Er weiß kaum etwas über Rosie, außer dass sie auf dieselbe Schule gehen und ein paar gemeinsame Freunde haben, aber heute Abend unterhalten sie sich. Ein wenig.

Zuerst nur Smalltalk. Belanglosigkeiten. Bis sein Freund Josh – ihr Zwillingsbruder – eine Bemerkung über ihre Eltern macht und Rosie vor dem knisternden Lagerfeuer kaum hörbar lacht, und ehe er sich versieht, erzählt er ihr, dass er seine eigene Mutter kaum kennt. Noch nie hat er es laut ausgesprochen. Meistens übergeht er den Moment, senkt nur den Kopf, lässt ihn verstreichen. Doch plötzlich erzählt er es ihr, diesem Mädchen mit den Splissspitzen, den ungezähmten Augenbrauen und den blassen, schmalen Händen. Dass seine Mutter ihn vor Jahren verließ, als er morgens vor der Schule eine Zeichentricksendung schaute.

Sie sieht ihn an, während er das erzählt. In ihren Augen spiegeln sich die Flammen. Ihr Gesicht zeigt weder Mitleid noch Neugier, weder ein Stirnrunzeln noch zuckende Mundwinkel, was er erwartet hätte, wenn ihm Zeit geblieben wäre, über ihre Reaktion nachzudenken.

»Was glaubst du, wo sie ist?«, fragt sie ihn nach einem Augenblick.

Er hält inne. Schaut zum Himmel auf, der sich in Lücken zwischen den Bäumen öffnet. Der Feuerrauch kräuselt sich empor, und dort sind Sterne, einer größer und heller als die anderen. Ein Planet vielleicht, oder ein Mond.

»Keine Ahnung«, sagt er zu ihr. »Irgendwo.«

Und Rosie Winters wiederholt das Wort, als dächte sie ernsthaft darüber nach. Als fragte sie sich, wie dieses Irgendwo wohl aussah.

Es ist Winter, und der Wind schneidet durch den Wald, doch sie bleiben draußen. Besser als zu Hause im Warmen, aber gelangweilt vor dem Fernseher zu sitzen.

Das hier, wie ihre Haut vom Feuerschein orangerot gefärbt wird, ist neu für sie.

Es setzt etwas in Brand.

Sie reden den ganzen Abend lang, ihre Knie berühren sich fast. Sie sagen nicht viel, doch er hat sich selbst noch nie so aufmerksam erlebt, so sehnsüchtig nach einem weiteren Satz, so überrascht von ihrer Wortwahl. Die anderen verschwinden allmählich paarweise, um einander hinter den Bäumen zu berühren, im Sand zu fummeln oder sich mitternächtliche Nudeln und Pommes frites in ölbeflecktem Papier zu holen. Nur er, Rosie, Josh und zwei weitere bleiben. Einer von ihnen holt eine Gitarre hervor und spielt neben dem erlöschenden Feuer. Will beobachtet die rotglühende Baumrinde, die grauweiße Ascheschicht.

Es ist nur noch Glut übrig, als Rosie zu singen anfängt.

Ihr Bruder bittet sie darum. Zuerst ermutigt er sie, dann fleht er sie an, bis sie mit einem kleinen Kopfnicken nachgibt.

Der Wind hat sich gelegt. Ohne das Feuer ist die Luft wie

Glas, kalt und starr. Und als sie singt, ist es ein Sound, wie Will ihn noch nie gehört hat. So chorisch, strahlend und rein.

Sie lauschen ihr, bis das Feuer erstirbt und ihre Hände taub sind, und gehen dann auseinander. Will zieht seinen Helm auf, verschließt ihn unter seinem Kinn, lässt sein Motorrad mit einem Tritt an und denkt, dass dies eine einmalige, erinnerungswürdige Nacht bleiben wird, in der er mit der Schwester eines Freundes gesprochen und diese ein seltsames Lied gesungen hat, nichts weiter.

Doch ihre Stimme hält ihn wach in dieser Nacht.

Und erneut in der nächsten.

Am Wochenende steht er spät auf, zieht einen Hoodie über und versucht, sein schwelendes Bedürfnis nach einer Zigarette zu unterdrücken, als er in Socken die Treppe hinunterstapft. Dave empfängt ihn an der untersten Stufe, legt die Pfoten an seine Knie, und Will krault ihm den borstigen Kopf, bevor der Hund zurück ins Wohnzimmer huscht. Dave verbringt seine Tage zusammengekauert in Großvaters altem Sessel. Als würde er auf dessen Rückkehr warten, denkt Will. In der Küche brät seine Großmutter Bacon. Es riecht nach heißem Öl und Bratfett, nach Salz, Schweinefleisch und Toast. Sie trillert, als er zur Tür reinkommt.

»Einen schönen Nachmittag«, sagt sie.

»Es ist doch erst zehn.«

»Und du bist nur einmal achtzehn, mein Junge«, sagt sie. »Du solltest Wangenknochen wie diese nicht unter der Bettdecke verstecken.«

»Ich habe mich nicht versteckt.« Er geht zum Küchentisch und gießt sich ein Glas Wasser aus der Karaffe ein.

»Amber war schon schwimmen.« Seine Großmutter steht mit dem Rücken zu ihm. »*Und* hat die Hälfte ihrer Hausaufgaben erledigt.«

»Schön für Amber«, sagt Will.

Eine kurze Stille tritt ein, die nur vom Zischen des Bacons unterbrochen wird. Die Wintersonne wirft ihren blassen Schein an die Wände. Seine Schwester ist nirgendwo zu sehen. Bestimmt verbarrikadiert in ihrem Zimmer, denkt er, damit beschäftigt, ihre Notizen mit Gelstiften farbig abzustimmen und ihr Leben mit herzförmigen Büroklammern zu organisieren.

»Du siehst müde aus«, sagt seine Großmutter. Er antwortet nicht gleich, nimmt sich zwei Toastdreiecke vom Tisch und geht zur Hintertür.

»Mir geht's gut.« Er drückt die Türklinke herunter. Sie sagt noch etwas, während er schon hinausschlüpft, die Tür hinter sich schließt und auf die Garage zusteuert.

Für einen winzig kleinen Moment hat er ein schlechtes Gewissen.

Er weiß, dass sie eine Weile sauer sein, ihm aber nachher zu Mittag Bacon bringen wird.

Drinnen knipst er die einsame Glühbirne an der Decke an. Es ist ein fensterloser Raum mit Betonboden, ein Radio mit Antenne steht auf der alten Werkbank seines Großvaters. Es riecht nach Sägemehl und Spuren von Diesel. In der Ecke steht ein Werkzeugkoffer, und auf dem Boden liegt ein Stapel ungenutztes Brennholz. Es ist der einzige Ort, an dem sich die Dinge einigermaßen richtig für ihn anfühlen, wo alles seinen Zweck hat und niemand redet, an ihm zweifelt oder Erwartungen an ihn stellt.

Sein neues Motorrad steht auseinandergebaut und unfertig genau dort, wo er es zurückgelassen hat.

Zuerst bleibt er im Eingang stehen, isst seinen trockenen Toast und sucht den Boden nach den Werkzeugen ab, die er braucht. Dann macht er sich an die Arbeit, ohne das Radio einzuschalten. Nur er und das Bike. Er lackiert die Kotflügel, justiert die Scheinwerfer nach. Währenddessen denkt er kaum an das Mädchen von gestern.

Nur ein bisschen.

*

Rosie bleibt länger im Musikraum. Sie wollte eigentlich nur Tonleitern üben und sich nach fünfzehn Minuten wieder verdrücken. Doch es vergeht eine Stunde, und da kommt schon die Putzfrau, ihr Mopp wischt über die Fliesen. Rosie hört sie den Eimer über den Boden schieben, das Platschen des Wassers, und murmelt leise »Scheiße«, bevor sie ihre Notenblätter wegpackt. Sie schaltet das Licht aus und lässt die Holztür hinter sich dumpf ins Schloss fallen. Sie verabschiedet sich von der Putzfrau, die immer nett ist, ihr immer zulächelt, wenn sie sich zu später Stunde auf den Fluren begegnen, als würden sie irgendein Geheimnis miteinander teilen.

Draußen ist es schon dunkel, und die Luft fühlt sich frisch an. Es ist die Art von Kälte, die Schnee ankündigt. Dies ist kein Abend für nackte Beine, zum Rennen unter Neonlicht.

Aber sie hat es ihrer Mutter versprochen, also geht sie ins Fitnessstudio. Sie schlüpft in ihre Trainingskleidung und sprintet auf dem Laufband, jedoch nur halb so lang, wie sie eigentlich sollte, weil sie die Welt um sich herum vergessen hat, sich von der Musik hat einnehmen lassen, weil sie wieder einmal ihre Zeit verschwendet hat.

Der Schweiß zerzaust den Pony und brennt in den Augen, und während ihre Füße auf das Band hämmern, fragt sie sich, warum sie sich immer so viel Mühe gibt. Für wen sie sich so viel Mühe gibt. Warum alles immer so unglaublich wichtig ist.

Nach kurzer Zeit bekommt sie Seitenstiche und hält an, lehnt sich an den Rand, um Luft zu holen. Sie hofft, dass es niemand bemerkt. Dass niemand sie beobachtet. Später hievt sie sich die Tasche wieder über die Schulter, zieht den Reißverschluss ihrer Jacke hoch und macht sich auf den kurzen Heimweg, die Haare hängen feucht über den Ohren. Über ihr leuchten die verstreuten Sterne, neben ihr ziehen die Autos in einem steten Strom aus Scheinwerfern vorbei. Sie zählt ihre Schritte und fängt immer wieder von vorn an. Die Fugen im Gehweg meidet sie.

Zu Hause angekommen findet sie ihren Zwillingsbruder auf dem Sofa vor.

»Du bist spät«, sagt er, ohne den Blick vom Fernseher zu lösen.

»Nur ein bisschen.« Rosie blickt auf ihr Handgelenk, nur um festzustellen, dass es nackt ist. Schon wieder hat sie ihre Uhr im Musikraum vergessen. Unter Zeitdruck kann sie nicht schreiben.

»Mama wird sauer sein«, sagt Josh, und sie drückt mit der Handfläche auf seinen Kopf, verlässt schnell das Zimmer, bevor er ein Kissen nach ihr werfen kann.

Ihre Mutter ist nicht sauer, sondern abgelenkt. Sie ist am Telefon und hebt den Zeigefinger, das ist ihre typische Art, um Rosie »Hallo« zu sagen, aber gleichzeitig zu signalisieren: »Warte, ich habe gerade etwas Wichtiges zu tun, das verstehst du doch, oder? Du weißt doch, wie die Dinge laufen.«

»Wie war's in der Schule?«, fragt ihre Mutter, nachdem sie aufgelegt hat. Sie sucht keinen Augenkontakt, dreht sich um und öffnet den Backofen.

»Gut«, sagt Rosie.

»Und im Fitnessstudio?«

»Anstrengend.«

»Das ist gut«, sagt ihre Mutter. »So soll es sein.«

»Hab ich noch Zeit, zu duschen?«

Ihre Mutter dreht sich um, wirft einen Blick auf ihr glänzendes Gesicht und das zerzauste Haar.

»Das will ich doch meinen«, sagt sie. »Du kannst doch nicht so verschwitzt am Esstisch sitzen, nicht wahr, mein Schatz?«

Rosie erwidert ihren Blick einen Moment zu lang. Dann nickt sie und geht die Treppe hoch.

Im Badezimmer dreht sie das Wasser so heiß auf, dass es brennt. Ihre Haut wird puterrot, aber sie bleibt darunter stehen und erträgt es. Zählt nicht die Schritte, sondern die Sekunden. Zieht die Zahlen in die Länge, immer und immer weiter, so wie sie es beständig tut – es ist wie das Blut, das durch ihren Körper strömt, sie kann es nicht aufhalten.

Als sie aus der Dusche steigt, wickelt sie ihr Haar in ein Handtuch und ist dankbar über den Dampf, der ihr Spiegelbild vernebelt. Dann trocknet sie sich ab und geht hinüber in ihr Zimmer, wo Notenblätter auf dem Schreibtisch verstreut liegen und Bücher sich auf den Regalen aneinanderreihen, mit Teeflecken und abgenutzt vom vielen Lesen, Wenden und Herumtragen wie alte Landkarten. Patti Smith. Oliver Sacks. Die Sylvias, sowohl Patterson als auch Plath.

Nachdem sie sich etwas übergezogen hat, lässt sie ihr Verdunklungsrollo herab. Sie bleibt einen Moment stehen, die Hände auf dem Fensterbrett abgestützt. Sie ist hungrig – auf jede erdenkliche Art. Sie stellt sich vor, zur Tür hinauszuspazieren, trotz nasser Haare und des sich ankündigenden Schneefalls, geradewegs ins nächtliche Norfolk.

»Wie war die Schule?«, wiederholt ihre Mutter, sobald alle am Tisch sitzen. Sie hat quadratische Stücke Fertiglasagne auf den Tellern verteilt, reicht sie Rosies Vater und Bruder mit den Worten: »Vorsicht, heiß.« Rosie nimmt ihren Teller mit beiden Händen, ihr Stück ist kleiner als die der anderen.

»Erde an Joshua?«, bohrt ihre Mutter nach. »Wie war dein Tag?«

»Gut«, sagt er mit vollem Mund.

»Rosie?«

»Ich hab meine Geschichtsarbeit abgegeben. Und einen Lateinaufsatz fertig geschrieben.«

»Wie ist es gelaufen?«

»Ganz okay, denke ich.«

»Gut.«

Eine Minute herrscht Schweigen, Messer knirschen auf den Tellern. Rosie nimmt einen Schluck Wasser. Dann fängt ihre Mutter an, von der Arbeit zu erzählen, etwas über einen Klienten, der vor seiner Frau kuscht und dem Rechtsstreit ausweicht, obwohl sie diesen gewiss für ihn gewinnen könnte. Wieder herrscht Stille. Die Küchenuhr tickt. Béchamelsoße quillt auf die Teller.

»Vielleicht ist es einfach zu viel«, wagt sich Rosie vor.

»Hmm?«

»Für deinen Klienten. Vielleicht tut es schon genug weh, dass seine Ehe so endet. Und er will einfach nur, du weißt schon. Dass es vorbei ist.«

Ihre Mutter schenkt sich Wein nach, spießt mit der Gabel eine Tomate auf.

»Lass uns nicht über seine Beweggründe spekulieren, Rosemary«, sagt sie. Josh fängt Rosies Blick ein, fragt sie still, warum sie sich die Mühe macht, und sie senkt ihren Blick auf den Tisch herab. Ihr Vater löst ein Kreuzworträtsel.

Als ihre Mutter mit dem Abräumen beginnt, schiebt Josh die Reste seiner Lasagne auf Rosies Teller, sie isst sie schnell auf und steht auf, um zu helfen, dabei streift sie seine Schulter mit ihrer.

Eine Sache unter Geschwistern, oder unter Zwillingen.

Sie kennt den Unterschied nicht.

Und während sie die Salatschüssel ausspült, hebt eine neue Melodie an. Wie Vogelgesang früh am Morgen, diese ersten, vorsichtigen Töne, die niemand zu hören bekommt. Sie nimmt es kaum wahr, als Josh erwähnt, dass er morgen mit Will White aus seinem Matheleistungskurs lernen will, denn sie versucht, die Noten nicht aus dem Sinn zu verlieren.

Sie wiederholt sie immer wieder, damit sie ihr nicht entfallen können.

Früh am nächsten Morgen ruft Marley an.

Rosie ist schon wach und hebt beim zweiten Klingeln ab.

»Du bist ja schon auf«, sagt Marley.

»Konnte nicht schlafen«, antwortet Rosie. Einen Moment lang wünscht sie sich, dass ihre Freundin nachfragen würde, weshalb. Dass es auffallen oder jemanden kümmern würde.

»Ich dachte, wir könnten heute Abend was zusammen machen«, sagt Marley stattdessen. Rosie meint, das wäre schön, aber sie müsse noch lernen.

»Na und? Ich muss *auch* lernen. Wir könnten sogar zusammen lernen. Stell dir das mal vor.«

Rosie dreht sich im Bett um. Das Morgenlicht scheint blass durch die Vorhänge wie eingetauchte Farben in milchigem Wasser.

»Das sagst du jetzt«, erwidert sie, »aber am Ende machst du einen Film an, und wir lernen gar nicht.«

»Darauf läuft es wohl hinaus.« Rosie hört das Grinsen in Marleys Stimme, so vertraut und leicht spöttisch.

»Ich könnte eine Pause gebrauchen«, lenkt sie ein und nimmt den Telefonhörer von der einen in die andere Hand. Auf den Innenflächen sind Tintenflecke vom nächtlichen Songwriting, all das Durchgestrichene und all die Riff-Skizzen.

»Gut!«, sagt Marley. »Wie wär's, wenn wir uns dieses Wochenende sehen? Ein bisschen Spaß am Samstagabend, oder etwas ähnlich Tragisches.«

»Warum ist das tragisch?«

»Weil wir siebzehn sind, Rosie. Wir sollten keine Samstage als Ausrede brauchen, um uns zu sehen oder auszugehen oder etwas ansatzweise Aufregendes zu tun.«

»Wir gehen aus! Haben wir doch neulich erst gemacht.«

»Ja, und alles, was ich davon hatte, war eine Portion Fritten und ein Kuss, der nach Tic Tacs schmeckte.«

Rosie schnaubt. Sie hört, wie ihre Mutter sich für die Arbeit fertig macht, das Brummen der Kaffeemaschine unten in der Küche.

»Mit wem hast du geknutscht?«

»Frag nicht«, sagt Marley.

»Na schön. Nächste Woche ist es eh wieder ein Neuer.«

»Rosemary Winters, nennst du mich leicht zu haben?«

»Würde ich so etwas jemals tun?«

»Wahrscheinlich nicht. Aber nur, weil du eine prüde Jungfrau bist, eine Vanilla Virgin.«

»Guter Name für einen Nagellack.«

»Das stimmt, nicht wahr?« Und Marley entfährt eine ihrer gewaltigen Lachsalven, sodass Rosie ihren Kopf vom Telefon weghalten muss. »Diesen Samstag also. Ich besorge einen Berg Popcorn und eine Packung dieser Oma-Bonbons, auf die du so stehst.«

»Werther's sind keine Oma-Bonbons.«

»Und wir können uns alle Leo-Szenen so oft anschauen, wie wir wollen. Oder die mit Patrick Swayze. Ich finde, in unserem Leben fehlt es an erotischer Töpferei.«

»Marl!«

»Was?«

»Erotische Töpferei?«

»Es muss ja nicht Töpferei sein. Ein bisschen Dry Humping zu Solomon Burke. Sex auf dem Tisch zu Berlioz.«

»Ich lege jetzt auf.«

»Langweilerin.«

»Wir sehen uns Samstag.«

»Ich wusste, mit Berlioz krieg ich dich«, sagt Marley.

Auf dem Schulweg denkt Rosie darüber nach, was Marley gesagt hat. Josh ist schon los zum Basketballtraining, sie hat ihren Mantel gegen die Kälte bis unters Kinn gezogen. Sie ist Jungfrau, und sie ist prüde. Sie wäre gern anders. Aber es ist ihr nicht wichtig genug, sich zu ändern, sie ist nun mal ein braves Mädchen.

Sie hatte noch nie einen Freund. Sie hat einmal jemanden geküsst, oder wurde vielmehr geküsst, und zwar schlecht, auf der Hausparty einer Freundin gegen die Badezimmertür gepresst. Die Klinke bohrte sich in ihr Steißbein, und der Typ schmeckte nach altem Kaugummi.

Sie war noch nie betrunken, hat sich noch nie rausgeschlichen, noch nie eine Zigarette geraucht, ihre Eltern angelogen oder auch nur vor ihnen geflucht, obwohl sie sich nicht einmal sicher ist, ob es ihnen auffallen oder sie stören würde.

Aber für all das ist noch Zeit, beschließt sie, als sie vom Bordstein die Straße quert. Siebzehn ist erst der Anfang. Sie wird hart arbeiten, alles tun, was nötig ist, und irgendwann wird sie ein gutes, richtiges und erfülltes Leben führen, voller Musik und Poesie, Wein und Sex und lebensverändernden Erfahrungen, die länger als drei Minuten dauern und keine blauen Flecken auf ihrem Rücken hinterlassen.

Das ist ihr Plan.

Sie muss erneut über die Straße, einmal, zweimal, dreimal, um den schmalen Seitenstreifen ohne Fußweg auszuweichen, sie tippt mehrfach mit dem Fuß auf den Gehweg, bis sie es endlich schafft, damit aufzuhören, und da setzt der Schneefall ein. Zunächst nur ganz leicht, wie feiner Regen. Er klebt an ihren Ärmeln wie Salz.

ZWEI

Josh sagt zu ihm, er kapiere es nicht. Sie brüten beide über ihren Mathebüchern, während draußen vor dem Klassenfenster Schnee durch die Luft wirbelt.

Der Leistungskurs besteht nur aus ihnen beiden, aus ihrem Jahrgang hat ihn sonst niemand belegt. Sie kannten sich schon vorher, hatten im Laufe der Schulzeit ein paar Fächer zusammen, doch erst jetzt in ihrem Abschlussjahr denkt Will, dass sie sich gegenseitig wohl als Freunde bezeichnen würden. Seine anderen Kumpels sind eher Pausenbekanntschaften. Sie stellen ihm weder Fragen, noch scheinen sie auch nur das geringste Interesse an seinem Leben zu haben, was ihm gut in den Kram passt. Josh hingegen ist anders.

»Und was ist deine erste Wahl?«, hatte Josh ihn in der ersten Stunde gefragt.

»In Bezug auf was?«, fragte Will zurück, und Josh sagte: »Uni.« Also musste er erklären, dass er nicht studieren wollte.

Josh schaute von seinem Arbeitsblatt auf.

»Komm schon«, sagte er, und Will fragte: »Komm schon, was?«

»Du bist doch echt schlau.«

»Danke.«

»Im Ernst. Wenn du dich richtig reinhängen würdest, könntest du es überall reinschaffen.«

»Und was, wenn ich nicht will?«, fragte Will, und Josh sah ihn mit gerunzelter Nase an, als würde er nicht verstehen, was das bedeuten sollte.

Jetzt starren sie jedoch unverwandt auf eine Seite mit Hyperbelfunktionen und hoffen, dass sie irgendeinen Sinn darin erkennen, bevor die Stunde um ist. Ihr Lehrer, Mr Brookman, ist schon gegangen. Er nutzt ihren Kurs ziemlich oft als Ausrede für eine verlängerte Pause im Lehrerzimmer, und Will ist das nur recht.

»Lass uns Schluss machen für heute«, sagt Will.

Josh lehnt sich zurück, kippt seinen Stuhl auf die Hinterbeine.

»Das geht nicht, Mann. Ich muss das bis zur Probeklausur können.«

»Warum?«, fragt Will und steckt seine Stifte in die Tasche.

»Warum was?«

»Warum musst du es bis zur Probeklausur können? Du brauchst es erst für die richtige im Frühling. Bis dahin ist noch ewig Zeit.«

»Die Probeklausuren zählen.« Josh kippelt noch immer. »Für die vorläufigen Zusagen und so.«

»Klar«, sagt Will.

»Willst du wirklich nicht an die Uni?«

»Nope.«

»Was willst du stattdessen tun?«

»Arbeiten«, sagt er und wirft sich die Tasche über die Schulter. »Vielleicht reisen.«

»Das ist cool.«

»Das interessiert mich nicht«, sagt Will, denn er weiß, dass man so über ihn denkt, mit seinem Motorrad, der Schulakte und all dem Mist, in den er sich vor Jahren hat reinziehen lassen. Es ist schon so lange her, aber die Leute erinnern sich an nichts anderes. Wollen nichts anderes sehen.

»Kommst du trotzdem nachher noch vorbei?«, fragt Josh.

»Brauchst du mich noch?«

»Auf jeden Fall.« Josh lässt seinen Stuhl wieder auf alle viere zurückfallen. »Ich wohne in Crescent Gardens, du kannst auf der Straße parken. Es ist das weiße Haus mit der blauen Tür.«

Als Will den Schulhof überquert, landen Schneeflocken in seinem Haar. Die Schule sieht aus wie eine Kreidezeichnung, konturenlos und verwischt.

Er denkt nicht wirklich darüber nach, dass er an diesem Abend zu Josh nach Hause fahren wird, um ihm beim Lernen zu helfen. Und dieser zufällig der Bruder des Mädchens ist, an das er ständig denken muss.

Das ist nicht ungewöhnlich für ihn. Er denkt oft an Mädchen. Das Ungewöhnliche ist der Inhalt seiner Gedanken. Sie drehen sich nicht um die weichen, feuchten Stellen an ihr, das Gewicht ihrer Schenkel, die seine umschließen. Nur um ihre Stimme und ihre Augen. Wie intensiv sie zuhörte und alles, was er zu sagen hatte, aufnahm.

»Bist du sicher, dass du zum Abendessen bleiben darfst?«

»Ich bin sicher.«

»Bist du sicher, dass du sicher bist? Du gehst nicht einfach davon aus?«

»Oma, Josh hat gesagt: Komm zum Abendessen.«

»Und du wirst nicht hungrig bleiben?«

»Ich bezweifle, dass sie nichts zu essen dahaben.«

»Du kannst in fremden Häusern nicht wie ein Pferd fressen«, tönt Amber vom Tisch herüber. »So wie hier.«

Sie lässt ihre Füße in den Schulsocken baumeln, während sie etwas in ein Notizbuch kritzelt.

»Danke für den Tipp, Ambs.«

»Das ist unhöflich«, fügt sie mit einer schwungvollen Geste ihres Puschel-besetzten Kulis hinzu.

»Sei um zehn zu Hause«, sagt seine Großmutter.

»Es könnte halb elf werden«, erwidert er. »Kommt drauf an, wie lange Josh braucht, um es zu kapieren.«

»Erzähl mir doch noch mal, wer dieser Josh ist«, bittet seine Großmutter, während sie ihm in den Flur folgt.

Will seufzt, als er sich die Jacke über die Schultern zieht und die Taschen nach dem Handy abklopft.

»Josh Winters«, sagt er. »Er ist der andere Junge in meinem Mathekurs.«

»Leistungskurs«, korrigiert sie ihn.

»Leistungskurs. Und er braucht Hilfe bei einem der Module, also habe ich versprochen, mit ihm zu lernen, wie ich es dir schon erzählt habe. Er isst Fleisch, ist wahrscheinlich Sternzeichen Zwilling und raucht kein Gras. Ich glaube, seine Schuhgröße ist 41, aber ganz sicher bin ich mir da nicht. Ach ja, und er ...«

Seine Großmutter schneidet ihm mit einem Hieb ihres Geschirrtuchs das Wort ab. »Also sei um halb elf wieder zu Hause, du Schlaumeier.«

»Ja, ja.« Er schnappt sich ihre Autoschlüssel und schließt die Haustür hinter sich.

Das Haus ist genauso geschnitten wie seins. Eine Doppelhaushälfte, aber mit weißem Anstrich, einem perfekten Rasen und eingetopften Olivenbäumen, ganz anders als der Vorgarten seiner Oma mit den Gartenzwergen und dem wuchernden Gras.

Als Will eintrifft, gibt es von Rosie keine Spur. Oben sind alle Türen geschlossen, und er hat keine Ahnung, welches Zimmer ihr gehören könnte, also verdrängt er den Gedanken und wendet sich der mathematischen Logik zu. So vertraut und beständig wie ein Motor.

Der Abend ist lang. Josh braucht mehrere Stunden, um die Systematik zu verstehen und vier Probeklausurfragen nacheinander richtig zu beantworten. Sie essen am großen Eckschreibtisch in seinem Zimmer zu Abend, nachdem Josh seine Mutter angefleht hat, sie zu entschuldigen – »wir haben es fast geschafft, Mama, bitte«. Es ist beinahe zehn Uhr, als er sich die Augen reibt und sagt, er habe es endlich gerafft.

»Hast ja lang genug gebraucht«, sagt Will, und Josh boxt ihn fest in den Arm.

»Das ist auch echt kompliziert«, sagt Josh.

»Ich hab nie was anderes behauptet.«

»Aber jetzt ergibt alles einen Sinn.« Josh klingt beinahe selig, als er sich in seinem Stuhl zurücklehnt und die Arme über dem Kopf ausstreckt. Er ist groß und schlaksig, erinnert Will irgendwie an eine Cartoon-Figur. Seine Arme und Beine wirken zu lang für seinen Körper, als müsse der Rest sich noch zurechtwachsen.

»Ich werd diese Prüfung sowas von rocken«, sagt Josh. »Nach Cambridge gehen, und dann Boom.«

»Was soll ›Boom‹ heißen?«

»Keine Ahnung.« Josh lacht. »Einfach nur Boom. Wie sich die Dinge halt so entwickeln, du weißt schon.«

»Ja, schätze schon«, sagt Will, obwohl er absolut keine Ahnung hat, wie sich die Dinge entwickeln werden. Er plant den nächsten Tag, das nächste Wochenende. Das nächste Teil, das er für sein Motorrad braucht.

»Danke fürs Vorbeikommen, Mann«, sagt Josh, nachdem Will seine Sachen zusammengepackt hat. »Können wir das vielleicht mal wiederholen? Du bist besser als der alte Brookman.«

»Das ist auch nicht schwer«, sagt Will. Eigentlich bräuchte es keine weitere Antwort, doch Josh schaut ihn an, als würde er darauf warten, wendet den Blick nicht von seinem Gesicht ab.

»Du kannst nach der Schule in die Werkstatt kommen«, schlägt er vor. »Ich bin mit meinem Holzarbeitsprojekt in Verzug, also bin ich manchmal da. Hauptsächlich mittwochs.«

»Mathe, Matheleistungskurs und Holzarbeit im Werkunterricht.« Josh tickt die Aufzählung an seinen Fingern ab. »Das ist die schrägste Fächerkombi ever.«

Will zuckt mit den Schultern. »Nicht wenn du Bauingenieur werden willst.«

»Willst du das?«

»Oh Gott, nein.«

»Was willst du denn nun machen?«, fragt Josh.

»Es ist schon spät, Kumpel«, sagt Will, weil es die Wahrheit ist und weil er keine Lust auf dieses Thema hat. »Ich mach mich besser auf den Weg.«

Auf dem Treppenabsatz sind die Wände mit Kinderfotos geschmückt, Josh in Latzhosen, Rosie beim Muschelsammeln. Eins von ihr am Klavier. Will fühlt sich seltsam wach, als er Josh die Treppe hinunterfolgt und sich bewusst macht, dass sie irgendwo ganz in der Nähe ist. Er fragt sich, ob er sie sehen, ob sie ihm »Hallo« sagen wird.

Er fragt sich, warum er sich das fragt.

Unten ist alles ruhig, nur das Murmeln des Fernsehers dringt aus dem Wohnzimmer. Als er jedoch seine Schuhe anzieht, zu Josh sagt: »Bis morgen in der Schule«, und die Haustür öffnet, wird er von einer Welt aus Weiß empfangen. Das Auto seiner Oma ist neben dem Bordstein eingekeilt, wie ein Kuchen unter einer dicken Glasurschicht, und der Schnee fällt weiter zu Boden wie Asche.

»Whoa«, sagt Josh, als sie beide durch die offene Tür blinzeln. »Ich glaube, du gehst heute nirgendwo mehr hin.«

Mrs Winters entschuldigt sich ein paar Mal zu oft. Sie sagt, sie habe nicht bemerkt, wie schlimm es geworden sei, die Vorhänge seien zugezogen gewesen. Es tue ihr so leid, dass er die Nacht hier verbringen müsse. Will wird das Gefühl nicht los, dass es ihr mehr um ihretwegen leidtut als um seinetwegen. Ihr Gesicht ist verkniffen, zwei rosa Flecke prangen hoch oben auf ihren Wangen. Sie wirkt irgendwie katzenartig, als sie im Flur herumwirbelt. Sie hat eine gepflegte und scharfkantige Erscheinung und sieht ihn mit vager Missbilligung an, als wüsste sie etwas, was er nicht weiß.

Ihm wird ein Schlafplatz auf dem Sofa bereitet, und Mrs Winters sagt, er solle sich gern am gefilterten Wasser im Kühlschrank bedienen, was impliziert, dass dies das einzige ist, woran er sich bedienen sollte, und er dankt ihr, bevor sie nach oben geht.

»Bequem?«, fragt Josh und boxt in eins der Kissen. Er hat ihm ein T-Shirt geliehen, und Will zieht dafür sein Schulhemd aus. Währenddessen schaut Josh weg, so als wäre er plötzlich ganz fasziniert vom Teppich.

»Alles gut«, sagt Will.

»Cool. Also. Gute Nacht.«

Josh bleibt einen weiteren, zu langen Moment stehen. Scheint noch etwas sagen zu wollen, entscheidet sich aber dagegen und schaltet das Licht beim Verlassen des Zimmers aus. Will hört ihn die Treppe hinaufstapfen, holt dann sein Handy hervor und sieht fünf verpasste Anrufe.

»Tut mir leid«, sagt er, sobald seine Großmutter abhebt. »Ich wusste nicht, dass es so heftig schneit.«

»Ich nehme an, dass du dableibst?«

»Jap. Auf dem Sofa.«

»Benimm dich ja gut, William.«

»Tu ich immer, Gran.«

Stille tritt ein. Er betrachtet den Schein der Straßenlaterne, der verschwommen durch die Lamellen der Jalousie dringt.

»Du weißt, was ich meine«, sagt sie. »Keine krummen Dinger.«

»Gute Nacht, Gran«, sagt er und legt auf.

*

Rosie kann nicht einschlafen. Sie hat kurz vor dem Schlafengehen noch gelernt, und jetzt dreht sich alles in ihrem Kopf, lauter Namen und Fakten, die sie nicht vergessen kann, nicht vergessen darf. Nach einer Stunde setzt sie sich auf. Liest ein paar Dinge nach. Beschließt, dass ihr Mund trocken ist und sie ein Glas Wasser braucht.

Sie tappt im Dunkeln die Treppe hinunter und erschreckt sich, als sie einen Jungen an ihrem Küchentisch sitzen sieht. Will White, der Typ vom Lagerfeuer. Der unnahbare, nachdenkliche Junge aus der Schule, mit dem sie vor jenem Abend kein Wort gesprochen hatte.

»Sorry«, sagt sie, obwohl es ihr Zuhause und er derjenige ist, der sie erschreckt hat. Er hebt seinen Blick ganz langsam von seinem Handy, das Licht des Displays spiegelt sich in seinen Augen.

»Wofür?«, fragt er.

»Ich wusste nicht, dass du hier bist«, sagt sie.

»Es ist wegen des Schnees. Deine Mum hat gesagt, ich könnte bleiben.«

»Ich weiß«, sagt sie. »Ich wusste, dass du hier bist. Ich habe es nur vergessen.«

Er hebt sein Kinn, als wolle er sie besser sehen. Ihr wird deutlich bewusst, dass sie barfuß ist. Dass sie einen verblassten rosa Pyjama trägt, für den sie vermutlich viel zu alt ist. Doch dann fällt ihr ein, dass es dunkel ist und er wohl kaum so genau hinschauen wird auf ihre Füße oder ihre Kleidung. Oder überhaupt auf sie.

»Ich wollte mir nur ein Glas Wasser holen«, sagt sie, ohne den entschuldigenden Tonfall in ihrer Stimme ablegen zu können.

»Da ist gefiltertes Wasser im Kühlschrank«, sagt er.

»Das hat dir meine Mum gesagt, nicht wahr?«

»Hat sie.«

»Weiß der Himmel, warum wir nicht einfach Wasser aus der Leitung trinken können wie alle anderen.«

»Na ja, du könntest schon«, sagt er.

Sie hält an der Kühlschranktür inne und wirft ihm einen Blick zu. Sie kann im Dunkeln nicht eindeutig erkennen, ob er lächelt, glaubt es aber in seiner Stimme zu hören. Ein wenig neckisch vielleicht, das ist neu für sie. Genauso wie die ganze Nacht lang am Feuer mit ihm zu sprechen.

»Na gut«, sagt sie. »Das mach ich.«

Also geht sie zum Wasserhahn, füllt ihr Glas und nimmt einen Schluck. Hinter der Scheibe des Küchenfensters liegt der Garten unter dem Schnee versunken. So wunderhübsch, denkt sie. So perfekt und unberührt, so schnell wieder vorbei.

»Und?«, fragt Will.

»Und was?«

»Das Wasser? Wie ist es?«

Oh. Sie wirft einen Blick in ihr Glas. »Absolut vergleichbar.«

Darüber lacht er so leise, dass es bloßes Atmen sein könnte, und etwas steigt in ihr auf und fährt durch sie hindurch.

Seit jener Nacht hat sie ein- oder zweimal an ihn gedacht. Es war seltsam, dass er ihr kaum von der Seite wich, und es machte sie verlegen, dass sein Blick immerzu auf sie gerichtet blieb, selbst wenn sie wegschaute.

Sie hatte Will White immer für distanziert und abweisend gehalten, trotz seiner Beliebtheit und seiner langen Reihe an Freundinnen. Goldbraunes Haar, graue, unergründliche Augen. Es kommt ihr lachhaft vor, dass solche Leute wirklich existieren, wie in den Filmen, mit denen sie und Marley ihre Wochenenden zubringen. Und doch ist er hier und schaut sie wieder an, mitten in ihrer Küche.

»Na dann, gute Nacht«, sagt sie und wendet sich zur Tür.

»Rosie«, sagt er.

Ihr Name in seinem Mund.

»Ja?«

Er hat sein Handy weggelegt, das Display leuchtet noch auf dem Tisch. Es vertieft die Schatten in seinem Gesicht, die Ringe unter seinen Augen.

»Ich weiß nicht, was ich sagen wollte«, sagt er.

Sie neigt den Kopf.

»Ich wollte etwas sagen«, korrigiert er sich. »Aber ich weiß nicht mehr, was.«

»Okay.«

»Schlaf gut, schätze ich.«

»Ich schlafe nie gut«, erzählt sie ihm, weil sie glaubt, ehrlich sein zu müssen, und weil er sich merkwürdig verhält, sie ihm also im Gegenzug womöglich ihr merkwürdiges, ehrlichstes Ich zeigen kann.

»Ich auch nicht«, sagt er. »Zumindest nicht bei anderen Leuten.«

Sie blicken einander an. Der Schnee wirft ein silbrig sanftes Licht. Der Kühlschrank haucht sein leises, kaum hörbares Brummen.

»Hast du Hunger?«, fragt sie.

»Immer.« Er lehnt sich zurück, und aus irgendeinem Grund fällt ihr in diesem Moment ein, dass er Raucher und unbestreitbar attraktiv ist. Zwei Gründe, um dieses Gespräch sofort zu beenden, ihn wieder seinem Handy und seiner schlaflosen Nacht zu überlassen. Am nächsten Morgen steht eine Probeklausur an. Sie sollte versuchen, etwas Schlaf zu bekommen. Ihre Mutter würde diese späte Stunde nicht gutheißen, geschweige denn ihn.

Sie füllt zwei Schüsseln mit Cornflakes.

Sie reden bis in die frühen Morgenstunden. Rosie hat das Licht über dem Herd eingeschaltet, es taucht die Küche in goldenes Licht. Die Fußbodenheizung wärmt die Fliesen und ihre nackten Fußsohlen.

Sie essen Cornflakes mit kalter Milch, und sie beobachtet, wie ihm welche übers Kinn läuft, wodurch er weniger einschüchternd wirkt, vor allem da er es nicht einmal bemerkt. Schließlich sagt sie es ihm mit einem kleinen Lachen, er wischt die Milch mit seinem Handrücken weg und sagt: »Wie peinlich.« Als sie ihn fragt, weshalb, zuckt er nur die Schultern und grinst mit seinen spitzen Eckzähnen.

Er hält sich nicht mit Oberflachlichem auf. Fragt sie nicht nach der Schule oder den Fächern oder wie es ist, ein Zwilling zu sein. Er fragt sie geradeheraus, warum sie schlecht schläft, und das ist das Entscheidende. Das fängt sie ein und platziert ihn so in ihrer Sphäre, dass sie nicht darauf vorbereitet ist.

»Ich mache mir einfach Sorgen um Dinge«, sagt sie. »Manchmal.«

»Was für Dinge?«, fragt er, und sie antwortet: »Dummes Zeug.« Und er sagt: »Sicher nicht, wenn es dich wachhält.«

»Ganz gewöhnliche Dinge«, sagt sie. »Die Schule. Die Noten. Das Leben.«

»Was ja ein und dasselbe ist, klar«, sagt er, und sie fragt sich, ob er sich über sie lustig macht.

»Wie schon gesagt, es ist dumm.«

»Habe ich das gesagt?«

Sie erwidert nichts.

»Uns wird beigebracht, dass wir uns um all das einen riesen Kopf machen müssen«, sagt Will. »Als würde jede Entscheidung, die wir treffen, einen ganz bestimmten Weg vorgeben.«

»Und du glaubst das nicht?«

»Nope. Ich glaube, wir haben alle einen Weg, aber er hängt

nicht von unseren Entscheidungen ab. Dieser Weg führt sowieso immer zum selben Ziel.«

Sie schlürft die Milch von ihrem Löffel. Sie schmeckt süß von den Cornflakes, erinnert sie an spätabendliche Lernsessions und die Frühbetreuung in der Grundschule, all die Jahre, in denen sie um fünf Uhr aufstehen musste, damit ihre Mutter es pünktlich zur Arbeit schaffte.

»Was meinst du damit?«, fragt sie.

»Was glaubst du, was ich meine?«

Sie lässt seine Gegenfrage in der Luft schweben, sieht, wie seine Augenbrauen sich ganz leicht heben.

»Tod«, sagt sie.

»Genau.«

Will lehnt sich nach vorn, als wäre das keine große Sache, was es auch vermutlich nicht ist, wenn man siebzehn ist. Wenn es so weit weg, so unwahrscheinlich ist.

»Ich glaube, dass wir mit jedem Tag ein bisschen sterben«, sagt er. »Also können wir genauso gut tun, was wir wollen, bevor es so weit ist.«

Er schaut sie beim Reden an, und sie senkt ihren Blick auf den Tisch herab. Unter ihrer Schüssel hat sich eine Sichel aus Milch gebildet. Sie zieht mit dem Finger eine Linie hindurch.

»Das ist irgendwie makaber«, sagt sie. Er zuckt mit den Schultern und meint, das sei wahr.

»Und was willst du tun?«, fragt sie ihn, ohne hinzuzufügen, bevor du stirbst, obwohl sie es denkt.

»Das werd ich schon noch rauskriegen«, sagt Will.

Rosie nickt, ihre Fingerkuppe nass von der Milch.

»Und was willst du, Rosie Winters?«

Sie erwidert seinen Blick. Er lächelt wieder, aber nur ein wenig. Seine Mundwinkel zeigen nach oben, seine Augen sind sanft, wie kleine Lämpchen im Halbdunkel. Dass er ihren Nachnamen ausspricht, wirkt entweder aggressiv oder liebevoll, sie kann es nicht genau sagen.

»Ich will all die Dinge, die ich deiner Meinung nach nicht wollen sollte«, sagt sie. »Gut in der Schule sein. Gute Noten bekommen, ein gutes Leben führen. All das.«

»Du glaubst, diese Dinge werden dir ein gutes Leben verschaffen?«, fragt Will.

»Ich glaube, sie werden mir dabei helfen, die Dinge zu bekommen, die ich für ein gutes Leben brauche«, sagt sie.

Er hält ihrem Blick stand. Widerspricht nicht und stellt keine weiteren Fragen.

Sie senkt ihren Löffel, beobachtet das Kräuseln der Milch.

*

Es ist schon halb vier Uhr morgens, als sie sagt: »Meine Güte, ist es spät.« Woraufhin Wills Blick zur Mikrowellenuhr wandert, und er sagt: »Genau genommen ist es früh.«

»Ich sollte gehen«, sagt sie und steht auf. Sie spült die Schüsseln aus, und Will beobachtet sie dabei. Ihre dunkle Mähne fällt ihr über die Schultern. Er kann ihre Fußknöchel sehen, so blass unter ihrer Pyjamahose.

Er will nicht an ihr interessiert sein. Hat weder Zeit noch Lust dazu, wo sie doch bald zur Uni geht. Wo sie doch Joshs Schwester ist. Wo sie doch zu begehrenswert werden könnte, was er jetzt schon vorausahnt.

»Dieses Lied, das du gesungen hast«, sagt er etwas lauter, um das laufende Wasser zu übertönen.

»Was ist damit?« Sie dreht den Wasserhahn zu und stellt die Schüsseln kopfüber zum Trocknen hin. Er will ihr sagen, dass es wunderschön war. Dass ihre Stimme, dass sie wunderschön ist.

Aber das ist so weit entfernt von dem, was er normalerweise sagen würde, so gewagt, es auch nur zu denken.

»Es geht mir nicht mehr aus dem Kopf.«

»Wie ein Ohrwurm«, sagt sie. Sie steht mit dem Rücken zur Spüle, lehnt an der Küchenzeile. Sieht ihn an, mit diesen Augen.

»Was ist ein Ohrwurm?«

»Wenn dir ein Lied immer und immer wieder durch den Kopf geht. Ich habe das manchmal, wenn ich nicht einschlafen kann. Als würde mein Hirn in einer Schleife festhängen.«

Will denkt darüber nach und sagt dann, es sei schöner als das.

Sie schenkt ihm ein verhaltenes Lächeln, das nur aus Lippen, nicht aus Zähnen besteht. Er fragt sich, was sie wohl sagen würde, wenn er jetzt aufstehen und seinen Mund auf ihren pressen würde.

»Ich geh ins Bett«, erklärt sie.

»Dann gute Nacht«, sagt er.

Sie regt sich nicht. Und er auch nicht.

»Es war schön, mit dir zu reden«, sagt er.

»So förmlich«, sagt sie noch immer mit diesem verhaltenen Lächeln und verlässt ihn dann leichten Schrittes die Treppe hinauf. Er bleibt noch eine Weile im honigwarmen Schein des Herdlichts sitzen. Noch so viele Stunden bis zum Sonnenaufgang.

Er stellt sich schlafend, als Josh ihm am Morgen auf die Beine springt.

»Raus aus den Federn«, sagt er und haut ihm mit der Faust in die Seite. Will grummelt, obwohl er froh ist, dass der Tag anbricht, dass er aufstehen, nach Koffein suchen und womöglich wieder mit Rosie sprechen kann.

»Frühstück?«, bietet Josh an.

»Ist der Schnee weg?«

»Besser als das«, sagt Josh. »Wir haben schneefrei, Kumpel.«

»Echt?«

»Echt! Keine Schule. Preise den Herrn, oder welche Gottheit du auch immer anbetest oder auch nicht anbetest.«

»Ich weiß nicht, wie du es schaffst, nicht ständig gegen Wände geschubst zu werden«, sagt Will, als er sich aufsetzt und mit einer Hand die Schläfen massiert. Der Schlafmangel und das zu grelle Weiß der Tapete lassen den Raum sich drehen.

»Ich hab wohl einfach Glück«, sagt Josh. »Und bin liebenswert.«

»So kann man es auch nennen«, sagt Will und stöhnt, als ihn ein Ellbogen in die Rippen trifft.

»Pancakes«, verkündet Josh. »Magst du Pancakes?«

»Denke schon.«

»Weißt du, was ich so an dir mag, Will?«, sagt Josh, als er vom Sofa aufspringt. »Deinen grenzenlosen Enthusiasmus.«

Will zeigt ihm den Finger, während er sich noch immer den Kopf reibt. Doch als er aufschaut, ist Josh weg, und seine Zwillingsschwester steht in der Tür. Das Haar fällt ihr offen über die Schultern, und sie hält eine Tasse in den Händen.

»Ich dachte mir, du möchtest vielleicht einen Kaffee?«

»Himmel, ja«, sagt er, steht auf und nimmt die Tasse entgegen, verbrennt sich die Zunge beim Trinken. Plötzlich ist er sich seiner Bettfrisur bewusst. Krümel von den Cornflakes stecken ihm zwischen den Zähnen, und er kann seinen teerartigen Atem schmecken.

»Ich wusste nicht, ob du Milch willst?«

»Schwarz ist gut, danke.«

»Hast du es noch geschafft, einzuschlafen?«, fragt sie. Er fragt sich, ob das mehrdeutig gemeint ist und sie wissen will, ob er wach gelegen und an sie gedacht hat.

»Irgendwann schon«, sagt er.

Eine mehrdeutige Antwort.

Rosie verschränkt die Arme, als wäre ihr kalt, obwohl er kurz vor Morgengrauen gehört hat, wie die Heizung angesprungen ist, das Wasser in den Rohren gegluckert hat. Jetzt sieht er, dass sie blaue Augen hat. Volle, dunkle Augenbrauen, die zu ihrer wilden Mähne passen. Sie öffnet den Mund, um etwas zu sagen, als Josh den Kopf aus der Küche streckt.

»Rosie«, sagt er. »Wir haben keine Butter.«

»Dann nimm Öl«, sagt sie.

»Wo ist das? Im Kühlschrank?«

Sie schüttelt den Kopf, sagt, es sei im Schrank, und Will sieht den liebevollen Zug in ihrem Gesicht, als sie sich ihrem Zwillingsbruder zuwendet.

Amber schaut er nie so an, selbst wenn sie gut miteinander auskommen. Er behält den Kaffee im Mund, bevor er ihn hinunterschluckt, er ist bitter und noch zu heiß.

»Willst du spazieren gehen?«, fragt er sie, bevor er auch nur darüber nachdenken kann.

Rosie dreht sich wieder zu ihm um.

»Jetzt?«, fragt sie.

»Oder vielleicht nach dem Frühstück.«

Was passiert hier gerade?, fragt er sich und sieht ihr an, dass sie sich dasselbe fragt. Ihre Augenbrauen ziehen sich zusammen, und sie saugt ihre Unterlippe ein. Bloß einen Augenblick, dann nimmt ihr Gesicht wieder einen neutralen Ausdruck an.

»Vielleicht«, sagt sie.

Dann geht sie in die Küche und lässt ihn allein dort stehen, neben seinem zerwühlten Bettzeug, in T-Shirt und Boxershorts, in denen er nicht geschlafen hat. Er hört sie sprechen, Pfannen klirren, Schubladen rausziehen. Es sind Geräusche der Routine, der Vertrautheit. In seinem eigenen Zuhause hat er sich von diesen Dingen distanziert, verbringt die meiste Zeit in der Garage.

Als er angezogen zu ihnen stößt, rührt Rosie gerade den Teig, und Josh sucht die Schränke nach Honig und Sirup ab.

»Jeder schulfreie Tag sollte mit einem Zuckerschock starten«, sagt Josh, als er die Zutaten auf den Tisch knallt. Rosie schöpft den Teig wortlos in die Pfanne.

»Die hier ist von schulfreien Tagen gestresst.« Josh nickt in ihre Richtung.

»Ich bin nicht gestresst«, sagt Rosie.

»Sie hätte heute eine Probeklausur in Geschichte gehabt«, erzählt er Will. »Und sie würde jetzt lieber in der Schule sitzen und die Klausur schreiben, als hier mit uns Pfannkuchen zu essen.«

»Nein, würde ich nicht. So vergehen bloß mehr Tage, in denen ich alles wieder vergessen kann, das ist alles.«

Unter ihren Augen wendet sie den ersten Pfannkuchen auf seine ungebratene Seite. Die Küche riecht nach Pflanzenöl und Eidotter, die Fenster sind von der Hitze beschlagen. Will bietet seine Hilfe an, weil es sich falsch anfühlt, sie das Essen für alle zubereiten zu lassen, und zu seiner Überraschung tritt sie zur Seite. Er schöpft Teig und wendet, während sie ein paar Erdbeeren aus dem Kühlschrank in Scheiben schneidet und eine kleine Schüssel mit Zucker füllt. Er versucht, nicht darauf zu achten, wie sie eine Erdbeere hineintaucht und die Zuckerkristalle mit ihrem Mund aufsaugt.

*

Die Jungs schwirren aus, um zu tun, was Jungs im Schnee eben so tun. Sich zweifellos draußen mit Schneebällen bewerfen, bis ihre Jeans durchnässt und ihre Finger so taub sind, dass sie den Schlüssel nicht mehr in die Haustür stecken können.

Sie versucht, sich historische Fakten einzuprägen, und als das nicht klappt, übt sie stattdessen Tonleitern, aber die gelingen ihr so reibungslos, dass sie binnen einer Stunde gelangweilt ist. Sie denkt an das Frühstück zurück und ist sich sicher, dass Will ihren Blick gesucht hat, doch jetzt bei Tageslicht versteht sie nicht, warum. Weder ist sie interessant, noch kann er an ihr interessiert sein. In der Dunkelheit fühlte sich alles anders an, in der Stille des Schneefalls vor den Fenstern. Als ihre Füße sich unter dem Tisch fast berührten.

Er erzählte ihr, dass er einen Hund namens Dave hat.

Dass er bei seiner Großmutter lebt.

Ihre Gesprächsthemen reichten vom Tod über Gitarren bis hin zu Reiseplänen, von Wills Angst vor Ratten bis hin zu ihrer Aversion gegen Watte. Er erwähnte mit keinem Wort sein Motorrad oder seine Suspendierung von der Schule, und sie traute sich auch nicht, danach zu fragen.

Was ihr nun jedoch nachhängt, was sie ablenkt, ist nichts von alledem, sondern, dass er ihr erzählt hat, ihr Lied gehe ihm nicht mehr aus dem Kopf.

Ihr Lied. Eins, das sie selbst geschrieben hat, auch wenn er das unmöglich hätte wissen können.

Sie schließt auf dem Spielplatz zu ihnen auf. Kinder in gefütterten Schneeanzügen ziehen Schlitten den kleinen Hügel hinter dem Spielplatz hinauf und hinterlassen mit ihren Stiefeln eine Spur geriffelter Fußabdrücke.

Sie sind bei den Schaukeln. Will sitzt mit ausgestreckten Beinen da. Seine Boots sind aus schwarzem Leder, ebenso wie seine Jacke, auf seinem Haar prangt Schnee. Sie ist ihm schon so nah, dass die Flocken wie Tau aussehen, als Josh ihr in hohem Bogen einen Schneeball an den Kopf wirft.

»Du bist gekommen!«, sagt er, als dieser in einer Schneewolke explodiert. Er springt von seinem Platz beim Holzgerüst hinab, die Ohren knallrosa vor Kälte.

»Nur kurz«, sagt sie, während sie sich den Schnee aus dem Haar klopft. »Ich brauchte mal eine Pause.«

Ihr Bruder fasst sie an den Handgelenken, und seine Handschuhe fühlen sich feucht, reptilienartig an, denn die Handflächen sind mit kleinen Noppen übersät. Rosie hat ihre eigenen Handschuhe vergessen, und die Luft sticht ihre Haut.

»Das ist toll.« Josh drückt einmal kurz, um ihr zu signalisieren, dass er weiß, wie schwer es ihr fällt, Spaß und Schnee dem Lernen vorzuziehen. Sich locker zu machen, wozu er ihr so oft rät. Plötzlich wird ihr ganz warm unter dem Mantel, als sie sich fragt, was er wohl dazu sagen würde, dass sie nicht ihm oder sich selbst zuliebe nach draußen gekommen ist, sondern wegen Will White. Und sie sich nicht einmal sicher ist, warum.

Sie gehen zu Will, lehnen sich ans Holzgerüst und reden eine Weile. Beobachten die spielenden Kinder, einen Hund, der einem Ball übers Feld nachjagt. Josh schmeißt sich auf den Boden und macht einen Schneeengel, während Will ihn dabei beobachtet und Rosie wiederum Will dabei beobachtet. Sie fixiert ihren Blick auf einen Punkt über seinem Kopf, als würde sie zu den Bäumen schauen.

»Ich liebe Schnee«, sagt Josh.

Dabei kreuzen sich Wills und Rosies Blicke, und sie tauschen wortlos etwas aus. Anerkennung, denkt sie, oder Zuneigung für die entwaffnende Aufrichtigkeit – ja die Unschuld – ihres siebzehnjährigen Zwillingsbruders.

»Ich nicht«, sagt Rosie.

»Dann geh nach Hause«, erwidert Josh, und dafür wirft sie ihn nun mit einem Schneeball ab.

»Guter Wurf«, sagt Will, und Rosie lacht auf.

Sie unterhalten sich noch fast eine Stunde lang zu dritt. Josh erzählt von einem Schneemann, den sie einmal gebaut haben, als sie noch jünger waren. Sie hätten nicht gewusst, dass er schmelzen würde. »Du hast geweint«, sagt er zu Rosie. »Ich glaube, das warst du«, erwidert sie, und jetzt ist es an Will, zu lachen, obwohl er die Erinnerung nicht teilt.

Als das Gespräch ins Stocken gerät, sagt Rosie, ihre Hände seien eiskalt.

»Dann steck sie doch in deine Jackentaschen«, schlägt Josh vor. Der Schnee glitzert im blassen Licht der Sonne, die hinter den Wolken hervorkommt.

»Ich glaube, ich gehe einfach nach Hause«, sagt sie.

»Ich komme mit«, sagt Will, ihre Blicke treffen sich kurz, als Josh sie als Spielverderber bezeichnet.

Sie gehen Seite an Seite über den grasgesprenkelten Schnee. Die Bäume am Rande des Felds stehen schwarz und skelettartig, der Schnee von ihren Ästen ist schon weggeschmolzen.

»Er bleibt nie liegen«, sagt Rosie, als sie durch das Tor auf die Straße treten, die mit Streusalz bedeckt ist.

»Gott sei Dank«, sagt Will. »Die Straßen wären der reine Alptraum.«

»Und die Schule würde geschlossen bleiben«, sagt sie.

Schneematsch am Straßenrand. Mehr Streugut unter ihren Schuhen.

»Ich hab noch nie jemanden kennengelernt, der die Schule so sehr liebt wie du«, sagt Will. Das lässt sie erröten, doch er klingt nicht abwertend oder gar amüsiert. Sie ist froh, dass sie jetzt nicht an einem Tisch sitzen, dass er ihr Gesicht nicht sehen kann.

»Tu ich eigentlich gar nicht«, sagt sie. »Ich habe nur gerne einen Plan.«

Will sagt nichts. Sie erreichen eine Kurve und wechseln die

Straßenseite, damit sie nicht von einem vorbeifahrenden Fahrzeug erwischt werden. Dann wechseln sie ohne ein Wort der Absprache wieder zurück. Der Schnee tropft von den Bäumen, ein Lied, so unregelmäßig und ohne Takt wie der Regen.

»Das finde ich interessant«, sagt Will zu ihr.

»Okay. Das klingt herablassend.«

Er schaut sie aus den Augenwinkeln an, sie hält ihren Blick starr geradeaus gerichtet.

»So meinte ich das nicht«, sagt er. Der Schnee tropft weiter, und ein vorbeifahrendes Auto wirbelt den Matsch auf.

»Ich meinte nur, das ist gut«, sagt er. »Dass du so bist. Ich weiß auch nicht, wie.«

»Naiv?«, fragt sie, und er schüttelt den Kopf.

»Selbstsicher.«

Josh folgt ihnen in einiger Entfernung. Rosie befällt ein seltsamer, beinahe unwiderstehlicher Drang, Wills Hand zu nehmen, bloß um zu sehen, wie er reagieren würde, um zu sehen, ob sie das hier richtig deutet, was sicherlich nicht der Fall ist. Aber sie kann diesem Gedanken nicht nachgehen, nicht mit ihrem Bruder in Sichtweite hinter ihr.

Sie geht weiter neben Will her. Steckt die Hände in ihre Jackentaschen.

Sie sind fast an der Ecke zu ihrer Straße angekommen, als ein Lastwagen sie beide mit einer Welle aus Spritzwasser überzieht. Es ist eiskalt, ein Schock. Will brüllt, während Rosie nach Luft schnappt. Sie drehen sich einander zu mit weit aufgerissenen Augen und brechen in Gelächter aus.

»Vollidiot«, sagt Will, während Rosie sich das Gesicht abwischt. Ihre Finger sind schon taub, irgendwie ist das Wasser noch kälter.

»Gott, tun mir die Hände weh«, sagt sie, und Will rät ihr, sie unter ihre Achseln zu klemmen, woraufhin sie erwidert: »Was?« In dem Moment hält Will an. Er öffnet den Reißverschluss seiner Jacke, nimmt ihre Hände in seine und legt sie unter seine Arme in die Falten seiner Jacke.

Autos fahren vorbei. Der Schnee verlagert sich unter ihren Füßen. Will tritt näher an Rosie heran, sodass ihre Handflächen an ihn gedrückt sind, seine Hände ruhen noch immer geschlossen auf ihren. Sein Hemd ist klamm, ob vom Spritzwasser oder einem leichten Schweißfilm kann sie nicht sagen. Sie blickt zu ihm auf und betrachtet zum ersten Mal seine langen Wimpern. Sie sind länger als ihre.

»Deine sind auch kalt«, sagt sie, weil ihr Herz ins Stocken gerät und es nichts weiter zu sagen gibt und alles zugleich gefroren ist und schmilzt.

»Das wird helfen«, sagt Will.

Ihre Hände tun noch mehr weh, als das Blut wieder in sie hineinschießt.

Sie spürt das Pulsieren in ihren Fingerspitzen.

Auf seiner Haut.

DREI

Als Will in seiner Einfahrt hält, bleibt er noch eine Weile im Auto sitzen, starrt am Armaturenbrett vorbei nach draußen und grübelt. Insbesondere über die Kurven von Rosies Knöcheln und die Art, wie sie mit dem Löffel isst.

Er schüttelt den Kopf, lacht ein wenig, weil es so verrückt ist. Dieses Mädchen mit den perfekten Schulnoten und den Elfenohren, das er vor dem Lagerfeuer nie auch nur wahrgenommen hatte. Er reibt sich die Augen, beobachtet, wie der Schnee von den Bäumen tropft. Schließlich beschließt er, dass er dringend Schlaf braucht. Als er gerade aussteigen will, klingelt sein Handy. Es ist Darcy, was ihn überrascht. Sie haben seit Wochen nicht miteinander gesprochen.

»William White«, sagt sie, als hätte er sie angerufen.

»Darcy. Hey.«

»Was machst du?«, fragt sie ihn.

»Nicht viel.«

»Hab ich mir gedacht. Weil ja schulfrei ist und so.«

»Jap.«

»Also.«

»Also.«

»Willst du vorbeikommen? Meine Mum ist nicht da.«

Er denkt geschlagene zwei Sekunden darüber nach und antwortet dann, dass er nicht könne.

»Wieso nicht?« Ihre Wut schlägt ihm hart und unvermittelt entgegen. Er seufzt. Es ist ihm egal, dass sie es hört.

»Ich kann einfach nicht, Darce. Ich bin völlig platt.«

»Wieso?«, fragt sie wieder. »Mit wem warst du zusammen?«

»Ich war die ganze Nacht bei einem Freund. Wir haben Mathe gelernt.«

Ihr entfährt ein ungläubiger, spöttischer Laut, tief aus der Kehle, und er fragt sich flüchtig, weshalb alle das Schlimmste von ihm erwarten, wo er doch immer bloß die Wahrheit sagt.

»Fick dich, Will.«

»Aber das wolltest du doch, oder?«, fragt er.

»Was?«

»Mich ficken. Nur deshalb hast du angerufen.«

Sie legt einfach auf, er steigt aus dem Auto. Seine Stiefel platschen in den schmelzenden Schnee.

Er schläft den ganzen Nachmittag hindurch, wacht vom wiederholten Klicken der Ofenzündung auf. Er hat seiner Oma schon vor Monaten versprochen, dass er versuchen würde, sie zu reparieren. Er vermutet, es müsse mit der Feuchtigkeit zu tun haben, denn sobald der Frühling kommt, verschwindet das Geräusch wieder.

Er hievt sich aus dem Bett, duscht und geht in die Küche hinunter, wo seine Großmutter Suppe in Schüsseln schöpft und seine Schwester über ihre Hausaufgaben gebeugt sitzt.

»Er lebt ja noch«, sagt Gran, als er sich hinsetzt und das Besteck verteilt. Es liegt in einem Korb in der Mitte des Tischs, Löffel mit gemusterten Griffen, Messer und Gabeln, um die sich Blätter ranken.

»Ich hab ›Hi‹ gesagt, als ich reingekommen bin«, erinnert er sie.

»Das stimmt«, sagt sie. »Du bist der König der Einsilbigkeit.«

»Was ist Ein-silbrigkeit?«, fragt Amber, ohne den Blick zu heben.

»Silbigkeit«, erklärt Will. »Das bedeutet, der König von allem.«

»Nein, tut es nicht.«

»Wie war deine Nacht?«, fragt seine Großmutter und stellt die Schüsseln auf den Tisch. Über seine hat sie frisch gemahlenen Pfeffer und zerkrümelten Blauschimmelkäse gestreut.

»Hab nicht geschlafen«, sagt er. »Aber Josh hat Mathe kapiert, also hat es was gebracht.«

»Was hast du gegessen?«, fragt sie, denn das ist stets ihre Frage, egal wo oder mit wem er zusammen war. Als sie ihn damals von der Polizeistation abholte, saßen sie neun lange, qualvolle Minuten lang schweigend im Auto, und dann fragte sie, ob er schon zu Abend gegessen hätte.

»Irgendwas mit Aubergine«, sagt Will. »Weiß nicht genau, wir haben in seinem Zimmer gegessen.«

»In seinem Zimmer?«, fragt Amber.

»Leg den Stift hin, Amber«, sagt seine Großmutter. »Iss dein Abendessen.«

»Warum kann ich nicht in meinem Zimmer essen?«

»Weil du deiner alten Großmutter Gesellschaft leisten sollst, darum. Also war alles okay? Keine Zwischenfälle?«

»Alles in Ordnung.«

Will denkt an Rosie, als er das sagt, als er seinen Löffel in die rote Suppe taucht.

»Vielleicht solltest du dir überlegen, Nachhilfe zu geben«, schlägt seine Großmutter vor. Will nimmt noch einen Schluck Suppe, vorsichtig hält er seine Zunge zurück, die vom morgendlichen Kaffee noch wund ist. Vom Kaffee, den Rosie gemacht hat. Ihm in ihren samtweichen Händen hingehalten hat.

»Ich brauche keine Nachhilfe zu geben«, sagt er. »Ich hab die Werkstatt.«

»Das ist aber keine langfristige Perspektive, oder?«

»Nicht schon wieder, Gran.«

»Schon gut, schon gut. Das war nur so ein Gedanke.«

»Ich werde Rechtsanwältin«, sagt Amber. »Miss Brown sagt, ich würde eine gute abgeben.«

»Da bin ich mir sicher«, sagt seine Oma.

»Anwälte sind unehrlich«, sagt Will. »So willst du nicht werden.«

»Wieso erzählst du ihr so was?«

»Weil es stimmt.«

»Nicht alle Anwälte sind unehrlich, Willyum.«

Gran spricht seinen Namen so aus, in zwei Silben, wenn sie angespannt oder übermüdet ist. Am Todestag seines Großvaters heißt er Willyum. Ebenso am Geburtstag seiner Mutter. An jedem Elternabend, bei jeder Zeugnisvergabe, Willyum mit einem Seufzer und verkniffenem Mund.

»Ich könnte Zahnärztin werden«, sagt Amber.

»Viel besser«, pflichtet Will ihr bei und versucht nicht einmal, den Sprung zu verstehen. »Aber du musst dich ja noch nicht jetzt entscheiden, Ambs.«

»Doch, muss ich«, sagt sie.

»Wieso das?«

»Für mein Bullet Journal. Es hat ein ganzes Kapitel über Hoffnungen und Träume und darüber, was ich mal werden will, wenn ich groß bin. Ich habe mir meine Goldstifte dafür aufgespart.«

Er blickt sie über seine Schüssel hinweg an.

»Du bist erst zehn.«

»Und dir würde eine Seite aus ihrem Buch nicht schaden«, sagt seine Oma.

»Es ist ein Bullet Journal«, sagt Amber. »Kein Buch.«

Will verkneift sich ein Grinsen, und seine Großmutter lacht, ein sanftes Geräusch wie das Gurren von Tauben, und schneidet Brot auf.

*

Rosie liegt in Marleys Zimmer auf dem Boden neben ihrer Freundin. Über den Fernseher flackert eine Szene, die sie schon zigmal gesehen haben. Sie wickeln Bonbonpapier auf und knuspern Karamellpopcorn, ihre Zähne fühlen sich schon ganz klebrig vom Zucker an.

Als sie dabei zuschauen, wie Jack Rose auf dem Oberdeck anschmachtet, denkt Rosie darüber nach, Marley von Will White und ihrer Begegnung in der Küche zu erzählen. Und davon, als er ihre Hände in seine genommen hat.

Und dann?, würde Marley mit einem Bonbon auf halbem Weg zum Mund fragen.

Und dann ... nichts.

Er ließ los und sagte: »Besser?« Rosie nickte, sie liefen durch den Schneematsch auf dem Gehweg zum Haus. Josh holte zu ihnen auf, dankte ihm nochmals für die Mathehilfe. Und dann fuhr Will nach Hause.

Auf dem Bildschirm starrt Leo seine Angebetete noch immer an. Rosie nimmt sich noch ein Bonbon, behält es unter der Zunge.

Es gibt nichts Interessantes zu erzählen, beschließt sie, über ihre nächtliche Begegnung mit einem Jungen, den sie kaum kennt, und einen Moment, in dem er ihre Hände gewärmt hat, weil er Mitleid mit ihr hatte, womöglich ein Spiel spielte, bei dem sie nicht mitmachen wollte.

Was sie jedoch überrascht, ist, dass sie ihn immerzu vor Augen hat, während sie hier mit angezogenen Knien dasitzt und ihre Freundin neben ihr mit dem Popcorn raschelt.

Sie denkt an das Grau seiner Augen.

Stellt sich vor, wie er sie gegen ihre Küchenwand drückt, sein Gesicht ganz nah an ihrem.

Das ist interessant, denkt sie, während Marley gähnt. Das ist neu.

»Ich liebe diese Stelle.« Ihre Freundin setzt sich aufrecht hin, als Rose in ihrem blutroten Kleid übers Deck poltert. »Ich wünschte, unser Leben wäre so dramatisch.«

»Warum um alles in der Welt solltest du das wollen?«

»Ach, du und ich, Rosie. Wir sind solche Schlaftabletten. Ich kann es kaum abwarten, dass das Leben aus mehr als Orchesterproben und vorhersehbaren Zensuren besteht, weißt du?«

Rosie blickt zurück zum Film, sie weiß das, aber es kommt ihr zugleich so vor, als könnte es für sie bereits mehr geben. Als hätte sich etwas geändert. Sie wickelt ein weiteres Bonbon aus, obwohl sie schon Übelkeit und Durst verspürt und die leise Befürchtung hat, dass sie sich die Zähne kaputtmacht.

Als sie nach Hause kommt, vollgestopft mit Zucker und doch hungrig, toastet sie sich Brot. Sie wärmt Bohnen in der Mikrowelle auf und beobachtet die langsame und hypnotische Drehung des Tellers durch die Scheibe.

Ein Songtext kommt ihr in den Sinn, über die Welt, die sich als Ganzes dreht, und sie fragt sich, ob sie ihn von irgendwoher hat oder er ihr allein gehört. Sie schreibt ihn auf dem Notizblock am Kühlschrank nieder, nimmt den Zettel und faltet ihn in ihre Tasche. Für alle Fälle.

»Da ist sie ja.« Josh stapft durch die Tür, als die Mikrowelle »Ping« macht.

»Hier bin ich«, sagt sie.

»Wie geht's Marley?«

»Gut. Sie findet, dass wir langweilig sind.«

»Wer? Du und ich?«

»Nein, sie und ich.«

»Ach so. Dem würde ich wohl zustimmen.«

Rosie rollt mit den Augen, während ihr Bruder sich an den Kühlschrank lehnt und zuschaut, wie sie die Bohnen auf ihren halb verbrannten Toast gibt.

»Mama hat Migräne«, sagt er.

»Schon wieder?«

»Ja. Bei ihr ist total landunter, jetzt, wo Josie in Elternzeit ist.«

»Das stimmt wohl. Sie schien in letzter Zeit ziemlich. Du weißt schon.«

»Angespannt.«

»Gereizt.«

»Furcht einflößend?«

Sie tauschen ein leises Lachen aus. Rosie geht mit ihrem Teller zum Tisch, nimmt ihre Gabel in die Hand, und Josh setzt sich ihr gegenüber. Er nimmt sich eine Orange aus der Obstschale und rollt sie zwischen seinen Händen hin und her, als wäre er unschlüssig, ob er sie essen möchte.

»Sie wird es überstehen«, sagt Rosie.

»Die Superanwältin.«

»Die Frau aus Stahl.«

»Die stahlharte Samantha«, sagt Josh und bricht endlich die Orangenschale auf. »Stählern auf jeden Fall. Sie und Dad wirken so unglücklich in letzter Zeit, oder? Vor allem sie.«

»Mir kommen sie vor wie immer«, sagt Rosie.

»Umso trauriger.« Josh hält eine Orangenspalte gegen das Küchenlicht. »So viele Kerne.«

»Sie sind okay«, sagt Rosie.

»Die Kerne?«

»Nein, unsere Eltern. Weihnachten wird ein Neustart. So wie immer.«

»Ah, Weihnachten«, sagt Josh mit einem verträumten Anklang in der Stimme. »Ich liebe Weihnachten.«

»Ich weiß«, sagt Rosie mit einem weiteren Augenrollen. »Weihnachten und Schnee und Heiterkeit.«

»Und Orangen.« Er streckt sie ihr entgegen wie für einen Trinkspruch.

Sie schüttelt den Kopf und schaufelt sich noch ein paar Bohnen in den Mund. In der Küche ist es warm, von draußen rüttelt der Wind am Fenster, peitscht Regentropfen gegen die Scheibe. Beim Kauen überlegt sie, ob es eine Möglichkeit gibt, Will in das Gespräch einfließen zu lassen, doch bevor sie irgendwelche Worte findet, kommt ihr Bruder ihr zuvor.

»Ich glaube, ich könnte den Matheleistungskurs jetzt wirklich bestehen«, sagt er.

»Ach ja?«

»Dank Will.«

»Das ist toll.« Sie behält die Bohnen einige Kaubewegungen zu lange im Mund, scheint sie nicht hinunterzubekommen. Ihr Bruder beobachtet sie dabei und missversteht ihr Zögern – ihr gespieltes Desinteresse.

»Er ist nicht, wie alle sagen.«

»Nein?«, sagt sie, den Blick auf ihren Teller geheftet. Verschmierte Soße, verstreute Krümel.

»Ich weiß, er hat einen schlechten Ruf«, fährt Josh fort. »Mit seinem Motorrad, dem Schuleschwänzen und so. Aber er ist schon in Ordnung. Er ist schlau, und er ist anständig, glaube ich.«

»Okay, gut.«

»Worüber habt ihr auf dem Heimweg gesprochen?«

»Hm?«

»Du und Will. Was hat er dir erzählt?«

»Eigentlich nichts.« Bei diesen Worten dreht sich ihr der Magen um, weil ihr klar wird, dass es die Wahrheit ist. Josh sagt eine Weile nichts, starrt sie nur an. Er hat die Hälfte seiner Orange liegen gelassen.

»Nichts?«

»Er ist kein Mann vieler Worte«, sagt sie, und daraufhin lacht Josh, sagt, genau das sei Will. Er greift nach einer Kruste, die sie auf ihrem Teller übrig gelassen hat.

Sie blickt ihn wieder an, ihren Bruder. Sie kennt sein Gesicht besser als ihr eigenes, wuchs neben ihm heran, noch bevor sie existierten. Sie haben früher schon darüber gesprochen, wenn sie sich Burgen aus Bettdecken bauten oder mit Taschenlampen unter ihrem Hochbett kampierten, umringt von wie Sandsäcke aufgetürmten Kissen. An welchem Punkt sie Mensch geworden waren. Waren sie davor schon Zwillinge gewesen? Oder erst, als sich ihr Gehirn oder Herz entwickelte?

»Das ist so ein Zwillingsding«, sagt Josh immer, wenn der eine weiß, was der andere denkt. Doch Rosie war sich da nie so sicher. Sie kennt andere Zwillinge, die wie ganz normale Geschwister sind, und es ist nicht normal, einen Krampf zu bekommen, wenn sich der Bruder beim Basketball verletzt, oder mitten in der Nacht aufzuwachen, wenn sich seine Atmung verändert. Manchmal schreckt sie scheinbar ohne Grund aus dem Schlaf und weiß, dass auch er auf der anderen Seite der Wand wach ist.

»Ich glaube, du würdest ihn mögen«, sagt Josh nun.

»Wer sagt, dass ich das nicht schon tue?« Sie lässt den Satz zwischen ihnen schweben, wartet darauf, dass bei ihrem Bruder der Groschen fällt, dass er es begreift.

Er begreift es nicht.

»Auch eine?« Josh hält ihr eine Orangenspalte hin, die sie nimmt. Sie spuckt die Kerne auf ihren Teller.

*

Will rennt.

Seit vier Jahren geht er jeden zweiten Tag laufen, seit seiner Auszeit von der Schule, seit ihm gesagt wurde, er müsse einen Weg finden, seine Wut zu kanalisieren. Er hatte sich nie für einen wütenden Menschen gehalten, kein einziges Mal die Stimme erhoben, auf eine Wand eingeschlagen, gegenüber einem Lehrer oder auf dem Sportplatz die Beherrschung verloren. Ein Fachmann mittleren Alters hatte ihm jedoch, nachdem das alles passiert war, in seinem kiefernholzverkleideten Büro ein paar Fragen gestellt, sich Notizen gemacht und seiner Großmutter mit absoluter Überzeugung erklärt, Wut sei das Problem.

Für das es Lösungen gäbe, hatte er hinzugefügt und beim Aussprechen des »s« durch seine Zahnlücke gepfiffen. Und Laufen war anscheinend die einzige Lösung, mit der Will sich hatte anfreunden können.

Das Rauchen macht es nicht leicht. Er hat es schon reduziert, nimmt kaum noch eine Zigarette in die Hand, aber der Schaden ist bereits angerichtet, mit achtzehn.

Trotzdem läuft er stundenlang. Er trackt weder seine Geschwindigkeit noch die Distanz. Er schaut nicht auf die Uhr oder versucht, seine Ausdauer zu erhöhen. Er rennt einfach. Ohne Musik, denn er hört gerne das Blut in seinen Ohren rauschen. Die Meeresbrandung und die Möwen.

Er rennt, bis er nicht mehr kann. Bis ihm die Seiten stechen und seine Knie schreien und er sich denkt: Okay, genug.

Heute läuft er am Strand entlang. Ihm ist nicht kalt, obwohl Dezember ist. Die Anstrengung treibt rote Flecken auf seine Haut und Schweißflecke auf sein T-Shirt. Er passiert die Strandhütten, die Sandbank mit zwei Seehunden, die in der Sonne liegen. Den Leuchtturm, der einst weiß war und jetzt wettergegerbt ist, direkt am Waldrand.

Als er nach Hause kommt, duscht er kalt, um die Muskeln zu entspannen, rubbelt sich das Haar trocken, tappt hinüber in sein Zimmer und lässt sich halb nass aufs Bett fallen. Er starrt an die Zimmerdecke, die Abdrücke seiner alten im Dunkeln leuchtenden Sterne. Er riss sie herunter, als er sieben war, als er beschloss, dass er zu alt für solche Dinge war.

Zu alt für Sterne.

Zu alt für die Schule.

Überhaupt schon zu alt für alles.

Während er daliegt, schleicht sich ein Gefühl in seine Brust, das ihn hin und wieder überkommt. Eine leichte Enge, als würde sich ein Ventil verschließen. Es tut ein bisschen weh, aber es ist besser als das, was früher damit einherging. Der brennende Drang, zu reagieren.

Nun reibt Will sich geistesabwesend die Brust, lenkt sich mit Gedanken an Rosies Stimme ab. Er hört seine Großmutter unten herumhantieren, das Klick-Klick-Klick des Herds. Er schließt die Augen und summt vor sich hin, was ihm vom Lagerfeuerlied noch im Gedächtnis geblieben ist.

Dann hört er auf, weil er das Gefühl hat, es zu ruinieren.

Als die Glocke schrillt und die Schüler aus den Klassenräumen eilen, ein Getümmel aus lauten Stimmen, hochgerutschten Röcken und bis zu den Ellbogen hochgekrempelten Blazerärmeln, bahnt Will sich einen Weg gegen den Strom. Er will nicht zum Ausgang, sondern steuert ihren Spind an.

Da steht sie neben ihrer Freundin mit den Locken. Rosie hört ihr zu und fängt an zu lachen, indem sie ihren Kopf nach hinten wirft, sodass ihr Hals zum Vorschein kommt. Plötzlich durchfährt ihn ein vampirisches Verlangen, und er fragt sich erneut, was dieses gewöhnliche Mädchen mit der weichen Haut bloß an sich hat.

»Hey«, sagt er, als er neben ihr angekommen ist. Sie und ihre Freundin blicken gleichzeitig zu ihm hoch, vier Augen, die sich auf ihn richten.

»Hallo«, bringt sie zaghaft hervor. Er hat noch nie in der Schule mit ihr gesprochen. Er hat auch noch nie mit ihrer Freundin gesprochen, als ihm das klar wird, besinnt er sich einer merkwürdigen sozialen Etikette, nämlich dass Mädchen solche Dinge wichtig sind.

»Hi.« Will beugt sich an Rosie vorbei und hebt die Hand.

Die Freundin starrt ihn zunächst nur an, scheint sich dann wieder zu fangen und erwidert: »Hi.«

»Ich bin Will«, sagt er, und sie antwortet, ja, das wisse sie, nennt aber im Gegenzug nicht ihren Namen. Ich hab's versucht, denkt er, und wendet sich wieder Rosie zu.

»Gehst du nach Hause?«, fragt er.

»Ja«, sagt sie langsam, als wäre das womöglich eine Fangfrage. Eine ihrer Hände ruht auf der Spindtür, mit der anderen stapelt sie darin die Bücher. Er schaut zu, wie sie den Spind schließt und das Schloss einrasten lässt.

»Ich begleite dich«, sagt er.

»Du wohnst auf der anderen Seite der Stadt«, sagt sie.

»Ja, aber ich muss noch was abholen.«

Die Lüge ist aalglatt und simpel. Er will, dass sie leicht zu durchschauen ist.

Rosie sagt nichts. Sie schaut ihre Freundin an, die ihren Blick mit weit aufgerissenen Augen erwidert, zwischen ihnen findet ein aufgeladener, wortloser Austausch statt. Will beobachtet sie und wartet ab. Hinter ihnen huschen weitere Schüler vorbei, schlurfende Schuhe auf dem Linoleumboden.

Rosie gibt ihm keine richtige Antwort. Doch sie sagt zu ihrer Freundin – Marley, Will prägt sich den Namen ein –, dass sie sich morgen wiedersehen würden. Marley hebt zustimmend ihr Kinn und blickt ihnen nach, als sie in Richtung der offenen Türen davongehen.

Sie sind draußen auf dem Lehrerparkplatz angekommen, als Will seine Tasche höher über die Schulter zieht und zu ihr sagt, dass er doch nicht in ihre Richtung gehe.

»Oh?« Rosie blickt ihn von der Seite an.

»Ich bin später am Leuchtturm«, sagt er. »Montagabends gehe ich immer laufen. Das liegt auf meiner Strecke.«

»Okay.«

»Ich werde da so gegen fünf Uhr vorbeilaufen, denke ich. Wenn ich nicht wahnsinnig langsam bin.«

»Okay«, wiederholt sie.

»Ich wollte dich das nur wissen lassen. Es ist echt schön da. Die Sonne bleibt irgendwie über dem Meer stehen. Du würdest es mögen.«

»Was fragst du mich, Will?«, sagt sie, und ihre Ehrlichkeit, ihre direkte Art trifft ihn wieder ins Mark. Er hat noch nie ein Mädchen wie sie kennengelernt. Er dachte, Mädchen mögen Rätsel und unausgesprochene Einladungen, lange grüblerische Pausen und verschleierte Anspielungen.

»Ich frage dich, ob du dich mit mir am Leuchtturm triffst«, sagt er.

Sie bleibt stehen. Jüngere Schüler laufen links und rechts an ihnen vorbei. Ein Junge trägt seine Krawatte auf dem Kopf und schwingt seinen Tornister wie ein Lasso.

»Wieso?«, fragt sie.

Er schaut sie an. In diese tintenblauen Augen. Und er beschließt, ebenso auf die Wahrheit zu setzen.

»Ich weiß es nicht genau«, sagt er. »Wenn ich ehrlich bin.«

Und das scheint ihr plausibel.

»Ich werd's versuchen«, sagt sie so unverbindlich wie vorher. Aber er gibt sich damit zufrieden, ist daran gewöhnt seit damals, als er noch Kontakt zu seiner Mutter hatte. Als er noch jung und hoffnungsvoll und voller Vorfreude war, als noch Sterne an seiner Zimmerdecke klebten.

Der Leuchtturm erwartet ihn, aber Rosie ist nicht da. Über dem Horizont schimmert ein sanftes Licht, das Meer wirkt eisern, so schwarz und still.

Will lehnt sich an die verwitterte Mauer und kommt wieder zu Atem. Das Gebäude steht heute leer, ist nur noch eine Touristenattraktion, die auf Karten als Landmarke dient. Ungenutzte Kirchen gelten als entweiht, weiß Will, ein nutzloser Fakt, den er mal aufgeschnappt und all die Jahre nicht vergessen hat. Er fragt sich, ob es eine Bezeichnung für ungenutzte Leuchttürme gibt. Leer stehend oder verödet. Verlassen.

Er hört auf, sich zu dehnen, und atmet die Seeluft ein. Die Brandung rollt heran und bricht, weiß gekrönt und geduldig. Sein Haar ist schweißnass, ihm wird kalt. Er wird noch zehn Minuten warten und dann nach Hause joggen, als wäre nichts passiert.

Was ja auch wahr wäre.

Doch dann ist sie da. Im hochgeschlossenen Mantel, eine Beanie-Mütze tief in die Stirn gezogen. Heute trägt sie Handschuhe. Fingerlos und paillettenbesetzt.

»Hey«, sagt er und klingt selbst in seinen eigenen Ohren zu aufgekratzt – erwartungsvoll, überrascht und eine Spur zu laut.

»Selber hey«, sagt sie.

Sie blickt ihn an und er sie, und ihm wird klar, dass er gar keinen Plan hat. Die Sonne geht unter, nur darauf hatte er gesetzt. Sie glitzert wie Blattgold auf dem dunklen Wasser.

»Ich weiß nicht, warum ich dich hergebeten habe«, sagt er.

»Und ich weiß nicht, warum ich gekommen bin«, entgegnet sie. Er versucht ihr zuzulächeln, sie erwidert es. Zwei Linien neben ihrem Mund.

»Aber es ist wunderschön.« Rosie blickt hinaus aufs Meer. Die Dämmerung erstreckt sich weit und sanft über den Horizont. Die Wellen rollen den Strand hinauf und wieder zurück und wieder hinauf.

»Das stimmt«, sagt Will und blickt dabei nicht aufs Meer. Ihre Wangen glühen rot auf, und sie wirft ihm einen Blick zu, den sie pfeilschnell wieder abwendet. Der Wind pfeift an den Leuchtturmmauern vorbei.

»Ist dir nicht kalt?« Sie deutet auf die Gänsehaut auf seinen Armen.

»Nein«, sagt er, und es ist wahr. Sein ganzer Körper fühlt sich an, als würde er in Flammen stehen. »Ich meine, bald bestimmt, aber noch nicht.«

»Also«, sagt sie.

»Also.«

»Das ist seltsam«, sagt sie.

»Aber gut seltsam?«

»Gut seltsam«, stimmt sie zu.

Er fragt sie, ob sie hungrig sei, doch sie schüttelt den Kopf, sagt, sie wolle aufs Meer hinausschauen. Sie setzt sich im Schneidersitz auf den Boden, also macht er es ihr nach, den Rücken an den Leuchtturm gepresst. Sie beobachten, wie die Dämmerung von Rosa zu Schwarz wechselt, so schleichend, dass sie es kaum wahrnehmen.

»Josh sagt, dass er jetzt seine Prüfung schafft«, sagt Rosie. »Dank dir.«

»Ich will eigentlich nicht über Josh sprechen.«

»Wieso nicht?«

»Weil ich schon täglich mindestens eine Stunde mit ihm verbringe.«

»Na ja, worüber sollen wir dann sprechen?«

»Sag du es mir«, antwortet er. »Was geht dir durch den Kopf?«

Sie sitzen weiter auseinander als am Lagerfeuer, er kann ihr Gesicht nicht sehen, nicht einmal im Profil. Ihre Mütze sitzt zu tief, ihr Kinn zeigt Richtung Wald. Er erkennt bloß die Kontur ihres Ohrs unter der Mütze. Eine Strähne ihres dunklen Haars.

»Dich interessiert, was mir durch den Kopf geht?«, fragt sie nach einem Moment der Stille.

»Ja«, sagt er. »Das tut es.«

Sie sagt eine Weile nichts. Das Meer haucht gegen die Felsen, eine Möwe hebt vom Sand ab.

»Sprichst du mit all deinen Mädels so?«, fragt sie, als die Möwe aus ihrer Sichtweite verschwunden ist.

»Mit wem?«

»Du weißt schon, die Ashleighs und Keiras und Darcys.«

Also weiß sie von ihnen, denkt er, und in ihm sinkt etwas herab, der Schmerz in seiner Brust verklumpt sich zu einem Stein. Doch dann wird ihm klar, dass das bestimmt etwas zu bedeuten hat. Sie hat es schließlich bemerkt, es ist ihr also nicht egal.

»Ich rede mit keiner von denen.«

»Klar tust du das. Du bist mit Darcy letztes Jahr zum Winterball gegangen.«

»Eigentlich hat sie mich regelrecht hingezwungen.«

»Na ja, ihr habt ja wohl kaum den ganzen Abend schweigend nebeneinandergesessen.«

»Mehr oder weniger schon«, sagt er. Und dann erklärt er ihr, bevor er sich zurückhalten kann, dass es nicht gerade viele Worte brauche, wenn man mit Darcy zusammen sei.

»Oh.«

»Ja.«

Rosie gibt einen kleinen Laut von sich, als würde sie es verstehen und nicht schlimm finden. Ein hohes Mmm, als hätte er ihr bloß gesagt, welcher Tag heute ist. Jetzt ist ihm kalt. Er spürt seine Zehen nicht mehr.

»Aber nein«, sagt er.

»Nein, was?«

»Können wir bitte aufhören, Fragen mit Gegenfragen zu beantworten?«

»Wenn du aufhörst, in Rätseln zu sprechen, dann ja.«

So einen Schwebezustand hat er noch nie erlebt. Ihm ist, als würde alles an ihm, von der Fußsohle über das Zwerchfell bis zu den Schultern gen Himmel gezogen.

»Nein, ich spreche mit keinem dieser Mädchen so.«

»Oh.«

Das ist wohl eins ihrer häufigsten Worte. Dieses Mädchen mit ihrer Stimme und all den Ohs und Vielleichts.

»Ich musste meine Eltern anlügen, um hierherzukommen«, sagt Rosie. »Ich gehe eigentlich nie grundlos irgendwohin, also musste ich mir etwas einfallen lassen.«

»Was hast du ihnen erzählt?«

»Dass ich mir ein Buch von einer Freundin ausleihen will.«

»Originell.«

»Das fand ich auch. Und auch glaubwürdig.«

»Das passt zu dir.«, sagt Will.

»Tut es das?« Rosie dreht sich zu ihm um. Es ist bereits dunkel, die Sonne hat sich im Meer aufgelöst, die Wolken ziehen wie Ölschlieren über ihren Köpfen dahin. »Verstehst du das wirklich? Dass ich die Schule mag und Musik und nicht einmal coole Musik – ich spiele Querflöte, Gitarre und Klavier. Und Blockflöte auch. Ganz offen und ehrlich. Und ich will unheimlich gern Musik studieren, aber lande wahrscheinlich bei Geschichte, und ich möchte es nach Oxbridge schaffen und habe eigentlich gar keine Zeit für all das. Mit jemandem zusammen sein. Wenn es das ist, worum es hier geht.«

Sie holt Luft, und er ist wieder einmal verblüfft von ihr.

»Warum wirst du bei Geschichte landen, wenn du eigentlich

Musik studieren willst?«, fragt er nach einem Augenblick. Der Wind bläst vom Meer herauf, lässt seine Haare hochfliegen, und auch ihre, die unter ihrer Mütze hervorschauen.

»Das ist bei dir von allem, was ich gesagt habe, hängen geblieben?«

»Aha«, sagt er. »Ist das eine Gegenfrage?«

Da lacht sie, und es ist wie der Schweif eines Feuerwerks, der funkelt und verblasst, in der folgenden Stille nachknistert.

»Na schön«, sagt sie. »Ich wollte dich bloß warnen.«

»Betrachte mich als gewarnt«, sagt Will.

Sie streckt die Beine vor sich aus. Ihre Wanderschuhe sehen sauber aus und ohne jegliche Spur einer Wanderung. Er will sie schon fragen, welches Buch sie sich ausgeliehen hat, als ihm einfällt, dass es nur eine Lüge war, die sie erfunden hat. Für ihn.

Er begleitet sie nach Hause, als ihnen zu kalt wird, als ihnen die Dunkelheit in die Knochen gekrochen ist. Die Pflastersteine glänzen unter den Straßenlaternen, Restaurantfenster sind von innen beschlagen. Sie laufen am lokalen Imbiss vorbei, es riecht nach geschälten Kartoffeln und altem Öl, die Schlange reicht bis auf die Straße.

»Nächstes Mal holen wir uns Fritten«, sagt Will.

»Und du ziehst dir eine Jacke an«, sagt Rosie.

»Und ich zieh mir eine Jacke an.«

»Aber nicht deine Motorradjacke, sondern eine richtige.«

»Was hast du gegen meine Motorradjacke?«

»Sie sieht nicht besonders warm aus.«

»Na und? Ich bin es doch, der sie trägt.«

»Aber ich kann mich nicht entspannen, wenn dir kalt ist«, sagt Rosie. »Ich werde immerzu daran denken, wie kalt dir sein muss, und du auch. Und vielleicht willst du dann lieber nach Hause.«

Er hält inne.

»Ich trage jetzt auch keine Jacke, oder?«

»Jap. Und hier sind wir, auf dem Weg nach Hause.«

Darauf weiß Will keine Antwort. Er ist sich nicht sicher, was zwischen ihnen ist. Keiner von beiden hat es ausgesprochen. Es gab keine Küsse, keine Berührungen, keine entblößten Seelen oder Körper. Sie saßen einfach an den Leuchtturm gelehnt da und unterhielten sich, verstummten manchmal und sprachen dann weiter.

Etwas schwingt zwischen ihnen hin und her. Die Haare an seinen Armen stehen ab wie Nadeln, der Schweiß auf seinem Rücken ist getrocknet.

Er überlegt, ihre Hand zu nehmen. Tut es beinahe.

Dann, genau in diesem Moment, lässt Rosie ihre Hände in die Manteltaschen gleiten.

»Das ist unpraktisch«, sagt sie.

»Was? Meine Motorradjacke?«

»Nein«, sagt sie, »die meine ich nicht, sondern das, worüber wir vorhin gesprochen haben, ein Musikstudium. Ich habe darüber nachgedacht, mir sogar ein Bewerbungsformular für eine Musikhochschule besorgt. Aber schließlich habe ich mir gedacht, ich sollte etwas wählen, womit man mehr anfangen kann.«

Will denkt, dass sich das nach den Worten ihrer Eltern anhört, sagt aber lieber nichts. Sie biegen schweigend von der Hauptstraße auf den ansteigenden Weg zum äußeren Stadtring ein. Die Läden und Pubs weichen Cottages mit Kieselwänden. Fernseher flimmern durch die Netzgardinen. Leben, abgeschirmt durch die Fenster. Blumentöpfe. Fotorahmen. Schemen, die sich wie Pappfiguren bewegen.

»Ich frage mich immer, was die Leute zu dieser Zeit am Abend machen«, sagt Rosie.

»Was meinst du?«

»Na ja, es ist eine seltsame Uhrzeit, oder? Kurz vor dem Abendessen. Nach der Schule und der Arbeit. Es ist wie eine Phase der Nicht-Zeit, in der man nichts Richtiges machen kann.«

»Nichts Richtiges?«

»Du weißt schon. Wichtige Dinge.«

»Was sind deine wichtigen Dinge?«

»Meine Güte, bist du neugierig.«

Will lacht, weil ihn noch nie jemand so genannt hat. Er fragt sich, ob es sich damit wie mit der Wut verhält, ob es in ihm schlummert und sich bloß zeigt, wenn das Leben danach ruft. Wenn ein Mädchen mit schmalen Händen ihn fragt, wo seine Mutter wohl sein könnte, und ihm beim Reden in die Augen schaut.

»Singen. Und schreiben«, sagt sie.

»Ach ja? Was schreibst du?«

»Songtexte hauptsächlich. Und Gedichte.«

Er nickt. Über ihnen hängt Weihnachtsbeleuchtung, und die Glühlampen klingeln im Wind, stoßen aneinander wie Löffel in der Schublade. Sie kommen ihm gefährlich vor, solche Gespräche. Als könnte sie bald herausfinden, dass er Narben und ein Wutproblem und eine Geschichte unaussprechlicher Dinge mit sich herumträgt.

»Was sind deine?«, fragt sie ihn.

»Mein Motorrad, schätze ich«, sagt er. »Laufen vielleicht.«

Sie biegen in ihr Wohnviertel ein. Autos parken in den Einfahrten, schwere Vorhänge schirmen die Häuser ab.

»Und reisen«, sagt Will und bemerkt, dass er schon wieder etwas mit ihr teilt, was er noch nie laut ausgesprochen hat.

»Wow«, sagt Rosie interessiert. »Wo warst du denn schon?«

»Na ja, ich war nur zweimal außerhalb Norfolks«, gesteht er. »Deshalb will ich weg, sobald ich kann.«

»Und wo willst du hin?«

»Irgendwohin. Überallhin.«

»Das sind ziemlich viele Orte«, sagt sie, und er entgegnet, da habe sie wohl recht.

*

»Rosemary Winters, du steckst voller Überraschungen.«

Rosie kann nicht anders, als ins Telefon zu lachen. Sie fühlt sich, als wäre sie mit Ballons gefüllt, ein angenehmer Druck unter ihrer Haut.

»Nichts ist passiert«, sagt sie.

»Nichts ist passiert?«, kreischt Marley. »Der coolste Typ der Schule wollte sich mit dir treffen, das ist passiert.«

»Ich finde nicht, dass er der coolste Typ der Schule ist.«

»Er ist sexy und finster, und er fährt Motorrad, um Himmels Willen.«

»Ich weiß. Das ist ein Problem.«

»Ein Problem? Rosie!« Marley klingt ein wenig überdreht, als hätte sie einen Energydrink zu viel intus. »Denkst du, er lässt dich darauf mitfahren?«

»Ich würde da nicht mal für Geld draufsteigen«, sagt Rosie, und Marley seufzt.

»Das macht aber seine Anziehungskraft aus. Sein Motorrad, seine traurigen Augen, seine dunkle, gefährliche Vergangenheit. Du weißt, dass er mal suspendiert wurde, weil er jemanden in der Schultoilette verprügelt hat?«

»Das ist nur ein blödes Gerücht, Marl.«

»Vielleicht«, sagt Marley, »aber können wir bitte mal zurückspulen? Will White kam vorbei und wollte dich nach Hause begleiten. Also. Was ist vorher passiert?«

»Ich stand neben meinem Spind und hab mit dir gesprochen.«

»Nein, nein, nein.« Rosie spürt regelrecht, wie Marley frustriert mit der Hand fuchtelt. Sie braucht sie nicht zu sehen, um sie vor Augen zu haben, ihre Freundin, kopfüber auf ihrem Bett, die Füße gegen die Wand gestemmt.

»Vorher.«

»Er war eines Abends hier«, erzählt Rosie. »Um Josh in Mathe zu helfen.«

»Und?«

»Und wir kamen ins Gespräch. Das ist alles.«

Sie weiß nicht, warum sie es herunterspielt, obwohl sie doch eigentlich singen, rennen, die Sonne in ihrem Herzen herauslassen will.

»Hat er sich an dich rangemacht?«

»Nein.«

»Wolltest du es?«

»Keine Ahnung, Marl, ich bin mir nicht sicher, was er will. Wir wissen doch beide, was für ein Typ er ist, richtig? Er hat nie ein Wort mit mir gewechselt, und dann in der Nacht am Lagerfeuer ...«

»Das Lagerfeuer! Ich hab ganz vergessen, dass er dabei war!«

»Ja, genau. Er hat kaum mit irgendwem gesprochen. Aber als du weg warst, ich weiß auch nicht, haben wir angefangen zu quatschen.«

»Und er hat sich in dich verknallt. Volltreffer. Warum auch nicht, Rosie?«

»Ich dachte, ich wäre eine Vanilla Virgin?«

»Na ja, bist du auch. Und das ist deine Geheimwaffe. Weißt du?«

»Langweilig zu sein?«

»Unschuldig und süß und so ganz und gar du selbst zu sein«, sagt sie, und Rosie kann das Lachen wieder nicht unterdrücken, als sie die fiebrige Stimme ihrer Freundin hört.

»Klingt, als würdest du dir da ein nettes kleines Drehbuch zusammenschreiben«, sagt sie. »Aber das Timing ist schlecht, Marley. Im Ernst. Ich habe Wichtigeres im Kopf. Ich sollte mich auf Oxbridge konzentrieren.«

»Du solltest dich auf den Umfang seines Bizepses konzentrieren«, sagt Marley.

Sie zanken und lachen eine weitere Minute, dann geht Rosies Tür ohne Anklopfen auf. Es ist ihre Mutter. Ihr Haar ist in ein Handtuch gewickelt, ihr Gesicht ist blass, nun da Mascara und Eyeliner abgeschminkt sind.

»Telefon weg, Rosie.« Sie nickt hin zu der Stelle, an der einmal Rosies Uhr gehangen hat. Rosie bat ihren Vater, sie abzunehmen, als ihre Schlafprobleme anfingen, als die tickenden Zeiger, die einst so beruhigend gewesen waren, sie wie ein Zahnrad zu umschlingen begannen. »Sag Marley gute Nacht.«

Sie schließt die Tür hinter sich, und Rosie hält sich den Hörer wieder ans Kinn.

»Hast du gehört?«

»Jap. Aber bevor du auflegst, noch eine Frage, Rosie.«

»Okay.«

»Magst du ihn?«

Eine uhrzeigerlose, lampenerleuchtete Stille tritt ein.

»Denn, wenn du das tust«, fährt Marley fort, »dann zählt das andere Zeug nicht. Nicht das Motorrad oder das Rauchen oder Oxbridge, oder die anderen Mädels oder was deine Mutter denkt, oder an welchem Tag deine Lateinprüfung ist.«

Der Tonfall ihrer Freundin hat sich verändert. Jetzt spricht die ernsthafte Marley, die Marley, die gern über Ethik debattiert, die pünktlich zur Orchesterprobe erscheint. Die mit höchster Konzentration antwortet, wenn ihr Vater ihr am Küchentisch Quizfragen über Krankheiten stellt, denn sie will in seine Fußstapfen treten und Ärztin werden.

»Ich kann nicht«, sagt Rosie.

»Aber du tust es?«, fragt Marley.

Rosie erwidert nichts, bringt die Worte nicht heraus. Und das ist, wie sie weiß, Antwort genug und gleichsam spektakulär unpassend.

Über Nacht trifft sie eine Entscheidung.

Sie kann das jetzt nicht. Sie ist geschmeichelt. Sie ist erfüllt von einer Wärme und zugleich verwirrt darüber, dass sie, ausgerechnet sie, sich mit ihm am Leuchtturm treffen soll, dass sie diejenige ist, mit der er sich am Hafen Pommes frites teilen will. Und sie möchte diejenige sein. Sie möchte ihn über Reisen und das Laufen, all seine Nicht-Pläne reden hören. Sie möchte, dass er zuhört, so wie es sonst niemand tut, so als würde er ihre Antworten regelrecht aufsaugen.

Aber das kann warten.

Nun gibt es andere Dinge, auf die sie sich konzentrieren muss. Größere, wichtigere Dinge, auf die sie zu lange hingearbeitet hat. Sie kann jetzt nicht straucheln. Nicht einmal für Will White mit seinen kalten, selbstsicheren Händen und seinen düsteren Augen.

So grau und so ernst.

Am nächsten Morgen hat sie Schwierigkeiten, ihr Zimmer zu verlassen. Sie dreht eine Schleife nach der anderen. Sie checkt ihre Kleidung, ihre Vorhänge, sie richtet ihren Schreibtischstuhl im perfekten Winkel aus, um sicherzustellen, dass es sich richtig anfühlt. Dann geht sie mit Josh zur Schule, verliert kein Wort darüber und verbringt den Unterricht mit dem strengen Fokus einer angehenden Oxbridge-Studentin. Nach dem Klingeln wartet sie an ihrem Spind, und er kommt zu ihr, wie sie gehofft hat.

Sie sind von zu vielen Menschen umgeben. Schuhe quietschen auf dem Boden, Schulblazer schieben sich in einer blauen Dunstwolke vorbei. Bücher fallen herunter, Türen knallen.

»Können wir irgendwohin gehen?«, fragt sie ihn.

Er hebt die Augenbrauen. Als hätte er so etwas von ihr nicht erwartet. Als dächte er, sie meine etwas anderes.

»Bloß irgendwohin in der Schule«, sagt sie.

»Die Bibliothek?«, schlägt er vor.

»Oder in den Musiktrakt«, sagt Rosie, denn sie kann sich nicht vorstellen mit ihm inmitten der Bücher und schalldämpfenden Teppiche in der Stille zu sitzen, inmitten der papiernen Zartheit und Verschwiegenheit. Sie braucht steinernen Boden unter sich, Klavierkanten, das matte Messing der Notenständer.

Im Musiktrakt stößt Will die Tür auf. Sie ist schwer und holzverkleidet, also muss er sich mit seinem ganzen Arm dagegenstemmen, um sie hindurchzulassen. Drinnen ist es dunkel, da niemand sich die Mühe gemacht hat, das Licht im Flur einzuschalten. Die unharmonischen Stimmen einer Chorprobe dringen aus einem der Klassenräume, von oben ertönt dumpfes Gepolter von Schülern, die ihre Oboen und Gitarren zum Musikunterricht schleppen.

»Ich hasse dieses Gebäude«, sagt Will.

»Ich liebe dieses Gebäude«, sagt Rosie.

»Findest du es nicht gruselig?«

»Das gehört zu seinem Charme.« Rosie führt ihn den Flur entlang, vorbei am Lehrerzimmer zu ihrem Lieblingsproberaum ganz hinten – der meistens leer steht. Das Fenster wird von einer zugewucherten Hecke verdeckt, sodass nie Sonnenlicht hineinkommt, nicht einmal mittags. Sie liebt die Schatten, die Flecken auf den alten Teppich werfen, den leicht klammen Geruch, der nie weggeht.

»Ich glaube, wir müssen an deiner Definition von Charme arbeiten«, sagt Will, als sie ihn durch die Tür führt. Das Klavier steht in der Ecke. Auf den Holzregalen stapeln sich Notenblätter, Debussy, Gershwin und Strauss. Auch ihre Uhr liegt da, auf dem Klavierhocker, sie hat sie schon wieder dort liegen lassen. Sie setzt sich hin und bindet sie um ihr Handgelenk. Will schaut sich um, die Musik, die Noten auf der Tafel. Sein Blick fällt überallhin, wie es scheint, nur nicht auf sie.

»Hier hängst du also rum«, sagt er.

»Mehr oder weniger.«

»Es ist saukalt«, sagt er.

»Ich lasse meistens meine Jacke an«, sagt sie. »Im Winter.«

»Riecht es hier immer so?«

»Ich fürchte schon.«

»Warum kommst du dann her?«

»Ich mag die Ruhe«, sagt sie, und er nickt, als würde er es verstehen, und macht die ganze Sache damit noch schwerer, einfach weil er er ist und versteht. Sie kennt niemanden wie ihn. Hatte noch nie das Gefühl, jemanden ewig zu kennen, obwohl sie es nicht tat.

»Ich wollte mit dir über etwas reden«, sagt sie.

»Ich höre.« Er blickt noch immer an die Tafel, geht hin und berührt den Violinschlüssel, streicht mit den Fingern über den gekringelten Schwanz.

»Ich weiß nicht, ob das eine gute Idee ist«, sagt sie.

Er schweigt, fragt sie nicht, wie sie das meint, entgegnet keine seiner üblichen Fragen. Sie sieht Schüler am Musiktrakt vorbeilaufen, hinter der Hecke vor dem Fenster leuchten sie blau im Vorbeigehen. Der Schnee ist weg, ein neuer Termin für die Geschichtsprüfung angesetzt. Ihr Herz pocht heftig in ihrer Brust.

»Du und ich«, sagt sie für den Fall, dass er es nicht begriffen hat.

Will antwortet nicht. Er reibt den Violinschlüssel mit zwei Fingern weg, hinterlässt an dessen Stelle eine staubige Wolke.

»Wieso das?«, sagt er leichthin, als würde ihn ihre Antwort gar nicht wirklich interessieren.

»Aus vielen Gründen«, sagt sie.

»Nenn mir einen.«

»Okay. Du bist du. Und ich bin ich.«

»Ich brauche einen richtigen Grund, Rosie.«

»Ich bin einfach nicht die Richtige für dich. Ich will nicht beim Winterball an dir kleben oder auf deinem Motorrad hinter dir sitzen oder meine Probeklausuren in den Sand setzen, weil ich an dich denke.«

»Dann tu's nicht.«

»Was?«

»An mich denken.«

»Das versuche ich ja zu sagen«, sagt sie.

»Also tust du es?«

»Was?«

»An mich denken.«

»Na ja, ja«, sagt sie und wird nervös, denkt den herzstoppenden Bruchteil einer Sekunde, sie könnte womöglich alles ganz falsch interpretiert haben. »Du nicht?«

Er sagt nichts. Dreht sich zu ihr um und lehnt sich mit dem Rücken an die Tafel.

»Du wirst Kreide an dein Hemd bekommen«, sagt Rosie. Er verschränkt die Arme, als würde er sich für eine lange Auseinandersetzung wappnen.

»Ich brauche einen anderen Grund.«

»Na gut. Ich muss mich auf meine Prüfungen konzentrieren, in Ordnung? Ich bin schon zu weit gekommen. Ich muss die Noten für eine vorläufige Zusage bekommen, und selbst wenn ich es schaffe, bin ich im September sowieso weg.«

»Na und?«

»Na ja«, sagt sie und sucht mit ihrem Blick den Raum ab, als würde die Antwort an den Wänden stehen oder in den Spinnweben von der Decke hängen. »Ist es dann überhaupt sinnvoll, du weißt schon, etwas anzufangen?«

»Sag du es mir«, sagt er.

»Ich sage es dir ja, Will.« Jetzt tritt eine Schärfe in ihre Stimme, wie das Entzünden eines Streichholzes, knapp und entschlossen. »Du würdest dich sowieso langweilen. Ich sorge mich um die Schule und Noten und all die Dinge, die dir, wie du sehr deutlich gemacht hast, nichts bedeuten. Du willst nicht auf mich warten.«

»Ist das eine Option?«, fragt er, die Arme nach wie vor verschränkt.

»Was?«

»Auf dich zu warten. Ist das eine Option?«

»Wie meinst du das?«

»Ich meine, wenn du mit deinen Prüfungen fertig bist und deine vorläufige Zusage hast, oder was auch immer du brauchst, würde das etwas ändern?«

»Ich würde immer noch weggehen. Im September.«

»Aber es bliebe noch der Sommer.«

»Ja«, sagt Rosie nach einer kurzen Pause.

»Und bis dahin, wie sind die Regeln? Können wir uns nicht mehr treffen? Soll ich mich auf dem Flur vor dir verstecken, Josh nicht mehr in Mathe helfen?«

»Ich stelle keine blöden Regeln auf«, sagt Rosie.

»Komm schon, Roe«, sagt Will mit dem Anflug eines Lachens in der Kehle, und es ist das erste Mal, dass er sie so nennt, dass er ihren Namen so abkürzt, wie es noch nie jemand getan hat oder jemals tun wird.

Sie zuckt mit den Schultern. Ihre Argumentation hat sich zwischen ihnen in Luft aufgelöst wie der Violinschlüssel.

»Mach deine Prüfungen«, sagt Will. »Hol dir deine Noten. Und ich warte.«

Sein Blick ruht auf ihren Augen. Sein Mund ist starr und seine Krawatte gelockert, die obersten zwei Knöpfe seines Hemds unter dem Kragen aufgeknöpft. Das Ticken ihrer Uhr hallt ihr in den Ohren. Ein kleines Metronom, das die Zeit auszählt.

»Du wartest«, wiederholt sie.

»Ja.«

Sie blickt ihn an, sein goldgebranntes Haar, den Flaum an seinem Kiefer. Er ist zugleich aufwühlend und beruhigend, und sie spürt wieder diese Wärme in sich. »Warum?«, fragt sie ihn.

Er schaut sie geradewegs an.

»Du hast gesagt, du denkst an mich«, sagt er.

Sie nickt einmal, als ihr klar wird, dass es eine Frage ist.

»Es sieht so aus, als würde ich auch an dich denken«, sagt er. »Auf meinem Bike. In der Werkstatt. Und wenn ich koche, jogge und versuche einzuschlafen.«

Seine Augen sind wie Rauchschwaden, die den Raum benebeln.

»Und das ist neu für mich«, sagt er.

Rosies Kehle ist so trocken, dass sie nicht sprechen könnte, selbst wenn sie wollte. Sie denkt, dass es auch für sie neu ist. Dass das, was sie gestern unter ihrer Bettdecke getan hat, während sie an ihn dachte, auch neu ist und es sich gefährlich und gut und nur ein klein wenig falsch angefühlt hat.

»Also werde ich warten«, wiederholt Will.

Der Chor hebt von der anderen Seite des Flurs an, eine Ode an den Winterschnee. Sie lauschen beide, bis das Lied zu Ende ist. Ein Vers über die Morgendämmerung. Er hört die Worte und schaut ihr in die Augen, und sie erwidert seinen Blick.

VIER

Sie sagte nicht, sie könnten keine Freunde sein. Nur, dass sie nicht auf seinem Motorrad sitzen oder mit ihm zum Winterball gehen wolle. Dass er sie nicht von ihren Prüfungen ablenken dürfe.

Also texten sie hin und wieder. Zuerst wartet er darauf, dass sie sich bei ihm meldet. Sie schickt ihm Songs oder Ortsnamen, die sie im Internet findet und von denen sie glaubt, sie könnten ihm gefallen, eine Insel, ein Gebirgszug oder eine Stadt. Er notiert sich die Namen auf Zetteln und legt sie in seine Schublade.

Er schreibt ihr frühmorgens oder spätabends.

Fragt sie, wie es ihr geht, wie sie geschlafen hat.

Einmal schläft er mit Darcy, eine Woche nach ihrem Gespräch im Musikraum, und er denkt die ganze Zeit an Rosie. Es ist unangenehm und ungelenk, und er braucht zu lange, um hart zu werden. »Was ist los mit dir«, faucht Darcy ihn an, die Nägel tief in seinen Rücken gebohrt, und er fragt sich dasselbe, während er wieder in seine Jeans steigt.

*

Als Rosie Marley erzählt, dass sie und Will nicht zusammen sind, scheint Marley das als persönlichen Affront zu verstehen.

Tagelang spricht sie kaum mit ihr.

Es verletzt Rosie, aber sie sagt nichts, und noch vor Ablauf der Woche reden sie wieder miteinander. Sie verabreden sich wieder am Samstag, um sich *The Beach* oder *Jack und Sarah* anzuschauen. Rosie erklärt, diesmal bringe sie Popcorn mit. Ein

Friedensangebot, auch wenn sie nicht genau weiß, wofür überhaupt.

Und sie lernt bis zum Umfallen. Sie geht alles noch einmal durch, was in ihren Probeklausuren vorkommen könnte, bleibt lange auf mit Kräutertee, Notizblättern und dem vagen Gefühl, einen Marathon begonnen zu haben, diesem Nervenkitzel, einem Beben vor Stress und Befriedigung.

Will schreibt ihr manchmal. Sie schaut vor dem Schlafengehen auf ihr Handy, wenn sie ihre Bücher zugeklappt, sich die Zähne geputzt und ihre Ohrenstöpsel aus der Nachttischschublade geholt hat. Wenn sie ihm antwortet, versucht sie, clever zu sein, interessanter, als sie sich selbst kennt. Und dann macht sie das Licht aus und fühlt sich gut.

Alles unter Kontrolle, auf dem richtigen Weg. Und da ist jemand, der aufmerksam geworden ist, der sich für sie interessiert.

Sie schläft ohne Anspannung im Kiefer ein. Wacht leichtherzig und bereit für den Tag auf, als wären all die winzigen Körnchen ihres Lebens auf einmal einfach so in Reih und Glied geordnet.

»Ich habe ein Date für den Winterball«, verkündet Marley eines Tages in der Pause.

Rosie will gerade von einem Brötchen abbeißen und erstarrt mitten in der Bewegung.

»Ich weiß, dass wir gesagt haben, wir bringen keine Dates mit«, sagt Marley. »Dass wir wie immer zusammen gehen. Aber das war nur, weil wir nie gefragt wurden, nicht wahr? Und jetzt wurde ich gefragt. Also.«

Rosie lässt das Brötchen sinken, versucht, einen unbeteiligten Gesichtsausdruck beizubehalten.

»Wer hat dich gefragt?«

»Tom Dellow, aus meinem Kunstkurs.«

»Er ist nett.«

»Ich weiß, dass er nett ist«, sagt Marley. »Wir haben uns ab und zu miteinander unterhalten.«

»Oh, alles klar.«

»Ja.«

»Also, ähm. Stehst du auf ihn?«

»Das sehen wir dann wohl nach dem Ball«, sagt Marley, und in ihrer Stimme liegt eine Endgültigkeit, die das Gespräch abwürgt. Das erscheint Rosie ungerecht, denn sie hat bloß eine Frage wiederholt, die Marley ihr gestellt hatte. Aber sie beißt nur in ihr Brötchen und nimmt einen Schluck aus ihrer Wasserflasche.

»Ich finde es toll«, sagt Rosie, als Marley den Joghurtbecher mit ihrem Löffel auskratzt. »Wir können uns trotzdem noch zusammen fertig machen, oder?«

Daraufhin entspannt sich Marley, schaut ihr wieder in die Augen.

»Klar«, sagt sie. »Ich schmettere unsere Lieblingssongs, während wir Lidschatten auftragen und uns die Haare kreppen.«

So haben sie sich früher für Schulpartys zurechtgemacht, als sie jünger waren, als die Winterbälle nur aus Macarena, Schüsseln voll Chips und Jungs bestanden, die auf den Knien über den Boden rutschten. Rosie sagt, das klinge perfekt, und denkt, dass es für sie in Ordnung ist, wenn Marley mit Tom Dellow zum Ball gehen will, obwohl etwas an ihr zerrt, wie ein unsichtbarer Faden, als würde ihre Freundin damit irgendwie einen Standpunkt vertreten.

»Ich gehe mit Josh«, sagt sie, um die Situation aufzulockern, und Marley lacht und sagt, das höre sich nach einem guten Plan an.

*

In der Woche vor den Weihnachtsferien ruft Rosies Mutter sie in ihr Schlafzimmer. Es ist frühmorgens, und normalerweise ist Mum um diese Uhrzeit angezogen und kocht Kaffee, telefoniert oder arbeitet schon am Laptop.

Rosie öffnet die Tür, das Zimmer riecht nach Schlaf, nach dem Moschusatem ihrer Eltern. Ihr Vater ist eine schnarchende Wölbung unter der Decke, während ihre Mutter klein und ausgestreckt mit offenen Augen neben ihm liegt.

»Rosie«, flüstert ihre Mutter, was bedeutet, dass sie nicht sie selbst ist.

»Geht es dir gut?«, fragt Rosie und tappt über den Teppich.

»Mein Kopf«, sagt sie.

»Brauchst du Wasser?«

»Und Sumatriptan.«

Rosie kehrt mit einem Glas und den Tabletten zurück, drückt sie aus der Folie. Sie schaut zu, wie ihre Mutter sie schluckt, und denkt, wie umwerfend sie aussieht, selbst wenn sie krank und gerade erst aufgewacht ist. Ihr Haar fällt über die Kissen, Schatten bohren sich in ihre Wangenknochen.

»Geh heute nicht arbeiten«, schlägt Rosie vor.

»Ich fürchte, das kann ich nicht«, sagt ihre Mutter. Sie schließt die Augen, versucht, das Glas auf ihrem Nachttisch abzustellen. Rosie muss ihr dabei helfen.

»Kann ich dir sonst etwas bringen?«

»Kannst du einfach mit mir sprechen, bloß eine Weile?«

Rosie setzt sich mit angezogenen Beinen ans Bett ihrer Eltern. Zunächst legt sie ihre Hand auf die ihrer Mutter, doch sie zieht die Finger weg.

»Zu heiß«, sagt sie, und Rosie nickt.

Es fühlt sich falsch an, es offen zuzugeben, aber sie mag ihre

Mutter am meisten, wenn sie Migräne hat. Es ist die einzige Gelegenheit, bei der sie Rosies Gesellschaft zu brauchen scheint. Die einzige Gelegenheit, bei der sie weniger gehetzt ist und sich für ihre Tochter interessiert, wirklich interessiert, über die Schule, die Prüfungen oder das Abnehmen hinaus.

»Es geht nicht ums Abnehmen, Rosie«, hatte ihre Mutter erklärt, als sie ihren neuen Sport- und Ernährungsplan einführte. »Wir passen deinen Lifestyle an. Ich will nur, dass du gesund, glücklich und die beste Version deiner selbst bist.«

»Sie will, dass ich zum Winterball eingeladen werde«, hatte Rosie Josh leise erzählt, und er hatte geschnaubt, als wäre es witzig, obwohl es ihrerseits keinesfalls als Witz gemeint gewesen war.

Ihre Mutter bleibt den ganzen Tag im Bett, auch als Rosie und Josh aus der Schule kommen. Sie improvisieren ein Abendessen, und ihr Vater zieht sich mit seinem Teller in sein Arbeitszimmer zurück, um mit den Füßen auf dem Tisch ein Cricket-Spiel im Radio zu hören.

»Also, ich hab nachgedacht«, sagt Rosie, während sie Spaghetti auf ihre Gabel wickelt. Draußen regnet es, und die Tropfen prasseln wie Körner auf das Wintergartendach.

»Das kann nichts Gutes bedeuten«, sagt Josh, der sich den Mund zu voll gestopft hat.

»Ich hab mich gefragt, ob ich mir ein neues Kleid für den Ball kaufen soll.«

Josh blickt sie über sein Wasserglas hinweg an, nach wie vor kauend.

»Ja?«

»Das vom letzten Jahr passt nicht mehr so gut, weil ich abgenommen habe und so.«

»Wie läuft's denn?«

»Gut«, sagt sie. »Nur noch ein paar Pfunde.«

»Dann könnten wir es wahrscheinlich auch abstecken«, sagt er. »Wenn du nicht shoppen gehen willst.«

»Aber ich will.«

»Du willst Kleider shoppen gehen?«

»Na ja. Ein Kleid. Singular.«

»Okay.« Josh legt seine Gabel nieder. »Wie kommt's?«

»Was?«

»Du hast noch nie etwas gekauft, ohne von Mum in einen Laden geschleppt zu werden. Oder von mir.«

»Ich weiß. Wir können ja nicht alle so drauf stehen, uns in Schale zu schmeißen, wie du.«

»Ja, schade.«

»Ich dachte nur, es wäre schön.« Sie steht auf und nimmt seinen Teller mit, obwohl er noch nicht aufgegessen hat. Sie kratzt die Nudeln zurück in die Pfanne, stellt das Geschirr in die Spülmaschine.

»Das wird es«, sagt Josh, und sie spürt seinen Blick auf ihr.

»Ich kann auch alleine gehen, wenn das so eine große Sache ist.«

»Schwesterherz. Es ist keine große Sache.«

»Warum lässt du es dann so erscheinen?«

»Meine Güte, Rosie, ich habe doch bloß eine Frage gestellt! Ich dachte, vielleicht gibt es da jemanden, für den du dich hübsch machen willst. Das ist alles. Das ist nicht so abwegig mit siebzehn, oder?«

»Nicht für dich«, sagt sie.

»Hm?«

»Marley hängt mir immer in den Ohren, dass ich Jungfrau bin und mich nie jemand zum Ball einlädt. Dabei hatte sie selbst noch nie einen Freund. Und du hast auch nicht gerade viele Freundinnen vorzuweisen, Josh.«

Eine Stille folgt, die sie beide überrascht. Rosies Kehle zieht sich zusammen, und etwas sickert durch sie hindurch, eine stechende, fließende Hitze.

»Tut mir leid«, sagt sie und setzt sich wieder zu ihm. Plötzlich fühlt sie sich körperlich so müde, dass sie gleich hier am Tisch einschlafen könnte.

»Was machen die Klauen?«, fragt Josh. Er greift nach ihrer Hand, tut so, als würde er ihre Fingernägel überprüfen.

»Nur der Stress«, seufzt sie. »Die Prüfungen.«

Sie entschuldigt sich ein zweites Mal, und er sagt, es sei okay, lässt ihre Hand los.

»Ist das Kontrollieren wieder schlimm?«, fragt er.

»War schon schlimmer«, sagt sie.

Sie lauschen dem Regen. Rosie lässt die Hitze verfliegen, wartet darauf, dass ihre Gefühle abebben. Sie überlegt, Josh ihr Geheimnis zu verraten, dass sie jemanden hat, jemanden haben könnte. Den Besten vielleicht. Aber aus Gründen, die ihr damals sinnvoll erschienen, hat sie abgelehnt, und er sagte, er würde warten, und nun will sie für ihn hübsch aussehen, obwohl er nicht zu ihr gehört, und das ärgert sie, lenkt sie ab, und vielleicht sollte sie in Anbetracht all dessen einfach zu Hause bleiben. Ohne Date für den Ball, wie immer.

»Ich helfe dir, ein Kleid zu finden«, sagt Josh, denn das wird er natürlich. Schließlich ist er nett und nicht nachtragend und derjenige, der sich um solche Dinge sorgt.

»Ein hellblaues vielleicht«, sagt er und stößt ihren Fuß unter dem Tisch an.

»Vielleicht«, sagt sie, und ihr ist nach Weinen zumute, dabei weiß sie nicht einmal, warum.

Er ist der Einzige, der darüber Bescheid weiß und danach fragt, was sie beide das Kontrollieren nennen.

Sie hat so früh damit angefangen, dass sie sich kaum noch daran erinnert, es jemals nicht getan zu haben. Sie glaubt, es fing am Abend vor ihrer ersten Klavierprüfung an. Sie war sieben. Und aus dem Nichts heraus verspürte sie das Bedürfnis, zu kontrollieren, ob sie ihre Notenblätter in ihre Schultasche gepackt hatte, immer und immer wieder, so als könnte sie sich nicht darauf verlassen, dass sie da waren, egal wie oft sie nachschaute.

Es übertrug sich auf andere Dinge. Das Zurechtrücken ihrer Vorhänge. Das Berühren ihres Türknaufs und ihres Schreibtischstuhls. Irrationale, notwendige, ermüdende Angewohnheiten, die zwanghaft waren und geheim, die sie nur nachts ausführte oder wenn sie vor dem Schlafengehen allein war.

Josh kann sie durch die Wand hören. Hat sie ein-, zweimal dabei gesehen und es akzeptiert, nicht versucht, es zu ändern oder sie damit aufzuziehen oder zu hinterfragen, was sie da macht. Aber er fragt sie hin und wieder, ob es ihr gut geht. Sie selbst vergisst immer, sich diese Frage zu stellen.

*

Die Schulwerkstatt ist nach Unterrichtsschluss Wills Lieblingsort. Wie die Garage seines Großvaters ist sie ruhig und funktional, ein Ort, an dem er sowohl seine Hände als auch seinen Kopf benutzen kann und in Ruhe gelassen wird.

Normalerweise.

»Hey, Will.« Josh kommt mit gegen die Knie baumelnder Tasche, gelockerter Krawatte und auf links gedrehtem Blazer hereinspaziert.

Will erhebt sich von seinem Platz an der Drehbank. Er darf hier alleine arbeiten, weil er einen guten Draht zum Werklehrer hat. Offiziell ist es nicht erlaubt, weil, wie Will sehr gut weiß, die meisten Schüler dumm oder ungeschickt sind, Dinge im Vakuumierer schmelzen und den Feueralarm auslösen oder sich gar die Fingerkuppen abschneiden.

Will hat noch nie etwas Derartiges getan. Doch er hatte auch noch nie einen hartnäckigen Mitschüler, der ihn bei der Arbeit abgelenkt hat.

»Das ist doch okay, oder?«, fragt Josh. »Du hast gesagt, ich könnte hier mittwochs zum Lernen herkommen?«

»Das hab ich wohl, nicht wahr?« Josh sieht so bedröppelt aus, dass Will sofort zurückrudert, ihm mit einem Lachen zu verstehen gibt, dass es nur Spaß war. Mehr oder weniger.

»Lenk mich nur nicht zu viel ab«, sagt er. »Ich muss diese Kerzenständer fertig bekommen, und ich habe schon zwei Sätze vermasselt.«

»Okay«, sagt Josh in ernstem Tonfall, während er seine Bücher und Arbeitsblätter auspackt und sie auf der Werkbank verteilt. »Keine Ablenkung. Kapiert.«

Will schüttelt den Kopf und nimmt die Sockel in die Hand, die er letzte Woche flach gehobelt hat. Er muss sie noch mit Schleifpapier bearbeiten, aber die runde Form ist gut gelungen, das Bohrloch genau an der richtigen Stelle. Er wendet sich wieder der Drehbank zu und montiert ein Werkstück zwischen den Zentrierspitzen. Schritt für Schritt, wie bei der Reparatur eines Motors. Eins nach dem anderen.

»Was bereitet dir denn Probleme?« Will stellt den Reitstock ein.

»Alles«, antwortet Josh, und Will seufzt. Er bringt den Meißel ans Holz, nur einmal, mit einem scharfen, kurzen Laut. Er hat schon Sätze vermasselt, weil er mit der Hand abrutschte oder unkonzentriert war, weil er sich zu schnell zu sicher fühlte und mehr abfräste, als er wollte.

Eine Stunde lang arbeitet er so weiter, in vorsichtigen Schritten, und gibt Josh über die Schulter hinweg Nachhilfe. Wenn er sich umdreht, um sich einen neuen Meißel zu nehmen oder Josh eine Frage zu beantworten, erwischt er ihn manchmal dabei, wie er ihn beobachtet. Als wäre er eher an der Drehbank oder Wills Händen interessiert als an den Matheaufgaben.

»Also«, sagt Josh, nachdem er mit einigen Aufgaben fertig ist und seine langen Arme über dem Kopf ausstreckt. »Gehst du morgen zum Ball?«

Will gibt ein Schnauben von sich, ein zwangloses »Nein«, während er zum Bedan-Werkzeug wechselt. Er hat es nicht vor. Darcy hat ihn diesmal nicht gefragt. Diese Bälle sind immer so stickig, chaotisch und langweilig, dass er den Abend lieber alleine mit seinem Bike oder dem Abschmirgeln dieser Kerzenständer verbringen möchte.

»Rosie macht sich bei Marley fertig«, sagt Josh, »also gehe ich zu Jack zum Vorglühen. Wahrscheinlich werden wir alle so gegen acht Uhr da sein.«

Er erwähnt es so nebensächlich, als würde er ihn auf die Probe stellen, und Will fragt sich flüchtig, ob Josh etwas weiß, ob er etwas ahnt oder Rosie ihm sogar von ihrer Nicht-Beziehung erzählt hat. Von ihrem aufgeschobenen Was-auch-immer.

Doch dann fährt Josh fort und stellt weitere Fragen zu den Zahlen auf den Blättern. Und Will gibt vor, dass es nichts ändert, denn er muss warten, und sie hat ausdrücklich gesagt, sie wolle nicht mit ihm zum Ball gehen.

Wobei er ja nicht mit ihr hingehen würde, wenn er einfach dort auftaucht.

Er tauscht die Werkstücke aus, arbeitet nun rascher und ist zuversichtlich, dass er das erste Stück nachbilden kann. Es bringt nichts, wenn der eine Ständer nicht zum anderen passt. Sie müssen einander exakt gleichen. Er wird sie lackieren, wenn sie fertig sind. Nächstes Mal. Wenn Josh nicht hier ist und ihn über Matrizen ausfragt oder jeden seiner Handgriffe beobachtet.

Als der Abend gekommen ist, zieht er ein Hemd und Jeans an. In der hinteren Ecke seines Schranks findet er ein Aftershave, um den Motorölgeruch zu überdecken, und fragt sich, warum es als sinnlich gilt, nach Trockenfrüchten und Zedernholz zu riechen. Er weiß selbst nicht, wozu er sich die Mühe gibt. Seine Großmutter in der Küche weiß es ebenso wenig.

»Ich dachte, du hasst Schulbälle«, sagt sie, während sie den Eintopf auf dem Herd rührt. Will beugt sich vornüber und schiebt einen Löffel davon in den Mund, sorgsam darauf bedacht, sich nicht zu bekleckern.

»Tu ich auch«, sagt er. Das Essen ist so heiß, dass er den Dampf in rauchartigen Kringeln aus dem Mund entweichen lässt.

»Gehst du mit Ashleigh hin?«

»Vor zwei Jahren vielleicht.«

»Und wer ist dann dieses Mädchen mit den Piercings in den Ohren?«

»Darcy«, sagt er. »Aber nein. Ich bin heute Abend alleine.«

»Oh?«

»Ist das letzte Mal, nicht?«, sagt er mit einem Achselzucken, während er sich noch mal am Eintopf bedient. »Bevor sich alle an die Uni verziehen.«

»Alle außer dir.«

»Jap«, sagt Will. »Es geht bis Mitternacht, Gran, okay? Also warte nicht auf mich.«

»Du fährst aber nicht«, sagt sie.

»Wie soll ich sonst hinkommen?«

»Es wird doch bestimmt getrunken.«

»Ja schon. Aber ich trinke nicht.«

»Das kannst du sonst wem erzählen.«

»Gran!«

»Ich hole dich ab«, sagt sie. »Ich warte um Punkt zwölf draußen vor der Schule. Eine Minute später und du gehst zu Fuß.«

»Gran, ich kann problemlos selbst fahren. Du hast doch gesagt, ich darf im Dunkeln nicht Motorrad fahren, also nehme ich dein Auto und werde nicht ...«

»Hab ganz viel Spaß, Willyum. Und hol dir keine Chlamydien, wenn möglich.«

»Was sind Chlamydien?«, fragt Amber, als sie in die Küche hereinspaziert. Sie trägt noch ihre Schuluniform und an den Füßen großäugige Panda-Pantoffeln.

»Sexuell übertragbare Drachenpocken«, erklärt Will.

»Igitt!«

»Ich weiß«, sagt Will mit einem Nicken. »Fass keinen Jungen an, Ambs, bis du nicht mindestens dreißig bist. Sonst holst du dir noch welche.«

»Nun aber raus mit dir«, sagt seine Großmutter.

»Also muss ich zu Fuß hin?«

»Das wird dich nicht umbringen, oder?«

»Du riechst komisch«, lässt Amber ihn wissen, als er an ihr vorbeigeht, und er dankt beiden für ihre beständige moralische Unterstützung.

Auf dem Ball herrscht lautes Getümmel, ein Durcheinander aus Papiergirlanden, Diskokugeln und halb ausgetrunkenen Limobechern. Wills Name wird auf einem Klemmbrett abgehakt, und weil er schon achtzehn ist – älter als seine Mitschüler, weil er ein Jahr wiederholt hat –, bekommt er eine Wertmarke für ein Bier. Er steckt sie ein und nimmt sich eine Cola. Steuert auf die erstbeste Person zu, die er kennt.

Eine Stunde lang bewegt er sich von Gruppe zu Gruppe, unterhält sich hin und wieder, trinkt von seiner Cola. Ein Mädchen in einem roten Kleid kommt ihm ständig zu nah, und ihre Stimme kitzelt an seinem Hals. Als wäre das attraktiv. Als könnte er unmöglich widerstehen. Als wären ihre Verzweiflung, ihr Hunger nach Aufmerksamkeit an sich schon anziehend.

»Hol dir ein Bier«, sagt er und gibt ihr seine Marke. Und sie blickt zu ihm auf, beschwipst von den Vor-Party-Drinks – ihrem Atem nach zu urteilen Pfirsichschnaps –, und blinzelt langsam, als hätte er ihr ein Kompliment gemacht.

»Bleib genau hier stehen, William White«, lallt sie, bevor sie davonschleicht, und er verschwindet sofort in Richtung Tanzfläche, lehnt sich in der dunkelsten Ecke, die er finden kann, an die Bühne.

Sie ist nicht da.

Die Aula riecht nach Bohnerwachs, frischem Schweiß und süßlich-klebrigen Alkoholpfützen. Hier finden sonst Schulversammlungen, Theaterproben, Weihnachtskonzerte und Gastvorträge statt. Wie viele Stunden er sich hier bereits irgendwelche Gebete, Märchen und Regeln angehört hat. Er wird es nicht vermissen.

»Wiiiiiiiill White!«

Ein Ellbogenstoß reißt ihn aus seinen Gedanken. Ein Arm schlingt sich um seinen Hals, ein Körper drückt sich an seinen. Es ist Josh, und er ist betrunken.

»Mach mal langsam, Kumpel«, sagt Will.

»Tschuldigung, Tschuldigung«, sagt Josh und nimmt den Arm von seiner Schulter. »Hab bloß nicht erwartet, dich hier zu sehen!«

»Um ehrlich zu sein, hab ich mich versteckt«, sagt Will und grinst unwillkürlich. In diesem Zustand wirkt Josh noch mehr wie eine Cartoon-Figur. Seine Arme und Beine sind schlaff, sein

Haar sieht tropfnass aus, als hätte er unter einem Sprinkler gestanden.

»Kommst du gerade aus der Dusche, oder was?«, fragt Will.

»Aus der Dusche?«

»Deine Haare«, sagt er. »Die sind völlig nass.«

»Nur vom Tanzen, Alter!« Josh greift nach Wills Händen, um ihn auf die Tanzfläche zu zerren, doch Will widersetzt sich.

»Ich glaube, du solltest frische Luft schnappen.«

»Ich glaube, du solltest tanzen«, sagt Josh.

»Wie wär's, wenn wir dir Wasser holen?«, schlägt Will vor, und Josh wirft den Kopf zurück, reckt seine Fäuste in die Luft und vollführt eine bizarre Bewegung, an die er sich bestimmt nicht mehr gern erinnern würde, sobald er nüchtern ist.

»Dann noch viel Spaß«, sagt Will lachend. Er geht zurück zur Bühne, will sich selbst ein Glas Wasser holen, als er auf der Treppe einem Mädchen in einem blauen Kleid begegnet. Er macht Platz, um sie durchzulassen, doch sie zögert, als hätte sie bemerkt, wer er ist.

Daran ist er gewöhnt.

Dass sich die Mädchen um ihn herum nervös verhalten, so als wollten sie etwas zu ihm sagen.

Er meidet absichtlich ihren Blick. Plötzlich befürchtet er, das Pfirsichschnapsmädchen könnte mit den Getränken zurückkommen, und will in die andere Richtung flüchten, als das Mädchen in Blau seinen Namen sagt.

Sein Blick wandert zu ihr herüber und verharrt dort.

Es ist Rosie.

Wobei sie nicht aussieht wie Rosie. Sie hat ihr Haar hochgesteckt, ihre Augen sind dunkel geschminkt, sie trägt ein nachtblaues Slip Dress aus Seide, das locker anliegt und bis zum Boden fällt.

»Roe«, sagt er. »Ich dachte, du wärst nicht hier.«

»Das dachte ich von dir auch.«

»Du siehst aus. Ich meine.«

Sie senkt den Blick, und er sieht trotz des schummrigen Lichts, dass ihre Wangen rot aufglühen. Er saugt sie mit seinem Blick auf, ihre nackten Schultern, ihre mit Armbändern geschmückten Handgelenke.

»Willst du einen Drink?«

»Ich hatte eben erst einen. Ich war eigentlich auf der Suche nach Josh.«

Sie hält einen Becher Wasser hoch, und er grinst und schüttelt den Kopf.

»Ich habe ihn eben gesehen«, sagt er. »Viel Erfolg dabei, ihn von diesen Dance Moves abzuhalten.«

»Du meine Güte«, sagt sie, und Will sagt: »Genau, du meine Güte.« Sie lacht, und es ist wieder wie ein Feuerwerk, das Funkeln, die kleinen Explosionen in seinem Bauch.

»Willst du etwas Luft schnappen?«, fragt er sie.

Für eine Dezembernacht ist es mild. Beinahe windstill, mit tiefhängenden Wolken, die die Sterne verdecken.

Im Hof befinden sich einige Paare, also schlüpfen Will und Rosie hinter den Fahrradschuppen und finden sich auf den Betonstufen vor der Aula wieder. Hier draußen ist es ruhiger. Die Diskolichter werfen durch die Fensterscheiben Muster auf den Asphalt.

Will lehnt sich ans Geländer, streckt die Hand aus und hilft Rosie in ihren hohen Schuhen die Treppe hoch.

»Dieses Kleid«, sagt er. Rosie schweigt, senkt den Kopf und streicht ihren Pony glatt, so als wollte sie ihr Gesicht dahinter verstecken.

»Gefällt dir der Abend?«

»Ja«, sagt sie und lehnt sich neben ihm ans Geländer. »Eigentlich, nein. Irgendwie hasse ich diese Sachen.«

»Warum bist du dann gekommen?«

»Das könnte ich dich auch fragen.«

»Ich bin gekommen, weil ich dachte, du könntest hier sein«, sagt Will.

Rosie neigt den Kopf, ihre Augenlider schimmern silbrig.

»Na ja, ich bin gekommen, weil ich es immer tue«, sagt sie.

»Obwohl du es hasst?«, sagt Will, und sie nickt.

»Verrückt, nicht wahr? Zum einen mag ich keinen Alkohol. Übrigens eine weitere coole Eigenschaft an mir«, sagt sie mit einem Blick zu ihm. »Ich hasse es einfach, betrunken zu sein.«

»Vernünftig«, sagt Will.

»Das bin ich«, sagt Rosie. »Und das ist so öde, ich weiß.«

Sie lauschen der Musik, die durch die Wände dröhnt. Die Dächer der geparkten Autos glänzen im Mondlicht, drüben im Hof kichern ein paar Mädchen.

»Darf ich fragen«, setzt Will an, »warum du solche Sachen über dich selbst sagst?«

Sie stehen einen Spalt breit auseinander. Ihr kleiner Finger ganz nah an seinem.

»Weil sie stimmen?«

»Tun sie aber nicht. Wenn du öde wärst oder wirklich ein Problem damit hättest, dass du keinen Alkohol magst, würdest du etwas dagegen tun. Oder?«

Es klingt wie ein Vorwurf, und sie schweigt.

»Was magst du sonst nicht an Bällen?«, fragt er sie, als genügend Zeit verstrichen ist.

»Tanzen.«

»Okay, das ist ein Problem«, sagt er, und sie lacht. Es ist der allerbeste Klang, sein Herz pocht unter seinem Brustkorb, und er dreht sich zu ihr, legt seine Hände auf ihre Taille. Sie hört augenblicklich auf zu lachen.

»Ist das in Ordnung?«, fragt er, und sie nickt einmal, schaut ihn jedoch mit ihren Rehaugen an, in denen sich die kreisenden Lichter spiegeln.

»Tanzen kann gar nicht so schlecht sein«, sagt er.

Er hat auf all diesen Veranstaltungen eng umschlungen getanzt, oder zumindest immer, wenn er gezwungen wurde, mitzukommen. Normalerweise übernehmen die Mädels die Führung und kuscheln sich an seine Brust, während sie sich auf der Stelle drehen. Aber nicht Rosie. Sie blickt bloß zu ihm auf, als wüsste sie nicht, was sie tun soll. Als hätte sie Angst.

»Denk weniger nach«, sagt er.

»Kann ich nicht.«

»Versuch's.«

»Will.«

»Ja?«

»Wir sollten das nicht tun.«

»Was, auf einem Parkplatz tanzen?«

»Du weißt, was ich meine.«

Entgegen dem, was sie sagt, bewegt sie sich mit ihm. Seine Stirn ist ganz nah an ihrer, und er kann den Himmel und die Kälte riechen. Den Herbstduft ihrer Haare, Äpfel und süßliche Blätter. Unter dem Satinstoff ihres Kleids fühlt sie sich etwas angespannt, aber auch weich an.

»Rosie«, sagt er. »Entspann dich.«

»Das ist, als würde ich sagen: Will, sei unattraktiv.«

Er prustet und sagt ihr, sie sei witzig. Sie wiegen sich auf den Stufen, während ihm das Herz in der Brust galoppiert.

»Rosie! Rosie Winters!«

Zwei Personen stolpern um die Ecke. Rosie reißt sich los und dreht sich um. Es sind Marley und Tom, ein Typ, den er aus dem Unterricht bei Mr Jacobs kennt. Marley winkt ihnen zu, und er hört Rosie seufzen, ein winziger Atemzug, dann lächelt sie und winkt zurück.

»Hallo«, sagt sie, als Marley und Tom sich zu ihnen ans Geländer gesellen.

»Hey, hey, hey«, krächzt Marley, bevor sie einen Schluck von ihrem Bier nimmt. »Wie geht's uns denn an diesem schönen Abend?«

»Gut«, sagt Rosie, nach wie vor lächelnd, ihre Zähne wie Perlen in der Dunkelheit.

»Ich dachte, zwischen euch läuft nichts«, sagt Marley und schwenkt ihre Bierflasche zwischen den beiden hin und her. Sie ist angetrunken. Will kann es in ihren Augen sehen.

»Kommt drauf an, was du mit laufen meinst«, sagt er.

Marleys Blick gleitet zu ihm, und in diesem Moment stellt sich Tom vor. Rosie sagt »Hi«. Sie unterhalten sich eine Weile über Belanglosigkeiten. Über das Bier und darüber, wann die Burger fertig sind. Dass ihnen eigentlich Pizza lieber gewesen wäre.

»Dann lasst uns doch Pizza holen«, sagt Will.

Alle drei drehen sich zu ihm um.

»Jetzt?«, fragt Marley.

»Wenn ihr Hunger habt, ja.«

»Wir können nicht einfach hier weg«, sagt Tom.

»Es ist das letzte Mal«, erinnert ihn Marley.

Will gibt ein kleines Lachen von sich. Marley runzelt die Stirn, und auch Tom wirft ihm einen misstrauischen Blick zu, den er schon oft bei Jungs in seinem Alter gesehen hat.

»Was?«, fragt Marley.

»Ich verstehe einfach nicht, warum die Leute so sentimental werden, wenn's um diesen Ort geht«, sagt er.

»Du meinst den Ort, an dem wir die letzten sieben Jahre unseres Lebens verbracht haben?«

»Ich liebe diesen Song«, sagt Rosie auf einmal. Sie hat sich vom Geländer, von ihm wegbewegt. Einige Haarsträhnen haben sich aus ihrem Dutt gelöst.

»Ich auch«, sagt Marley, obwohl ihr Blick einen weiteren Moment auf Will verharrt. Dann reicht sie Tom ihr Bier, greift Rosie an den Händen und tanzt mit ihr zusammen auf dem Hof. Nicht gerade gut, aber unbefangen. Als hätten sie schon jahrelang zusammen in ihren Schlafzimmern getanzt.

»Auch was?« Tom streckt ihm eine Bierflasche hin. Will bedankt sich und nimmt sie, trinkt jedoch nicht. Er schaut zu, wie Rosie lacht, während Marley sie herumwirbelt.

»Etwas kalt hier draußen«, sagt Tom.

»Jap«, sagt Will, der keine Lust auf Smalltalk hat. Tom nippt an seinem Bier, und Will macht es ihm nach, ohne zu überlegen. Der erste Schluck ist lauwarm und unbefriedigend.

Als der Song endet, fällt Marley Rosie um den Hals und schaut zu den beiden hinüber. Rosie sagt etwas zu ihr, was Will nicht hören kann, und Marley kreischt wieder vor Lachen. Wie ein Turmfalke, der triumphierend abtaucht.

»Läuft da was?«, fragt ihn Tom, als die Mädels sich wieder ihnen zuwenden.

»Läuft zwischen euch was?«, fragt er zurück, und Tom hält mit der Bierflasche auf halbem Weg zum Mund inne.

»Zwischen Marley und mir?«

»Jap.«

Tom trinkt noch immer nicht. Schaut zu, wie sie näherkommen.

»Ich weiß nicht so genau«, sagt er, und Will erwidert: »Na dann.«

Die Mädchen sind wieder bei ihnen angekommen und riechen nach Nachtluft und Schweiß, erhitzt vom Herumwirbeln mit den Armen in der Luft, die frisierten Haare kleben im Nacken.

»Lass uns wieder reingehen«, sagt Marley und zerrt an Rosies Hand.

»Ich bleibe noch etwas draußen«, sagt Rosie.

»Ach, komm schon«, sagt Marley. »Komm mit tanzen.«

»Wir haben doch eben getanzt.«

»Es ist das letzte Mal!«

»Ich weiß, aber.«

Sie schaut Will an, dann Tom. Marley zieht eine Schnute und packt Rosie an den Handgelenken.

»Ein Tanz«, sagt Rosie schließlich.

*

Also tanzt Rosie, obwohl sie keine Lust dazu hat. Mit ihrem Kopf ist sie woanders, draußen auf den Stufen bei Will, der dortgeblieben ist, um sich eine Zigarette anzuzünden, doch die jahrelange Loyalität zu Marley und ihre sentimentalen Gefühle für diese Schule halten sie in der pulsierenden Schülermenge, inmitten des Gedränges und Geschreis, der verschütteten Drinks und des klebrigen Bodens.

Seltsamerweise fällt es ihr schwer, sich zu lösen, obwohl ihr niemand Beachtung schenkt. Sie fühlt sich eingeengt, als wären das, was sie will, und das, was sie tun muss, zwei völlig verschiedene Dinge. Als wäre hier zu sein, mit Marley und ihren Freunden, das einzig Richtige und als gäbe es so etwas wie einen unsichtbaren Zaun, der die Dinge an ihrem Platz hält.

Als die Burger serviert werden, strömen alle in die Mensa in Vorfreude auf billiges Brot und Ketchup, die Hitze von weichem Fleisch im Mund. Bei den Servietten trifft sie auf Josh. Ihr Zwillingsbruder ist schweißgebadet und wirkt manisch. Er hat zu viel getrunken, obwohl er nicht einmal alt genug für die Alkoholmarken ist. Die Leute haben sich einen Spaß draus gemacht, vermutet sie: ihm immer mehr ausgegeben, je betrunkener er wurde. Weil es lustig ist, und unschuldig. Und beides auch auf Josh zutrifft.

Sie führt ihn auf den nun leergefegten Hof. Alle Paare sind zurück auf der Tanzfläche und schreien sich zu Bon Jovi die Lunge aus dem Leib.

»Was für eine Nacht«, sagt Josh, als Rosie ihn auf eine Bank setzt.

»Sieht so aus, als hättest du viel Spaß gehabt.«

»So viel Spaß. Du nicht?«

»Doch.«

»Lügnerin.« Er versucht, ihr die Haare zu zerzausen, greift jedoch daneben und tätschelt letztlich das Ohr. »Aber du siehst hübsch aus, Schwesterherz. In deinem Kleid.«

Sie haben am Wochenende eine Stunde im Shoppingcenter verbracht und Spaß gehabt. Josh suchte verschiedenfarbige Kleider aus und hielt sie ihr vor den Leib. »Dieses hier«, sagte er beim Anblick des blauen sofort. »Passend zu deinen Lorelai-Gilmore-Augen.«

Seine Augen wiederum sind nun halb geschlossen, was gut ist, wie sie vermutet.

»Du wolltest uns doch nach Hause fahren«, erinnert sie ihn.

»Ich weiß«, stöhnt er. »Uups.«

Dann lacht er und schläft augenblicklich ein.

Sein Mund steht offen, sein Haar ist zur Seite gestrichen, und Rosie fragt sich nicht zum ersten Mal, wie es sein wird, von ihm getrennt zu leben. Wenn er in Cambridge und sie in Oxford, Durham oder York ist. Wo auch immer sie landet.

Exakt eine Minute nach Mitternacht gehen die Saallichter an und die Musik aus. Die Schüler strömen lachend und kreischend hinaus auf den Hof. Josh wacht auf und übergibt sich auf seine Schuhe.

Rosie stöhnt auf. Wenn man dabei erwischt wird, muss man eine Strafe zahlen.

Sie fordert ihn auf, aufzustehen, und humpelt mit ihm zum hinteren Teil des Schulhofs, vorbei am Tennisplatz, weg von der Menschenmenge und den Lehrern.

»Du bist eine Plage, Josh«, sagt sie, während sie ihn einerseits stützt und andererseits auf ihren Absätzen unter seinem Gewicht wankt.

»Und du bist der beste Mensch, den ich kenne«, lallt Josh. »Das würde ich auch denken, wenn du nicht meine Zwillingsschwester wärst, weißt du?«

»Das ist echt lieb, aber du bist trotzdem eine Plage.«

»Ich meine es ernst«, sagt er, als er seine Füße über den Boden schleift. »Du siehst Dinge, Rosie-Roo. Du weißt Dinge, weil du hinschaust. All die wichtigen Dinge.«

Er redet Unsinn, und sie hört kaum hin. Sie steuert unbewusst auf den Parkplatz zu, weil Will noch dort sein könnte. Josh trottet neben ihr her und drückt seinen Kopf an ihren.

»Du weißt«, sagt er wieder.

»Ich weiß«, sagt sie, auch wenn sie keine Ahnung hat, wovon er redet.

»Tust du?«, fragt er auf einmal in ernstem Tonfall. Der Vollmond taucht den Himmel in cremefarbenes Licht, und Rosie ignoriert ihn.

Sie passieren den Fahrradschuppen und biegen auf den Parkplatz ein, wo zwei Mädchen mit ihren Handys über den Köpfen letzte Selfies schießen. Eine Gruppe Jungs raucht Gras. Sie erkennt den süßlichen, dumpfen Geruch. Will, so scheint es, ist längst weg.

»Mir wird wieder schlecht«, meldet sich Josh.

»Fabelhaft«, sagt sie und befördert ihn doppelt so schnell vorbei an den Rauchern, weg vom Schulgelände. Als sie in sicherer Distanz sind, lehnt sie ihn an einen Laternenpfahl, und er sinkt zu Boden.

»Ich rufe Marley an«, sagt Rosie. »Mal sehen, ob ihre Mutter uns zu Hause absetzen kann.«

Josh nickt und vergräbt sein Gesicht in den Händen.

»Ich muss dir was erzählen«, sagt er. »Was ich beschlossen habe.«

»Okay?«

Sie tippt auf ihrem Handy herum auf der Suche nach Marleys Nummer.

»Nicht wirklich beschlossen. Man kann so etwas nicht beschließen.«

Sie drückt auf die Ruftaste und wartet, während es klingelt und klingelt.

»Du hörst mir ja gar nicht zu«, sagt Josh, der jetzt wütend und nach wie vor sehr betrunken klingt.

»Ich versuche, uns nach Hause zu bringen«, sagt sie. »Obwohl das eigentlich dein Part war, weißt du noch?«

»Du verstehst es nicht.« Josh murmelt noch etwas in seine Hände und sagt dann, er wolle ins Bett.

»Ich versuche ja, dich dahin zu bekommen«, sagt Rosie und versucht es erneut bei Marley. Wieder klingelt es ins Leere. Und wieder muss sich Josh übergeben. Sie verzieht das Gesicht, wartet, bis er fertig ist, und sagt dann, sie müssten wohl oder übel laufen.

*

Seine Großmutter parkt ein paar Meter die Straße rauf, nahe der Turnhalle, wo sie in den seltenen Fällen, in denen sie ihn abholt, immer steht. Wenn es stark regnet oder sie auf dem Heimweg vom Friedhof ist. Letzteres erkennt er am Dreck unter ihren Fingernägeln und den leicht hängenden Mundwinkeln.

Er steigt ein, wartet, bis sie ihre langsame, ruckelnde Dreipunktwendung vollzogen hat und den Weg den Hügel hinunter einschlägt. Sie kriechen am Schuleingang vorbei, wo die Schüler in Gruppen aus der Vorhalle strömen, verschwitzt und glitzernd vor verschmiertem Make-up, Bodyglitter und zu viel Haargel.

»Hattest du Spaß?«, fragt seine Großmutter. Ihre Hände umklammern das Lenkrad auf zehn und zwei Uhr, ihr Blick ist nach vorn gerichtet, während sie über die vielen Bodenschwellen rollen.

»Ja.« Er schaut aus dem Fenster, sieht eine weiße Limousine neben dem Musiktrakt. »Alles wie immer. Schlechte Musik, schlechte Burger.«

»Wieso ist es dann anders?«

»Was?«

»Etwas ist anders. An deiner Stimme.«

Er wirft ihr einen Blick zu, spürt den unwillkürlichen Reflex eines Lächelns.

»Nichts«, sagt er.

»Etwas schon«, sagt sie, lässt es aber dabei bewenden, und er schaut wieder aus dem Fenster, während sie den Blinker setzt und in eine ruhige Straße einbiegt. Sie fährt lieber durchs Wohngebiet als über die Hauptverkehrsstraße. Die Strecke ist länger und dunkler, doch sie mag die Kreisverkehre und die Ampeln nicht. Ihr ist alles recht, damit sie die Kupplung nicht öfter zu bedienen braucht als unbedingt nötig.

»Ich könnte fahren«, sagt er »Ich hatte nur ein paar Schluck Bier.«

»Ich dachte, du wolltest gar nichts trinken?«

»Wollte ich ja auch nicht«, sagt er, »aber dann hast du drauf bestanden, mich abzuholen, also.«

Sie atmet durch beide Nasenlöcher aus. Er will schon sagen, dass es doch wohl kein Verbrechen sei, lässt diese spezielle Wortwahl aber lieber sein. Da sieht er sie über den Gehweg stolpern. Diese große, schlaksige Cartoon-Figur von einem Jungen und eine junge Frau, deren Seidenkleid über den Boden schleift.

»Halt an«, sagt er.

»Wie bitte?«

»Kannst du den Wagen bitte anhalten? Das sind meine Freunde.«

»Freunde«, wiederholt seine Großmutter.

»Lass uns nur sehen, ob bei den beiden alles in Ordnung ist.« Will kurbelt das Fenster herunter, während seine Großmutter das Auto verlangsamt und der Motor im niedrigen Gang stottert.

»Alles okay bei euch?«, fragt er, als sie neben ihnen zum Halten kommen. Rosie hat eine Hand um die Hüfte ihres Bruders gelegt und hält mit der anderen seinen Arm fest, mit dem er ihre Schultern umschlingt. Sie muss sich anstrengen, um zu ihm hinüberzuschauen, um sich auf ihren hohen Absätzen zu drehen.

»Es geht so«, sagt sie.

»Was ist los?«

»Jemand hat's übertrieben«, sagt sie, und in diesem Moment erblickt Josh das Auto und sagt: »Will! Rosie.« Er zerrt an ihrer Hand. »Es ist Will.«

»Das sehe ich auch«, sagt Rosie.

»Hi, Will«, ruft Josh laut und winkt.

»Hi, Josh«, entgegnet Will.

Es folgt ein peinlicher Moment des Schweigens, in dem niemand mehr »Hallo« sagt, bis seine Großmutter ihn unterbricht, indem sie in zu lautem Flüsterton fragt: »Hat er einen an der Waffel?«

»Er ist nur betrunken«, erklärt Will. »Das ist Josh. Aus meinem Matheleistungskurs.«

»Oh«, sagt sie mit plötzlich aufflammendem Interesse. »Der, der so oft deine Hilfe braucht?«

»Ja.«

»Der in Cambridge studieren will?«

»Ja.«

»Der Junge, der nach Cambridge geht und Hilfe von meinem Enkel braucht«, sagt sie mehr zu sich selbst als zu ihm. Will rollt mit den Augen und beugt sich aus dem Autofenster.

»Ist er in Ordnung?«, fragt er Rosie.

»Das wird schon«, sagt sie. »Er braucht nur etwas Schlaf.«

»Steigt ein«, sagt er. Dann, nach kurzem Zögern, wendet er sich wieder seiner Großmutter zu. »Wenn das klargeht?«

Sie mustert ihn mit einem seltsamen Blick und nickt wortlos.

»Wir fahren euch nach Hause«, sagt er zu Rosie.

»Das ist echt nett von euch«, sagt sie, »aber er hat sich schon übergeben. Zweimal.«

»Dann wird er das bestimmt nicht noch mal tun.«

»Das weißt du nicht.«

»Dieses Auto hat schon Schlimmeres gesehen, stimmt's, Gran?«

»Leider ja«, sagt sie und beugt sich vor, um die beiden auf der Straße besser betrachten zu können. Will merkt, dass sie versucht, die Situation, das Risiko, sofern eins besteht, einzuschätzen.

»Im Kofferraum ist eine Plastiktüte«, sagt sie. »Wenn du so nett wärst.«

»Natürlich«, sagt Rosie. »Danke.«

Will hilft ihr, Josh auf den Rücksitz zu hieven. Rosie öffnet den Kofferraum und kehrt mit einer alten Einkaufstüte zurück, die sie Josh zwischen die Beine klemmt.

»Eine Spur von Erbrochenem auf diesem Sitz und du läufst zu Fuß, Kleiner«, sagt Wills Oma mit einem Blick in den Rückspiegel. Josh nickt mit kreidebleichem Gesicht. Seine anfängliche Begeisterung bei Wills Anblick ist verflogen und hat einem erschöpften Schweigen Platz gemacht.

Rosie nimmt neben ihrem Zwillingsbruder Platz und schnallt sich und ihn an.

»Das ist so nett von euch«, wiederholt sie.

»Das ist das Mindeste, was ich tun kann, nachdem ihr Will vor dem Schnee gerettet habt.« Seine Oma bringt das Auto zum Ruckeln, als sie zu spät in den zweiten Gang schaltet.

Für einen winzig kleinen Moment begegnet Will Rosies Blick im Seitenspiegel.

»Hattet ihr einen schönen Abend?«, fragt seine Großmutter, und Will merkt, dass ihr Blick zum Rückspiegel auf das unbekannte Mädchen wandert. »Wie war noch mal dein Name?«

«Rosie«, sagt sie. »Rosemary.«

»Ein hübscher Name.«

»Danke. Ich habe ihn nie so recht gemocht. Er erinnert mich an die Stoffpuppe aus dieser einen Kindersendung.«

»Du hast nichts von einer Stoffpuppe an dir«, sagt seine Gran. Rosie lächelt sie an, und es ist, als würde die Sonne durch die Bäume brechen. Will spürt, wie sich etwas in ihm regt, wenn es nicht ohnehin schon in Bewegung war, wie ein Anker, der sich setzt.

»Der Ball war schön«, sagt Rosie. »Nicht wahr, Will?«

»Ich hab ihr schon erzählt, dass es wie immer war.«

Eine kurze Pause folgt, in der sich ihre Blicke wieder begegnen, während der Motor brummt und die dunklen Häuser an den Fenstern dahinschmelzen.

»Für mich nicht«, sagt Rosie. Wie mutig vor seiner Großmutter. Und wieder ist er vollkommen überrascht von ihr. Er wendet seinen Blick von ihrem ab und beobachtet im Seitenspiegel die vorbeiziehende Nacht. Gehwege und Vorgärten, safrangelb gefleckt von der Straßenbeleuchtung.

*

Wills Großmutter hält vor ihrem Haus, in dessen Vorgartenhecke goldene Lichter funkeln. Rosie kann durchs Fenster den Tannenbaum sehen, den schwachen Widerschein des nachglühenden Kamins in den Christbaumkugeln. Endlich haben ihre Eltern das Haus weihnachtlich dekoriert, ganze vier Tage vor Heiligabend.

»Was für ein schöner Baum«, sagt Wills Großmutter, als sie am Bordstein parkt.

»Danke«, sagt Rosie, obwohl es nicht ihr Verdienst ist. Ihr Vater kauft jedes Jahr den Baum, und ihre Mutter bringt die Dekoration in einer ganz speziellen Ordnung an. Sie und Josh haben früh gelernt, dass sie sich da besser heraushalten.

»Verbringst du Weihnachten zu Hause?«, fragt Will. Der Wagen steht still, doch es kommt ihr unhöflich vor, so plötzlich auszusteigen, und Josh regt sich nicht, scheint es sich bequem gemacht zu haben.

»Ja«, sagt sie. »Meine Mum lädt immer ein. Heiligabend geben wir eine Party, und dann bleiben einige Verwandte über Nacht. Es ist schön. Wir essen viel. Spielen Spiele.«

Fangen vom Wein befeuert Streit an, denkt sie, spricht es jedoch nicht aus, denn bestimmt ist das an Weihnachten in allen Familien normal und nichts, was man erzählen müsste.

»Klingt wie bei uns«, sagt Will. »Nur ohne Party.«

»Hey«, sagt Rosie, »du solltest vorbeikommen.«

»Zur Party?«

»Ja! Unsere Tür steht quasi allen offen. Die Nachbarn schauen vorbei, Familienfreunde, sogar Marley kommt manchmal. Das Essen ist gut. Wir holen Apfeltörtchen aus der Bäckerei, auf die ich mich das ganze Jahr über freue. Also. Ja. Nur wenn du Lust hast und nichts anderes vorhast.«

Sie verstummt, schämt sich plötzlich für ihren unkontrollierten Enthusiasmus. Sie sieht, wie er seiner Großmutter einen Blick zuwirft und diese kaum wahrnehmbar nickt.

»Vielleicht«, sagt er.

»Und du musst zu uns kommen«, sagt seine Großmutter.

Es folgt eine Stille, in der Will und Rosie leicht verwirrt abwarten, worauf sie hinauswill. In diesem Moment geht das Licht vor der Eingangstür an. Ihre Mutter muss wohl das Auto durchs Fenster gesehen haben.

»Wir drei sind am ersten Weihnachtstag allein«, sagt seine Oma. »Aber ich koche genug, um einen ganzen Bus satt zu kriegen.«

»Das stimmt«, sagt Will.

»Du wirst natürlich deine eigenen Verpflichtungen haben«, sagt seine Oma. »Aber wenn du uns auf einen Weihnachtstee besuchen möchtest, bist du herzlich willkommen. Dein Bruder ebenso. Wenn er wieder bei Bewusstsein ist.«

Alle Blicke wandern zu Josh, der mit dem Gesicht ans Fenster gedrückt eingeschlafen ist.

»Das ist wirklich sehr nett«, sagt Rosie, und die Luft im Auto erscheint ihr stickig, zu warm. Es kommt ihr ungewöhnlich vor, von beinahe fremden Leuten zu einer so intimen Weihnachtsfeier in ihrem Haus eingeladen zu werden. Doch es fühlt sich auch besonders an. Rar. Weitere goldene Lichter leuchten in ihrem Inneren auf.

*

Seine Oma parkt in ihrer Einfahrt und stellt den Motor ab. Im Auto duftet es flüchtig nach Äpfeln.

»Willst du mir verraten, was das eben war?«, fragt er, während sie den Schlüssel abzieht.

»Ich wollte dich dasselbe fragen.«

»Was? Was hab ich denn getan?«

»Du bist immer so abwehrend, William.«

»Du gibst mir immer das Gefühl, dass es nötig ist.«

Sie kichert glucksend, und es klingt, als hätte sie Kieselsteine im Hals.

»Deine Freunde«, sagt sie mit sanftem Nachdruck.

»Was ist mit ihnen?«

»Nichts, außer dass sie deine Freunde sind.«

»Ich komm nicht mehr mit.«

»Niemals in deinen achtzehn Jahren, Will, habe ich dich von irgendjemandem als Freund sprechen gehört. Nicht mal in der Grundschule. Gewiss hattest du welche. Aber du hast sie nie so genannt.«

»Bist du sicher, dass du meine Worte nicht einfach irgendeiner freudschen Analyse unterziehst?«, fragt er, und sie lacht wieder keuchend.

»Es war einfach nett«, sagt sie. »Und sie scheinen gute Kinder zu sein.«

»Das sind sie«, sagt er.

»Beide«, fügt sie verstohlen hinzu.

»Gran. Sprich es aus.«

»Ich sage ja gar nichts.«

»Du spielst auf etwas an.«

»Das tu ich«, sagt sie. »Und ich mochte sie.«

Auf einmal fühlt er sich unbeholfen, streicht sich über die Jeans. Die Straße ist verlassen und ruhig. Bei seiner Schwester brennt noch Licht. Bestimmt sitzt sie mit ihren Gelstiften am Schreibtisch und tüftelt einen Plan zur Weltherrschaft aus.

»Ich mag sie auch«, sagt er mit leiser Stimme.

»Warum willst du dann nicht zu ihrer Party?«

»Du weißt, warum.«

»Nein, weiß ich nicht.«

»Das ist einfach nicht mein Ding, oder? Champagner und Häppchen. Die Eltern eines Mädchens.«

»William White«, sagt sie, und ihre Stimme trifft ihn hart wie die Ecke einer Tischplatte. »Wag es ja nicht.«

»Was?«

»Lass dir ja nicht etwas Gutes entgehen, bloß weil es anders ist. Ich habe dich nicht zu solchem Denken erzogen, oder?«

»Nein«, sagt er.

»Na dann. Geh und iss Häppchen und Apfeltörtchen. Verlieb dich zur Abwechslung mal in das nette Mädchen.«

»Dir gefällt doch bloß, dass sie keine Piercings hat.«

»Mir hat gefallen, dass sie mir in die Augen geschaut hat, als wir miteinander gesprochen haben. Und dir auch.«

Sie sitzen beieinander, wie sie es schon so oft getan haben. Seine Oma ist klein und gedrungen, aber ihm ist sie immer so groß vorgekommen, vor allem in diesem Auto. Irgendwie nimmt sie mit ihren Strickpullovern und unausgesprochenen Gedanken so viel Raum ein, auch wenn sie drei Köpfe kleiner ist als er.

»Amber ist noch wach«, sagt er schließlich.

»Ich weiß. Sie testet ihre Grenzen.«

»Indem sie um Mitternacht Tagebuch schreibt?«

»Alles hat seinen Anfang«, sagt sie, als sie die Autotür öffnet. »Als Nächstes bleibt sie bis spätabends weg, klaut Sherry aus dem Schrank, treibt sich auf Parkplätzen rum und wird verhaftet.«

»Zu früh?«, fragt sie, als Will nichts erwidert.

Er zuckt mit den Achseln. Ihm fehlen noch immer die Worte, um über jene Nacht, oder generell jene Zeit in seinem Leben zu sprechen.

Es war nicht richtig.

Das weiß er jetzt.

Etwas hatte sich in ihm aufgebaut, seit seine Mutter ihn verlassen hatte – nachdem sie fortgegangen und nicht wiedergekommen war. Etwas, das er in die schmalen Linien quetschte zwischen dem, was wehtat, und dem, was nicht wehtat, um einfach nur den Tag zu überstehen.

Er liebte seine Großeltern. Sie waren ohnehin immer die Guten gewesen, die mit warmen Mahlzeiten, frischer Bettwäsche und einer TV-Zeitschrift, durch die er wusste, wann Cowboy-Filme liefen. Also vermisste er seine Mutter eigentlich nicht. Dachte nicht einmal mehr an sie, nach so vielen Jahren. Nachdem die Geburtstagskarten und die Anrufe immer weniger wurden und schließlich ganz versiegten.

Als er auf die weiterführende Schule kam, verschwammen die Dinge jedoch allmählich. Manchmal hatte er tagelang das Gefühl, durch tiefes Wasser zu waten, alles in Zeitlupe zu erleben, und nur der Alkohol – ein Schluck von etwas, das seine Sinne schärfte – verschaffte ihm Linderung.

Er weiß nicht mehr, wie er das herausfand.

Vielleicht durch seinen Großvater, der sein allabendliches Glas Whiskey stehen ließ. Vielleicht stieß er auch aus purer Langeweile auf den Spirituosenschrank. Er wusste bloß, wenn er nicht schlief und sich niedergeschlagen fühlte, dann rückte ein ordentlicher Schluck von etwas Erwachsenem alles wieder ins rechte Licht.

Damals war er zwölf Jahre alt.

Er trank immer mehr. Freundete sich mit den falschen Leuten an, traf falsche Entscheidungen.

Mit dreizehn schwänzte er die Schule und blieb tage- und nächtelang weg, trieb sich mit einer Gruppe Jungs herum, die viel älter waren, viel härteres Zeug nahmen, eine viel härtere Vergangenheit hatten als er. Er fand heraus, dass ihm auch das gegen den Schmerz half. Die Gefahr. Der schmale Grat, auf dem er wanderte, wenn er die Nächte mit ihnen, ihren Zigaretten, ihren Pulvertütchen und ihrem Hang zum Diebstahl verbrachte. Auch er klaute Sachen, wenn sie es wollten. Wenn die aufputschende Wirkung des Alkohols nicht mehr ausreichte und dieser Energiekick – diese Lebendigkeit – auf andere Weise herbeigeführt werden musste.

Er tat und sah Dinge, an die er nicht mehr denkt.

Dinge, die er tief in sich vergraben hat.

Diese Nacht auf dem Parkplatz jedoch, über die seine Oma gern Witze macht, um so zu tun, als wäre sie längst Vergangenheit und würde sie nicht noch immer zutiefst beschämen, ist anders.

Sie ist wie ein schmutziges, spitzes Objekt, das er unter der Haut trägt, ein Splitter oder ein eingewachsener Zehennagel.

Etwas, das er herausziehen und in seiner Hand wenden kann, wann immer ihm danach ist.

*

Rosie geht mit einem Glas Orangensaft und gebuttertem Toast zu Josh und klopft mit dem Fuß an seine Tür. Beim Eintreten erblickt sie ihn als Haufen unter der Bettdecke und riecht seinen schlechten Teenager-Atem.

Sie stellt sein Frühstück hin und öffnet die Vorhänge. Er grummelt: »Nein, bitte nicht.« Sie erwidert, er käme noch zu spät zur Schule.

»Ich schaff's nicht in die Schule«, sagt er. »Fühle mich zu krank.«

»Ich glaube nicht, dass ein Kater als Entschuldigung zählt«, sagt Rosie.

»Der letzte Tag ist eh egal«, schnaubt Josh. »Wir sitzen nur rum und gucken Weihnachtsfilme.«

Sie nimmt ein Toastdreieck und hält es ihm lockend hin.

»Ist Mum zu Hause?«, fragt er.

»Nein. Sie ist im Büro.«

»Und Dad?«

»Arbeitet bis zwei. Er meinte, er versucht, früh zu Hause zu sein.«

»Dann rühr ich mich nicht vom Fleck.« Josh vergräbt sich wieder in seiner Bettdecke und lässt sein Brot unangerührt liegen.

»Josh«, sagt Rosie.

»Mmm?«

»Was ist los? Du trinkst sonst nie so viel. Du schwänzt auch nie die Schule.«

»Es gibt für alles ein erstes Mal«, spricht er in sein Kissen.

Sie blickt auf den Haufen unter der Bettdecke, die um ihn herum Falten wirft.

»Aber sonst geht's dir gut?« Es folgt eine lange, muffige Pause, bis er »Ja« sagt, also steht sie auf und lässt ihn weiterschlafen. Auf dem Weg aus dem Zimmer schnappt sie sich eine Scheibe Toast.

FÜNF

Weihnachten bricht mit leichtem Nebel herein, der dampfartig verraucht, der Himmel blass wie Beryll, die Rasenböden gefroren. Rosies Mutter hat ihr wie immer aufgetragen, die Törtchen zu holen, also zieht sie sich früh an und nimmt ihren Mantel aus dem Schrank. Aus Joshs Zimmer dringt nichts als Stille, als würde er noch schlafen. Seit dem Ball bleibt er jeden Tag lange im Bett.

»Frohe Weihnachten«, sagt sie zu ihren Eltern in der Küche. Weihnachtslieder eines College-Chors schallen leise aus der Musikanlage, auf dem Tisch steht eine Kanne Kaffee, und ein Topf auf dem Herd verströmt den Geruch von Porree, der in Sahne köchelt. Ihre Mutter ist bereits angezogen und zieht Stoffservietten durch Ringe.

»Frohe Weihnachten, Schätzchen«, sagt ihre Mutter und strahlt sie dabei an. Rosie hält diesen Augenblick fest, bevor sie ihren Vater mit einem Kuss auf die Wange begrüßt. Er gibt ihr Geld, und ihre Mutter sagt, sie solle schnell wieder zurückkehren, Frühstück sei um neun.

Draußen ist alles still.

Die frühe Morgensonne, so pur, kalt und alpin.

Sie spaziert zur Bäckerei, holt die Bestellung ab und hält noch am Tante-Emma-Laden, um einen Blumenstrauß zu kaufen, Rot- und Grüntöne, durchsetzt von Zweigen aus dem Wald. Sie denkt an den Leuchtturm, den Anblick des Meeres an einem Morgen wie diesem. Sie fragt sich, ob Will wach ist und läuft. Er hat ihr nicht geschrieben, seit seine Großmutter sie nach Hause gefahren hat. Keine Nachricht, ob er heute Abend kommt.

Sie sollte auf direktem Wege nach Hause gehen, zum sorgfältig geplanten Festmahl ihrer Mutter, doch ihre Uhr zeigt an, dass sie es schaffen könnte, also steuert sie den Strand an. Sie legt den Kuchenkarton mit den Blumen obenauf in den Sand, zieht die Schuhe aus und stopft ihre Socken hinein.

In der Bucht befindet sich ein einziger Jogger.

Eine tapfere, verrückte Person schwimmt in Neoprenanzug und Haube im Wasser.

Sie läuft zum Wasser hinunter und tritt hinein. Ein rascher Atemzug, als das Meer über ihre Zehen rauscht, und sie erlebt einen dieser seltenen Momente der Klarheit, in denen sich alles echt, richtig und sorglos anfühlt, ihr die Welt offensteht und sie für kurze Zeit bis in die Knochen Erleichterung spürt.

Auf dem Heimweg entschließt sie sich, ihm zuerst zu schreiben.

Frohe Weihnachten, tippt sie. *Ich habe die Apfeltörtchen.*

Zwinker-Smiley: Semikolon, Klammer zu. Zu viel, denkt sie, löscht es, fügt es wieder hinzu und drückt auf Senden.

*

Will hebt den Messingring an der blauen Tür an und klopft.

Rosies Vater macht auf, ein hochgewachsener Mann mit schütterem Haar. Er trägt ein gestreiftes Hemd mit offenem Kragen. »Kennen wir uns?«, fragt er, und bevor Will antworten kann, lacht er herzhaft über seine eigene Frage, tritt beiseite, um ihn hereinzulassen, und sagt, die jungen Leute seien im Esszimmer gewesen, als er sie das letzte Mal gesehen habe. Er nimmt Will die Jacke ab, wünscht ihm viel Spaß und lässt ihn im Flur zurück, als er summend davongeht.

Will bleibt einen Moment zu lang stehen. Er hat das Gefühl, in den Film geraten zu sein, den Amber eben noch zu Hause geschaut hat. Girlanden winden sich um das Treppengeländer, überall Grünzeug und funkelnde Lichter, kein bisschen Lametta. Alles wirkt spiegelblank. Von hier aus sieht er den Esstisch, darauf eine Auswahl Miniaturspeisen auf Tabletts, ringsum die Gäste, die im gedimmten Licht schimmern und Sektgläser mit goldenen Blubberblasen halten.

Er sieht nirgends seine Freunde, also steuert er auf das Essen zu, schnappt sich auf dem Weg dorthin ein Glas mit beliebigem Inhalt und findet sich von Angesicht zu Angesicht mit Mrs Winters. Sie trägt ein schmeichelhaftes schwarzes Kleid, hat ihr Haar zu einem straffen Dutt hochgesteckt. Breite Schultern, Stirnfalten. Wie eine Primaballerina.

»Will«, sagt sie und lächelt. Sie hat spitze Zähne, bemerkt er. Genauso wie er.

»Hi, Mrs Winters«, sagt er. »Danke für die Einladung.«

»Ich bin mir nicht sicher, ob ich dich eingeladen habe«, sagt sie.

»Es war Rosie«, erklärt er, und sie sagt, das wisse sie, er solle sich amüsieren, es gebe reichlich zu essen und zu trinken, wobei er den Champagner ja offenbar schon gefunden habe. Sie geht, bevor er kontern kann, indem er sich entweder entschuldigt oder demonstrativ vor ihr daraus trinkt. Er weiß nicht genau, wofür er sich entschieden hätte.

Er nimmt sich eine Brotstange und geht weiter ins Wohnzimmer, wo er sie zum Glück entdeckt. Josh und Rosie sitzen Schulter an Schulter auf dem Klavierhocker. Sie trägt ein Samtkleid. Ihre Ohrhänger funkeln in den Baumlichtern.

Ihre Wangen sind gerötet, und sie lacht, wechselt so schnell von einem ernsten zu einem fröhlichen Ausdruck. Dann begegnen sich ihre Blicke, Wiedererkennen huscht über ihr Gesicht, und er bahnt sich einen Weg zu ihr durch das Durcheinander der vielen Leute. Josh unterhält sich mit jemandem auf der anderen Seite, also bleiben ihnen zwei kurze Sekunden allein miteinander.

»Hey«, sagt er.

»Du bist gekommen«, sagt sie.

Er will etwas erwidern, als Josh sich umdreht, ihn erblickt und die Augen weit aufreißt wie ein Kind.

»Will!«

»Hey, Mann.«

»Was tust du denn hier?«

»Deine Schwester hat mich eingeladen«, sagt er nach kurzem Zögern.

»Hat sie das also?«, fragt Josh, blickt zwischen den beiden hin und her und stupst sie mit dem Knie an.

»Was?«, sagt Rosie und läuft knallrot an. Will schaut weg, fährt sich mit der Zunge über die Unterlippe und nimmt einen großen Schluck.

»Was trinkst du da?«, fragt Josh.

»Nichts, was ich normalerweise trinken würde«, sagt Will, und Josh springt auf, meint, er könne ihm eine Cola oder ein Bier holen, es gebe Pale Ale im Kühlschrank.

»Das wäre toll.« Will denkt, es wäre schon in Ordnung, den einen Abend ein bisschen was zu trinken. Josh strahlt und macht sich durch die Menge davon.

»Noch so ein schönes Kleid«, sagt er zu Rosie, als er Joshs Platz an ihrer Seite einnimmt.

»Oh«, sagt sie. »Danke.«

»Tut mir leid, dass ich dir nicht gesagt habe, dass ich komme«, sagt er. Er nimmt noch einen Schluck Champagner, obwohl er das Zeug hasst, dieses Kribbeln hinten in der Nase.

»Ist schon gut«, sagt sie. »Ich mag es spannend.«

»Echt?«

»Nein.«

Sie lachen beide auf, und er bietet ihr seinen Champagner an. Sie will schon »Nein« sagen, denkt er für einen kurzen Moment, doch dann nimmt sie ihm das Glas aus der Hand, nippt an der Stelle, an der seine Lippen waren.

»Sprudelnd«, sagt sie.

»Wie dieses Haus«, entgegnet Will. »Ganz schön was los auf eurer Party.«

»Das ist eigentlich nur Mums Verdienst.«

»Du mischst nicht mit?«

»Ein bisschen. Manchmal. Aber sie macht die Dinge gern auf ihre Weise.«

»Wie die Mutter so die Tochter also.«

Es ist ein Witz, ein zaghaftes Necken, aber Rosie erwidert nichts. Sie leert den Champagner und sagt dann: »Klar, das stimmt vermutlich.«

Sie schauen sich im Zimmer um. Frauen in Pailletten und Satin. Männer, die mit bebenden Bäuchen lachen, lauter gepflegte Bärte, zugeknöpfte Manschetten und glänzende Stirnen.

»Und willst du mir nun diese Apfeltörtchen zeigen?«, fragt Will.

»Hast du schon zu Abend gegessen?«

»Nope.«

»Dann lass uns einen Teller holen. Die Apfeltörtchen kommen später.«

»Wieso denn?«

»Weil sie das Dessert sind.«

»Na und?«

»Man isst das Dessert nach dem Abendessen.«

»Sagt wer?«

»... die ganze Welt?«

»Niemand kontrolliert das, oder?«

Sie dreht sich zu ihm um und kneift amüsiert die Augen zusammen, und er spürt, wie sich sein Inneres vor etwas anderem als Verlangen zusammenzieht. Es gefällt ihm und ängstigt ihn zugleich.

»Du willst also zuerst Apfeltörtchen und danach Lachs oder Schweinelenden?«

»Ich will das Verrückteste, was du dir vorstellen kannst«, sagt Will zu ihr.

Rosie streckt beim Lächeln die Zunge raus, rollt sie mit nachdenklichem Blick leicht ein.

»Das Verrückteste auf der Party meiner Mutter«, sagt sie. »Das ist schwer.«

»Du bist doch kreativ, oder?«

»Dessert zuerst ist gut«, sagt sie.

»Das kannst du nicht nehmen. Das ist meins.«

»Du bist so herrisch«, sagt sie.

»Ich finde dich noch herrischer«, sagt er. Sie wendet sich wieder dem Raum zu, gibt ein Ummm von sich, und ihr Schenkel berührt seinen.

Was sie als Nächstes sagt, hört er deshalb nicht.

»Will?«, sagt sie.

»Ja?«

»Wie wär's mit nur Dessert?«

Er schaut ihr ins Gesicht und zählt die Sommersprossen, die muskatartig über ihrer Nase verstreut sind.

»Nur Dessert«, wiederholt er. »Das traust du dich nicht.«

»Nur Apfeltörtchen«, sagt sie. »Nein, nein, warte. Alle Apfeltörtchen.«

»Du treibst es zu weit«, sagt er, und sie lacht wieder, und dieses Gefühl ist zurück. Es verzehrt ihn wie früher der Alkohol, sickert in jede seiner Poren.

Sie nehmen das ganze Tablett mit den Apfeltörtchen – pflaumengroße Blätterteigteilchen – und bahnen sich ihren Weg zum Wintergarten. Rosie bietet zwischendurch den Gästen etwas davon an. Dann erreicht sie die Hintertür und schlüpft hinaus. Will folgt ihr, wie vereinbart, kurz darauf.

Der Garten ist lang und schmal, größer als bei seiner Großmutter, denn sie befinden sich hier am Ortsrand. Er erstreckt sich so weit, dass Will sein Ende nicht sehen kann. Das Gras verschwimmt zu einem Schatten, die Hecken werden vom Himmel verschluckt.

Rosie führt ihn zu einer umzäunten Terrasse, auf der noch mehr Lichter um das Holzspalier gewickelt sind. Dort steht ein kleiner Tisch mit vier Stühlen, und sie setzen sich hin. Die Dezemberluft sticht in ihre Haut.

»Wir können so nicht weitermachen«, sagt Will.

»Womit?«

»Uns nur in der Eiseskälte zu treffen oder in muffigen, alten Musikräumen.«

»Oder mitten in der Nacht in irgendwelchen Küchen«, sagt sie.

»Genau. Kann ich nicht wie ein normaler Mensch mit dir ausgehen?«

»Nope. Ich hab Prüfungen, weißt du nicht mehr?«

»Du hast Prüfungen, klar«, sagt er. »Und doch sitzen wir hier. Mit Apfeltörtchen.«

Er deutet auf das Tablett vor ihnen.

»Zusammen«, fügt er hinzu.

»An Weihnachten sind alle Regeln aufgehoben«, sagt sie und nimmt sich ein Gebäckstück.

»Ich dachte, es gibt keine Regeln?«

»Iss doch einfach ein Apfeltörtchen, okay?«

Sie nimmt noch eins vom Tablett und hält es ihm hin. Er

überlegt eine Sekunde lang, es gleich aus ihrer Hand zu essen, und fragt sich, was sie dann wohl tun würde.

»Die sind wirklich fantastisch«, sagt sie.

»Du hast sie zu sehr angepriesen, weißt du?«

»Ich weiß.«

»Und ein Hype stellt sich selten als gerechtfertigt heraus.«

»Da widerspreche ich«, sagt sie. »Die Beatles. Led Zeppelin. Beyoncé.«

»Das ist ein wild zusammengewürfelter Musikgeschmack.«

»Mozart«, zählt sie weiter an ihren Fingern ab. »Monet. Paris. Erdnussbutter.«

»Smooth oder crunchy?«

»Immer crunchy.«

»Siehst du, jetzt vertraue ich dir schon ein wenig mehr, was die Apfeltörtchen angeht«, sagt Will, nimmt es ihr aus der Hand und beißt hinein.

Das Gebäck zerfällt im Mund, mit seidenweichen Apfelstücken. Fruchtkonfitüre verschmilzt mit einem Hauch Vanillecreme. Er schmeckt Zimt und Ingwer. Den Muskat ihrer Sommersprossen.

»Und?«, fragt sie.

»Ich brauche noch eins, um sicherzugehen.«

»Du liebst es.«

»Lass mich noch mal probieren.«

»Sag schon, dass du es liebst!«

»Das ist offenbar eine sehr wichtige Angelegenheit für dich«, sagt Will und nimmt sich noch ein Stück vom Tablett. »Also will ich sichergehen, dass ich dir eine wohlüberlegte Antwort gebe.«

Rosie lacht und beißt in ihr eigenes Törtchen. Sie gibt ein leises, wunderschönes Geräusch von sich.

Es lässt ihn erzittern.

Sie bleiben so lange draußen, wie sie können, je viereinhalb Apfeltörtchen, kalte Hände und taube Zehen lang.

»Ich mag das irgendwie«, sagt Rosie, als sie ihr Taubheitsgefühl vergleichen. »Wenn das warme Haus gleich nebenan ist und wir wissen, dass wir jederzeit hineingehen können.«

»Deshalb mag ich kalte Duschen.« Will steht auf und nimmt das beinahe leere Tablett.

»Oh Gott, wirklich?«

»Es ist nicht so schlimm, wie es klingt«, sagt er. »Man gewöhnt sich dran.«

»Aber wie hast du das überhaupt rausgefunden? Was hat dich eines Tages auf die Idee gebracht, zu sagen: Ich drehe einfach mal das kalte Wasser auf und schaue, wie es sich anfühlt?«

Er folgt ihr zurück zum Haus und ist froh, dass sie sein Gesicht nicht sehen kann.

»Wir hatten mal ein Wochenende lang kein warmes Wasser«, erzählt er. »Der Boiler war kaputt.«

»Oh«, sagt sie. »Na klar.«

Er sagt »Ja«, doch er hat ihr nicht die Wahrheit erzählt. Er hat ihr nicht erzählt, dass er einmal für einen ganzen Monat seines Lebens gar nichts mehr gespürt hat. Dass er einige Dinge ausprobiert hat, eiskalte Duschen waren noch das Harmloseste.

Drinnen spielt jemand Weihnachtslieder auf dem Klavier, das Esszimmer ist menschenleer. Der Tisch sieht aus, als sei er von Möwen verwüstet worden, Brotkrusten auf den Tellern, Soßenflecken auf der Tischdecke. Will schnappt sich ein Würstchen im Blätterteig, während Rosie das Tablett mit den übrig gebliebenen Törtchen an dieselbe Stelle wie zuvor zurückstellt.

»Wer spielt da?«, fragt er und deutet mit dem Kopf in Richtung der Musik.

»Das ist bestimmt Dad«, sagt sie. »Durch ihn habe ich quasi mit Klavierspielen angefangen.«

»Du bist besser, schätze ich.«

»Er spielt nur zum Spaß«, sagt Rosie mit einem Achselzucken.

»Und du nicht?«

»Ich spiele, weil ich muss«, sagt sie. »Weil ich mich nicht gut fühle, wenn ich es nicht tue.«

Während sie spricht, fummelt sie an der Tischdecke herum.

»Sorry«, sagt sie. »Marley meint, ich komme manchmal ziemlich krass rüber.«

Ohne nachzudenken, nimmt er ihre Hand und sieht auch dort eine Konstellation aus Sommersprossen. Ihre Finger verschränken sich in seinen, und Will zieht sie sanft zu sich heran, als Josh plötzlich hineinplatzt. »Oh.«

Rosie macht einen Schritt zurück, als hätte sie sich verbrannt, und Will sieht etwas über Joshs Gesicht huschen.

»Hi«, sagt er, aber Josh erwidert nichts. Er wirkt benebelt, als hätte er wieder getrunken. Nicht so viel wie letztes Mal, aber genug, um ihn zu verändern, seine Reaktionen heftiger zu machen.

»Wo zum Kuckuck wart ihr denn?«, fragt er.

»Wir waren nirgendwo«, sagt Rosie. »Du hast uns bestimmt einfach ... verloren.«

Sie lächelt verhalten, doch Josh starrt sie beide nur an. In der Hand hält er ein Bier. Er stellt es zur Seite und sagt seiner Schwester, ohne sie anzuschauen, dass ihre Mutter nach ihr gefragt habe, weil sie nun für die Gäste spielen solle.

Rosie nickt.

»Josh«, sagt sie. »Bist du ...«

Aber er hat das Zimmer schon verlassen.

»Ich schätze, ich sollte dann wohl rüber«, sagt sie mit einer Geste in Richtung der Musik.

»Klar«, sagt Will.

»Komm und hör es dir an«, sagt sie, und er erwidert, das werde er, nachdem er etwas ohne Zucker gegessen habe.

Sie lächelt ihn an und zögert, als wollte sie noch etwas sagen. Doch dann schlüpft sie ohne ein Wort hinaus, und Will wendet sich den verbliebenen Sandwiches zu. Er nimmt sich eins und biegt die Brotscheiben auseinander.

»Pastete.« Mrs Winters steht mit einem frisch aufgefüllten Champagnerglas in der Tür.

»Welche Sorte?«, fragt er.

»Wildschwein«, sagt sie. »Vielleicht auch Rosenkohl. Es gab zwei verschiedene.«

Natürlich gab es zwei, denkt er, beißt hinein und kaut langsam unter ihrem Blick. Sie sieht zu dieser späten Stunde erstaunlich gut zurechtgemacht aus. Als wäre gar keine Zeit vergangen, seit sie sich das Haar hochgesteckt und das Gesicht geschminkt hat, lauter kräftige Linien, Bronzetöne und scharfe Kanten.

»Wo sind die Zwillinge?«, fragt sie ihn.

»Roe ist Klavier spielen gegangen«, sagt er. »Und Josh ...«

»Roe?«

Auf ihren Lippen erscheint ein schmales Lächeln. Der Champagner in ihrem Glas zischt leise vor sich hin.

»Rosie«, sagt er mit einem Achselzucken.

»Du magst meine Tochter also«, sagt sie. Will lehnt sich an den Tisch und wartet ab, ist sich nicht sicher, ob es eine Frage ist, ob es sie irgendetwas angeht. Er hat den Eindruck, dass diese Frau es gewohnt ist, Leuten Rechtfertigungen abzuringen, und er hat keine für sie.

»Sie ist ein gutes Mädchen«, sagt sie, und er meint, das wisse er.

»Du spielst nicht irgendein Spiel mit ihr, oder?«, fragt sie.

»Was für ein Spiel?«

»Eins, das Jungs wie du gern spielen, Will. Lass uns offen miteinander reden. Wie zwei Erwachsene.«

»Jungs wie ich?«

»Du gehst nicht wegen einer Wette oder so etwas mit ihr aus?«

»Ich gehe nicht mit ihr aus, Punkt«, sagt er. Sein Tonfall ist barsch und sein Herz zu einem Stein verwandelt. Die Pastete klebt zäh und ölig an seinem Gaumen. Er kann sie nicht ausstehen.

»Ah-ha«, sagt sie. »Aber du hast es vor?«

»Ich habe nur das vor, was Rosie möchte«, sagt er, woraufhin sie ihm ein volles Lächeln schenkt und an ihrem Glas nippt. Ihr Lippenstift ist dunkelrot und verschmiert selbst beim Trinken nicht.

»Na dann«, sagt sie. »Das ist alles, was ich hören wollte.«

Das amateurhafte Klavierspiel bricht ab.

»Frohe Weihnachten dann«, sagt er.

»Ja. Frohe Weihnachten, Will«, sagt Mrs Winters, ohne den Blick von ihm abzuwenden.

Das Klavier ertönt wieder, diesmal anders, sanfter, und er weiß, dass nun Rosie spielt. Ihre Mutter verlässt den Raum, er bleibt zurück bei den Sandwiches und den lauwarmen Blinis, mit einem kräftigen Pilzgeschmack im Mund.

*

Rosie verliert sich in den Songs, die sie eigens für den heutigen Abend geschrieben hat.

Sie fängt im Herbst an zu schreiben, inspiriert von den kleinsten Dingen. Rosafüßige Gänse, die zum Überwintern heimkehren. Die Putzkraft in der Schule mit ihren narbigen Händen und dem Lametta am Namensschild.

Eine Weile qualmen sie wie Kohlen in ihr. Bis der November

um ist, hat sie sie fertig geschrieben. Auf der Party ihrer Mutter präsentiert sie sie dann zum allerersten Mal am Klavier, so wie sie es schon immer getan hat und gewiss immer tun wird.

Und die Leute hören zu. Alles wird still, das Geplauder erstirbt. Ihre Hände bewegen sich über die Tasten, als wäre sie blind und würde Brailleschrift lesen, mühelos und ein Teil von ihr. Wenn sie fertig ist, ertönt Applaus. Die Uhr auf dem Kaminsims zeigt elf Uhr an. Ihr Vater dröhnt: »Frohe Weihnachten.« Es folgen klingend aneinandergestoßene Gläser, Luftküsse, Dankworte und Verabschiedungen.

Nachdem sie heute Abend fertig gespielt hat, dreht sie sich auf ihrem Stuhl herum und beobachtet die scheidenden Gäste. Sie wartet auf ihren Zwillingsbruder oder Will, aber keiner von beiden lässt sich blicken.

Als alle fort sind und das Haus in Dunkelheit getaucht ist, als sie im Pyjama mit geputzten Zähnen im Bett liegt und zum zwanzigsten Mal aufs Handy geschaut hat, schaltet Rosie ihr Nachtlicht aus.

Sie bleibt geschlagene drei Minuten liegen, ihr Herz pocht. Ein Amboss drückt auf ihre Brust, und er zwingt sie aus dem Bett und hinein ins Zimmer ihres Bruders.

»Josh«, flüstert sie.

Er zögert, als wollte er nicht antworten. Doch dann schlägt er seine Bettdecke zurück und lässt sie hineinschlüpfen. Darunter ist es warm, und sie drückt ihre blanken Füße an seine.

»Jesus«, sagt er und stößt sie weg. »Deine Füße sind eiskalt.«

»Sorry«, sagt sie, und ein Teil von ihr kann kaum glauben, dass sie sich dafür entschuldigt, wo doch er ihre Lieder verpasst hat – was noch nie vorgekommen ist.

»Alles okay bei dir?«, fragt sie, nachdem er nichts mehr von sich gibt.

»Ja«, sagt er in die Dunkelheit hinein.

»Es kommt mir nicht so vor.«

»Schlaf jetzt, Rosie.«

Er dreht sich von ihr weg, bittet sie aber nicht, zu gehen. Sie starrt seine Zimmerdecke an und dreht sich dann ebenfalls weg, sodass sie Rücken an Rücken, warm, dicht und reglos, nebeneinanderliegen.

*

Will wacht um kurz vor fünf auf.

Ihm ist übel vor lauter Zucker und Champagner. Schwindelig wegen allem anderen.

Er hat Rosie von seinem Platz am Esstisch aus spielen gehört. Lieder, die wie Meerwasser von einer Strophe zur nächsten flossen. Lieder, die er nicht wiedererkannte und von denen er daher wusste, dass es ihre eigenen waren.

Er wusste nicht, was er Rosie über ihre Musik sagen sollte.

Also ging er.

So war es leichter. Bevor er es ruinierte, so wie immer.

Obwohl es noch stockdunkel ist, steht er auf, zieht seine Laufschuhe an und verlässt das Haus. Draußen ist es schneidend kalt, doch ihm wird schnell warm, während er im Licht der Laternen den Gehweg entlangjoggt.

Er konzentriert sich auf seinen Atem, das Aufprallen seiner Schritte.

Unwillkürlich muss er an seine Mutter denken.

Sie mochte Weihnachten. Sie mochte nicht viel, aber der Weihnachtsmorgen war anders, machte sie irgendwie weicher, gab ihr die Erlaubnis, zur Ruhe zu kommen und da statt irgendwo unterwegs zu sein – was auch immer sie trieb. Bevor Amber geboren wurde, als sie nur zu zweit waren, kaufte sie besondere Frühstücksflocken, das teure Markenprodukt, und sie aßen sie im Bett aus dem Karton und schauten Zeichentrickfilme im Fernsehen.

Sie mochte die von Disney. Nicht die Looney Tunes. Zu laut, meinte sie. Zu überdreht.

Am späten Morgen gingen sie dann zu seiner Großmutter, wo seine Mutter auf dem Sofa Orangensaft trank. Es war der einzige Tag im Jahr, an dem es keinen Streit gab, an dem sie zusammen aßen, ein paar Geschenke öffneten und vielleicht noch mit seinem Opa im Park spazieren gingen.

»Keine Reue«, sagte seine Mutter stets, wenn sie beim Abendessen mit ihren Gläsern anstießen, und alle wiederholten ihre Worte, sogar Will, der noch zu jung war, um zu wissen, was Reue überhaupt war.

Als Amber geboren wurde, veränderte sich jedoch vieles. Die Kinder verbrachten die Weihnachtstage zunehmend ohne ihre Mutter bei den Großeltern, und die morgendlichen Cornflakes im Bett gehörten der Vergangenheit an. Die Nächte zu Hause ebenso, doch niemand erklärte ihm, warum sie nun bei den Großeltern schliefen, und so fragte er auch nie.

Er erinnert sich an ihre Schneeflockenohrringe.

Hängende, ramponierte Dinger, die sie einst aus einem Knallbonbon gezogen hatte und ohne Ausnahme jedes Jahr trug.

Er fragt sich, ob sie sie noch hat, wie sie jetzt wohl aussehen mag.

Er rennt schneller, bis seine Lunge schmerzt.

»Frohe Weihnachten, William«, sagt seine Großmutter, als er später am Morgen geduscht, angezogen und durstig in die Küche kommt.

»Gleichfalls.« Er füllt ein großes Glas mit Wasser und trinkt es an der Spüle aus.

»Das war früh, selbst für dich.« Sie späht in den Ofen, wo ihr Vogel bereits brutzelt. Die Küche riecht nach Fleischsäften und Brühe.

»Bin um fünf aufgewacht«, sagt er. »Konnte nicht mehr schlafen.«

»Wie war dein Abend?«

»Gut. Das Essen war nicht schlecht.«

»Das freut mich.« Sie stellt keine weiteren Fragen, doch ihm ist klar, dass sie ihn dadurch manipuliert. Wenn sie nämlich nicht fragt, wird er es ihr am Ende erzählen. So wie immer.

»Ich mag sie wirklich, Gran«, sagt er. Er gießt sich eine Tasse Tee aus der Kanne ein, gibt einen Zuckerwürfel hinein, dann noch einen.

»So viel ist klar«, sagt sie, zieht die Ofenhandschuhe aus, nimmt ihre eigene Tasse von der Arbeitsplatte und wendet sich ihm zu.

Er trinkt einen Schluck von seinem Tee, der stark, schwarz und süß schmeckt.

»Ich habe keine Zeit für Mädchen«, sagt er.

»Seit wann?«, fragt seine Großmutter.

»Ich meine für was Richtiges. Ich habe mein Bike und meine Reisepläne. Und sie geht im Herbst an die Uni.«

Er nimmt noch einen großen Schluck Tee und spürt sein Herz in den Ohren leise pochen.

»Sie hat mir gesagt, ich soll warten, bis ihre Prüfungen vorbei sind. Na ja. Ich habe ihr gesagt, ich würde warten. Ich weiß nicht so recht, wieso. Ich will nicht, du weißt schon ... dass mich so was kümmert.«

Seine Großmutter blickt ihn über ihre Tasse hinweg an, und ausnahmsweise kann er ihren Ausdruck nicht lesen. Ihre Augen sind runzlig zusammengekniffen, wie Datteln. Dunkel wie Melasse.

»Vielleicht hast du keine Zeit für Mädchen. Aber für dieses Mädchen.«

Er will genervt mit den Augen rollen, bringt es aber nicht über sich.

»Du wirst es schon rausfinden, mein Junge.« Sie wendet sich wieder dem Ofen zu. »Kommt sie später zum Tee?«

»Ich weiß es gar nicht«, sagt er. »Hat sie nicht gesagt.«

»Nun dann. Warten wir es mal ab.«

»Warten wir es ab«, sagt er.

*

Der Tag ist schon weit fortgeschritten, als Rosie seine Nachricht sieht, in der er ihr frohe Weihnachten wünscht und schreibt, wie gerne er die Apfeltörtchen mochte. Sie starrt geschlagene drei Sekunden auf ihr Handy und fragt dann ihre Mutter, ob sie Marley besuchen darf.

»Jetzt?«, fragt ihre Mutter mit vom Wein glasigen Augen. Aus ihrem alten Grammophon ertönt klassische Musik. In den Sesseln am Fenster spielen ihr Onkel und ihr Vater Karten. Ihr kleiner Cousin krabbelt über den Teppich und wird von ihrer Tante umkreist.

»Ich würde normalerweise nicht fragen«, sagt Rosie. »Aber sie hat dieses neue Karaoke-Spiel, und Josh liegt noch im Bett, also ...«

»Karaoke?«

»*Sing Star*. Sie hat die neue Version zu Weihnachten bekommen.«

»Ihr Mädels«, sagt ihre Mutter. »Ihr seid doch ein richtiges kleines Musik-Duo, nicht wahr?«

»Jap.« Rosie dreht sich der Magen um, weil sie lügt, obwohl sie sich nicht einmal sicher ist, dass es nötig wäre. Trotzdem bringt sie die Wahrheit nicht heraus. Über ihn. Noch nicht.

»Solange du ihre Gastfreundschaft nicht überstrapazierst«, sagt ihre Mutter. »Ihre Eltern haben nichts dagegen?«

»Sie meinen, es wär in Ordnung.«

»Dann bring etwas mit«, sagt sie. »Eine Flasche aus dem Weinkühlschrank. Oder den Stollen, den wir nicht angebrochen haben? Geh nicht mit leeren Händen.«

»Das würde ich doch nie«, sagt Rosie. Ihre Mutter lächelt sie an, die Symphonie im Hintergrund lässt sie träge blinzeln.

»Rosie«, sagt sie, als diese sich schon zum Gehen umdreht.

»Ja?«

»Dein Klavierspiel gestern Abend.«

»Ja.«

»Es war grandios«, sagt ihre Mutter, und Rosie ist von diesen Worten erfüllt. Ihre Zweifel am heutigen Abend und der Selbsthass wegen der Lüge, all das entweicht in dem Moment wie Dampf aus einer Tasse.

Sie klopft an Joshs Tür, bevor sie geht. Sie hat ihre Zöpfe gelöst, das Haar fällt ihr offen über die Schultern. Ihr Festtagskleid hat sie gegen Jeans und eine weiche Bluse getauscht, in der sie gerne berührt werden würde.

Nicht, dass sie erwartet, im Haus von Wills Oma berührt zu werden.

Aber sie will gut aussehen. Sich gut fühlen.

Damit er sie so ansieht wie beim Winterball, als wollte er die Worte aus ihrem Mund trinken.

Als Josh nicht antwortet, drückt sie die Tür auf, sodass das Licht aus dem Flur einen Streifen auf den Fußboden wirft. Seine Vorhänge sind zugezogen. Indie-Musik schallt sanft und leise aus seinem Computerlautsprecher.

»Josh.«

Er reagiert nicht, aber sie ist sich sicher, dass er nicht schläft.

»Fühlst du dich besser?«, fragt sie. Er hat schon den ganzen Tag Bauchschmerzen. Bei der Bescherung und beim Mittagessen war er nicht bei der Sache, wich ihrem Blick aus, als sie nach der Soße fragte.

»Ich geh raus«, sagt sie.

Er bleibt still, aber sie spürt, dass er aufmerksamer ist.

»Zu Marley.« Sie macht Gänsefüßchen mit den Fingern. »Falls jemand fragt.«

Ihr Bruder hebt seinen Kopf aus dem Kissen, sie sieht, dass seine Augen feucht sind.

»Josh«, sagt sie in verändertem Tonfall. »Rede mit mir.«

Sie spricht nun mit ihrer Zwillingsstimme, ihrer ruhigen, ernsten Ich-gehöre-ganz-dir-Stimme, die endlich zu ihm durchzudringen scheint. Er richtet sich zu einer sitzenden Position auf und schlägt die Decke einladend zurück. Rosie schließt die Tür, schaltet die Lampe ein und setzt sich im Schneidersitz neben ihn, sodass sie beide an die Wand starren.

»Da ist etwas«, sagt Josh, und Rosie erwidert, das wisse sie.

»Bist du okay?«, fragt sie. »Bist du wirklich krank?«

»Nein.«

»Ist es die Uni? Willst du nicht mehr nach Cambridge? Oder kommst du mit dem Lernen nicht hinterher? Ich kann dir helfen ...«

»Das ist es nicht«, sagt er. Sie schweigt, gibt ihm Zeit.

»Was ist zwischen dir und Will?«, fragt er. Sie streicht mit der Handfläche über seinen Bettbezug, ein marineblaues Ombré-Muster.

»Nichts«, sagt sie.

»Das sieht aber nicht so aus.«

»Wie sieht es denn aus?«

»Es sieht so aus, dass ich euch beide gestern Abend eine

Stunde lang nicht finden konnte. Und als ich euch endlich gefunden habe, habt ihr mich angelogen und so getan, als wäre zwischen euch nichts gewesen, obwohl es doch so offensichtlich war, so nahe, wie ihr beieinandergestanden habt.«

Rosie pustet Luft aus.

»Ich weiß«, sagt sie. »Gott, es tut mir leid. Das wollte ich nicht.«

»Also?«

»Also was?«

»Wirst du mir jetzt die Wahrheit sagen?«

Sie findet, dass er übertreibt für ein relativ harmloses Vergehen. Sie hätte nicht gedacht, dass ihre potenzielle Schwärmerei für seinen Freund ihm so viel ausmachen würde. Aber vielleicht glaubt er, es wäre mehr passiert, als es in Wirklichkeit war. Vielleicht ist er beleidigt, weil sie ihm nicht alles detailliert erzählt hat, und es verletzt ihn, dass sie während ihres letzten Weihnachtsfests, bevor sie weggehen, voneinander getrennt leben und neue Versionen ihrer selbst werden, Geheimnisse vor ihm zu haben scheint. Schließlich hatten sie niemals Geheimnisse voreinander. Niemals.

»Okay«, sagt sie. »Da war nichts, das verspreche ich dir. Da ist nichts. Aber ich mag ihn. Und womöglich mag er mich auch. Ich weiß es nicht.«

Noch eine Lüge, denkt sie, also korrigiert sie sich.

»Er hat mich neulich gefragt, ob wir uns abends treffen. Am Leuchtturm. Und wir haben uns eine Weile unterhalten, und es war schön. Und er mag mich, das hat er mehr oder weniger deutlich gemacht, schätze ich.«

Josh zeigt keine Reaktion, hält seinen Blick starr geradeaus gerichtet.

»Also ja«, sagt Rosie. »Es führt sowieso nirgendwohin, Josh. Definitiv nicht vor unseren Prüfungen, das habe ich ihm schon gesagt. Also brauchst du dir keine Sorgen zu machen, er kann dir weiterhin in Mathe helfen. Und wer weiß, bis zum Sommer ist er vielleicht ohnehin drüber hinweg. Also kommt es vielleicht nie dazu, dass es komisch wird oder so.«

Sie redet immer weiter, weil sie nicht sicher ist, warum er schweigt, und je mehr sie spricht, umso mehr ahnt sie, was es sein könnte. Etwas, das sie schon immer vermutet hat, weil sie ihn kennt, ganz und gar, jede Bewegung und jede Laune, aber er hat nie etwas gesagt, sich nie geöffnet, also fährt sie fort, um ihm Zeit zu geben, um diesen Moment zu verlängern, in dem sich alles so anfühlt wie gestern Abend, als sie dachte, er wäre bloß eingeschnappt, weil er außen vor war.

»Es ist alles gut«, sagt sie, weil sie sich so verzweifelt wünscht, es wäre die Wahrheit.

Josh nickt, einmal, ganz langsam. Er schiebt die Hände zu den Knien, als würde er sich strecken, und atmet dabei aus.

»Es ist so«, sagt er.

Rosie wartet. Die klassische Musik von unten wechselt den Track. Pause, dann hebt ein neues Stück an und schwebt über die Treppe zu ihnen empor.

»Das ist alles toll«, sagt er. »Für dich. Wirklich.«

»Danke.« Sie ist so erleichtert, so plötzlich und unbändig erleichtert, dass dies alles ist, was er dazu zu sagen hat.

»Es ist nur so, ich mag ihn auch.«

»Ich weiß. Aber ich verspreche dir, dass es nicht komisch wird, wenn es mit uns nichts wird. Ihr Jungs könnt immer noch ...«

»Nein, Rosie. Ich mag ihn auch.«

Stille tritt ein, ihrer beider Herzschlag klingt wie ein gemeinsamer. Es ist, als würde etwas klicken, während der Raum um sie herum sich verlangsamt, als würden sich die Schatten auf dem Boden ins Licht verschieben. Als würde ein Tag anbrechen, auf den sie lange gewartet hat.

»Oh«, sagt sie.

»Ja.«

Er sieht sie noch immer nicht an, sondern studiert jetzt seine Hände, das entzündete Nagelbett.

»Josh«, haucht sie.

»Ich weiß«, sagt er. »Schocker.«

Und dann beginnt er zu weinen, mit tiefen, ruckartigen Schluchzern, die sie in ihrem ganzen Leben noch nie von ihm vernommen hat, und er streckt seine Arme nach ihr aus, und so hält sie ihn, während die Noten eines Chorals die Treppe hinaufschweben, kleine Bäume und grüne Wälder und so viele Tränen auf ihrem Hemd wie Salz im Meer. Ein Hemd, das sie vor wenigen Minuten wegen seines weichen Stoffs ausgesucht hat, als wäre das überhaupt noch von Bedeutung.

SECHS

Die Schule fängt zu früh wieder an. In den Fenstern hängen noch Papiergirlanden, ausgeschnittene Schneeflocken.

Will sitzt die ersten Unterrichtsstunden ab und verbringt die Pause mit seinen Kumpels in der Bibliothek. Weder lernen sie, noch sind sie leise, noch befolgen sie irgendeine der anderen Anweisungen auf den Postern an den Wänden. Die Bibliothekarin zischt sie von ihrem Pult aus an.

Seit der Party hat er nichts mehr von Rosie gehört. Er hat die restlichen Weihnachtsferien mit Laufen verbracht, kilometerweit und schneller als üblich. Oder er ist Motorrad gefahren, hat immer wieder heftig beschleunigt und sich zu tief in die Kurven gelehnt.

Als die Klingel das Ende der Mittagspause einläutet, macht er sich auf den Weg zum Matheunterricht.

Er blickt dem Widersehen mit Josh voll Sorge entgegen.

Aus Wills Sicht ist es kein Zufall, dass Rosie sich nicht mehr bei ihm meldet, seit Josh die beiden im Esszimmer fand und merkwürdig betreten wirkte. Offensichtlich hatte Josh ein Problem damit, und Will überrascht das nicht wirklich, denn er hat eine Menge Kumpels, die zwar gern von gegenseitigem Respekt reden, ihn aber gar nicht gern in der Nähe ihrer Schwestern sähen.

Ein kleiner, geheimer Teil von ihm dachte, Josh wäre vielleicht anders und wüsste, dass Will nicht der Typ ist, für den alle ihn halten. Das ärgert ihn, und zugleich hat er ein schlechtes Gewissen. Er weiß nicht so recht, was er zu Josh sagen soll, während er die nächste Stunde neben ihm sitzt.

Doch Josh ist nicht da.

Es sind nur Will und Mr Brookman, der ausnahmsweise im Klassenraum bleibt und alle Themen durchgeht, die in der Abschlussprüfung vorkommen könnten. Er fragt Will, zu welchen Themen er sich eine Wiederholung wünscht, als wäre das von Bedeutung, als würde das auch nur den geringsten Unterschied machen.

Am Abend hat er wieder die erste Schicht in der Werkstatt. Er wischt den Boden, justiert ein paar Bremszüge nach und fährt dann auf seinem Motorrad nach Hause, die Luft an seinem Gesicht schneidend wie Blech.

Wenn er abends arbeitet, lässt seine Oma ihm für gewöhnlich das Essen im Ofen stehen. Oft ist sie dann schon in ihrem Zimmer und liest, im Winter geht sie früh ins Bett. Heute sitzt sie jedoch unten am Tisch und liest die Lokalzeitung. Dave liegt zusammengekauert neben ihrem Stuhl.

»Du bist spät auf«, sagt er.

»Sieht wohl so aus«, sagt sie.

»Wie kommt's?« Vorsichtig zieht er eine Schüssel aus dem Ofen. Sie lässt sich gerade so anfassen, wenn er sich beeilt. Er stellt sie auf den Tisch, schnappt sich eine Gabel und lässt sich in einen Stuhl fallen.

»Meine Hüfte schmerzt«, sagt seine Großmutter. »Das Alter vermutlich.«

Er schaufelt sich eine Gabel in den Mund und schaut sie kauend an.

»Du bist doch nicht alt.«

»Ich befürchte, allmählich schon.«

»Sechzig ist das neue Fünfzig«, sagt er, sie kichert und erinnert ihn daran, dass sie schon vor fast sieben Jahren sechzig gewesen sei.

Will blinzelt. Er kann nicht glauben, dass seit ihrem sechzigsten Geburtstag so viel Zeit vergangen ist. Damals gab es Ballons und eine Eistorte, und sein Opa war noch am Leben.

»Vermisst du ihn?«, fragt sie, als hätte sie seine Gedanken gelesen. Er hat den Mund voller Kartoffeln, die ihm beim Schlucken den Gaumen verbrennen.

»Ich denke nicht wirklich darüber nach«, sagt er.

Sie hebt den Blick und schaut ihm in die Augen.

»Aber du schon«, sagt er. »Offensichtlich.«

»Jede Stunde«, sagt sie, und er hört auf zu essen. Sie faltet die Zeitung und legt sie beiseite.

»Aber daran erkennt man eine gute Ehe, denke ich«, sagt sie.

»Bestimmt.«

Eine Stille tritt ein, nur sein Kauen und das Summen der Glühbirnen über ihren Köpfen ist zu hören.

»Wo wir davon sprechen«, sagt sie, und er wappnet sich.

»Was ist in deinem Liebesleben los?«

»Nicht viel, Gran.«

»Nun, so viel ist offensichtlich.«

Er zuckt mit den Schultern und fragt sich, ob alle Teenager von ihren Großmüttern so ausgefragt werden, als sie ihn fragt, was am Abend der Party geschehen sei.

»Nichts.«

»Nichts«, wiederholt sie.

»Nope.«

»Weil du, als du zurückkamst, auf Wolke sieben geschwebt hast, und seit Rosie am Weihnachtstag nicht aufgetaucht ist, wie ein Miesepeter durch die Gegend läufst.«

»Vielen Dank.«

»Das ist meine Sicht der Dinge, mein Junge.«

Er schiebt sein Essen in der Schüssel mit der Gabel umher.

»Sie hat sich einfach nicht mehr gemeldet«, sagt er.

Seine Oma mustert ihn. »Das ist jammerschade, aber so was kommt vor.«

»Ich weiß«, sagt er. »Ist mir egal.«

»Ach, Will«, sagt sie und lacht, was er unter den gegebenen Umständen absolut ungerecht findet. »Ich kann nicht zulassen, dass du schlecht drauf bist. Dass du rausgehst, als würdest du Ärger suchen, und zurückkommst mit einem wütenden Gesicht. Lass uns etwas dagegen unternehmen, ja?«

»Ich kann nichts dagegen machen.«

»Unsinn«, sagt sie. »Das kannst du immer.«

»So ist es eben, wenn man ein Teenager ist.« Er spießt eine Kartoffel zu gewaltsam auf, sodass die Zinken gegen den Schüsselboden schlagen. »Manchmal gewinnt man, manchmal verliert man.«

»Ich erinnere mich«, sagt sie. »Und ich erinnere mich auch daran, dass ich bekam, was ich wollte – und sei es auch nur eine Antwort.«

Aus dem Wohnzimmer ertönt die Kuckucksuhr. Will isst weiter, in ihm baut sich etwas auf.

»Das gilt nicht nur für Teenager«, sagt sie nach einer Weile. »Meine Mutter hat immer gesagt: Man bekommt, wonach man verlangt, und man findet, wonach man sucht.«

»Also hast du nach diesem Leben gesucht, ja?«, fragt Will.

Es ist nur ein Satz, aber der Unterton reicht aus. Seine Großmutter lehnt sich in ihrem Stuhl zurück.

»Ich schätze dieses Leben, das ich mir aufgebaut habe, ja.«

Will atmet hörbar aus und legt die Gabel nieder.

»Ich geh ins Bett.«

»Schön.«

Er steigt die Stufen hinauf und glüht vor Hitze. Er will mehr. Er will nicht in einem Haus mit alten Teppichen sitzen, auf die Kinder von jemand anderem aufpassen und eine kleine, traurige Routine leben, in der jeder Tag gleich abläuft. Und er hasst es, dass er der Grund für all das ist, und er wird nicht nach etwas suchen, was er will, obwohl er noch gar nicht weiß, was genau das ist. Aber das hier will er nicht.

In dieser Nacht tippt er eine Nachricht an Rosie. Es ist halb drei in der Früh, genauso spät wie damals, als sie sich in ihrer Küche verabschiedet haben, und nun liegt er noch wach und schäumt vor Wut.

Wo warst du?, tippt er und löscht es wieder.

Leuchtturm, morgen, versucht er es von Neuem. *Um fünf.*

Und er drückt auf Senden.

*

Rosie rennt auf dem Laufband, bis ihr die Seiten stechen, als würden sie gleich aufreißen.

Sie hat über Weihnachten zugenommen. Bestimmt wie alle. Doch es hängt ihr im Nacken wie eine Aufgabe, die sie lösen muss, ein Fehler, der einer Korrektur bedarf.

Während sie läuft, geht ihr vieles durch den Kopf, jedoch nicht das Lernen, die Hausaufgaben oder die Musik, sondern ihr Zwillingsbruder, wie sehr er geweint hat und dass er seither kaum mit ihr gesprochen hat.

Sie dreht die Geschwindigkeit auf dem Gerät hoch. All ihre Gefühle brennen ihr in den Gliedern, und sie entledigt sich der Kalorien wie einer Haut.

Der Leuchtturm erscheint verlassener als beim letzten Mal. Sie erinnert sich an den Sonnenuntergang, die grellen Streifen am Himmel. Heute ist es bloß grau und trüb. Eine Möwe pickt auf etwas Totem am Strand herum.

Sie friert. Der Schweiß vom Laufen ist auf ihrer Haut getrocknet, nun zittert sie unter ihrer Jacke.

Will taucht kurz nach ihr auf, ebenfalls in Sportkleidung, mit verschwitztem Haar, aber kaum geröteten Wangen.

»Ich werde so rot, wenn ich laufe«, ist das Erste, was sie zu ihm sagt. »Und du siehst aus, als wärst du gerade einer Adidas-Werbung entsprungen.«

»Rotwerden ist gesund.« Er lehnt sich neben sie an die Brüstung. »Ich bin nur blass wegen der Zigaretten. Und weil ich so viel Cola trinke.«

»Ist das so?«, sagt sie und verflucht sich dafür, das Gespräch mit solchen Nebensächlichkeiten begonnen zu haben.

»Danke fürs Kommen«, sagt er.

»Klar. Tut mir leid, dass ich, du weißt schon. Abgetaucht bin.«

»Schon gut«, sagt er, doch sein Blick verrät das Gegenteil.

»Ich kann das einfach nicht.«

»Das schon wieder?«, sagt er.

»Nein, ernsthaft.« Rosie schüttelt den Kopf so heftig, als wollte sie sich von ihren eigenen Haaren befreien, die ihr in Strähnen ins Gesicht wehen. »Ich weiß nicht, was wir da gemacht haben, Will. Eigentlich nur Freunde sein, mehr nicht. Und das ist toll. Das ist alles, was wir sein sollten, denke ich.«

Er hält seinen Blick auf sie gerichtet. Sein Mund ist verkniffen. Seine Bartstoppeln sind länger als an Weihnachten.

»Wieso?«, fragt er.

»Verschiedene Welten.« Sie zuckt mit den Schultern. »Verschiedene Pläne.«

»Ich habe keinen Plan«, sagt er.

»Du weißt, was ich meine.«

»Das tu ich nicht, Roe.«

Sie wird es tun müssen, wird lügen müssen, nur um den Fragen ein Ende zu setzen, um diese Quelle versiegen zu lassen, aus der sie wochenlang getrunken haben.

»Ich habe einfach nicht diese Art von Gefühlen für dich«, sagt sie. »Tut mir leid.«

Er sieht einen Moment lang so überrascht aus, dass sie beinahe auflacht. Sie bezweifelt, dass er jemals einen Korb bekommen hat. Aber sie erträgt es kaum, diese Worte zu sprechen und all das herunterzuschlucken, was sie ihm in Wahrheit gern sagen würde. Es ist besser so. Es ist das Richtige.

Der Wind ist ungestüm und peitscht gegen ihre Beine. Rosies Haar wirbelt noch immer um ihren Hals und ihr Gesicht. Ein schwerer Geruch liegt in der Luft wie von bevorstehendem Regen. Es gibt ein spezielles Wort dafür, das weiß sie. Oder vielleicht galt es auch für nach dem Regen, sie erinnert sich nicht mehr. Will hat seinen Blick von ihr abgewandt, hinaus aufs Meer gerichtet, doch dann geht er auf sie zu und fixiert seine Augen auf ihre. Sturmgrau auf Blau. In Flammen. Dann nimmt er ihr Gesicht in seine Hände und sagt bloß ein fragendes Wort.

»Ernsthaft?«

Rosie regt sich nicht. Sie kann nicht. Und er sucht in ihrem Blick eine Antwort darauf, ob es okay ist, ob sie eben gelogen hat, und dann küsst er sie, und sie vergisst, dass ihr kalt ist, dass sie hergekommen ist, um es zu beenden, weil sie ganz und gar schmilzt. Seine Hände fahren durch ihr Haar, zeichnen die Spitzen ihrer Ohren nach, und sie kann an nichts anderes mehr denken als an diesen Moment und daran, dass ein erster Kuss genauso sein sollte und dass noch nie jemand so ihren Hals berührt hat.

Alles leuchtet.

Ein Lauffeuer in ihrem Inneren, um sie herum das Meer, die Bäume und die feuchte Luft. Alles wird weicher und glühender, während der Moment fortwährt und fortwährt, und endet.

Dann tritt er zurück und lässt ihr Gesicht los.

»Hab ich es mir doch gedacht«, sagt er, und sie meint, er sei unmöglich. Er lacht und lehnt seine Stirn an ihre.

Sie verlassen den windigen Strand, folgen Wills Fußspuren zurück durch den Wald, der sie vor dem Regen schützt.

Sie unterhalten sich über Musikalben, die sie zu Weihnachten bekommen haben, was zu normal erscheint nach allem, was eben erst am Strand geschehen ist, zu höflich und ein wenig schüchtern. Sie reden über Bright Eyes und The Shins. Mazzy Star, die Rosie so teuer wie ihr Schlaf sind, von denen Will aber noch nie gehört hat.

Er geht voran. Auf seinem Rücken zeichnen sich Schweißflecken vom Joggen ab. Rosie möchte ihm lauter Dinge sagen, die sie nicht sagen kann, also folgt sie ihm den Pfad entlang und schweigt, es sei denn, er stellt ihr eine direkte Frage.

Sie antwortet kurz angebunden.

Er wirkt glücklich und gesprächig, sieht sogar größer aus als vorher. Und sie ist erfüllt von Schmetterlingen und Verlangen und dem Erlebnis, das ihr eben widerfahren ist.

Doch ihre Kehle ist wie zugeschnürt.

Sie wünscht sich nichts sehnlicher, als sofort nach Hause zu laufen, in ihren verschlissenen Sportschuhen, und ihrem Bruder alles zu erzählen. Und sie muss immerzu daran denken, dass sie es nicht kann.

»Roe?«, Will bleibt stehen.

»Hm?«

»Ich hab gefragt, was du morgen Abend machst.«

»Oh. Ich weiß nicht so genau.«

»Ich glaube, meine Gran findet es schade, dass sie dich an Weihnachten nicht richtig kennenlernen konnte.«

»Okay.«

»Also willst du vorbeikommen? Sie kann wirklich gut kochen.«

»Da bin ich mir sicher.«

»Roe?«

»Ja?«

»Was ist los? Du siehst total panisch aus.«

Er hat sich zu ihr umgedreht, und die Bäume ragen hinter ihm auf. Es riecht nach Pinien und Erde und der Dunkelheit, die sich um sie herumlegt.Sie tritt einen Schritt zurück.

»Ich bin hergekommen, um es zu beenden«, erinnert sie ihn.

»Wegen deiner Prüfungen«, sagt er.

»Und auch wegen anderer Dinge. Es ist einfach ... nicht richtig.«

»Das war nicht richtig?«, fragt Will und nickt in Richtung Strand. Rosie beißt in die Innenseite ihrer Wange. Sie sagt »Nein«. Es sei sehr schön gewesen, und sie sei geschmeichelt, aber es sei einfach nicht die richtige Zeit für sie.

»Darauf haben wir uns schon geeinigt«, sagt er. »Und ich habe dir gesagt, dass ich warte.«

»Mich zum Abendessen einzuladen, ist nicht warten«, sagt sie.

»Na schön. Dann komm im Mai zum Abendessen. Oder im Juni. Wann auch immer zur Hölle deine Prüfungen vorbei sind.«

»Will«, sagt sie.

»Was?«

»Tu das nicht. Werd nicht wütend. Ich hatte das von Anfang an gesagt.«

»Und du hast mich eben zurückgeküsst«, sagt er. »Und wenn ich mich richtig erinnere, hast du mich zu deiner schicken Weihnachtsparty eingeladen. Gib mir nicht das Gefühl, ich würde hier alles durcheinanderbringen.«

»Ich habe nie gesagt, du würdest ...«

»Kannst du mir einfach sagen, wo das Problem wirklich liegt? Ist es deine Mutter?«

»Meine Mutter?«

»Ist es dir wirklich wichtig, dass sie mich nicht mag? Mir nämlich nicht.«

»Wie um aller Welt kommst du denn darauf?«

»Es kann nicht nur an deinen Noten liegen. Ich habe die Ergebnisse des letzten Jahres gesehen, Roe. Du brauchst bestimmt keine besseren Noten, um es nach Oxford zu schaffen.«

»Das ist nicht wahr.«

»Ist es Josh? War er sauer?«

»Nein«, sagt Rosie etwas lauter, als sie beabsichtigt. »Es hat nichts mit Josh zu tun.«

»Was macht dir also solche Sorgen?«

»Nichts«, sagt sie.

»Ist es das Rauchen? Das Motorrad? Die Suspendierung von der Schule vor Ewigkeiten?«

»Ja«, sagt sie schnell. »Ja, das alles, Will. Alles. Jemand wie du ist der falsche Umgang für mich, okay?«

Will steht der Mund offen, als hätte er eine Erwiderung auf den Lippen, aber bekäme sie nicht heraus. Rosie beobachtet, wie er begreift, was sie da sagt, was sie meint, und ihr Herz verschließt sich wie eine Muschel.

Sie wartet, will die Hand nach ihm ausstrecken, sich in ihm vergraben, es zurücknehmen. Aber es ist vorbei. Der Funken in Wills Gesicht, in seinen stürmischen, gesprenkelten Augen ist weg. Er wird wieder zu dem Jungen, den sie kannte, bevor sie ihn wirklich kannte, cool und distanziert. Er schweigt weiterhin, auch wenn sie so viel Lärm in der Stille zwischen ihnen hören kann, die Lüge, die Verletzung auf beiden Seiten, denn es ist nicht fair, das hier ist nicht fair. Sie will ihm die Wahrheit sagen, aber sie kann nicht, und ihr schnürt sich die Kehle zu, als sie sieht, wie er all das glaubt, was sie gesagt hat. Sie wünscht sich, er würde schreien, ihr widersprechen. Stattdessen nickt er bloß, schluckt das Ganze herunter, und sie stehen da im schwindenden Tageslicht.

SIEBEN

Im Mai sind die Prüfungen zu Ende. Es ist ein ungewöhnlich heißer Nachmittag, und die Unglücklichen, die am letzten Tag noch Klausuren schreiben müssen, werden mit spritzenden Softdrinks und wehenden Luftschlangen empfangen. Will ist einer von ihnen. Josh und er hatten nach der Mittagspause ihre letzte Matheklausur und verlassen anschließend zum letzten Mal gemeinsam die Schule.

Zwischen ihnen ist es nun anders. Wochenlang sprach Josh ausschließlich über Mathe mit ihm, als hätte Will eine Art Grenze überschritten, ihn in einer komplizierten Weise betrogen, die keiner von beiden je ansprach. Das machte Will eine Weile zu schaffen. Doch dann rief er Darcy an und verbrachte die meisten Abende bei ihr zu Hause. Er traf sich wieder mit Freunden bei Lagerfeuern am Strand. Er stockte seine Schichten in der Werkstatt auf, unternahm lange, gewundene Motorradfahrten entlang der Küste. Alles war gut. Alles war in Ordnung. Bald würde er mit der Schule fertig sein, endlich frei, sobald er dieses Stück Papier in Händen hielt, was auch immer darauf stünde.

Heute jedoch, als sie das Schulgebäude verlassen, den Weg nach draußen nehmen und von Luftschlangen aus der Sprühdose empfangen werden, fällt die Spannung von ihnen beiden ab. Sie lachen gemeinsam. Alle streifen ihre Blazer ab, schälen sich aus ihren Uniformen. Die Sonne ist butterfarben und schmilzt über allem, den Gehwegen, den geparkten Autos, den Schülern der Abschlussklasse, die aus den Toren strömen.

»Fertig«, sagt Josh und reibt sich die Hände.

»Boom«, sagt Will. Josh wirft den Kopf in den Nacken und lacht.

»Boom«, wiederholt er. »Genau!«

»Hey, Leute«, sagt eine Stimme hinter ihnen. Es ist Darcy, Wills Schultern sinken herab. Sie haben wochenlang bei ihr zu Hause herumgevögelt, wenn ihre Mutter nicht da war, und in seiner Garage auf dem Betonboden, wenn doch. Sie beschwerte sich kein einziges Mal, bis sie beschloss, dass sie jemanden wollte, der sie zum Abendessen ausführte und mit ihr an den Wochenenden nach Norwich fuhr, um sich mit ihren lauten Freunden zu treffen und ihr schaumgekrönten Caffè Latte in Kaffeehausketten zu kaufen.

Will war nicht dieser Jemand.

Sie haben seit Wochen nicht miteinander gesprochen, aber in diesem Moment, in dem die Sonne scheint, die Schule für immer vorbei ist und alle in Limonade getränkt sind, scheint das nicht mehr wichtig zu sein.

»Große Party bei Jessica heute Abend«, sagt sie.

»Cool«, sagt Josh.

»Ich werde dich nicht mit der Kneifzange anfassen, Will White«, sagt Darcy, starrt ihn jedoch an, als würden diese Worte ihn umso mehr dazu bringen, sie anfassen zu wollen.

»Kapiert«, sagt er.

»Aber ihr seid beide eingeladen, klar? Erzählt es allen. Je mehr, desto lustiger, oder so.«

»Was ist denn das für eine Story?«, fragt Josh, als die beiden ihren Weg fortsetzen.

»Gar keine«, sagt Will. »Wir hatten was miteinander. Und dann nicht mehr.«

»So ein Drama«, sagt Josh.

»Josh, Kumpel.«

»Ja?«

»Ist zwischen uns alles in Ordnung?«

Er hat nicht vorgehabt, danach zu fragen. Es rutscht ihm einfach so heraus. Die Sonne oder die Freiheit erleichtern sein Herz, und er merkt, dass er es einfach wissen muss.

Josh sieht ihn aus dem Augenwinkel an, als würde er Unwissenheit vortäuschen und ihn fragen wollen, was er meint. Aber er tut es nicht. Sie gehen weiter. Die Vögel zwitschern über ihren Köpfen, preisen das Blau des Himmels.

»Klar«, sagt Josh und stößt ihn mit der Schulter an. Er fragt Will, ob er heute Abend hingehen wolle, ob er sein Hawaii-Hemd anziehen solle.

*

Der Sommer kommt. Es ist der längste, den sie je erlebt haben, und doch zieht er so schnell vorbei, denn das akademische Jahr wartet nicht. Die Wochen vergehen voller Eiskaffees im Park, durchsichtiger Strohhalme, blauer Getränke, die ihre Zungen färben und sie aufgedreht, laut und fröhlich werden lassen. Einkaufslisten für die Uni: Besteck, Töpfe, ausgedruckte Fotos von Schulfreunden, von denen sie sicher sind, dass sie sie immer lieben und den Kontakt halten werden, die sie an Weihnachten treffen und dann nie wieder.

Rosie trifft sich mit Marley. Sie gehen am Fluss spazieren, Slushies in den Händen, und Marley plappert unentwegt über Tom. Rosie tut interessiert und versucht, nicht mit ihrer eigenen Geschichte herauszuplatzen, mit dem Kuss am Meer, den sie noch immer schmecken kann. Manchmal überkommt es sie, wenn sie es am wenigsten erwartet. Nachts, wenn sie zwischen den Laken liegt oder wenn sie sich in der Badewanne das Haar wäscht, wo sie nackt, nass und allein ist.

Aber nein. Es darf nicht sein.

Es ist nicht fair, für niemanden.

Wenn sie nicht bei Marley ist, verbringen Josh und sie die Nachmittage im Garten. Sie hören Musik auf ihrem iPod, jeder mit einem Kopfhörer, damit sie sich unterhalten oder der Gartenschere der Nachbarn und dem Summen der tieffliegenden Bienen lauschen können.

Sie sprechen nicht über das, was er ihr offenbart hat.

Sie versucht ein- oder zweimal, es anzusprechen, um herauszufinden, ob er bereit ist, ihr mehr darüber anzuvertrauen, aber er macht nur die Musik lauter.

Sie ist es nicht gewohnt, dass er sich ihr gegenüber so verschließt, und es bereitet ihr Sorgen, doch obwohl ihre Prüfungen vorbei und die Sommerferien angebrochen sind, obwohl ihre neuen Leben auf sie warten, haben sie viel um die Ohren. Auf den Vorschlag ihrer Mutter hin geben sie jüngeren Schülern Nachhilfe, um ihren Verstand auf Trab zu halten, und nehmen beide weiter Musikunterricht. Josh trainiert zweimal die Woche mit seiner Basketballmannschaft, und Rosie befolgt brav ihren Workout-Plan. So gehen die Wochen dahin, und der Tag der Notenvergabe rückt immer näher. Das lenkt sie ab. Das, was wirklich zählt, was sie wirklich in Angriff nehmen sollte, hält sie so noch auf Abstand, wie etwas auf ihrer To-do-Liste, an das sie sich ab und zu erinnert und weiß, dass sie es noch ansprechen wird. Sobald er bereit ist.

*

Und dann bricht der letzte Dienstag im August an – ein Dienstag, der zufällig Wills Geburtstag ist. Das Leben seiner Freunde wird sich im September ändern, also markiert sein Geburtstag etwas Bedeutsames. Ein letzter Vorwand für sie, um zusammen zu lachen, zu trinken und jung zu sein.

»Das muss gefeiert werden, Alter«, sagt ein Freund zu ihm. »Ich bringe ein Fass mit.«

»Ich trinke kaum was«, erinnert ihn Will, aber das scheint egal zu sein.

Also sitzt der frischgebackene Neunzehnjährige schließlich im Schneidersitz im Gras an den Klippen bei Burwood Bay. Er nippt an seinem einzigen Bier des Abends und fragt sich, wo die Monate geblieben sind und wie es sein kann, dass die beiden Menschen, mit denen er eigentlich seinen Geburtstag verbringen möchte, nicht hier sind, weil sie den ganzen Sommer über kaum miteinander gesprochen haben.

Natürlich haben es beide auf die Top-Unis geschafft. Zwei von insgesamt Dreien, die sich aus ihrem Jahrgang dort beworben haben. Am Tag der Notenvergabe sah er, wie sie sich in den Armen lagen, Rosie unter Tränen, Josh hob sie empor wie eine Trophäe.

Auch Will schnitt gut ab. Er faltete sein Zeugnis in seine Tasche und ging zurück zu seiner Schicht in der Werkstatt. Im Juli sah er die beiden bei einer Hausparty. Vor einer Woche begegnete er Josh auf der Straße, und Rosie hielt er die meiste Zeit aus seinen Gedanken fern.

Doch das Licht heute löst etwas in ihm aus.

Wolken wie Zuckerwatte, die Sonne trifft auf den Meereshorizont und schmilzt dahin zu flüssigem Gold. Es ärgert ihn, dass die beiden nicht hier sind, um es zu sehen. Also schreibt er ihnen. Er wisse, dass es eine Weile her sei, aber er habe Geburtstag, und alle seien draußen. Sie antwortet zuerst und fragt, wo er ist.

Er schreibt zurück und setzt keinen Punkt. Ein offenes Ende und der Anfang von etwas, auch wenn das keiner von ihnen weiß, als sie schreibt, dass sie kommen, und Will sein Handy weglegt und zum letzten Mal für eine lange Zeit das Gefühl hat, das Richtige getan zu haben.

*

»Ich bin über ihn hinweg, weißt du?«, sagt Josh, als sie am Marschland vorbei in Richtung der Klippen von Burwood Bay laufen. Der Himmel trägt ein bauschiges Marshmallow-Pink, und sie erhaschen einen Blick auf eine Schleiereule, die mit leisen Schwingen über die Felder streift.

»Wirklich?«

»Mehr oder weniger. So gut man eben über seine erste schwule Schwärmerei hinweg sein kann.«

Es ist das erste Mal, dass sie es ihn aussprechen hört. Das erste Mal, dass er sich laut so bezeichnet.

»Josh«, sagt sie, weil sie nicht weiß, was sie sonst sagen soll. Sie glaubt nicht, dass er so abgeklärt ist, wie er klingt. Sie gehen nebeneinander her, doch er ist ihr einen halben Schritt voraus, sodass sie sein Gesicht nicht ganz sehen kann, nur die Wölbung seines Wangenknochens.

»Und zwar gibt es zwei große Probleme mit ihm«, fährt Josh fort.

»Okay«, sagt sie.

»Zum einen ist er nicht schwul. Das macht es ein bisschen schwierig.«

»Ja.« Sie traut sich nicht, mehr zu sagen.

»Und dann ist er auch noch in jemand anderen verknallt«, sagt er.

»Oh«, sagt sie. »Klar.«

Ihr Herz rast, sie hat das Gefühl, in ihrer Kehle würde etwas anschwellen, weil sie sich nicht sicher ist, ob Josh ein anderes Mädchen meint – und egal, wie er es meint, es macht ihr Angst.

Auf ihrem Weg regt sich kein Wind, nur die Schwere des Sommers, der Geruch nach Gras und Samen und Erde. Heute Abend haben sie sich rausgeschlichen, denn sie beide haben morgen in der Früh Musikunterricht und müssen danach selbst Nachhilfestunden geben.

Zuerst hatten sie gefragt und erklärt, dass Will Geburtstag habe und all ihre Freunde dort seien.

»Ihr könnt gehen«, hatte ihre Mutter gesagt, »aber ich denke, es wäre das Beste, wenn ihr für euren Unterricht ausgeruht seid, findet ihr nicht auch?«

Als ihre Mutter sich ins Schlafzimmer zurückgezogen und das Licht gelöscht hatte, sagte Josh: »Scheiß drauf, Rosie, wir sind jetzt Studenten.« Also kletterten sie aus seinem Fenster aufs Garagendach, wie sie es immer als Kinder getan hatten, wenn Rosie nicht schlafen konnte und sie dort zusammen in den Sternenhimmel schauten.

Er half ihr mit seinen langen Armen hinunter und in rebellischer Hochstimmung machten sie sich davon. Rosie war ein klein wenig übel.

»Diese andere bist noch immer du«, sagt Josh jetzt. »Für den Fall, dass du es nicht wusstest.«

Der Druck um ihre Kehle lässt ein wenig nach, aber ihre Wangen glühen.

»Ja.« Sie atmet ein und aus. Dann fügt sie hinzu: »Wer weiß schon, warum.«

»Hör auf damit«, sagt Josh.

»Womit?«

»Sei nicht so spröde. Das nervt.«

»Bin ich nicht, Josh! Er ist ... na ja, er ist Will White, und er könnte jede haben.«

»Und er hatte auch jede. In der Vergangenheit.«

»Tja«, stottert sie, »ja.«

»Bis du kamst.«

»Wie meinst du das?«

»Na ja, ihr seid nicht zusammen, oder? Das macht ihn wahrscheinlich ziemlich heiß. Dass er dich nicht haben kann, bloß weil er es will.«

Darauf antwortet Rosie nicht. Es wirkt nicht wie ein echtes Kompliment, irgendwie aggressiv, und sie senkt ihren Blick zum Boden.

»Aber du bist auch die Beste«, sagt Josh steif. »Also hat er vielleicht doch Geschmack.«

»Danke«, sagt sie, obwohl sie sich noch immer an den Pranger gestellt fühlt. Seit der Zeugnisvergabe scheint zwischen ihnen beiden alles so gut wie normal zu sein. Doch es gibt Momente, in denen er distanziert oder unfreundlich wird, Stunden, in denen er in seinem Zimmer liegt oder kaum hinhört, wenn sie von einem neuen Song oder einer witzigen Bemerkung von Marley zu erzählen versucht.

»Also geh mit ihm aus, wenn du willst«, sagt Josh, als er ein Tor öffnet, indem er den Metallriegel in seinem Lauf zurückschiebt. Sie gehen hindurch und lassen es krachend wieder zufallen.

»Mit ihm ausgehen?«, wiederholt Rosie.

»Ja. Ich will euch nicht im Weg stehen.«

Sein Tonfall passt nicht zu seinen Worten. Jede Silbe klingt für sie wie eine Blockade, massiv und scharfkantig. Sie denkt daran zurück, als sie sich am Morgen den Oberschenkel an der spitzen Bettkante gestoßen hat. An den dreieckigen blauen Fleck, der danach aufgeblüht ist.

»Du warst nicht der Grund«, sagt sie.

Josh ist schneller und seine Schritte sind so lang geworden, dass Rosie traben muss, um mitzuhalten. Bei diesen Worten wird er jedoch langsamer und blickt sie mit seinen haselnussbraunen Augen an.

»Es gab viele Gründe«, sagt sie. »Weshalb wir nicht zusammengekommen sind.«

»Ist einer davon, dass du Angst hast?«

»Ja«, sagt sie, weil er ihr Bruder ist, er weiß es ohnehin. Und sie versteht nicht, warum er heute Abend so brutal zu ihr ist.

»Eine Heidenangst sogar«, sagt sie, und das scheint ihm die Boshaftigkeit auszutreiben. Er bleibt stehen und dreht sich zu ihr um.

»Du kannst nicht vor allem Angst haben, was du nicht kontrollieren kannst, Rosie.«

Sie zuckt mit den Schultern und verschränkt die Arme.

»Dasselbe könnte ich zu dir sagen«, erwidert sie. »Wieso bist du so zu mir?«

»Du meinst, wieso bin ich ein normaler Mensch und keine Frohnatur, der die Sonne aus dem Hintern scheint?«

»Na ja, ja!«

»Weil ich einiges zu verarbeiten habe, Rosie, okay?«

»Das weiß ich. Aber wieso lässt du mich dir nicht helfen?«

»Weil es meine Sache ist«, sagt er.

»Das sagst du ständig.« Sie muss sich wieder beeilen, um Schritt zu halten. »Aber du bist mein Bruder. Und ich kann es nicht ertragen, dass du leidest.«

»Rosie«, sagt er und lacht, aber es ist kein frohes Lachen. Es sticht wie die harte Meeresgischt. »Kümmere dich doch mal um dein eigenes Glück, in Ordnung? Schaffst du das?«

Sie folgt seinen Spuren im plattgetretenen Gras. Seine Hausschlüssel klimpern in ihrer Tasche. Wenn sie ausgehen, bittet er sie immer, sie aufzubewahren, weil sie zuverlässig ist und aufpasst, sodass er sich nicht kümmern muss. Sie macht es gern, hatte noch nie den Eindruck, sie würde sich in seine Angelegenheiten einmischen oder ihn bemuttern, bis jetzt.

»Ich versuch's«, sagt sie. »Wenn du es auch tust.«

»Ich arbeite dran«, sagt Josh. »Versprochen.«

Das letzte Wort klingt eher nach ihm, weicher, wie die langen Grashalme neben ihnen.

Er hatte ihr noch mehr anvertraut an jenem Weihnachtsabend. Dass er es nie gewusst hatte, so wie man es wissen sollte. Wie all diese Menschen, die es einfach wissen, in ihren Herzen, in ihren Knochen, von klein auf. Er wusste es einfach nicht. Er fühlte sich nie zu irgendjemandem hingezogen, weder Jungs noch Mädchen noch sonst wem, und es beunruhigte ihn weder, noch kümmerte es ihn, denn er dachte, es würde schon noch kommen, wenn er älter wurde.

Und es kam. Zuerst flackerte es nur auf, wenn er einen Film schaute oder auf der Straße an jemandem vorbeilief. Dann ließ ein Junge, der in Mathe neben ihm saß, das Ganze auf einmal real werden.

Rosie hörte sich alles an, hielt ihn im Arm und sagte, es tue ihr leid, es tue ihr leid, dass sie nicht da gewesen sei, ihn nicht früher danach gefragt habe. Sie hatte es natürlich immer vermutet. So wie man vermutet, dass jemand ein toller Koch wird oder nur mäßig Alkohol trinkt. Etwas, das zu dieser Person gehört, aber nicht wirklich von Bedeutung ist, nicht so, dass es irgendetwas für einen verändert.

»Warum erzählen wir es nicht einfach Mum und Dad?«, fragt sie nun, während sie dem Pfad weiter folgen.

»Nicht das schon wieder, Rosie.«

»Ich denke einfach, es könnte helfen.«

»Was jetzt helfen wird, ist, viel Cider zu trinken, mit meinen Freunden zusammenzusitzen und bis zum Morgengrauen alles zu vergessen, okay?«

»Das ist nicht gesund, Josh.«

»Ach, und dein ständiges Kontrollieren ist es? Denk nicht, dass ich dich nicht höre, wie du die halbe Nacht in deinem Zimmer herumschleichst und diese seltsamen Sachen machst.«

Es ist, als hätte er sie geschlagen. Sie schrumpft innerlich vor Scham über diese laut ausgesprochenen Worte. Seine Worte.

Die Schleiereule gleitet wieder über sie hinweg. Sandige Schwingen im Dämmerlicht.

»Entschuldige«, sagt er. »Entschuldige, Rosie.«

»Schon gut«, sagt sie, und sie sprechen kein Wort mehr auf ihrem Weg die Klippe hinauf, bis das hohe Gras Kreidestaub weicht und sie allmählich Feuer und Salz riechen.

Oben angekommen, lodert und spuckt das Lagerfeuer. Es gibt Reste eines Geburtstagskuchens aus dem Supermarkt, der zu trocken und noch in Plastikfolie eingepackt ist. Aus einem Lautsprecher schallt Drum and Bass, ein Pärchen rollt sich im Gras. »Nehmt euch ein Zimmer«, ruft ein Junge und erhält einen Mittelfinger als Antwort. Josh befolgt seinen Plan und leert binnen einer halben Stunde drei Flaschen Cider. Schon bald ist jegliches Licht vom Himmel verschwunden.

Es ist wie in jener Nacht, als sie Will kennenlernte.

Stockdunkel und intim.

Als sie neben Marley Platz nimmt, begegnet Rosie übers Feuer hinweg Wills Blick, und er hebt eine Hand, jedoch kaum merkbar, so als würde er bloß sein Getränk aufnehmen. Sie möchte zu ihm gehen, weiß aber nicht, was sie sagen soll, also trinkt sie Rotwein aus einem Plastikbecher, lauscht den Gesprächen und gibt vor, ihn nicht zu bemerken, wie er dort drüben so krampfhaft nicht in ihre Richtung schaut.

Sie trägt ein Kleid ohne Strumpfhose und wünscht sich nun, sie hätte eine Jeans angezogen, weil ihre nackten Knie in seine Richtung zeigen.

Eine Stunde später stellt sie sich an den Rand der Klippe und blickt in die Weite des Meeres, die nun, da die Sonne untergegangen ist, nur noch eine dunkle Masse ist. Bis hinunter zu den

Felsen sind es zwanzig Meter. Vor Jahren machten sie hier häufig Picknick mit der Familie, und sie fragt sich, ob sich Josh noch daran erinnert, wie sie Marienkäfer in ihren Brotdosen sammelten oder vor den Wespen wegrannten. Damals gab es so viele von ihnen. Sie fragt sich, wo sie hin sind.

»Tagsüber ist der Ausblick schöner«, sagt er.

Will ist neben sie getreten.

Sie wendet den Kopf und versucht, ihn anzulächeln, ist jedoch unsicher, wie es zwischen ihnen ist, ist unsicher, ob er ihr die furchtbaren Dinge, die sie im Wald zu ihm gesagt hat, vergeben kann.

»Ich mag es irgendwie im Dunkeln«, sagt sie.

Will nippt an seiner Cola, hält den Blick aufs Meer gerichtet.

»Alles Gute zum Geburtstag«, sagt sie.

»Danke.«

»Hattest du einen schönen Tag?«

»Ziemlich durchschnittlich«, sagt er.

»Wie schade.«

Darüber lacht er, und sie stimmt ein, gibt ihr gequältes Lächeln auf.

»Geburtstage sollten alles andere als durchschnittlich sein«, sagt sie.

»In deiner Welt vielleicht.«

Es ist subtil, aber eindeutig. Eine Anspielung auf all das, was sie im Wald gesagt hat, dass er nicht der Richtige für sie ist, dass sie aus zwei verschiedenen – zu verschiedenen – Welten stammen. Diese Lüge, die sie ihrem Bruder zuliebe erfunden hat, wütet in ihrem Inneren. Eine Lüge, die Will nur zu leicht geglaubt hat.

»Ich bin froh, dass du gekommen bist«, sagt er nach dem längsten Schweigen, das sie je miteinander geteilt haben. Hinter ihnen kreischt jemand, Bier schäumt aus einer Dose, die Leute zerstreuen sich auf der Flucht davor.

»Ich auch«, sagt sie.

»Gute Neuigkeiten, was Oxford angeht«, sagt er.

»Oh ja. Das stimmt.«

»Und du bereust das mit der Musikhochschule nicht ein kleines bisschen?«

Rosies Gedanken verlangsamen sich und konzentrieren sich auf die kleinen Details der letzten Woche. Das nächtliche Umherwandern in ihrem Schlafzimmer. Das Tippen ihrer Fingernägel, das endlose Zählen erst in einem und dann in einem anderen Raum. Die Bewerbung für die Musikhochschule war nach wie vor nicht ausgefüllt, aber lag aus irgendeinem Grund noch in ihrer Schreibtischschublade.

»Nope«, sagt sie.

»Dann ist ja alles toll«, sagt Will. »Lass uns zusammen was trinken, okay? Denkst du, wir könnten vielleicht versuchen, Freunde zu sein?«

»Kommt drauf an«, sagt sie.

»Auf was?«

»Darauf, ob du die schrecklichen Dinge vergessen kannst, die ich zu dir gesagt habe.«

Will antwortet mit einem angedeuteten Schulterzucken, als würde er etwas abschütteln und kaum wahrnehmen, was sie zwischen ihnen zerstört hat.

»Es war die Wahrheit«, sagt er.

»War es nicht«, sagt sie, und ihre Stimme bebt vor Erregung, was Will nicht entgeht, so wie er sie nun anschaut.

»Und das heißt?«, fragt er, was wiederum Rosie mit einem Achselzucken beantwortet, mit dem sie wortlos etwas andeutet.

*

Ihre Nacht wendet sich, nachdem sie sich stundenlang wie Freunde miteinander unterhalten haben. Will hat nicht gewusst, ob er in ihrer Nähe sein könnte, aber es ist überraschend einfach, sogar eine Erleichterung, und er fragt sich, was sie vorhin an der Klippe meinte, ob sich etwas verändert hat, ob es bloß am Zeitpunkt lag, wie sie immer beteuert hat.

Die Leute streben auseinander, kommen zurück und verabschieden sich dann endgültig. Jemandem ist schlecht von zu viel Cider. Die Folie vom Kuchen landet im Feuer und schmilzt, sodass es säuerlich und nach schlechten Entscheidungen riecht. Josh wird mit jeder Stunde lauter. Er hat sich den Verstand weggetrunken, sogar mehr noch als in der Nacht des Winterballs, zuerst war es noch lustig, aber schon bald rollen die Leute mit den Augen oder streifen seine Hände von ihren Schultern. Will merkt, wie Rosie ihn übers Feuer hinweg beobachtet.

»Ich liebe euch alle so sehr«, sagt Josh mit weit geöffneten Armen. »Ich hab so viel Liebe in mir, Leute.«

Jemand lacht. Ein Freund macht Ooh und zieht an seinem Ärmel, damit er sich hinsetzt. Josh reißt sich los, taumelt ein wenig.

»Wie kann Liebe falsch sein?«, fragt er die wenigen Verbliebenen am Lagerfeuer. »Wie kann irgendeine Form der Liebe schlecht sein?«

Er beginnt, auf- und abzuschreiten, und sein Gesicht leuchtet im Licht der Flammen wie der Sonnenuntergang zuvor, der Will überhaupt erst dazu brachte, Rosie zu schreiben.

»Josh«, sagt Rosie leise.

»Ich liebe die Liebe«, sagt Josh noch lauter und lacht über seine eigene Wortwahl. Jemand stellt die Musik ab, aus Wut, wie Will vermutet. Er beobachtet mit aufgestützten Ellbogen unbeteiligt und amüsiert, wie Josh um die letzten Verbliebenen herumschleicht, alte Schulfreunde, Leute aus Stufenversammlungen, Physikstunden und Lerngruppen, die ihn alle voller Zuneigung oder Müdigkeit anschauen.

Marley sitzt auf Toms Schoß und sagt: »Wir lieben dich auch, Josh.« Woraufhin er sich zu ihr umdreht und mit einer Dose Cider in der Hand rückwärts zu laufen beginnt.

»Das denkst du«, sagt er. »Du denkst, du kennst einen Menschen.«

»Josh«, sagt Rosie mit einem warnenden Unterton in der Stimme. Will nimmt ihn wahr und setzt sich auf.

»Du kannst es nie wissen«, sagt Josh. »Aber das ist in Ordnung. Ihr habt mir das heute Nacht gezeigt, Leute. Ihr alle.«

Jetzt schüttelt er den Kopf, und Will fragt sich, ob er versucht, nicht zu weinen, ob er glücklich vor Trunkenheit oder tieftraurig ist. Zwei Zustände, die so oft nah beieinanderliegen.

Josh nimmt noch einen großen Schluck aus seiner Dose und lässt sie dann fallen. Sie schlägt dumpf auf dem Gras auf.

»Komm vom Rand weg, Josh«, sagt Rosie, aber er hört nicht auf sie. Er geht immer weiter rückwärts, und dann wirbelt er mit ausgestreckten Armen herum, als würde er den Nachthimmel umarmen. Die anderen erheben sich von ihren Plätzen am Feuer. Statt Gelächter erklingen Ausrufe: Oh Gott! Scheiße! Die leichte Faszination verwandelt sich in Entsetzen.

Jemand ruft Joshs Namen, und Will steht auf, geht mit ausgestreckter Hand auf ihn zu und sagt: »Kumpel, komm schon, du hattest genug.«

Sein Blut rauscht wie ein Fluss.

Ihre Blicke begegnen sich für den Bruchteil einer Sekunde.

Josh öffnet den Mund, um etwas zu sagen, doch dann rutscht sein hinterer Fuß ab, und es geschieht alles so schnell, dass Will sich nicht sicher ist, dass es passiert ist, obwohl er dabeisteht, gleich hier, mit einem Sprung bei ihm gewesen wäre, wenn er es versucht hätte. Leute schreien. Mädchen schreien. Die Jungs stehen am Abgrund und brüllen »Fuck« und »Josh«, und es wird nach einem Krankenwagen gerufen. Für einen Augenblick verlangsamt der Schock alles, die Sterne erlöschen, das Meer liegt flach und still und wachsam da. Will blickt über den Rand und sieht es, selbst im Dunkeln, den Winkel jener langen Gliedmaßen, das Sickern von etwas wie Wein, so falsch, im Sand. Er dreht sich um und fängt sie ab, denn sie ist zum Abgrund gerannt und schreit den Namen ihres Bruders.

»Nein«, sagt er und schlingt die Arme um sie, drückt sie an seine Brust. »Nein. Du willst das nicht sehen. Du willst das auf keinen Fall sehen.«

Und sie schluchzt und schreit und sagt noch immer den Namen ihres Bruders, und er fällt mit ihr auf die Knie und hält sie dort fest, als wäre es sein einziger Zweck, sie davon abzuhalten, es zu sehen, als könnte es das irgendwie eines Tages ungeschehen machen.

DANACH

ACHT

Will weiß, dass er ab heute nie wieder Kartoffelsalat wird essen können.

Er ist kalt und schleimig und zerfällt in seinem Mund zu Brei. Er schmeckt nach Steifheit, wie die Worte, die seine Freunde sich am Rednerpult abgerungen haben. Die Luft fühlte sich drückend an, als sie auf den Friedhofsparkplatz ausströmten und gemeinsam zum Haus fuhren, ohne zu sprechen.

Sie stehen alle in Rosies Wohnzimmer beisammen, trotz der Spätsommerhitze in schwarzen Kleidern und Jacketts. Die Augen getrocknet. Fingerfood auf den Tellern.

Will schaut den Leuten beim Essen zu. Er schiebt sich selbst etwas davon in den Mund, obwohl er nicht will.

Die Stimmen sind leise und ernst, und es ist voll, sogar voller als auf der Weihnachtsparty, aber die Leute geben sich mehr Raum, berühren und unterhalten sich viel weniger. Rosies Vater wirkt verloren, als wüsste er nicht mehr, weshalb er hier in diesem Raum steht mit all den Fremden, Freunden und Familienmitgliedern. Seine Frau ist oben und hat sich seit dem Gottesdienst nicht mehr blicken lassen.

Rosie sitzt am Fenster mit Marley, die ihre Hand hält und ihr nicht von der Seite weicht. Noch ein schwarzes Kleid. Lange Ärmel, das Haar geflochten, sicherlich von jemand anderem an diesem Morgen.

Sie sieht so aus, wie man es von einer Zwillingsschwester auf der Beerdigung ihres Zwillingsbruders erwarten würde. In sich zusammengesunken, und doch irgendwie aufrecht.

Die Welt ist langsam und schwerelos seit dem Sturz. Als würde nichts aus gutem Grund sitzen, stehen oder funktionieren. Er erlebte einen ähnlichen Zustand der Loslösung, als sein Großvater starb – als er ein paar Worte bei der Beerdigung sprechen sollte und es dann genau in dem Moment nicht konnte.

Er hat alle im Stich gelassen, das weiß er.

Teer in seinem Mund. Die Welt versunken, unter Wasser.

Eine Stunde später bringt Marley Rosie in den Garten. Er sieht sie von ihrem Fensterplatz aufstehen, das eine Mädchen das andere durch die stille Menge führen. Einer von Joshs engsten Freunden fängt an zu weinen, und zwei Mädchen tun es ihm nach, denn Weinen ist wie Gähnen, unwillkürlich und ansteckend. Aus vorgeschobener Rücksicht nimmt Will ihnen die Teller ab und trägt sie zum Wintergarten, wo er Marley und Roe durch die Glasscheibe sehen kann, als sie den Garten durchqueren.

Draußen scheint die Nachmittagssonne golden auf seine Haut, der Himmel ein wolkenloses Blau.

Da ist ein Apfelbaum, ein Trampolin, ein Springbrunnen, der nicht läuft. Er folgt ihnen, bis die Hecke sich teilt und den Blick auf einen Acker freigibt. Gänserufe schallen von den Feldern, und Marley hält weiterhin Rosies Hand fest.

Er zögert, ruft dann jedoch ihren Namen. Marleys Blick fährt herum, aber Rosie regt sich nicht. Er will sie berühren. Ihre andere Hand halten oder, wenn er ehrlich ist, fest von ihrer umklammert werden.

»Der Gottesdienst war schön«, sagt Marley nach einer Ewigkeit.

»Das war er gar nicht, oder?«, sagt Will.

Marley dreht sich wieder zu ihm um, aber Rosie bleibt abgewandt.

»Was?«, sagt Marley.

»Es war niederschmetternd«, sagt er. »Und stockend wie alle Beerdigungen. Nur ist es noch schlimmer, wenn jemand jung und genial ist.«

Marley bewegt den Mund, als würde sie mit den Zähnen knirschen, als könnte sie nicht glauben, was er da sagt.

»Denn er war genial«, sagt Will. »Und interessiert. Und aufmerksam.«

Seine Hände fühlen sich zittrig an. Er hakt seine Daumen in die Gürtelschlaufen ein.

»Und witzig auch«, sagt er. »Aber nicht absichtlich. Er war bloß zu naiv, zu nett beinahe für einen Jungen in seinem Alter, wisst ihr? Und das fanden viele Leute witzig. Aber ich fand, er war einfach ... so anders als alle anderen. Ich habe mich in seiner Nähe so ... erleichtert gefühlt.«

»Was redest du da?«, fragt Marley, aber Rosie drückt beinahe unwillkürlich ihre Hand, als wollte sie nicht, dass er unterbrochen wird.

»Ich kann nicht glauben, dass er tot ist«, sagt Will. »Ich kann nicht glauben, dass wir bei einer miesen stinknormalen Beerdigung waren, auf der niemand etwas Wahres über ihn gesagt hat.«

»Will«, ruft Marley schockiert.

»Es ist doch so«, sagt er. »Niemand sagt die Wahrheit bei diesen Sachen. Genauso war es bei meinem Großvater, genauso wird es bei mir sein. Roe.« Und wieder. »Roe, willst du mich nicht ansehen?«

Sie tut es nicht, sondern lässt stattdessen den Kopf sinken, und er fragt sich, ob sie weint oder einfach nur versucht, die Tränen zurückzuhalten.

»Ich will nicht, dass das deine Erinnerung an ihn ist«, sagt Will. »Oder dass du glaubst, alle erinnern sich so an ihn. Er war so viel mehr als diese Gedichte und Zitate. Und dein Song war großartig, Roe, wirklich. Er hätte ihn geliebt. Aber er hätte auch ein ganzes Album von deinen Songs geliebt, stimmt's? Vielleicht hätte er Karaoke bevorzugt, dich gerne live singen gehört. Und er hätte lieber Brathähnchen als Sandwiches gehabt. Und Weihnachtsmusik beim Verlassen der Kapelle, auch wenn September ist.«

»Hör auf«, sagt Marley.

»Nein«, sagt er und weiß selbst nicht, warum es für ihn so wichtig ist, das auszusprechen, aber in seiner Brust zerreißt es ihn. »Beerdigungen haben so viel Bedeutung wie ... das Krankenhauszimmer, in dem man geboren wird. Gar keine. Aber Josh ist von Bedeutung. Er war charmant und idealistisch und ein bisschen tollpatschig, und er kannte die fehlenden Strophen aus *Prinz von Bel-Air*, und er kritzelte Sterne, wenn er versuchte, eine Gleichung zu lösen, und all das ist von Bedeutung, Rosie, mehr als ein blöder Gottesdienst.«

»Halt die Klappe, Will!«

Er fährt lauter als vorher über Marleys Worte hinweg, als hätte sie nichts gesagt.

»Halte dich an deine eigenen Erinnerungen, Roe«, sagt er. »Die echten Dinge. Kannst du das tun?«

Er bittet sie um etwas, wozu sie nicht in der Lage ist, weil sie wahrscheinlich auch sterben will, wie er zu gut weiß, gleich hier am Rande des Ackers. Eine Hälfte von ihr ist fort, wird zu Asche, während sie hier stehen und Josh nicht.

»Bitte, Roe.«

Und als sie immer noch nichts sagt und sich nicht regt, geht er zurück zum Haus, während Marley weiter ihre Hand hält und die Sonne hinter den Feldern versinkt. Sein Herz fühlt sich aufgerissen, entblößt an. Die Vögel in den Bäumen singen noch.

»Er hat sich völlig danebenbenommen«, sagt Marley zu ihr.

Der Sonnenuntergang währt noch einen Moment, sinkt herab und hinterlässt Klauenspuren am Himmel. Korallenrot und lodernd. Gedämpfte Schattierungen der Dämmerung.

»Hat er nicht«, sagt Rosie. Es ist das erste Mal an diesem Tag, dass sie spricht.

Marley wendet sich ihr zu und legt ihr die Hand auf den Arm.

»Na ja, er hätte es netter ausdrücken können«, sagt Marley.

»Die Leute könnten immer netter sein«, sagt Rosie. Ihre Stimme fühlt sich nicht richtig an, aber irgendwie schafft sie es, weiterzusprechen.

»Ich will mich an all diese Dinge erinnern«, sagt sie. »Die Dinge, die er erwähnt hat und sonst niemand.«

Und dann passiert etwas in ihr, etwas, das sie gefürchtet und den ganzen Tag zu unterdrücken versucht hat. Sie stößt einen kehligen Laut aus, und es ist, als würde sie sich selbst entzweireißen.

»Aber ich kann nicht«, sagt sie. »Ich kann mich an nichts anderes erinnern als daran, wie er fällt.«

Ihr einzelner Schrei verwandelt sich in ein tränenloses Schluchzen. Marley versucht sie zu beruhigen wie eine Mutter ein kleines Kind, und Rosie bricht in ihrem Garten zusammen, neben den Bäumen, auf denen sie kletterten, auf der Wiese, in der sie nach Kleeblättern suchten, Löwenzahn pusteten und Schneemänner bauten, Gänseblümchenketten bastelten und in den Himmel schauten, und es ist wahr, in diesem Moment erinnert sie sich an nichts davon, aber Marley sagt: »Das wirst du, ich verspreche dir, das wirst du.«

Wieder im Haus kann Will nicht gleich gehen, wie er gern würde. Er bleibt in der Küche, während im Flur Leute herumstehen. Rosies Mutter ist offenbar nur heruntergekommen, um die Gäste zu verabschieden. Sie bleibt an der Tür stehen, als wäre sie nicht in der Lage, sich von der Stelle zu rühren oder den Trauergästen im Wohnzimmer entgegenzutreten.

Will beobachtet, wie die Leute Mr und Mrs Winters Hände umklammern, ihnen gut gemeinte, sinnlose Worte zuflüstern. Roes Vater geht mit einigen von ihnen hinaus in die Einfahrt, womöglich weil er die Wände seines eigenen Zuhauses nicht mehr erträgt.

Als die letzte Person hinausgegangen ist, betritt auch Will den Flur, um etwas ähnlich Oberflächliches zu sagen. Doch als Mrs Winters ihn auf sich zukommen sieht, passiert in ihrem Gesicht etwas, was er noch nie gesehen hat. Es erschlafft und verzieht sich. Er sieht es sogar zweifach, denn sie steht neben dem Garderobenspiegel, der sie in all ihrem Zorn reflektiert.

»Raus hier«, sagt sie.

»Bin gerade auf dem Weg«, sagt er.

»Wie kannst du es wagen«, sagt sie, und ihr Gesicht wirkt wie aus Holz geschnitzt, als könnte sie den Mund kaum bewegen.

»Wie kannst du es wagen?«, wiederholt sie. »Nach deiner elenden, illegalen Party, zu der zu gehen ich ihm verboten hatte. Joshua tut so etwas nicht. Joshua hört auf mich. Und dann trifft er auf dich und braucht auf einmal Hilfe in Mathe und schleicht sich an Schultagen aus dem Haus.«

»Es war kein Schultag«, sagt Will und fragt sich, warum er so etwas sagt, während sie am ganzen Körper zittert und noch im Präsens über ihren Sohn spricht.

»So eine Scheiße«, sagt sie, und es ist schockierend, eine Erwachsene, eine gefasste, selbstbeherrschte Frau wie sie, so fluchen zu hören. Es verblüfft ihn. Seine Wut verraucht.

Er will sich entschuldigen, doch dann beugt sie sich vor, und er muss einen Schritt zurücktreten.

»Du hast keinen Anstand«, sagt sie. »Heute hierherzukommen. Und dann so mit mir zu sprechen. Als hättest du ein Problem.«

»Ich habe kein Problem«, sagt er und gibt sich Mühe, ruhig zu klingen. »Aber Josh war mein Freund, Mrs Winters. Und ich ...«

Doch sie gibt ein schreckliches Lachen von sich.

»Leute wie du haben keine Freunde«, sagt sie. »Ihr habt Menschen, die ihr benutzt oder mit euch in den Dreck zieht. Ich habe Leute wie dich an der Schule gekannt. Denkst du, ich weiß nicht, weswegen du suspendiert wurdest? Denkst du, ich lasse dich auch nur eine Sekunde in die Nähe meiner Kinder?«

An ihrer Wange klebt ein kleiner Tropfen Spucke. Ihr Lippenstift ist nach wie vor tadellos rot.

»Du bist schlecht für ihn, Will«, faucht sie. »Und für Rosie. Hau ab. Jetzt. Ich will, dass du mein Haus verlässt.«

Sie sieht ihn an, als wäre Josh nicht gefallen, sondern von Will geschubst worden.

»Raus hier«, sagt sie, »zum letzten Mal.«

»Scheiß drauf«, sagt er, jedoch leise, und schlüpft mit zugeschnürtem Hals an ihr vorbei.

Rational betrachtet, weiß er, dass die trauernde Mutter aus ihr spricht. Doch die dunkle Seite in ihm, diejenige, die gern trinkt, sich zusammenzieht und ihn an verschwommene, wirre Orte zerrt, wo er nichts fühlt, hört diese Worte und klammert sich an sie. Denn er hätte ihn festhalten können. Er hätte sie in jener Nacht nicht einladen können, und Josh wäre zu Hause geblieben. Hätte Will etwas getan oder nicht getan, dann könnten die Dinge vollkommen anders sein.

Sein Freund könnte noch hier sein und Gleichungen lösen.

Und Kugelschreibersterne kritzeln.

*

Sobald alle weg sind, liegt Rosie mit rasendem Herzschlag wach und fürchtet sich davor, wie die Welt am nächsten Morgen aussehen wird.

Anders als in den Nächten zuvor wimmert ihre Mutter nicht. Sie ist einfach still. Ihr Vater ist benommen, wirkt verstört, als könnte er nicht glauben, was geschehen ist. Sie kann nicht nachfühlen, wie es ist, ein Kind zu verlieren, doch Rosie kann nicht umhin zu denken, dass ihre Eltern keine Zwillinge sind. Sie mögen ihn erschaffen haben, aber sie sind nicht aus denselben Zellen gewachsen, haben nicht Herzen und Chromosomen und ein Zuhause geteilt, noch bevor sie Menschen waren.

In der Schwärze der Nacht stellt Rosie sich vor, dass auch sie sterben wird. Dass sie unmöglich weiterleben kann, wenn es sie von innen heraus auffrisst.

Also geht sie ins Zimmer ihres Zwillingsbruders und schläft in seinem Bett, tagelang. Sie schläft, als würde sie all die schlaflosen Nächte aufholen, die sie seit ihrer Kindheit durchlitten hat, seit die Uhr sie wachzuhalten begann und sie anfing, zu zählen, zu kontrollieren und sich selbst einzureden, dass nie etwas Schlimmes geschehen und niemand sterben würde.

Und doch ist er tot.

Er ist tot, und sie ist müde, während ihre Eltern irgendwie weitermachen, sich jeden Morgen anziehen, sie in Ruhe lassen, bis es einfach unsinnig wird, nicht mehr akzeptabel oder normal ist. Ihr Vater zieht die Vorhänge beiseite und sagt: »Komm schon, Rosie, es wird Zeit, wieder in dein eigenes Bett zurückzukehren.« Sie stimmt zu, bis es wieder dunkel wird, sie ins Zimmer ihres Bruders schleicht und ihr Gesicht in sein Kissen drückt. Sein Geruch ist noch da, ein wenig. Er schwindet mehr und mehr, mit jeder Nacht.

Am Morgen ihrer Abreise zur Universität checkt sie alles wieder und wieder, bis es so automatisiert ist, dass sie nicht mehr weiß, ob sie es überhaupt getan hat.

Ihre Taschen sind im Auto. Ihr Vater sitzt auf dem Fahrersitz, ihre Mutter ruft nach ihr, es sei Zeit, aufzubrechen.

Nichts mehr da, außer ihren Vorhängen und ein paar Bildern.

Am Tag zuvor schrieb sie Will und bat ihn, sich mit ihr im Morgengrauen am Leuchtturm zu treffen. Er antwortete nicht, und sie ging trotzdem hin, aber er tauchte nicht auf. Es wundert sie nicht, nachdem sie wochenlang keinen Kontakt hatten. Nachdem sie ihn bei der Beerdigung keines Blickes gewürdigt hat.

Sie checkt alles noch einmal. Wozu genau, weiß sie nicht. Sie berührt den Fenstersims, rückt ihren Schreibtischstuhl in den rechten Winkel. Den rechten Winkel. Rechts. Rechts. Ein bisschen nach links, und dann ist es richtig.

Dann ruft ihre Mutter erneut, und sie ist gezwungen zu gehen.

»Was hast du gemacht?«, fragt ihre Mutter, als stünde sie unter Zeitdruck, als gäbe es etwas Wichtigeres, wo sie hinmüsste.

»Nichts«, sagt Rosie.

»Dann trödle nicht herum«, sagt ihre Mutter und küsst sie auf den Kopf.

Einen kurzen Moment lang halten sie einander fest. Ihre Mutter legt ihr eine Hand auf den Rücken und drückt sie an sich. Rosie umklammert den Ellbogen ihrer Mutter. Sie sind Umarmungen nicht gewohnt, und es fühlt sich nicht wie eine Abschiedsgeste an, sondern wie ein Gespräch durch Berührungen, als würden ihre langen, einander ähnlichen Finger für sie sprechen.

»Du schaffst das«, sagt ihre Mutter, und weil sie es sagen

muss, glaubt Rosie ihr nicht. Sie überlegt, ihr jetzt, da ihre Gesichter vom Garderobenspiegel reflektiert werden, zu sagen, dass sie nicht gehen will.

Ihre Mutter küsst sie noch einmal, diesmal schroffer, und lässt sie los.

»Benimm dich«, sagt sie.

»Immer«, erwidert Rosie. Ein Wortwechsel, den sie seit ihrer Kindheit pflegen. Ihre Mutter lächelt, ohne wirklich zu lächeln, und Rosie verlässt das Haus.

*

Am Abend der Beerdigung geht Will auf dem Heimweg bei Darcy vorbei.

Er vögelt sie im Garten, weil ihre Mutter zu Hause ist und weil sie es genauso sehr will wie er. »Ich hab dich nicht vermisst«, sagt sie, als sie ihm auf die Lippe beißt. »Aber ich bin so verdammt traurig, Will.«

Er dreht sie auf die Seite, streift mit seiner Wange die Kieselsteine im Rauputz ihres Hauses und denkt, während er kommt, dass er sich wünscht, er könnte es auch laut aussprechen, zugeben, dass er traurig ist, und es benutzen, um alles zu rechtfertigen. Alles Falsche.

»Du kanntest ihn ganz gut, nicht wahr?«, fragt Darcy, während sie ihren Rock zurechtrückt. Er macht seinen Hosenstall zu und antwortet, sie hätten zusammen Mathe gehabt.

»Und war es nicht deine Party? Auf der er starb?«

Sie sagt es beiläufig, als würde es sie kaum kümmern, als wollte sie einfach bestätigt hören, was sie schon weiß. Er schaut sie an, antwortet jedoch nicht, solange bis sie rot wird und ihn fragt: »Was?«

Die Antwort bleibt unausgesprochen in seinem Mund. Während er rennt, duscht, seine Schichten abarbeitet. Während er unter dem wachsamen Auge seiner Großmutter das Abendessen hinunterwürgt. Auch jetzt lastet sie schwer auf ihm, während er im Garten Unkraut jätet und es ihm die Kehle zuschnürt. Das Gras ist nass. Nachts hat es geregnet.

Er hat Rosies Nachricht am Tag ihrer Abreise ignoriert, und das brennt ihm unentrinnbar auf der Seele. Es verfolgt ihn und pulsiert durch seine Adern, während er seine Hände in der Erde vergräbt.

Er reiht die Unkrautbüschel auf und schaufelt sie dann in die Komposttonne. Er schwitzt, atmet schwer, hat schwarze Erde unter den Fingernägeln. Dann dreht er sich um und geht zur Garage, wühlt in seinem Werkzeugkasten, hebt die fettverschmierten Lappen an, die er unter der Werkbank aufbewahrt.

Er zieht eine Flasche des klaren, scharfen Zeugs heraus, das früher geholfen hat, und trinkt im Dunkeln daraus, denn er hat sich nicht die Mühe gemacht, das Licht einzuschalten.

NEUN

In vielerlei Hinsicht ist die Universität so, wie Rosie es sich vorgestellt hat.

Grüne Parkflächen und kreisförmige Bibliotheken, Seminare, in denen sie sich verloren fühlt, und andere, die sie interessieren. Vorlesungen mit Kaffee aus Pappbechern und Papiergeraschel. Intelligente Menschen und dumme Kommentare. Münzen, die in Biergläser springen, sodass diese in einem Zug geleert werden müssen, als sei darin Leitungswasser.

Sie mag den Computerraum unter der Bibliothek. Dort ist es immer warm, und der Drucker summt vor sich hin. Die Leute besuchen ihn mit einem Ziel. Sie kommen und gehen, und sie bleibt und tippt ihre Essays. Über ihr hallen die Schritte ihrer Kommilitonen, während sie im Untergrund arbeitet, als würde sie sich verstecken.

In anderer Hinsicht ist es nicht so, wie sie es sich vorgestellt hat.

Sie dachte, irgendwie würde hier alles gut werden. Selbst nach Joshs Tod dachte ein hoffnungsvoller Teil von ihr, ihre alten Probleme würden vielleicht einfach vergehen. Das Kontrollieren und die schlaflosen Nächte würden im Licht eines neuen Ortes, dank neuer Freunde, Gesichter und Fakten, mit denen sie ihre Tage füllen würde, nachlassen.

Tatsächlich ist jedoch der tiefe Schlaf ihrer unmittelbaren Trauer einer ständigen, schmerzlichen Wachheit gewichen.

Sie verbringt ihre Zeit in Clubs, in Bars, im Zimmer einer Freundin über der Lektüre für den nächsten Tag hockend. Und wenn sie allein ist, geht sie schließlich in ihrem Zimmer auf und ab, berührt ihre Kleidung, ihre Schlüssel mit zwei Fingern, so wie es sein muss, bevor sie sich schlafen legen kann. Wenn sie mitten in der Nacht aufs Klo geht, muss sie alles wiederholen.

Sie weiß nicht, warum.

Aber sie hat Freunde gefunden. Gute Freunde. Eine kleine Gruppe von Leuten, mit denen sie Filme schaut, in Clubs tanzt und für die sie Taxis ruft, wenn sie betrunken beschließen, dass sie in der Kälte nicht nach Hause laufen wollen.

Sie fängt an, ständig Kaffee zu trinken, weil es alle tun.

Sie probiert ihren ersten Döner, kippt ihre erste Jägerbombe hinunter.

Sie muss zum ersten Mal in ihrem Leben eine Hausarbeit neu schreiben und heult sich am Telefon bei Marley darüber aus, trotz allem. Obwohl so etwas eigentlich nie wieder von Bedeutung sein sollte.

Sie erzählt niemandem, dass ihr Zwillingsbruder gestorben ist.

Dass sie während des gesamten ersten Semesters bloß zwei oder drei Stunden pro Nacht schläft.

Sie lernt. Sie trinkt. Sie schreibt keine Songs mehr. Sie isst kaum und verliert eine Kleidergröße, was, wie sie weiß, ihre Mutter begeistern wird, wenn sie zu Weihnachten nach Hause kommt.

Beinahe schreibt sie Josh, um ihm davon zu berichten.

Dann fällt es ihr wieder ein.

Es ist Anfang Dezember – Oxmas, wie es in universitären Kreisen genannt wird –, als sie beschließt, nicht mehr in ihrem Zimmer auf und ab zu gehen, sondern im Morgengrauen das Haus zu verlassen. In ihrem langen Mantel spaziert sie über den Campus und beobachtet, wie der Nebel aus den Rasenflächen steigt.

Manchmal geht sie am Fluss entlang, bis ihre Hände kalt werden, da bemerkt sie ihn zum ersten Mal.

Er rudert allein, und sie denkt sich nichts dabei, außer wie seltsam es ist, dass noch jemand um diese Uhrzeit wach ist. Sie beobachtet, wie er mit starken Armen, kurzem Haar und kräftigem, angespanntem Kiefer vorbeigleitet.

Sie sieht ihn ein paar Mal wieder. Einmal begegnen sich ihre Blicke, doch er rudert weiter, pustet stoßweise weiter Luft aus, atmet die Anstrengung aus, mit einer Konzentration, die sie noch nie bei jemandem gesehen hat.

Sie vergisst ihn.

Fährt über Weihnachten nach Hause.

Dort verbringt sie eine beinahe stumme, schreckliche Zeit und fällt bei ihrer Rückkehr zum zweiten Semester in sich zusammen, denn alles, was ihr zuvor schwergefallen ist, geht nun noch schwerer. Sie schläft gar nicht mehr, und das Kontrollieren nimmt zu, hält sie die ganze Nacht wach, sodass sie sich nicht mehr erinnern kann, was zuerst kam, der Kontrollzwang oder die Schlaflosigkeit, denn das eine verursacht das andere. Ihre Gedanken kreisen endlos, nachts und tagsüber, in den Vorlesungen, zu denen sie sich schleppt, in der Mensa, wo sie mit ihren Freunden beim Abendessen zusammensitzt, das Fleisch meistens nur auf ihrem Teller herumschiebt und die Beilagen, die Möhren, die leicht zu schluckenden Dinge isst. Sie friert und zittert ständig wie eine umgedrehte Schneekugel. Herumwirbelnd, zugleich leer und voll.

*

Will isst gegen seinen Rausch an. Es ist zwei Uhr nachts, und er nimmt sich ein Toastbrot nach dem anderen aus der Plastiktüte und schiebt es in den Mund.

Der Hunger kam plötzlich und fühlte sich echt an. Also ging er hinunter, um etwas zu essen, und die Welt wurde an den Rändern wieder schärfer.

Das Beste aus Weißmehl und dem vollen Korn, steht auf der Verpackung.

Das Beste aus gar nichts.

Doch er schlingt die vierte Scheibe hinunter, wickelt die Plastiktüte wieder zu und trinkt Wasser. Das ist der Schlüssel, wie er weiß. Trink eine unfassbare Menge Wasser, und nachher geht's dir gut.

Und es geht ihm gut, mehr oder weniger. Er arbeitet, geht joggen. Die Schule vermisst er nicht: die Routine aus Klassenversammlungen, Unterrichtsstunden und Hausaufgaben, die er sowieso nie erledigte, den Lehrern, die ihn bemitleideten oder lobten oder misstrauisch beäugten. Er springt spontan bei Moe's Motors ein und rennt, um sich von Josh und jener Nacht und der Übelkeit in seinem Magen, die nie weggeht, zu befreien. Wenn er trinkt, verblassen die Gedanken, als würde man die Lautstärke herunterdrehen oder eine Flamme auf dem Herd drosseln. Sie sind noch da, aber vom Gin, Wodka oder Rum gedämpft. Er trinkt draußen in seiner Garage, nach der Arbeit, am Strand oder in irgendwelchen Gassen wie der Abschaum, für den er sich selbst hält.

Danach hört er Rockmusik.

Er wacht mit Hunger und Übelkeit auf, ohne den Wunsch zu verspüren, es irgendwie anders zu machen.

Nun will er in der Küche sein Glas noch mal am Wasserhahn auffüllen, als sein Handy auf der Arbeitsfläche vibriert, so heftig, als würde jemand eine Wand durchbohren.

Er sieht ihren Namen. Nachdem er seit Wochen versucht hat, nicht an sie zu denken. Auch dabei hilft der Alkohol wie ein alter, tröstender Freund, der immer weiß, was er zu sagen hat. Er lenkt ihn ab, legt die Dinge für eine Weile auf Eis, bis Momente wie diese kommen, in denen sich das wirkliche Leben morgens um zwei meldet.

Er dreht den Wasserhahn nicht auf. Er denkt nicht lange nach.

»Roe«, sagt er, als er rangeht.

Nach einer ewigen Pause sagt sie »Hi«. Er fragt sich, ob sie seine Nummer überhaupt absichtlich gewählt hat.

»Du bist noch wach«, sagt sie.

»Ja.«

»Ich wusste nicht, ob du noch auf bist.«

Eine noch längere Pause. Er geht mit dem Handy ins Wohnzimmer, schließt die Tür und setzt sich in den Sessel seines Großvaters. Dave steht von seinem Kissen in der Ecke auf und begrüßt ihn, indem er an seinem Knie schnüffelt. Dann legt er sich wieder schlafen.

»Bist du okay?«, fragt er.

»Ja«, sagt sie, obwohl ihre Stimme das Gegenteil andeutet.

»Wie läuft denn alles so?« Er wollte fragen, wie die Uni läuft oder wie Weihnachten war, doch keins von beidem scheint wirklich von Bedeutung zu sein. Zwischen ihnen steht nun so viel. So viele Monate und so viele Dinge. Sie haben seit der Trauerfeier nicht mehr miteinander gesprochen.

»Gut«, sagt sie. »Prima.«

»Rosie.«

»Ja?«

»Warum rufst du an?«

Am anderen Ende der Leitung tritt wieder Stille ein, so gespannt wie eine Stadt bei Nacht. Er hört sie nicht atmen. Da ist kein Rascheln von Bettwäsche, kein Seufzen oder Schritte.

»Ich kann nicht schlafen«, sagt sie. »Ich habe alles versucht.«

»Okay.«

»Und ich weiß nicht, was ich tun soll.« Ihre Stimme versagt, er hört sie flach und ruckartig atmen.

In ihm löst sich eine Lawine, die sein Herz überschüttet.

»Okay«, sagt er. »Okay. Von welchem Zeitraum sprechen wir? Nur heute Nacht?«

»Nein«, sagt sie.

»Eine Woche?«

Wieder Stille, und dann antwortet sie, seit sie hergekommen sei, und er weiß nicht, ob sie damit von Anfang an oder den Beginn des zweiten Semesters meint, aber so oder so ist es schlimm.

Er steht auf, stellt sich ans Fenster und spricht beruhigend auf sie ein. Er erzählt ihr vom Anpassen der Kupplungskabel in der Werkstatt und dass Amber plötzlich unbedingt Vegetarierin sein will, von den Bäumen, die er sehen kann, wie nackt sie ohne ihre Blätter sind. Wie nass es den ganzen Winter über gewesen ist.

Er spricht immer weiter, weil sie schweigt, und versucht sich vorzustellen, wo sie ist, wie ihr Zimmer wohl aussehen mag. Ein Einzelbett und ein Fenster, ihre Bücher in hohen Stapeln auf dem Schreibtisch.

Er erzählt von einer Gebrauchsanleitung, die er liest, einer Band, die er entdeckt hat und die ihr gefallen könnte, wegen des Rauschens in den Tracks.

Irgendwann schläft sie wohl ein, weil ihr Atmen gleichmäßig wird, und schließlich, als die milchige Dämmerung durch die Jalousien dringt, auch er.

»Du siehst aus wie der Tod auf Socken«, sagt seine Großmutter beim Frühstück zu ihm.

»Danke«, erwidert er.

»Was ist los? Brütest du etwas aus?«

Bevor er antworten kann, legt sie ihm eine Hand auf die Stirn, streicht ihm die Haare aus den Augen. »Du fühlst dich klamm an.«

»Nur eine harte Nacht.«

»Und schlechten Atem hast du auch«, sagt sie. Er tut so, als wäre es ihm egal, kneift jedoch den Mund zusammen, falls sie den Alkohol riechen kann.

»Hast du hier unten geschlafen?« Sie nickt in Richtung des Wohnzimmers. Sie stellt Butter und Marmelade auf den Tisch, dann eine Packung Saft, plötzlich flackert ein Bild des schulfreien Tags in ihm auf, als Josh die Zutaten für ihre Pancakes zusammensuchte.

»Will?«

»Ja?«

»Ich habe gefragt, ob du hier unten geschlafen hast?«

»Ich habe nicht wirklich geschlafen«, sagt er. »Aber ja, ich war hier unten.«

Seine Gran brummt verständnisvoll und fragt nicht weiter nach. Seit Joshs Tod geht sie nachsichtig mit ihm um. Das macht ihn dankbar, aber auch irgendwie wütend. Als müsste er in Watte gepackt werden. Als würde es irgendetwas ändern. Als würde er nicht ihre übliche, unnachgiebige Kritik bevorzugen und sein Leben von früher zurückhaben wollen.

»Ich gehe heute Abend aus«, sagt er.

»Schon wieder?«

»Jap.«

»Mit wem triffst du dich in letzter Zeit?«

»Mit Leuten«, sagt er.

»Keine Mädchen?«

»Viele Mädchen.«

Sie seufzt und nutzt ausgerechnet diesen Moment, um sie zu

erwähnen, nach Monaten des taktvollen Schweigens und der unausgesprochenen Fragen.

»Also hast du keinen Kontakt mehr zu dieser Rosie?«

»Nachdem ihr Bruder an meinem Geburtstag gestorben ist?«, sagt er so aufbrausend hitzig, dass sich seine Haut danach eiskalt anfühlt. »Nein, hab ich nicht mehr.«

»Willyum«, sagt sie in einem zugleich mitfühlenden und vorwurfsvollen Ton, und er steht auf und sagt, er sei nicht hungrig.

*

Von da an ruft Rosie ihn jede Nacht an.

Etwa um elf, wenn er im Bett liegt oder auf dem Rückweg vom Trinken am Strand ist. Im Wind, unter den Sternen. Das tosende Meer irgendwo hinter ihm.

Er erzählt, und sie manchmal auch, aber meistens gleitet sie in den Schlaf, und er spricht eine Weile weiter, um sicherzugehen, dass sie dortbleibt.

Er erzählt ihr so viel. Er tut es gern, verbringt gern Zeit mit ihr, auch wenn sie dort und er hier und alles irgendwie verkorkst ist. Er stellt fest, dass er den ganzen Tag auf diesen Moment wartet, wenn sein Handy klingelt. Er verspürt zugleich Traurigkeit als auch tiefe Erleichterung, weil es bedeutet, dass sie ihn noch braucht.

Nach ein paar Wochen, als der Februarfrost morgens das Gras überzieht und er beim Aufwachen seinen Atem sehen kann, bricht sie mit der Routine und ruft ihn im Morgengrauen an.

»Wo warst du?«, fragt sie ihn.

Er wird gerade erst wach und kann ihr nicht folgen.

»Ich habe auf dich gewartet«, sagt sie. »Am Tag meiner Abreise.«

Er starrt die Zimmerdecke an, die Abdrücke der alten Sterne. Die Wirbel des Strukturputzes über ihm.

»Und warum hast du dich nicht verabschiedet?«, fragt sie. »Nach der Beerdigung?«

Will bleibt ganz still. Er hat nicht damit gerechnet, dass er je diese Fragen beantworten müsste. Er dachte, es wäre einfach etwas zwischen ihnen, das sie unter den Tisch fallen lassen könnten.

»Du redest mich jede Nacht in den Schlaf«, sagt sie, »aber da sind noch andere Dinge, die gesagt werden müssen. Dinge, über die wir sprechen sollten.«

Er schaut weiter zu seiner Decke hoch, auf die Schatten, die das Sonnenlicht in die Rillen der Strukturen wirft. Sie drängt weiter: »Findest du nicht?«

Also kann er nicht länger davor weglaufen.

»Es ist zu viel passiert, Roe«, sagt er. »Ich will für dich da sein, okay? Ich will dir helfen, das durchzustehen. Aber ich kann dich nicht sehen. Ich kann nicht einfach über normale Dinge mit dir sprechen.«

»Normale Dinge«, wiederholt Rosie. »Du redest über nichts anderes als normale Dinge.«

»Normal wäre es, diesen scheiß Elefanten im Raum anzusprechen«, sagt Will, und da ist wieder dieser Zorn, so mächtig und glühend.

»Okay? Und der wäre?«

»Dass dein Bruder gestorben ist, Roe«, sagt er. »Und dass ich verdammt noch mal damit leben muss.«

Ein Atemzug, kaum wahrnehmbar.

Er hört, wie sich Amber im Bad die Zähne putzt. Das Rauschen des Wasserhahns, das Schrubben der Borsten in ihrem Mund.

»Wie schwer das doch für dich sein muss«, sagt Rosie gehässig, was gar nicht zu ihr passt. Ihre Wut prallt aufeinander wie Wellen, die sich am Sand brechen, notwendig und unaufhaltsam. Die folgende Stille breitet sich aus und verharrt.

Keiner von beiden legt auf.

Seine Uhr tickt. Im Flur gibt der Boiler Geräusche von sich.

»Es war nicht deine Schuld«, gibt Rosie schließlich nach.

»Ich bin es leid.« Wills Stimme zittert. »Versuch nicht, mir gut zuzusprechen, verdammt.«

»Okay, schon gut.« Jetzt ist sie diejenige, die ihn zu beruhigen versucht, und er will es nicht, verspürt eine plötzliche, unstillbare Wut auf sie.

»Ich habe mich nicht verabschiedet und bin nicht zum Leuchtturm gekommen, weil ich nicht wollte«, sagt er.

»Okay.«

»Ist es das?«, fragt er. »Ist es okay? Denn es kommt mir so vor, als wäre es okay gewesen, als du Spielchen gespielt hast, Roe, als du entschieden hast, wann und wo du etwas von mir wolltest, dass du mich an dem Tag nicht einmal angeschaut hast. Und jetzt rufst du mich zu dieser verdammt frühen Stunde an und fragst mich über genau diese Entscheidungen aus.«

Sie antwortet ihm nicht, also fährt er fort.

»Ich glaube einfach nicht mehr, dass das eine gute Idee ist«, sagt er. »Wenn es das überhaupt je war. Du hattest recht, Roe. Konzentrier dich einfach auf Oxford und das Trauern, hol dir vielleicht professionelle Hilfe, und ich kümmere mich wieder um meinen eigenen Scheiß.«

Er sitzt jetzt aufrecht, sein ganzer Körper pulsiert.

»Okay«, sagt Rosie und dankt ihm für Gott weiß was. Nachdem sie aufgelegt hat, starrt er sein Handy an und fragt sich, was zur Hölle eben passiert ist, wieso er all diese Dinge gesagt hat.

Er geht joggen und versucht, nicht mehr an sie zu denken.

Am folgenden Abend ruft sie nicht an.

*

Rosie lernt den Ruderer beim Ausgehen kennen.

Es ist ein ganz normaler, unspektakulärer Abend, an dem sie schließlich in einem Pub nebeneinandersitzen, er ihr einen Drink ausgibt und sagt: »Ah, du bist der frühe Vogel.« Ihm sind ihre Blicke am Fluss nicht entgangen. Er ist beinahe einschüchternd groß, Arme und Beine wie dafür geschaffen, um Ruder durchs Wasser zu ziehen, die Nase vor Jahren auf dem Rugbyfeld gebrochen.

Er ist älter als sie, im dritten Studienjahr.

Er fragt sie nach ihrer Nummer, und sie treffen sich eine Woche später auf einen Kaffee zwischen ihren Seminaren. Es ist ein Mittwoch. Sein Name ist Simon.

Mit seinem breiten Schädel und seinen riesigen Händen, seinem allzeit bereiten, tiefen Lachen, das so gewiss und voll klingt, erinnert er sie an einen Bären. Er trinkt keinen Alkohol, isst viel Hähnchen und Eiweiß, erzählt ihr von seiner Liebe zu Wettkämpfen und dem Wasser. Er spricht darüber, wie leicht es ihm fällt, vor Sonnenaufgang aufzustehen, dass er um neun schon im Bett liegt und ihn alle seine Freunde dafür auslachen, aber so ist es nun mal, und so muss es sein, wenn man Teil der Mannschaft ist.

Er fragt sie nach ihren Interessen und Seminaren, nimmt ihr den Mantel ab und hängt ihn über den Stuhl wie ein Erwachsener. Er bezahlt den Kaffee und fragt sie nach einer weiteren Verabredung, diesmal zum Abendessen in einem Restaurant, von dem er denkt, es würde ihr gefallen.

Es ist leicht mit ihm. Unversehens schmiegt sie sich an sein Leben wie ein Jungvogel unter die Flügel seiner Mutter, auf der Suche nach Trost und Schutz und aus Notwendigkeit.

Marley ruft Rosie ungefähr alle zwei Wochen an. Sie studiert Medizin, wie sie es immer wollte, und arbeitet hart und feiert noch härter. Jedes Mal, wenn sie miteinander sprechen, klingt sie erkältet.

Sie und Tom haben vor dem Studium Schluss gemacht, und seitdem hat sie nicht einen Hauch Romantik erlebt, es sei denn, man würde die Knutschereien in der Studentenkneipe zählen, die, wie sie selbst sagt, die unromantischste Sache der Welt sind.

»Wie ist er so?«, will sie wissen, als Rosie ihr von Simon erzählt.

»Er ist nett«, sagt Rosie.

»Ein Pluspunkt.«

»Mehr als nett«, korrigiert sie sich. »Wirklich lieb. Und ein guter Gesprächspartner. Aber er stellt nicht so viele Fragen, weißt du? Er ist quasi das Gegenteil von intensiv. Einfach echt süß. Und lieb.«

Sie hat zweimal ›lieb‹ gesagt.

»Er klingt toll«, entgegnet Marley nur.

Rosie stimmt zu und schaut aus dem Fenster ihres Zimmers über den Campus. Auf dem Fenstersims der alten Bibliothek sitzt eine Taube, in die Nische gedrückt mit gefalteten Flügeln. Als würde sie auf etwas warten.

»Und wie geht's dir sonst?«, fragt Marley.

Rosie denkt nach. Erst gestern sah sie in der Bibliothek einen Jungen, der Josh ein wenig ähnelte, und das Herz sprang ihr bis an den Hals. Sie kehrte erst an ihren Platz zurück und schrieb einen Satz an ihrer Hausarbeit weiter, bevor sie auf die Toilette ging, sich in eine Kabine einschloss und leise schluchzte.

»Alles gut«, antwortet sie.

»Ja? Schläfst du besser?«

»Ja«, sagt sie, weil es stimmt und weil sie dieselbe Antwort gegeben hätte, wenn es nicht so wäre. So viele Leute, einschließlich Marley, zeigen sich um sie besorgt, seit Josh gestorben ist. Alte Schulfreunde, ihre Eltern, selbst entfernte Verwandte melden sich bei ihr und fragen, wie es ihr geht – und sie weiß, dass sie sich eigentlich geliebt und dankbar fühlen sollte. Stattdessen breitet sich Wut in ihrem Bauch aus wie die Flügel, die die Taube nun ausstreckt.

»Cool«, sagt Marley. »Das ist gut.«

»Wie kommst du mit deiner Leiche voran?«, fragt Rosie.

Auf der Infoveranstaltung für die Erstsemester hat sie sich für keine einzige Musik-AG angemeldet. Sie ist am Chorstand, am Orchesterstand, an den Ausschreibungen der Philharmonie, der A-cappella- und der Swing-Band vorbeigelaufen.

In ihrem neuen Leben weiß niemand, dass sie singt oder ein Instrument spielt.

Dass die Musik früher ein Teil von ihr gewesen ist.

Nachdem Will aufgehört hat, sie in den Schlaf zu reden – aufgehört hat, überhaupt mit ihr zu reden –, musste sie einen anderen Weg finden, durch die Nächte zu kommen. Also hat sie wieder angefangen, Gedichte zu schreiben, zum ersten Mal seit Joshs Tod, nur im Bett und nur in tiefster Nacht.

Sie hat festgestellt, dass sie beides bekämpfen kann, sowohl die Schlaflosigkeit als auch die Trägheit der Tage, indem sie ihren Stift nimmt und die unaussprechlichen Dinge aufschreibt. Dinge, die nicht für die Musik oder menschliche Augen bestimmt sind. Dinge, von denen sie nicht glauben kann, dass sie sie denkt und fühlt und irgendwie in Worte fassen kann.

Tintenkleckse auf ihrer Bettwäsche.

Wenn sie schreibt, kann sie nichts kontrollieren oder trauern.

Sie kann an nichts anderes denken.

*

Will arbeitet mehr Stunden in der Werkstatt, weil er das Geld braucht. Er stellt Batterien ein, tauscht Kabel aus, doch als er fragt, ob er zum richtigen Mechaniker ausgebildet werden kann, antwortet Moe, das wäre nicht fair.

»Ich kann dir kein Mechanikergehalt zahlen«, erklärt er ihm.

»Wieso nicht?«

»Weil ich einen Betrieb am Laufen halten muss.«

»Aber ich bekomme jetzt schon seit drei Jahren denselben Lohn.«

»Und ich habe dir nie mehr versprochen, oder?«

Also wischt Will das ganze Jahr lang Rostschutzmittel von den abholbereiten Motorrädern. Er holt die Overalls aus der Reinigung. Er begrüßt Kunden, wischt den Boden, spült Tassen und kocht so viel Kaffee, dass er Moe beinahe bittet, seinen Koffeinkonsum einzuschränken, weil er allein dadurch genug Geld für eine Gehaltserhöhung sparen würde.

Er legt alles, was er verdient, bis auf kleinere Beträge, die er seiner Großmutter gibt, auf seinem Konto für ein Flugticket zurück. Denn diesen Sommer ist es so weit.

Er ist fast schon weg.

Er nimmt Gelegenheitsjobs in der ganzen Stadt an, repariert Dinge, reinigt Dachrinnen, mäht Rasen und streicht Wände. Er lernt, Böden abzuschleifen, Fußleisten zu lackieren, Laminatboden zu verlegen, Steckdosen anzubringen und alles Mögliche, was es braucht, um sich die Zeit zu vertreiben und seinen Weg nach draußen zu verdienen. Abends macht er dasselbe wie immer. Er läuft, kocht manchmal, wenn seine Großmutter keine Lust dazu hat, liest, fährt Motorrad und trinkt.

Keine Anrufe. Keine Nachrichten oder Einladungen zu Partys.

Von seinen alten Freunden ist sowieso niemand mehr da. Sogar Darcy ist weggezogen. Sie hat genug Punkte zusammenbekommen, um Gesundheitswesen und Pflege an einem College zu studieren. Er schnaubte, als sie ihm das erzählte, vor allem bei dem Gedanken, sie könnte jemanden pflegen.

In den meisten Wochen vögelt er beliebige Frauen, eine aus der Reinigung, Kellnerinnen, Baristas und Hilfslehrerinnen, die er im Pub kennenlernt.

Er muss sich anstrengen, sich auf diese Mädchen zu konzentrieren, wenn er mit ihnen zusammen ist.

Er versucht, ihnen zuzuhören.

An schlechten Tagen lässt er Rosie in seine Gedanken. Wenn er mit einem Mädchen zusammen ist oder sie danach im Bett liegen, die Fenster geöffnet, die Vorhänge wehend in der Brise.

So würden sie daliegen, denkt er, bevor er sich zurückhalten kann. Die Kleider auf dem Boden, die Wolken hinter den Jalousien vorbeiziehend. Der Abdruck ihrer Lippen auf seinem Wasserglas.

Lächerlich.

Eines Abends kommt er von einer Ausfahrt nach Hause, sein Haar nach hinten geweht, sein Herz gestillt durch das Risiko und die weiten, leeren Straßen.

Er entschließt sich, vor dem Duschen etwas zu essen, und fragt sich, was seine Gran ihm dagelassen hat, da sie in letzter Zeit so selten gemeinsam am Tisch sitzen. Er ist nie zur richtigen Zeit zu Hause, obwohl sie ihn immer wieder darum bittet. Normalerweise liegt sie schon im Bett, wenn er heimkommt, und im Haus sind alle Lichter aus.

Heute sitzt sie jedoch mit gefalteten Händen in der Küche am Tisch.

»Geht's dir gut?«, fragt er, und sie hebt den Blick.

Er will sie schon fragen, was los ist, weshalb sie ihn so anschaut, als sie unter ihren Stuhl greift und eine Flasche auf den Tisch stellt.

Sie tut es wieder und wieder, bis fünf halb leere Flaschen vor ihr aufgereiht sind. Gläserne Soldaten mit langen, knochigen Hälsen, die das Küchenlicht einfangen.

»Und dir?«, fragt sie, ohne den Blick von ihm zu lösen. »Geht es dir gut?«

Wills Kopf fühlt sich plötzlich voll und langsam an, als hätte ihm jemand Rauch in die Ohren geblasen, ihn von innen heraus benebelt.

»Wann hast du wieder mit dem harten Zeug angefangen?«, fragt sie ihn.

Er überlegt zu leugnen, wie sein jüngeres Ich es getan hätte, doch dann zuckt er mit den Schultern und fragt: »Spielt das eine Rolle?«

»Ja, tut es«, sagt sie, und ihre Stimme überschlägt sich einmal.

»Seit der Beerdigung«, erklärt er.

»Welche Beerdigung?«

»Was glaubst du denn, welche?«

»Welche Beerdigung, Will?«, fragt sie, jedes Wort wie ein Schlag durch Papier.

»Joshs«, sagt er.

Seine Großmutter bleibt ganz ruhig, aber er sieht, wie sich in ihrem Gesicht etwas entspannt. Weniger als ein Jahr, denkt sie. Keine unumkehrbare Angewohnheit, was es vielleicht gewesen wäre, wenn er insgeheim seit Jahren trinken würde, seit seinem Großvater eines Morgens im Badezimmer mit der Zahnbürste im Mund das Herz versagte.

»Ich will, dass du die wegschüttest«, sagt seine Großmutter. »Jetzt gleich.«

»Ich könnte einfach wieder Neue kaufen.«

»Tu das nicht.« Sie beißt die Zähne zusammen, um nicht zu weinen, und ihr Anblick schmerzt ihn, jede Faser in ihm schreit vor Scham, Hass und Wut auf sie, auf sich selbst, über das, wozu sie ihn gleich bringen wird. »Wage es nicht, damit zu drohen, Willyum. Versprich es mir. Schwöre auf mein altes Herz. Jetzt sofort.«

»Das wird nichts ändern«, sagt er.

»Dann holen wir dir Hilfe«, sagt sie und schaut ihn unverwandt aus ihren runzligen, kleinen Augen an. Sie schrumpfen, wenn sie traurig ist. Alles an ihr wirkt härter und größer, außer ihren Augen.

Es sind die Augen, mit denen sie schon seine Mutter angeschaut hat.

»Ich brauche keine Hilfe.«

»Dann schütte die hier weg.«

»Gran.«

»Was?«

»Das wird nichts ändern.«

»Doch, das wird es, Will.«

»Wird es nicht! Du hast doch keine verfickte Ahnung.«

»Wage es ja nicht, so mit mir in meinem eigenen Haus zu sprechen.« Sie bäumt sich auf. Sie ist groß und laut und die Frau, die ihn großgezogen hat, und sie stößt mit ihrer Stuhllehne eine der Flaschen an.

»Sollen wir das draußen austragen?«

»Wie kannst du jetzt Witze machen, William? Wie?«

»Einfach so«, sagt er und zuckt mit den Schultern.

Sie starren einander an. Sie atmet schwer, und es beruhigt ihn merkwürdigerweise. Es ist, als ob alle echten Gefühle aus ihm gewichen wären, als hätte er einen Schritt aus seinem Körper heraus getan und würde diese Szene nur beobachten.

»Wenn du nicht deinetwegen aufhörst zu trinken«, sagt seine Großmutter, »dann tu es für mich.«

»Das wird auch nicht funktionieren, Gran.«

»Ich appelliere nicht an dein Mitgefühl«, faucht sie. »Ich bin bloß pragmatisch.«

»Ach ja?«

Er lehnt sich an den Türrahmen, lässt zu, dass sich das Scharnier in sein Kreuz bohrt.

»Ich brauche dich wahrscheinlich, um mich zu einigen Arztterminen zu fahren«, sagt sie. »Sehr bald.«

»Wieso? Was ist mit dir?«

»Ich sage es dir, sobald ich es weiß.«

»Aber wieso hast du Termine gemacht?«

»Versprich mir einfach, dass du fahrtüchtig bist, wenn ich dich brauche«, sagt sie.

»Du lügst doch.« Er kann es nicht fassen, kann nicht glauben, dass sie so ein falsches Spiel spielen würde. Sie leugnet es nicht. Er dreht ihr den Rücken zu und steigt die Treppe hinauf, und sie lässt ihn gehen, die aufgereihten Flaschen noch immer vor sich auf dem Tisch.

*

Rosie ist das Papier ausgegangen.

Sie hat auf Resten aus dem Drucker geschrieben, aber es sind keine mehr da, und sie hat noch mehr zu sagen, also nimmt sie ihren Füller und schreibt auf ihrem Handgelenk weiter, bis hinunter über den ganzen Arm.

Die Füllerspitze kitzelt.

Sie fühlt sich dünn und leicht an wie ein Federkiel, und das ruft eine Erinnerung in ihr hervor, einen weiteren Satz, einen Moment, in dem sie und Josh herausfanden, dass in ihren Kissen echte Vogelfedern steckten. Entendaunen, wie sie jetzt weiß, und sie schreibt einen ganzen Song darüber, zum ersten Mal seit Joshs Tod, über die Weichheit und die scharfen Spitzen und den Regen aus weißem Bausch, gestohlen von einst lebendigen Wesen.

Am Morgen wäscht sie es nicht ab.

Sie geht mit langen Ärmeln in die Vorlesungen und versteckt ihre Haut, die von Geschichten übersät ist, welche sie, wie sich herausstellt, nicht vergessen kann.

Eines Abends, nach einem Date – ist es überhaupt ein Date, wenn man schon ein Paar ist, wenn man kommentarlos ins Leben des jeweils anderen geschlüpft ist? –, fragt Simon sie nach den Songs auf ihrer Haut.

Sie gingen essen und ins Kino. Es war ein Mainstreamfilm, der ziemlich teuer produziert, aber furchtbar schlecht war. Rosie kann sich kaum noch an ihn erinnern. Jetzt sind sie in Simons Zimmer. Die Vorhänge sind zugezogen und die Schreibtischlampe ist tief und zur Seite gedreht.

Sie sitzt im Schneidersitz auf seinem Bett, und er erhascht durch die Lücke in ihrer Bluse, dem kleinen Tropfen Haut über dem Knopf am Handgelenk, einen Blick auf die geschriebenen Worte.

»Was ist das?«, fragt er und nickt mit seinem großen, freundlichen Kopf in Richtung ihrer um den Tee geschlungenen Hände. Kamille. Kein Koffein mehr.

Sie versucht zurückzuweichen, doch er greift nach ihrem Unterarm und hält ihn ins Licht, wendet ihn, um mehr erkennen zu können. Sie erwartet, dass sein Gesicht sich neugierig und fragend furcht, doch er zuckt nur mit den Schultern und sagt: »Geisteswissenschaftler«, bevor er ihren Arm wieder loslässt.

*

Es regnet, als Will im Flur auf seine Schwester trifft.

Seine Großmutter schaut im Wohnzimmer fern. Die schwermütige Klarinette aus einer ihrer Soaps dringt zu ihnen herauf, Regentropfen prasseln gegen die Fensterscheiben.

»Oh«, sagt Amber. »Du bist zu Hause.«

»Ja«, sagt Will. Er will gerade nach unten, um sich Wasser zu holen. Sie steht auf der obersten Stufe und blockiert ihm den Weg.

»Wir dachten, du wärst unterwegs.«

»Tja, bin ich nicht«, sagt er.

Sie regt sich noch immer nicht, was ungewöhnlich ist, denn so viel Zeit haben sie seit fast einem Jahr nicht mehr miteinander verbracht. Zwischen ihnen besteht die unausgesprochene Abmachung, nie das Zimmer des jeweils anderen zu betreten und stets eine gesunde Distanz zueinander zu wahren.

»Gran ist traurig«, sagt Amber.

»Wieso? Ist in *Emmerdale* jemand gestorben?«

»Nein«, sagt sie. »Weil du wieder Wodka trinkst.«

Sein Herz peitscht wie ein Band gegen seine Rippen. Der Regen am Fenster ist ohrenbetäubend.

»Ich ... wusste nicht, dass du davon weißt«, sagt er.

»Ich weiß«, sagt sie.

Da mustert er sie zum ersten Mal seit langem eingehend. Sie wirkt älter als elf. Auf ihrem Kinn sprießen schon ein paar Pickel, und in ihren Augen liegt eine Intensität, die er sonst von niemandem kennt, nicht von den Mädchen an der Schule, weder von ihrer Oma noch ihrer Mutter.

»Sie sollte dir solches Zeug nicht erzählen«, sagt er, als sich keiner von beiden bewegt. »Du bist zu jung.«

»Gran erzählt mir nie etwas«, sagt Amber. »Aber ich bin nicht dumm.«

Daraufhin hebt er die Augenbrauen.

»Nein«, sagt er. »Bist du nicht.«

»Aber du bist es«, gibt sie zurück. Er verschränkt die Arme und wartet auf eine Begründung. »Du bist eigentlich recht schlau, Will. Und siehst gut aus, offenbar. Alle meine Freundinnen sagen das.«

»Was spielt das für eine Rolle?«

»Es bedeutet, dass du etwas erreichen könntest«, erklärt Amber. »Wenn du wolltest.«

Sie klingt wie seine Großmutter, und das möchte er ihr auch sagen, doch sie fährt fort und übertönt den Regen.

»Du könntest mehr tun, als Motorräder zu putzen und dich traurig zu trinken«, sagt sie. Er starrt sie an.

»Ich weiß, dass du dieses Mädchen mochtest und dass sie weggegangen ist. Und ich weiß, dass dieser Junge an deinem letzten Geburtstag gestorben ist.«

Dunkle Wolken hinter den Fensterscheiben.

»Und deshalb bist du traurig«, sagt Amber. »Und diese Dinge geben dir vielleicht das Gefühl, als würde es dich umbringen, Will, aber es ist das Trinken, das dich tatsächlich umbringen wird. Irgendwann. Ich habe darüber gelesen. Ich kann dir Bilder zeigen.«

»Nicht nötig«, sagt Will, als ihm klar wird, dass das Angebot ernst gemeint ist.

»Okay. Wenn du sicher bist.«

»Ich bin mir sicher.«

»Dann glaub mir. Und vertrag dich wieder mit Gran, ja?«, fügt sie hinzu, als sie ihm endlich den Weg freigibt. »Ich will bei Abbie übernachten, aber sie muss in besserer Stimmung sein, bevor ich frage.«

»Klar«, sagt Will, denn trotz allem, was sie gesagt hat, was sie gesehen hat, ohne dass er wusste, dass sie ihn überhaupt beobachtet, ist sie schließlich erst elf Jahre alt.

Er versucht aufzuhören.

Er hört auf.

Er kippt die Flaschen in der Spüle aus, wie seine Großmutter es wollte. Er schmeißt sie in den Recyclingcontainer und zuckt zusammen, als sie zerschmettern. Er läuft längere Strecken, die ihm die Luft aus den Lungen treiben und seine Gesäßmuskeln zum Glühen bringen. Er trinkt viel Wasser und raucht eine Zigarette, wenn er das Verlangen hat, seine Hände zu beschäftigen.

Er hält ganze drei Tage durch.

Dann geht er zum Spirituosenladen, kauft den billigsten Schnaps, den er finden kann, trinkt ihn in der Gasse hinter dem Geschäft und hasst sich dafür, weil es sich so gut anfühlt.

Danach läuft er herum, bringt es nicht über sich, nach Hause zu gehen, und landet schließlich auf einem Parkplatz. Dem im Stadtzentrum, wo alles so schrecklich schieflief, als er noch ein Kind war und mit den falschen Leuten herumhing, die falschen Dinge tat, weil ihn seine Eltern verlassen hatten und sein Großvater gestorben war. Und nun war nach all dem auch noch Josh tot.

Er rennt los, dreht eine Runde durch die Parklücken und sieht aus wie ein Idiot in seinen billigen Schuhen und seinem zu engen, sportuntauglichen Hemd. Im Kiosk auf der anderen Straßenseite brennt Licht. Er weiß, dass ihn dort eine Überwachungskamera aufnimmt. Er weiß, dass er inzwischen anders aussieht, älter als beim letzten Mal, als sie ihn aufgezeichnet hat.

Er landet schließlich in einer Bar mit einem großen Bier und einem Bierdeckel, den er in Stücke reißt.

Ein Mädchen nimmt Augenkontakt zu ihm auf, doch diesmal erwidert er ihn nicht. Ihm wird klar, dass er nicht aufhören kann. Er hat es immer gekonnt, früher. Er wollte nicht, wäre aber in der Lage gewesen. Nun fühlt es sich anders an, verzweifelter und schwerfälliger. So, als müsste er sich heraushangeln, bevor es ihn zerquetscht, und weil er nicht aufhören kann, muss er handeln.

Also kauft er sich am nächsten Tag sein Flugticket.

Zuerst nach Asien. Thailand. Er mag Pad Thai, und das Ticket ist billig, mehr denkt er darüber nicht nach. Er kauft es am Computer in der Stadtbibliothek und druckt es am großen, rot blinkenden Drucker aus. Er klappt das Papierfach ein paar Mal auf und zu, bis es da ist, fertig und bereit, noch warm in der Hand.

Auf dem Heimweg wird ihm klar, dass der Flug einen Tag, nachdem Josh gestorben ist, startet. Einen Tag, nachdem er zwanzig wird.

Zufall, da ist er sich sicher. Eine merkwürdige, dumme alte Welt.

ZEHN

Der Todestag zieht grau und nass herauf, als würde er Bescheid wissen.

Will war auf den Schmerz in der Brust vorbereitet, und deshalb bleibt er aus. Er steht auf und packt den großen Rucksack fertig, überprüft, ob er seinen Pass, sein Ticket, seine Sonnenbrille hat.

Von seiner Großmutter und seiner Schwester hat er sich schon verabschiedet. Amber ist bereits wieder in der Schule, bei irgendeinem naturwissenschaftlichen Sommercamp für Nerds. Seine Gran ist mittags zu ihrem Buchclub aufgebrochen. Sie küsste ihn brüsk auf die Wange und drückte ihn eine merkwürdige halbe Minute lang an sich. Sie umarmen sich nie. Nicht einmal, als sein Großvater starb oder seine Mutter fortging.

Sie haben kaum miteinander gesprochen, seit sie einander anlogen, seit in der Küche alles herauskam. Seit sie sagte, sie bräuchte ihn für ihre angeblichen Arzttermine. Seit sie seinen Schnaps fand, ihn ins Licht zerrte und bloßstellte.

Sie hatten also ihre unangenehme Nicht-Umarmung im Flur. Sie bat ihn, ihr Bescheid zu geben, wenn er gelandet sei, und er sagte, er würde es versuchen. »Alles Gute zum Geburtstag, Willyum«, sagte sie noch, bevor sie ihn im Flur zurückließ.

Seitdem wartet er.

Er checkt immer wieder die Uhrzeit und seine Tasche.

Zunächst wird er mit dem Zug nach London reisen, um die Nacht in einem günstigen Hotel am Flughafen zu verbringen. Eigentlich hatte er vor, um drei Uhr zum Bahnhof loszulaufen, doch es beginnt zu regnen, also bestellt er sich ein Taxi. Er checkt noch einmal seine Tasche, setzt sich an den Küchentisch und beschäftigt sich mit seinem Handy, weil niemand da ist, mit dem er sprechen könnte.

Auf dem Tisch steht ein unangetasteter Geburtstagskuchen.

Eine einzige Karte von seiner Gran und seiner Schwester steht aufgeklappt neben der Obstschale.

Und dann, um viertel vor zwei, hört er ein Klopfen. Zwei zaghafte Anschläge des Türklopfers. Es regnet noch immer, gießt in Strömen, und als er aufmacht, steht sie da völlig durchnässt, mit klatschnassem Haar und durchsichtigem Hemd.

»Ich konnte nicht nach Hause gehen«, sagt sie.

Er starrt sie an, als wollte er sichergehen, dass sie echt ist. Dann zieht er sie am Arm herein, nimmt ihr die Tasche ab und stößt die Tür mit dem Fuß zu.

»Ich konnte nicht«, sagt sie wieder, jedes Wort einzeln herausgepresst beim Luftholen.

Er lässt ihre Tasche fallen und drückt sie an sich, spürt ihre Wärme durch die durchnässte Kleidung. Sie kommt ihm kleiner vor, fast wie ein zerbrechlicher Vogel. Bloß Handgelenke und Wirbelsäule und eingeknickte Flügel. Er kocht ihr einen Nudelauflauf. Sie braucht Salz und Milchprodukte, etwas Sämiges und Festes, etwas, um sie zu erden. Er gibt ihr ein altes T-Shirt und eine Leggings seiner Schwester zum Anziehen, und sie setzt sich an den Küchentisch und schaut ihm beim Kochen zu. Er reibt Muskatnuss, würfelt Schinken und gießt Milch dazu, all das mit einer solchen Sorgfalt, als wäre sie es, die er berührt.

Irgendwann zwischen der Zugabe von Sahne und dem Käsereiben hört sie auf zu weinen. Er reibt mehr, als im Rezept steht, und der Cheddar türmt sich auf dem Teller wie ein Berg Holzspäne.

»Willst du was trinken?«, fragt er, aber sie schüttelt den Kopf. Er kocht trotzdem Teewasser für sie beide auf. Ansonsten spricht er kein Wort zu ihr, und in gewisser Hinsicht kann er nicht glauben, dass sie da ist, in seiner Küche, ausgerechnet heute, aber irgendwie fühlt es sich auch unausweichlich und richtig an.

Um drei schiebt er die Nudeln in den Ofen, genau zu dem Zeitpunkt, in dem er eigentlich auf dem Weg zum Zug sein müsste, um seinen Flug am nächsten Tag zu kriegen. Bei diesem Gedanken wendet sich ihm das Herz in der Brust um. Aber es fühlt sich nicht mehr so an, als hätte er eine Wahl. Er will nicht gehen. Nicht jetzt. Er fragt sich flüchtig, ob er es wohl bereuen wird, doch dann dreht er sich um und sieht Rosie am Tisch mit ihrem regennassen Haar und ihren verquollenen Augen, und er weiß, dass er Thailand morgen für sie aufgeben würde, und übermorgen. Er bekommt sowieso auch selbst ein ganz ordentliches Pad Thai hin, die Welt läuft ihm schließlich nicht weg, also denkt er nicht weiter darüber nach.

Sie warten in Stille, bis die Nudeln fertig sind. Dann bringt er sie zum Tisch und gibt ihr eine Gabel. Sie essen beide direkt aus der Auflaufform. Der Käse zieht gelbe, heiße Fäden von den Nudeln bis zu ihren Mündern.

»Verbrenn dich nicht«, sagt er. Sie nickt. In der Küche ist es warm, beinahe schwül. Die Fenster sind von der Hitze beschlagen.

»Tut mir leid«, sagt sie.

»Braucht es nicht«, sagt er.

»Du hast gesagt, du kannst mich nicht sehen, und ich bin trotzdem gekommen.«

Will versenkt seine Gabel im Essen, und es fühlt sich sowohl weich als auch fest an.

»Dinge ändern sich«, sagt er.

Sie fragt ihn nicht, ob sie bleiben kann. Nachdem sie gegessen haben, führt er sie nach oben und lässt sie auf seinem Bett Platz nehmen.

»Das ist also dein Zimmer«, sagt sie.

»Beeindruckend, nicht?«

»Es gefällt mir«, sagt sie. »Ich habe mich immer gefragt, wie es wohl aussieht.«

»Warst du nah dran?«

»Ich wusste, dass es bestimmt CDs gibt«, sagt sie mit einem Nicken zu dem Stapel unter dem Fenster. »Und Chaos.«

»Das ist kein Chaos. Alles hat seinen Platz.«

»Seinen Platz auf dem Boden?«

»Genauso gut wie jeder andere Platz.«

»Mir gefällt dein Kaktus.« Sie rutscht auf dem Bett nach hinten und lehnt sich an die Wand. Es ist eine kleine Topfpflanze, und was er auch tut, sie bleibt am Leben.

»Amber hat ihn mir letztes Jahr zu Weihnachten geschenkt«, erzählt Will. »Sie meinte, er würde sie an mich erinnern.«

Rosie runzelt die Stirn, als könnte sie keine Ähnlichkeit erkennen.

»Ein stacheliger Dummkopf«, erklärt er mit einem Achselzucken, und sie bricht in zaghaftes Lachen aus, als wäre sie sich nicht sicher, ob es in Ordnung ist.

»Versuch, etwas zu schlafen«, schlägt er vor, und sie nickt.

An der Tür sagt sie seinen Namen, und er dreht sich um, die Hand am Türrahmen.

»Alles Gute zum Geburtstag«, sagt sie.

»Danke«, sagt er und blickt sie in seinem Kinderzimmer an, beide so klein, eines so überraschend, das andere so gewöhnlich. Ihr feuchtes Haar schimmert im Licht.

*

Als Rosie aufwacht, weiß sie zunächst nicht, wo sie ist.

Kleines Zimmer. Pinienduft. Kleidung auf dem Boden, ein Hoodie und ein paar zusammengerollte Socken.

Der Regen hat aufgehört. Der Morgen dringt unter den Vorhängen herein. Sie will nie wieder aufstehen, will diesen warmen, ruhigen Ort, an dem nichts geschehen muss, nie wieder verlassen. So bleibt sie, wer weiß wie lange, unter Will Whites Bettdecke liegen. Dann hört sie ein sanftes Klopfen, die Tür geht auf, und seine Großmutter kommt herein.

Sie stellt eine Tasse Tee auf den Nachttisch und zieht die Vorhänge auf.

»Guten Morgen, mein Mädchen«, sagt sie, und Rosie setzt sich, eng in die Bettdecke geschlungen, auf.

»Mrs White«, sagt sie.

»Elsie«, erwidert Wills Großmutter. »Es sei denn, dir ist Miss Winters lieber?«

»Nein. Elsie ist gut.«

»Hast du gut geschlafen?«

»Das habe ich«, antwortet sie und klingt erstaunt, beinahe ängstlich, es zuzugeben.

»Nun, ich frage dich das nicht, weil du nicht willkommen wärst«, sagt Elsie. »Oder weil ich möchte, dass du gehst, oder irgendein Problem damit habe, dass du hier bist. Mir macht es nichts aus, wenn du bleibst.«

Rosie wartet, weil sich ein »Aber« ankündigt, und Elsie setzt sich aufs Bett.

»Wissen deine Eltern, dass du hier bist?«

Rosie schüttelt den Kopf.

»Denkst du nicht, es wäre das Beste, ihnen Bescheid zu geben?«

»Sie denken, dass ich den Sommer über bei meinem Freund bin«, sagt sie.

Elsie nickt so tief, dass ihr Kinn beinahe ihre Brust berührt. Rosie nuschelt den Teil mit ihrem Freund.

»Also werden sie sich keine Sorgen machen, die Polizei rufen oder dein Gesicht auf einen Milchkarton drucken lassen?«, fragt Elsie. Und auf Rosies verwirrten Blick hin erklärt sie ihr, dass früher die Gesichter vermisster Kinder auf den Verpackungen der Milch abgedruckt wurden.

»Ich bin neunzehn«, wendet Rosie ein.

»Und immer noch ihr Kind.« Elsie legt über der Bettdecke eine Hand auf Rosies Knie. Sie ist von Muttermalen übersät, vom Wetter und der Mühsal vieler Jahre gezeichnet, von Linien durchzogen wie ein Baumstumpf, dem man sein Alter ansieht.

»Ich werde nicht lange bleiben«, sagt Rosie, obwohl sie keine Ahnung hat, wie lange sie bleiben wird. Sie hatte nicht vor, überhaupt herzukommen, war aus dem Zug gestiegen, um nach Hause zu fahren, um das Richtige zu tun und den Todestag ihres Bruders mit ihren Eltern zu verbringen.

Und konnte es nicht.

»Du kannst hierbleiben, solange du willst«, versichert ihr Elsie. »Will wird es verkraften, eine Weile auf dem Sofa zu schlafen.«

Rosie will Danke sagen oder fragen, warum. Du kennst mich nicht einmal, denkt sie. Aber die ältere Frau schaut sie an wie eine Enkelin und drückt einmal kurz ihr Knie.

»Trink deinen Tee«, sagt sie. Also gehorcht Rosie.

Rosie verbringt lange Tage mit Will im Haus seiner Großmutter. Sie schaut fern, liest Bücher und isst Eier, Toast und Brathähnchen. Im Wohnzimmer riecht es nach Möbelpolitur und den erdigen Pfoten eines Hundes. Dave schließt sie ins Herz und sitzt oft zu ihren Füßen oder legt sich auf dem Sofa quer über ihren Schoß.

»Dave ist ein komischer Name für einen Hund«, sagt sie, während sie seinen borstigen Kopf streichelt.

»Davidstow«, sagt Will, ohne von seinem Handy aufzuschauen.

»Ist das ein Ort?«

»Ein Käse. Der Lieblings-Cheddar meines Grandpas.«

Rosie lächelt und fühlt sich dabei aus der Übung. Ihre Zähne kommen ihr fehl am Platz vor, ihre Lippen aufgesprungen und steif. Sie unterhalten sich eine Weile über Käse und geraten in eine Diskussion über Stilton und die Frage, ob man die Rinde mitessen darf.

Der Regen hält an, aber wann immer sie können, machen sie kurze Spaziergänge. Sie halten sich an die Felder und Waldwege außerhalb, ohne aussprechen zu müssen, dass sie das Stadtzentrum meiden, um nicht auf Rosies Eltern zu treffen. Die glauben nämlich, dass sie noch in Oxford ist, einen Ferienjob hat und die Wochenenden bei Simon verbringt.

»Wie geht's deiner Mutter?«, fragt Will sie eines Morgens, als sie auf feuchtem Untergrund durch den Wald schlendern.

Rosies Antwort lässt eine Weile auf sich warten. Sie mustert die Rückseite seiner Sportschuhe, den feuchten Mulch, der an den Seiten klebt.

»Sie ist sie selbst«, sagt sie schließlich. »Hoch zehn.«

»Okay.«

»Sie ist kalt. Kälter und distanzierter. Aus Selbstschutz, weißt du?«

»Ja.«

Zweige knacken unter ihren Schuhen.

»Und dein Vater?«

»Niedergeschmettert«, sagt Rosie. »Er ist auf Antidepressiva.«

»Hilft das?«

»Ich glaube nicht.«

»Oh Gott.«

»Es gibt keinen Gott«, sagt Rosie, und ihr ist klar, dass das ein wenig dramatisch ist, aber auch wahr. Will widerspricht ihr nicht, ruft sie weder zur Vernunft, noch sagt er etwas wie: »Komm schon, Roe.« Und da liebt sie ihn, als hätte sie es nicht schon längst getan. In diesem Moment weiß sie es mit Sicherheit.

Doch sie schiebt es weg, in eine Schublade in ihrem Inneren. Sie erinnert sich an Simon, während sie Will den Waldweg entlang folgt, trennt es von jenem und all den Dingen, die vorher waren.

»Erzähl mir von deinen Freunden«, sagt Will eines Abends. Sie sitzen in seinem Zimmer mit dem Rücken an der Wand und spielen Karten. Oder tun zumindest so, während sie sich unterhalten.

»Meinen Uni-Freunden?«

»Ja. Das interessiert mich.«

»Das überrascht mich.«

»Sie sind Teil deines Lebens«, sagt er mit einem Achselzucken. »Ich interessiere mich für dein Leben.«

»Okay«, sagt sie und beobachtet, wie er die Karten aufsammelt und das Deck mischt. »Da gibt es Lydia, aus meinem Studiengang. Echt schlau, echt schusselig und echt verrückt nach Schokomilch. Sie isst ihr Müsli damit.«

»Schräg.«

»Ich weiß. Aber irgendwie mag ich das an ihr. Und da ist Henry, der auf unserer Etage wohnt. Er studiert Biochemie und sieht auch so aus, als würde er Biochemie studieren, weißt du?«

»Brille?«

»Jap! Und so ein unheimlich nachdenklicher Gesichtsausdruck.«

»Keine Vorliebe für Schokomilch?«

»Nein, genau. Er isst jeden Morgen Toast.«

»Ich liebe es, wie du jedermanns Frühstücksgewohnheiten unter die Lupe nimmst.«

»Das sagt viel über eine Person aus«, sagt Rosie und spürt eine Leichtigkeit im Bauch, als er sie neckt und über das Leben ausfragt, das sie sich unbemerkt aufgebaut hat.

Sie erzählt ihm von ihren College-Freunden und Dozenten und lässt Simon beinahe aus, doch das geht nicht. Während er die Karten austeilt, zögert sie und fragt sich, wie es sich wohl anfühlen wird und ob es eine gute Idee ist.

»Und Simon«, sagt sie schließlich.

»Ja?«

»Er ist echt lieb. Er ist etwas älter als ich und rudert.«

»Das ist cool.«

»Ja. Das ist er. Ich meine, nein, er ist nicht cool. Er ist eigentlich ein bisschen langweilig. Nicht langweilig – nein – ich meine, er ist einfach sehr vernünftig, auf eine gute Weise. Er geht früh ins Bett. Er ernährt sich gut und trainiert jeden einzelnen Tag, und er kann richtig gut zuhören und weiß einfach, was er will. Was echt toll ist, nicht wahr? Das zu wissen. Sich so sicher zu sein, schon jetzt.«

Sie verfällt in nervöses Geplapper. Will spürt es auch und gibt die Karten langsamer aus.

»Er passt auf sich auf, und auf alle um ihn herum«, fährt sie fort. »Du würdest ihn mögen. Er hat gepflegte Hände und schöne Haare. Und er ist, ähm. Tja, wir sind zusammen.«

Da. Sie hat es ausgesprochen.

Es hängt greifbar in der Luft des Zimmers, die nach ihrem Schlaf, ihrem Atem, ihrer Haut und geborgter Kleidung riecht.

»Richtig«, sagt Will, aber es ist nicht richtig, fühlt sich nicht richtig an, und sie bereut sofort jede Entscheidung des letzten verqueren, bloß erträglichen Jahrs.

»Was ist mit dir?«, fragt sie, verzweifelt um Wiedergutmachung bemüht.

»Was ist mit mir?«

»Gibt es da jemanden?«

Er wirft ihr einen flüchtigen Blick zu und schaut dann wieder auf die Karten herab.

»Du kennst mich, Roe«, sagt er.

Ja, denkt sie, und Nein. So oder so beantwortet das ihre Frage nicht.

*

Ein paar Wochen nach ihrer Ankunft erzählt Rosie Will, dass sie gern woanders wäre. Nicht, weil sie nicht hier bei ihm sein will, versteht er, sondern weil es ihr alles abverlangt, was sie hat, ihr eigenes Leben zu leben.

»Wohin willst du gehen?«, fragt er sie.

Sie sitzen im Wohnzimmer, wie sie es sich abends angewöhnt haben, während seine Großmutter kocht und Amber ihnen im oberen Stockwerk aus dem Weg geht. Er sitzt im Sessel seines Großvaters, Rosie mit Dave auf dem Sofa, den Blick auf das Bild an der Wand gerichtet. Eine alte Mühle und ein Fluss. Verschlungenes Schilf im Vordergrund.

»Einfach weg«, sagt sie. »Irgendwohin.«

»Dann lass uns irgendwohin gehen«, sagt er.

»Ich meine nicht nur zum Leuchtturm oder in den Wald.«

»Ich auch nicht.«

Sie löst ihren Blick von dem Bild und schaut ihn an.

»Wir könnten in zwei Stunden am Norwich Airport sein«, sagt er. Oben schließt sich eine Tür. Seine Schwester, die ins Badezimmer geht, oder womöglich der Wind, der durch ein offenes Fenster zieht. Sie gibt ein leises Lachen von sich, ein Atemzug, den sie in Schüben ausstößt.

»Das können wir nicht«, sagt sie, als er nicht lächelt.

»Wieso nicht?«

»Darum.«

»Darum?«

»Ich habe keine Sachen.«

»Du hast deinen Pass, richtig?«

»Ja. Meinen Pass, meine Bankkarten und meine Zahnbürste.«

»Dann können wir weg.«

»Wohin?«, fragt sie ihn, nachdem sie in seinen Augen bestätigt sieht, dass er nicht scherzt.

»Weg«, wiederholt er. »Irgendwohin.«

Sie buchen fünf Tage Montenegro, weil es der günstigste Flug mit zwei freien Sitzen ist und sie beide ungefähr wissen, wo es liegt.

Rosie hat ihren Pass aus Vorsicht mitgenommen – zu wertvoll, um ihn zurückzulassen, selbst in einem verschlossenen Zimmer auf dem Campus –, aber sonst hat sie wenig dabei. Nichts für die brennende Sonne und die Ofenhitze des Zelts, das Will eingepackt hat. Sie geht am Flughafen einkaufen. Grelle Flip-Flops, T-Shirts, auf denen herzförmige Flaggen prangen, eine Sonnenbrille, die nach außen hin breiter wird und sie Wills Worten zufolge wie ein Käfer aussehen lässt.

Sie legt sie zurück, aber er sagt: »Nein, auf eine gute Weise.« Sie fragt ihn, was daran gut sein könne, wenn man wie ein Käfer aussehe, und er zählt alle schönen Insekten auf, die ihm einfallen, gleich dort im Gang des Sonnenbrillengeschäfts: Schmetterlinge, Bienenköniginnen, Libellen, und sie sagt: »Okay, okay«, und nimmt die Brille mit zur Kasse.

Der Flug verläuft ohne Turbulenzen, und Rosie schläft, während Will gebannt aus dem ovalen Fenster starrt. Er ist erst zweimal in einem Flugzeug gewesen, einmal auf Klassenfahrt nach Schottland und einmal bei einer Urlaubsreise mit der Familie nach Portugal, an die er sich kaum erinnern kann. Da war ein Fischmarkt und die unangenehm schmierige Sonnencreme in seinem Gesicht. Er aß tonnenweise Spaghetti und sah sich mit seinem Großvater Boote an.

Auch damals war er fasziniert vom Ausblick aus dem Flugzeug, von diesem Gefühl, so weit oben zu sein und sich so schnell zu bewegen, ohne es zu merken.

Nach der Landung mieten sie sich ein kleines, zerkratztes Auto und fahren fünfzig Kilometer bis zu einem Dorf, wo sich, wie Will recherchiert hat, ein Campingplatz an einem See befinden soll, was sich als struppiges Feld mit drei zerrupften Schafen herausstellt. Es gibt ein Toilettenhäuschen mit nur einer funktionierenden Kabine, einem insektenverschmierten Spiegel und einem einzigen Trinkwasserhahn, der, wie ein Schild sie informiert, gleichzeitig zum Füßewaschen dient. KEIN SAND ZWISCHEN ZEHEN, steht an der Tür.

»Also muss es in der Nähe einen Strand geben«, folgert Rosie, während Will das Zelt auspackt und anfängt, die Stangen ineinanderzustecken.

»Gleich hinter dem Hügel«, sagt er und nickt in Richtung der Berge.

Das Meer ruft nach ihnen. So fühlt es sich an, finden beide. Sie lesen am See und essen die Kekse, die sie unterwegs in einem kleinen Laden gekauft haben. Dann packen sie eine Tasche und nehmen den langen, schattigen Pfad über den Hügel zum Adriatischen Meer. Es ist kurz vor Mittag. Dadurch, erklärt Will, sind sie in der heißesten Zeit des Tages aus der Sonne heraus. Rosie ist überrascht, dass er an so etwas gedacht hat, und überlässt ihm die Führung, weil sie das noch nie hatte, jemanden, der für sie plant. Stets war sie die Planerin. Die Sorgenvolle. Eine, die sich um Sonnenbrand Gedanken macht. Es gefällt ihr, plötzlich hier zu sein, in einem europäischen Land, von dem sie nie geglaubt hat, dass sie es mal sehen würde. Es gefällt ihr, dass sie nicht nachdenken muss. Ihr gefallen die schattenspendenden Bäume, die Klamotten vom Flughafen, die ihr nicht passen, und der Hunger, den sie wieder verspürt, und zwar nicht zu festgelegten Tageszeiten.

Ihr kommt der Gedanke, dass sie Simon schreiben und mitteilen sollte, wo sie ist, doch dann müsste sie ihm sagen, dass sie nicht zu Hause bei ihren Eltern ist.

Dass sie mit einem alten Freund verreist ist.

Sie will ihn nicht beunruhigen, es fühlt sich alles so fern an, so fremd, so weit weg von allem zu Hause. Sie ist keine Lügnerin, aber sie ist erschöpft und erleichtert, fühlt sich so warm und friedlich im Schatten der Bäume, die hier so anders aussehen. Sie atmet den Duft von Piniennadeln und Zapfen ein und schaltet ihr Handy aus.

Am Strand ist eine Bude, an der sie Limonade, Feigen und Sandwiches kaufen. Sie essen und trinken, schwimmen und reden manchmal, schweigen jedoch die meiste Zeit und lassen die Sonne über den Himmel ziehen, verlassen sich darauf, dass sie ihnen anzeigt, wann sie zurückmüssen, Rosie lässt das Salz auf ihrer Haut, auf den feinen Härchen an ihren Armen, in der Hitze trocknen.

Es ist so heiß. Beinahe stickig im Zelt. Und doch kann sie atmen.

Sie fahren zu einem Aussichtspunkt auf einem Berg, unterwegs kommen sie vorbei an einem Dorf mit gepflasterten Straßen und alten Ruinen. Ohne sich abzusprechen, ändern sie instinktiv ihren Plan. Will fährt ab, bezahlt fürs Parken, und sie gehen den Hügel hinauf, sehen sich die Marktstände an, den Nippes, die Gewürze und bemalten Schals.

Sie scheinen Europa verlassen zu haben und im Nahen Osten gelandet zu sein. Hier oben ist die Hitze intensiver, und schon bald bilden sich Schweißtropfen auf ihren Oberlippen, und die Essensgerüche aus den Gasthäusern hängen schwer über ihnen wie die Sonne. Will sieht, wie Rosie eine Kette aus Messing und einem Türkis berührt, etwas Handgemachtes und Unperfektes. Sie lächelt der Dame zu, die das Kettchen feilbietet, schüttelt jedoch den Kopf, dankend, aber ablehnend.

Sie wandern in den Ruinen umher und setzen sich dann auf die Terrasse eines Gasthauses, bestellen Sprudelwasser, das mit Minze und Eis serviert wird. Frisches Brot liegt in einem Korb bereit. Zitronenscheiben, Salzstreuer. Sie bestellen Tomaten, die glänzen wie Rubine, und geschnittene Gurke in Joghurt.

»Ich mag es hier«, sagt Rosie.

»Gut«, erwidert er.

»Du nicht?«

»Doch.«

»Gut. Dann ist er also aufgegangen, dein spontaner Plan.«

»Ich weiß ja nicht, ob es so was wie einen spontanen Plan gibt«, sagt er. »Das widerspricht sich ein wenig, oder?«

Rosie hebt zustimmend ihr Glas und nimmt einen Schluck Wasser.

»Dann bin ich froh, dass der Nicht-Plan aufgegangen ist.«

»Ich plane nie etwas«, sagt Will. »Und das Leben läuft mehr oder weniger okay.«

Sie schweigen eine Weile, weil sie beide darüber nachsinnen, dass es nicht vollkommen zutrifft. Dass das Allerschlimmste, das, was in ihrer beider Leben am wenigsten okay gelaufen ist, passiert ist, weil die Welt grausam und unvorhersehbar ist und Dinge manchmal einfach passieren, und dieses Verständnis bringt sie wieder und wieder zusammen, trotz allem.

»Ich denke an ihn«, sagt Rosie.

Sie sagt es emotionslos. Eine Tatsache wie die, dass es in der Nacht regnen soll.

»Jeden Tag, vermute ich«, sagt Will.

»Jede Sekunde, so wie es sich anfühlt«, sagt Rosie. »Außer, wenn ich mit dir zusammen bin.«

Will hebt seinen Blick und begegnet ihrem. Sie schauen einander zu lange an, bis sie rot wird, ihr Farbe in die Wangen schießt. Wie eine Pflaume, oder ein Pfirsich.

Er hat eine Chance, hier in diesem Moment, inmitten des Lichts, der Zitronen und der Annäherung zwischen ihnen, und er ergreift sie nicht.

»Oxford bietet keine Ablenkung?«, fragt er.

Und auch Rosie weicht aus, weil es weniger kompliziert ist und weil zu viel vorgefallen ist, was sie nicht rückgängig machen können, also sagt sie, gewissermaßen schon, aber sie habe dort auch viel Zeit zum Nachdenken, viel Zeit in der Bibliothek und in ihrem Zimmer oder bei ziemlich schlechten Studententheatervorstellungen.

»Manchmal drifte ich weg«, gesteht sie. »Ich weiß, ich sollte mich auf die Hausarbeit oder das Stück konzentrieren, aber ich ertappe mich dabei, wie ich mit den Gedanken woanders bin, mir zum Beispiel vorstelle, er wäre bei mir, oder einfach an Dinge denke, die er gesagt hat. Dinge, die ich ihm nie erzählt habe.«

Eine Schwebfliege summt über ihrem Brotkorb, und die Hitze scheint stärker geworden zu sein, obwohl die Terrasse im Schatten liegt. Sonnenstrahlen fallen vereinzelt durch die Weinreben über ihnen und bringen die Wasserkaraffe auf dem Tisch zum Funkeln.

»Es kann nicht viel gegeben haben, was du ihm nicht erzählt hast«, sagt Will.

Rosies Blick ruht nicht mehr auf ihm, sondern ist nun leer.

»Nicht viel. Aber da sind ... Dinge.«

»Welche Dinge?«, fragt Will, und sie lächelt, obwohl sie traurig ist, und antwortet ihm nicht gleich.

»Das hätte ihm gefallen«, sagt sie.

»Ja?«

»Hier mit dir zu sitzen.«

Ihre Stimme klingt seltsam, weit weg, wie ihr Blick. Will zuckt mit den Schultern, seine Brust entspannt sich, als sie ihm Wasser nachschenkt.

»Ich würde ihm von meinen Zwangsstörungen erzählen«, sagt sie.

Die Schwebfliege ist zurück, und Will folgt ihr mit dem Blick, während er jedes ihrer Worte aufnimmt.

»Ich würde ihm erzählen, dass man es so nennt«, sagt sie. »Die Sache, von der er wusste. Die Sache, die mal schlimmer, mal besser wurde, aber so ziemlich immer da war, seit wir Kinder waren.«

»So wie Händewaschen?«, fragt er sie, seine Stimme klingt ruhig.

»Nein«, antwortet sie. »Nicht so was. Es ist subtiler.«

»Lichtschalter?«

»Nein.«

»Okay.«

»Oft besteht es aus Zählen«, erklärt sie. »Ich muss oft Dinge geraderücken und kontrollieren, ob Dinge da sind oder sie verschlossen sind oder ausgeschaltet, oder so, wie ich sie zurückgelassen habe. Manchmal hält es mich nachts wach. Ich war deswegen bei einem Arzt an der Uni. Und er sagte, dass es das sei: eine Zwangsstörung.«

»Ja«, sagt er. »Ein Junge an meiner Grundschule hatte das.«

»Echt?«

»Echt.«

»Tja«, sagt sie. Ihr Gesicht ist noch immer gerötet, ihre Hände im Schoß gefaltet, als hätte sie Angst, er wollte sie in seine nehmen.

»Ist es«, setzt er an. Und dann von vorn: »Ist es ... stressig?«

Sie nimmt noch einen Schluck Wasser.

»Währenddessen nicht wirklich.«

Keine Brise. Kondenswasser rinnt an ihren Gläsern herab.

»Aber über die Jahre«, sagt sie, »ist es ... anstrengend geworden.«

Will nickt, weil er keine weiteren Erklärungen braucht, um zu verstehen. Er überlegt, ihr von seinen Tagen der Benommenheit zu erzählen, von dem Trinken und dem dumpfen Schmerz in der Brust, sogar von der Sache, die auf der Schultoilette passiert ist und an die er nicht zu denken versucht, doch stattdessen erzählt er ihr etwas anderes, etwas weniger Schlimmes, aber immer noch Schreckliches.

»Ich habe mal eine Frau ausgeraubt«, sagt er.

Rosie sucht seinen Blick, langsam, als würde sie diese Worte nicht mit ihm in Verbindung bringen können.

»Na ja, ich war da, als eine Frau ausgeraubt wurde, auf einem Parkplatz. Ich wusste, dass es passieren würde. Die Typen, mit denen ich rumhing, hatten es geplant. Und ich habe nichts getan, um es zu verhindern. Die Polizei kam, und alle sind weggerannt, nur ich nicht.«

»Wieso nicht?«, fragt Rosie nach einer Pause. Er lässt sich Zeit mit seiner Antwort und bleibt währenddessen ungewöhnlich reglos.

»Ich hatte es verdient, erwischt zu werden«, sagt er.

»Aber du hast nichts getan.«

»Genau. Ich habe nichts getan. Ich habe nicht mal versucht, ihr zu helfen. Sie haben ihr die Tasche und die Würde genommen, Roe, und mir ist gleich, dass ich erst vierzehn war, ich hätte ›Nein‹ sagen oder Hilfe holen sollen, nicht einfach Schmiere stehen, wie die anderen es von mir wollten.«

»Wer waren die?«

»Nur ein paar Typen, mit denen ich rumhing.«

»Üble Typen.«

»Sehr üble Typen.«

Eine Brise weht durch die Straße und hebt Rosies Haarspitzen in die Höhe. Ihre leeren Teller glänzen auf dem Tisch.

»Du bist kein übler Typ, Will«, sagt Rosie und legt ihre Hände wieder auf den Tisch, als würde sie kapitulieren, sodass er sie nehmen könnte, wenn er wollte.

Beide nippen an ihren Wassergläsern, jetzt, wo sie Teile von sich preisgegeben haben, die in der dichten, immer stickigeren Luft schweben. Als der Kellner mehr Tomaten bringt, schmecken sie erstaunlich süß.

»Ihr die Tasche und die Würde genommen«, sagt Rosie mit einem kleinen Lächeln. »Wer redet denn bitte so?«

Nachts schlafen sie nebeneinander, nicht miteinander, und es ist das Intimste, was er jemals mit einem Mädchen gemacht hat. Er spürt die Hitze, die von ihr ausgeht, wenn sie auf der Isomatte neben ihm liegt. Sie schläft durch, was für ihn ein stiller Triumph ist, über den sie nicht sprechen. Sie schnarcht ein wenig und knirscht heftig mit den Zähnen.

»Schnarche ich?«, fragt er sie, und sie blickt panisch drein und sagt: »Nein, ich etwa?« Er lügt und verneint. Sie rede nur manchmal ein bisschen. »Was sage ich denn?«, fragt sie.

Er lächelt kopfschüttelnd, lässt sie lieber im Ungewissen.

Die Dusche ist nicht mehr als ein Tröpfeln und die Kabine hauptsächlich von Insekten besetzt, also baden sie im Fluss. »Nicht gucken«, sagt sie zu ihm, und er verspricht es und tut so, als würde er nicht gucken, während er ihre Handtücher auf dem Gras ausbreitet. Sie zieht ihr Top aus und steht in Unterwäsche im Wasser, wäscht sich die Achseln, die Beine, den Hals.

Auch die Schafe schauen ihr zu und kauen auf ihrem Gras herum.

Will geht nach ihr in Badehose ins Wasser, und es gibt kein gemeinsames Plantschen oder Schwimmen, keine romantischen Anflüge, die diesen Moment in etwas anderes verwandeln würden als das, was er ist.

Sie waschen sich, gehen spazieren, driften in den Schlaf und wieder heraus.

Sie existieren im Tandem und verlangen sonst nichts voneinander.

*

Eines Nachmittags übertreiben sie es mit der Sonne und verbrennen sich so stark, dass sie Probleme haben, sich auf die Stühle im Strandcafé zu setzen. Die Rückseiten ihrer Schenkel fühlen sich an wie rohes Fleisch, was Will ironisch findet, weil sie doch eigentlich durchgebrutzelt sind.

Sie haben den ganzen Tag auf dem Bauch gelegen und gelesen. Obwohl sie sich zuerst noch gewissenhaft eingecremt hatten, wurden sie immer nachlässiger, waren zu sehr von ihren Büchern eingenommen, zu gebräunt und entspannt, um sich darum zu sorgen. Rosie war einmal in den Sinn gekommen, dass ihr unterer Rücken unangenehm spannte, ihr Po zu brennen schien. Aber sie kam an diese Stellen schlecht heran und wollte Will nicht darum bitten, sie dort zu berühren, auch wenn er es sicher bereitwillig getan hätte.

Daraufhin musste sie ein und dieselbe Seite dreimal von vorn lesen, musste sich konzentrieren und davon losreißen, wohin ihre Gedanken sie führten.

Sie ist über den Sommer ziemlich gut darin geworden, Gefühle zu unterdrücken und in Will zwar mehr als einen Freund zu sehen, aber in unromantischer Hinsicht, eher so eine Art attraktiven Cousin zweiten Grades. Jemand, der tabu ist, aber trotzdem nett anzuschauen. Was ja wohl erlaubt ist. Bestimmt springen Simon, der den Sommer im Ruderverein verbringt, da auch Mädchen ins Auge, wenn sie ihn in ihren kurzen Kleidern und Sonnenbrillen anfeuern und über Longdrinks, Picknicks und ihre sommersprossigen, sonnengeküssten Beine hinweg anflirten.

Das ist normal, denkt sie, als sie Will dabei beobachtet, wie er sein Badetuch faltet und über den Plastikstuhl legt. Gar kein Problem, beschließt sie, als er dasselbe für sie tut und sie sich behutsam auf die weniger schmerzhafte Stoffunterlage setzen.

»Wir müssen Aloe Vera oder so was kaufen«, sagt Will. »Um den Sonnenbrand später damit zu behandeln.«

Rosie überlegt, wie sie sich an diesen Stellen mit Lotion einreiben sollen, als der Kellner erscheint und ihre Getränke auf dem Tisch abstellt.

»Wollen Sie essen?«, fragt er auf Englisch, und Rosie erwidert: »Wir wollen immer essen.« Der Kellner lacht sein bauchiges Lachen, das sie seit ihrer Ankunft jeden Tag hören. Sie bestellen einen Thunfischsalat zum Teilen, und der Kellner fragt: »Flitterwochen? Oder nur Sommerferien?«

Rosie prustet und weiß genau, dass der Kellner sie nur neckt, ihnen bloß eine Reaktion entlocken will. Will nippt an seinem Getränk. Sein Haar ist von der Sonne aufgehellt.

»Bestimmt heiratet er dich bald«, sagt er und wendet sich Will zu. »Mädchen wie diese? Gibt nicht so viele davon, ja?«

»Ähm«, sagt Rosie, als Will grinst und sagt, dass sie leider nicht die Seine sei. Der Kellner lacht wieder.

»Ihr seid nicht«, sagt der Kellner und deutet zwischen den beiden hin und her, »ah, wie heißt das noch mal?«

»Wir sind nicht zusammen«, sagt Rosie.

»Nicht verliebt?«, fragt der Kellner.

»Nicht verliebt, nein«, antwortet Will und lacht. Als sie das hört, spürt Rosie etwas in sich aufflammen.

»Wer soll das verstehen?«, sagt der Kellner, als er zum nächsten Gast davonstapft.

Rosie begegnet Wills Blick über den Tisch hinweg.

»Tja«, sagt Will.

»Ja«, erwidert Rosie.

»Du bist einfach nicht mein Typ«, sagt er. Sie starrt ihn an, lacht dann laut auf, knüllt ihre Serviette zusammen und wirft ihn damit ab.

*

»Ich glaube, du bist mein bester Freund«, sagt Rosie in ihrer letzten Nacht.

Sie liegen nebeneinander im Zelt. Es ist erdrückend heiß, ihre Haut spannt von der Sonne und dem Schweiß.

»Verrat es nicht Marley«, sagt sie nach einer Weile.

Will schnaubt und sagt, er würde es nicht wagen, er habe ein wenig Angst vor ihr. Darüber lacht sie zuerst, fängt dann jedoch an zu weinen. Er hat keine Ahnung, warum, und setzt sich auf, um sie zu berühren, aber sie sagt »Nein« und bittet ihn, ihr Wasser zu holen. Also verlässt er das Zelt und füllt eine Plastikflasche auf, die sie seit ihrem Flug wiederverwendet haben. Die Sterne sehen aus wie in den Himmel gestreutes Salz.

Er gibt ihr einen Moment und kehrt dann zurück.

Sie liegt mit abgewandtem Gesicht auf der Seite, und als er drinnen seinen Platz wieder einnimmt, sagt sie, sie habe wahnsinnig viel Spaß gehabt und sie habe nicht gewusst, dass sie das noch könnte, und sie fühle sich so erleichtert und so schuldig, wie könne man das denn gleichzeitig fühlen?

Er versteht es und sagt ihr das, als er sich neben sie legt.

»Es ist okay«, sagt er, und sie erwidert, kurz bevor sie einschläft, dass er lüge, dass er ihr immer das Gefühl gebe, alles wäre okay, auch wenn es das nicht ist.

Er sagt, es tue ihm leid, obwohl es nicht stimmt, und bald darauf verändert sich ihre Atmung. Diesmal schnarcht sie nicht. Sie hat das Wasser, das er geholt hat, nicht angerührt. Er lauscht ihrem Atem und stellt sich vor, wie sie nachts nicht schlafen kann und hin und her geht, obsessiv und gequält, versucht, mit allem fertigzuwerden. Und die Liebe, die er spürt, ist größer als alles, was er jemals gefühlt hat, größer als seine Wut und sein Schmerz, sein Verlangen und sein Zorn, und das ist für ihn vollkommen neu, aber er weiß, es ist das Richtige, es für sich zu behalten.

ELF

Es regnet immer noch, als sie in Wills Haus zurückkehren. Der Regen hat während ihrer gesamten Reise nicht nachgelassen, wie seine Großmutter ihnen mitteilt. Und dann, kurz bevor sie wieder nach Oxford zurückfahren muss, hört er eines Morgens auf.

Sie liegt in Wills Bett und lauscht dem Prasseln auf den Pflastersteinen draußen, als es plötzlich still wird.

Da beschließt sie, dass sie nicht zurückgehen wird. Sie ist von der Gewissheit ergriffen, hat das Gefühl, dass in ihr ein Damm bricht, und bevor sie es sich anders überlegen kann, ruft sie ihre Mutter an.

»Schätzchen«, antwortet sie wie immer.

»Hi, Mum«, sagt Rosie. »Wie geht's dir?«

»Viel um die Ohren.«

»Klar.«

»Rufst du nur an, um zu plaudern, Rosie? Denn dann würde ich dich gern heute Abend zurückrufen, wenn es geht.«

Rosie stellt sie sich in ihrer Küche vor, wie sie Kaffee kocht und mit ihren langen Nägeln durch die E-Mails der letzten Nacht scrollt.

»Ich wollte dir nur sagen, dass ich nicht nach Oxford zurückgehe«, sagt Rosie. Ihre Stimme ist emotionslos.

»Aber du bist in Oxford«, sagt ihre Mutter.

»Bin ich nicht«, sagt Rosie, weil sie will, dass ihre Mutter sich Sorgen macht, sie für einen grausamen, unerwarteten Bruchteil einer Sekunde wissen lassen will, dass sie das ganze Jahr über eine schlechte Mutter gewesen ist.

Schweigen. Die Informationen werden verarbeitet.

»Wo bist du dann?«

»Bei einem Freund«, sagt sie.

»Nicht bei Simon?«

»Nein.«

»Rosie«, sagt ihre Mutter, deren Aufmerksamkeit sie endlich gewonnen zu haben scheint. »Was ist passiert?«

»Nichts«, sagt sie. »Ich habe Freunde gefunden, studiert, und alles war gut.«

Aber es bringt mich um, sagt sie nicht.

Da ist eine brutale Stille am anderen Ende, so lautlos und klar, dass sie einen Moment lang glaubt, die Verbindung wäre abgebrochen.

»Du benimmst dich lächerlich«, sagt ihre Mutter schließlich, und Rosie spürt, wie sich ihr die Kehle zuschnürt, weil alles, was sie sagen will, hochkommt und stecken bleibt. Ihre Mutter wartet darauf, dass sie einknickt.

»Mum«, ist alles, was sie herausbringt.

»Wo bist du?«, fragt ihre Mutter.

»Bei einem Freund«, wiederholt sie, weil sie nicht weiß, wie sie es nennen soll – dieses Haus, diesen Ort, diesen Jungen, zu dem sie immer wieder zurückkehrt.

»Alles klar«, sagt ihre Mutter. »Warte.« Was ironisch klingt, weil Rosie das Gefühl hat, in letzter Zeit nichts anderes zu tun, als auf etwas zu warten, auch wenn sie nicht weiß, worauf.

*

Als Will aufwacht, fällt das Septemberlicht auf den Wohnzimmerboden.

Er hat in der ganzen Zeit, seit Rosie da ist, unten geschlafen, obwohl er sich nichts sehnlicher gewünscht hat, als neben ihr zu liegen.

Ein paar Mal hätte er es beinahe getan.

Er dachte darüber nach, in Boxershorts und T-Shirt die Treppe hinaufzutappen und sein eigenes Zimmer zu betreten. Sie wäre schon wach, würde ihn sehen und zur Wand rutschen, sodass er sich neben sie legen konnte, und da endete seine Fantasie, weil das allein schon ausreichte.

Aber er ist auf dem Sofa geblieben, hauptsächlich weil seine Großmutter ihn sonst umgebracht hätte. Und weil Rosie einen Simon hat.

Simon. So biblisch wie ein gelangweiltes, nicht zu unterdrückendes Gähnen.

Er hasst ihn, vor allem in tiefster Nacht, wenn er versucht sich vorzustellen, wie er wohl aussieht. In Gedanken prügelt er sich mit ihm auf leeren Parkplätzen.

Bei Tageslicht jedoch – morgens, mit Kaffee, geputzten Zähnen und ohne die Schatten der Straßenlaternen – versteht er, warum sie jemanden hat.

Jemanden, der nett und gut ist und studiert und ihren Bruder in jener Nacht nicht zur Klippe eingeladen hat. Wenn er und Rosie niemals sein sollen – nur bestimmt sind als Freunde, für Kartenspiele und jährliche, nicht abgesprochene Besuche um seinen Geburtstag herum –, dann ist das möglicherweise okay so.

Vielleicht ist es besser, für sie beide.

Er brät Eier zum Frühstück, als es stürmisch an der Tür klopft, drei, vier Mal, sodass es viel zu lang im Flur widerhallt.

Er hört seine Großmutter zur Haustür schlurfen und dann die angespannte, markante Stimme, die er überall wiedererkennen würde.

Er schaltet den Herd aus und versucht zu verstehen, was sie sagen. Kurz kommt ihm in den Sinn, durch die Hintertür abzuhauen. Doch er reißt sich zusammen und geht in den Flur zu seiner Großmutter. Ihre Schultern sind in Abwehrhaltung hochgezogen.

»Wo ist sie?«, fragt Mrs Winters, sobald sie ihn erblickt.

»Das sollten Sie doch wissen«, sagt Will, und seine Gran wirft ihm einen scharfen Blick zu.

»Sie ist oben«, antwortet sie.

»Als sie sagte, sie sei bei *ihrem Freund*, hatte ich nicht gedacht, sie wäre hier«, sagt Mrs Winters. Trotz der Spätsommerwärme trägt sie einen langen Mantel.

»Mrs Winters«, sagt seine Großmutter. »Warum kommen Sie nicht herein? Wir können Rosie holen und ...«

»Sie brauchen meine eigene Tochter nicht zu *holen*«, erwidert sie. »Sie kann mit ihren Sachen runterkommen, und ich bringe sie nach Hause. Sag ihr, dass ich hier bin, Will. Bitte.«

»Da Sie so nett fragen«, sagt er.

Einen rücksichtslosen Moment lang ignoriert er, dass sie eine Mutter ist, die ihren Sohn verloren hat. Er will, dass sie ihn noch ein bisschen mehr hasst, weil es grausam und befriedigend ist und er nichts zu verlieren hat.

»Bitte kommen Sie doch herein«, wiederholt seine Großmutter, doch Rosies Mutter lehnt erneut ab. Er fühlt sich merkwürdig ruhig und beherrscht, als er hinaufsteigt. Er hat seit Rosies Ankunft keinen Tropfen Alkohol getrunken, hatte kein Verlangen danach.

Er öffnet seine Zimmertür, ohne anzuklopfen, und erstarrt, als er Rosies Taille und die Rundung ihrer linken Brust sieht. Sie streift sich gerade mit hochgestreckten Armen ein Top über den Bauch.

»Shit.« Er dreht sich weg. »Sorry.«

»Ist schon gut.« Rosie klingt aufrichtig – nicht beunruhigt, er könnte Dinge gesehen haben, die er nicht sehen sollte. Sie schaut ihn an, während sie sich die Haare hochbindet. Hinter ihr strömt der Morgen durchs Fenster herein. Ein trockener, weißer Himmel. Weder Vögel noch Wind.

Er vergisst augenblicklich, weshalb er hergekommen ist, doch dann fällt es ihm wieder ein wie ein Nadelstich in die Seite.

»Deine Mum ist hier«, sagt er.

Sie lässt die Hände sinken, ohne den Dutt fertig zu binden.

»Meine Mum?«

»Höchstpersönlich.«

»Woher weiß sie, dass ich hier bin?«

»Ich dachte, du hättest es ihr erzählt.«

»Hab ich aber nicht.«

»Der siebte Sinn vielleicht«, sagt er und meint es als Witz, aber Rosie nickt.

»Dann sollte ich wohl gehen«, sagt sie.

»Willst du das denn?«

Rosie hebt ihr Kinn und weicht seinem Blick aus. Stattdessen schaut sie aus dem Fenster auf den weiten Garten mit dem struppigen Gras.

»Nein.«

»Dann bleib.«

»Ich kann nicht.«

»Wieso nicht?«

»Weil – ich weiß auch nicht, Will, weil du auf dem Sofa schläfst? Weil deine Großmutter ihr Haus wieder für sich haben sollte?«

»Das macht uns nichts aus«, sagt er.

»Das wird es aber. Irgendwann. Es sind schon Wochen, Will. Tut mir leid, ich hätte vor Ewigkeiten gehen sollen.«

»Wärst du lieber woanders als hier?«

»Davon spreche ich nicht.«

»Wovon dann?«

»Davon, dass es nicht richtig ist, oder? Mich hier so zu verstecken.«

»Das ist es, was du tust?«, fragt Will. »Dich verstecken?«

Rosie löst ihren Blick vom Fenster und zuckt mit den Schultern, als wisse sie es nicht. Sie sieht besser aus als an dem Tag, an dem sie im Regen an seine Tür klopfte. Voller im Gesicht und die Augen nicht mehr eingesunken. Ausgeruht, und mehr sie selbst.

»Ich muss gehen«, sagt sie.

»Dann geh«, sagt er.

*

Die Fahrt von Wills zu ihrem Haus ist kurz, zieht sich jedoch quälend in die Länge. Acht ausgedehnte, unangenehme, stille Minuten.

Ihre Mutter steigt wortlos aus und stapft die Auffahrt hinauf. Rosie schaut zu ihrem Haus hinüber. Alles ist noch fast genauso wie vor einem Jahr. Die blaue Eingangstür, eingetopfte Olivenbäume, ein makelloser Rasen und das Fenster ihres Zimmers, das im ersten Stock neben dem ihres Bruders klafft.

Drinnen riecht es nach Zuhause.

Dieselben Fotos an der Wand.

»Schließ das Auto ab, ja?«, ruft ihre Mutter, also nimmt Rosie die Schlüssel aus der Schale am Eingang, zielt und drückt auf den Knopf, sodass die Autotüren zuschnappen.

Dann ruft ihre Mutter ihren Namen.

Es klingt weder wütend oder ungeduldig noch erleichtert, sondern beinahe wie eine Frage, also geht Rosie ins Wohnzimmer und setzt sich.

»Du bist braun«, sagt ihre Mutter.

»Ein bisschen.«

»Nicht von der Sonne in Norfolk, nehme ich an?«

»Lydias Haus in Frankreich«, sagt sie, weil Montenegro ihr Geheimnis bleiben soll, etwas, das sie niemals teilen will. Und so lügt sie wieder, eine neue Angewohnheit, seit Josh gestorben ist. Seit die Dinge in die Brüche gingen und niemand sie reparieren konnte.

»Warum warst du bei ihm?«, fragt ihre Mutter.

Diese Frage hat Rosie nicht erwartet. Sie war darauf gefasst, zu erklären, warum sie nicht nach Oxford zurückwill oder weshalb sie diesen Sommer nicht nach Hause gekommen ist oder wieso sie wochenlang bloß acht Minuten entfernt war und ihrer Mutter nichts davon gesagt hat.

Aber sie fragt nach Will White.

»Er ist ein Freund.«

»Rosemary.«

»Was?«

»Lass uns doch erwachsen sein«, sagt ihre Mutter, was ihr Lieblingssatz ist, seit Rosie ungefähr acht Jahre alt war und gebeten wurde, sich vernünftig zu verhalten.

»Okay«, sagt Rosie. »Ist es nicht möglich, dass zwei Menschen verschiedenen Geschlechts nur miteinander befreundet sind?«

»Ach, Rosie, ich bin doch nicht blöd«, erwidert ihre Mutter.

»Ich weiß nicht, was du von mir hören willst.«

»Ich will, dass du mir erklärst, warum du bei ihm warst.« Die Stimme ihrer Mutter klingt hitzig, voller Gefühle, die sie so sehr zu verbergen versucht. »Wieso, Rosie, nach allem, was passiert ist? Nach dieser Nacht? Nachdem du weggezogen bist, Simon kennengelernt hast und alles so wunderbar verarbeitet hast?«

Rosie blickt ins angespannte Gesicht ihrer Mutter. Ihre Wangenknochen sind so markant.

»Es war nicht seine Schuld, dass Josh gestorben ist«, sagt Rosie, und ihre Mutter starrt sie nur an, so lange, dass sie wieder das Wort ergreifen muss. »Josh war ... er war nicht er selbst.«

»Glaubst du, das weiß ich nicht?«, fragt ihre Mutter. »Glaubst du, das habe ich nicht gemerkt?«

Rosie schwillt der Hals zu. In ihren Fingern kribbelt es. Sie will sie fragen: *Du weißt es?* Aber sie bekommt die Worte nicht heraus.

»Er war abgelenkt«, sagt ihre Mutter. »Und unglücklich. Seit er angefangen hat, mit diesem Jungen zu lernen. Der Joshua vor William White hätte sich nie aus dem Haus geschlichen, ins Koma getrunken und wäre von einer Klippe gestürzt. Das weiß ich einfach.«

Ihre Stimme klingt nach wie vor entbrannt.

Rosies Herz steht in Flammen.

»Er war schwul«, sagt sie laut.

Das Gesicht ihrer Mutter erschlafft für einen kurzen Moment.

»Was?«

»Er war schwul, Mum. Er hat es mir erzählt. Und er musste sich einfach noch – daran gewöhnen. Deshalb hat er sich so anders benommen. Es hatte nichts zu tun mit – ich meine, sein Tod oder das Trinken – es hatte nichts zu tun mit Will.«

»Wieso verteidigst du ihn?«, fragt sie, und Rosie kann nicht fassen, dass sie nach allem, was sie eben gehört hat, diese Frage stellt.

Danach bleiben sie eine geschlagene Ewigkeit im Wohnzimmer sitzen. Ihr Vater ist nicht zu Hause, was Rosie erst peinlich spät auffällt, und selbst dann fragt sie nicht, wo er ist. Ihr ist heiß und schlecht, und sie fühlt sich, als hätte sie ihren Bruder hintergangen.

Sie fragt sich, ob man einen Toten überhaupt hintergehen kann.

»Schwul«, wiederholt ihre Mutter schließlich mit weniger Strenge in der Stimme.

»Ja«, sagt Rosie.

»Er war unglücklich. Damit hatte ich ... recht.«

»Ja«, sagt Rosie. Und dann, weil sie für ihn, ihren unperfekten, fröhlichen, nur zu menschlichen Bruder einstehen will, sagt sie, dass er nicht lange unglücklich geblieben wäre. Er hätte sich wieder gefangen. Er hätte es den Leuten erzählt, sobald er die richtigen Worte gefunden hätte, und er hätte sich verliebt, wäre glücklich und sogar noch mehr er selbst geworden.

»Ich dachte, er *wäre* er selbst«, sagt ihre Mutter.

Rosie erinnert sich daran, wie die Wände in neuem Licht zu erstrahlen schienen, wie sie sich auffalteten und die Schatten zu schrumpfen schienen, als Josh ihr die Wahrheit erzählte. Es spielte nicht die geringste Rolle, aber sie wollte es ihn wissen lassen, es ihn spüren lassen. Genauso beugt sie sich jetzt vor und ergreift die Hand ihrer Mutter.

»Es war schlechtes Timing, Mum. Das denke ich. Und ich habe viel darüber nachgedacht.«

Ihre Mutter ist starr, hält sich aufrecht wie ein Fels.

»Du kannst Oxford nicht verlassen«, sagt sie schließlich. Rosie kann es nicht fassen. Sie hat das Gefühl, den Boden unter den Füßen zu verlieren, als würde sich zwischen ihnen eine Kluft auftun.

Es scheint, als hätte sich Joshs Coming-out oder Will oder jegliches andere Thema, über das sie sprechen sollten, erledigt.

»Denk an all die Dinge, die er nicht mehr haben kann«, fährt ihre Mutter fort. »Du hast so lange *so hart* dafür gearbeitet. Du darfst nicht zulassen, dass sich dir irgendetwas in den Weg stellt.«

Rosie hält ihrem Blick stand, erkennt die Wahrheit an.

»Und das wirst du nicht. Ich kannte meinen Sohn, und ich kenne dich. Sogar nach dem letzten Jahr wusste ich, dass du im Haus dieses Jungen sein würdest, als du nicht dort warst, wo du sein solltest. Ich sollte deshalb wütend auf dich sein, Rosie. Aber das bin ich nicht.«

Rosie schluckt, obwohl sie die Wütende ist, alles herauslassen und in den Raum schleudern will, doch sie weiß nicht, wo sie anfangen soll.

»Du hast viel durchgemacht«, sagt ihre Mutter in sanfterem Tonfall, in dem Erinnerungen an Migräneanfälle mitschwingen. »Das weiß ich. Ich bin so *stolz* auf dich, Rosie, ich weiß, ich sage es nicht oft, weil es so selbstverständlich für mich ist, und du schlägst dich so gut. Weißt du, wenn es mir morgens schwerfällt, aufzustehen, dann denke ich einfach daran, wie gut du mit all dem zurechtkommst, wie reif und fleißig du bist. Dann ziehe ich mein Kostüm an und gehe zur Arbeit.«

Rosie blinzelt sie an. Ihr ist, als würde sie mit ein und derselben Person zwei verschiedene Gespräche gleichzeitig führen. So viel Wut und Schmerz und doch auch so viel Liebe und Zärtlichkeit, dass sie dahinschmelzen könnte.

»Dir fällt es schwer, aufzustehen?«, fragt sie nach einem Augenblick. Ihre Mutter antwortet mit einem einseitigen Schulterzucken.

»Mein Sohn ist gestorben.«

Und sie verliert zum ersten Mal seit der Beerdigung vor Rosies Augen die Fassung. Ihr Gesicht sackt für einen unwirklichen Moment zusammen, dann blickt sie Rosie wieder mit starrem Ausdruck an, als würde sie versuchen, sich zusammenzureißen.

»Mum«, sagt Rosie und will sie in den Arm nehmen, doch ihre Mutter schüttelt so heftig den Kopf, als hätte sie ihr wehgetan.

»Nein, bitte nicht, Rosie.«

Also lehnt Rosie sich zurück, gibt ihrer Mutter Zeit, sich zu sammeln, während sie selbst den Tränen nah ist. Sie hat sich oft gefragt, wie ihre Mutter mit all dem fertiggeworden ist, doch wann immer sie sie fragt, wechselt ihre Mutter das Thema oder gibt eine vage, kurz angebundene Antwort zurück, als hätte Rosie sie damit beleidigt. Rosie hat jedoch immer die Hoffnung gehegt, dass ihre Mutter es irgendwie verarbeitet, dass wenigstens ihr Vater es schafft, zu ihr durchzudringen, sie nachts in den Arm zu nehmen, ihr Sicherheit zu vermitteln und zu zeigen, dass sie nicht allein ist.

Aber das ist sie, denkt Rosie, lehnt sich vor und fährt mit dem Daumen über die Faust ihrer Mutter. Wenn es um das Einzige geht, was von Bedeutung ist, ist sie ganz und gar auf sich allein gestellt. So wie Rosie nur noch ein halber Zwilling ist, ist sie eine Mutter ohne Sohn.

»Blödsinn«, sagt ihre Mutter nach einer Weile und tupft sich das Gesicht ab. Sie hat nicht einmal wirklich Tränen vergossen, doch ihr ist Farbe ins Gesicht geschossen, die Wangen rosa gefleckt.

»Ist es nicht«, sagt Rosie.

»Wo waren wir stehengeblieben?«, fragt ihre Mutter.

»Ich weiß es gar nicht«, sagt Rosie, und sie teilen einen seltenen Moment des Friedens, umgeben von sanftem Licht. Sie hält noch immer die Hand ihrer Mutter.

»Tu, was du tun musst, Rosie«, sagt ihre Mutter in ihrem gewohnten Tonfall. Rosies Herz überschlägt sich vor Ungewissheit oder Triumph, sie weiß es nicht genau.

»Du kannst ruhig *denken*, dass du nicht nach Oxford zurückwillst«, fährt ihre Mutter fort, ohne sie anzuschauen. »Wenn du das eine Weile brauchst. Aber du wirst zurückgehen. Weil du das Richtige tust. Und es ist das Richtige, Rosie. Das weißt du.«

Rosie nimmt die Worte ihrer Mutter auf und zieht dann langsam ihre Hand zurück.

Etwas in ihr sinkt herab wie ein Stein.

Am Abend ruft sie Marley an und erzählt ihr, dass sie zu Hause ist. Sie kommt gleich vorbei, und sie legen sich aufs Bett und unterhalten sich wie früher mit den Füßen gegen die Wand gestemmt. Rosie stellt überrascht fest, dass ihre Freundin sich die Haarspitzen stahlblau gefärbt hat, ansonsten aber zum Glück ganz die Alte ist.

Ihre Mutter macht auf dem Weg ins Bett an ihrer Türschwelle Halt und fragt Marley, wie das Medizinstudium läuft.

»Es geht so«, sagt Marley achselzuckend.

»Gefällt es dir nicht?«

»Ich liebe es«, sagt sie, »aber es ist viel zu lernen. Ich denke immer wieder, dass ich mehr Menschen umbringen als heilen werde.«

Eine seltsame, fließende Stille tritt zwischen die drei.

»Berufsrisiko«, sagt Rosies Mutter, nachdem sie kaum hörbar durchatmet. »Gute Nacht, Mädchen.«

»Shit«, sagt Marley, nachdem ihre Mutter die Tür geschlossen hat und sie wieder allein sind. »Das war so *gedankenlos*.«

»Ist schon gut.«

»Ich habe vor einer Mutter, die gerade erst ihren Sohn verloren hat, darüber gescherzt, Leute umzubringen«, sagt Marley. »Nichts ist gut. Ich bin ein Trottel.«

»Bist du nicht. Und sie hat ihn nicht gerade erst verloren. Es ist ein Jahr her.«

Marley wendet den Kopf, um Rosie anzuschauen. Sie hat einen Lolli im Mund, der sie jung und verletzlich aussehen lässt, wie ein Kind, das am Daumen nuckelt.

»Ein Jahr ist nicht viel, Rosie«, sagt sie mit der Zunge um den Stiel. »Es tut sicher immer noch höllisch weh.«

Rosie spürt Widerworte in sich aufsteigen, lässt sie aber verfliegen, weil es einfacher und sie zu müde ist, um sich aufzuregen. Natürlich tut es weh. Natürlich frisst jede Stunde ohne ihn ihr die Zellen vom Körper wie Säure, aber sie versucht es, verdammt noch mal, und wünscht sich, die Welt würde sie lassen.

»Also«, sagt Marley nach einem unangenehmen und angespannten Moment. »Lerne ich bald mal Simon kennen?«

»Wenn du mich in Oxford besuchst, klar.«

»Du könntest mit ihm nach Edinburgh kommen. Ich könnte euch all die coolen Curry-Restaurants zeigen, wir könnten uns Folk-Musik anhören und frittiertes Mars essen.«

»Machen die das wirklich in Schottland?«

»Nein, aber wir könnten es, wenn du willst.«

Sie lauschen dem Regen am Fenster. Es ist spät, und nun, da ihre Eltern im Bett sind, da das übrige Haus im Dunkeln liegt, klingt er lauter. Das Licht ihres Lampenschirms taucht sie in Pink und lässt die Ränder ihrer Sichtweite verschwimmen.

»Folk-Musik klingt gut«, sagt Rosie.

»Dann machen wir das. Aber ich komme auch nach Oxford. Dir gefällt es dort, nicht wahr? Deine Freunde sind nett, und – du bist – du weißt schon.«

Rosie wartet ab, denn sie weiß es nicht. Marley räuspert sich und steckt sich den Lolli wieder in den Mund.

»So glücklich, wie du es dir vorgestellt hast?«, sagt sie. »Nach allem?«

»So glücklich, wie ich es mir vorgestellt habe«, wiederholt Rosie. Sie spricht es nur laut aus, um zu prüfen, ob sie versteht, was Marley meint. Ihre Freundin fasst es jedoch als Bestätigung auf.

»Gut«, sagt sie. »Das ist gut.«

»Ja«, sagt Rosie.

Die Regentropfen prasseln wie Körner an die Fensterscheiben.

Als Marley am nächsten Morgen noch schläft, mit offen stehendem Mund, die lockigen Haare auf dem Kissen ausgebreitet, ruft Simon an. Rosie ist seit vier Uhr wach und lauscht den tiefen Atemzügen ihrer Freundin.

Sie schlüpft aus dem Bett und verlässt das Zimmer. Sie wundert sich, warum er so früh anruft. Normalerweise sprechen sie kurz vor dem Zubettgehen miteinander, tauschen sich in warmer, schläfriger Atmosphäre über ihren Tag aus und wünschen sich eine gute Nacht. Simon ist in den letzten Wochen davon ausgegangen, dass sie bei ihren Eltern ist, und Rosie hat es nicht über sich gebracht, ihm die Wahrheit zu erklären.

»Hey, du«, sagt sie in ihr Handy.

»Guten Morgen, Sonnenschein«, sagt er, und seine Stimme ist zu laut für die Uhrzeit, für die Stille in ihrem Haus. »Weißt du, welcher Tag heute ist?«

»Nein«, flüstert sie in dem Versuch, ihn ebenfalls dazu zu bringen.

»Der Tag, bevor ich dich wiedersehe.«

»Oh, stimmt. Yay!«

Sie hat noch nie in ihrem Leben Yay gesagt, aber es erschien ihr passend, auch wenn sie sich danach recht dämlich vorkommt. Simon entgeht das anscheinend.

»Um wie viel Uhr kommst du zurück?«, fragt er. »Ich komme zu dir und helfe beim Ausladen des Autos.«

»Wirst du nicht selbst mit Auspacken beschäftigt sein?«

»Alles erledigt. Ich bin gestern schon hergekommen. Wollte noch etwas trainieren, bevor die Vorlesungen wieder losgehen.«

»Du hast noch die ganze Orientierungswoche dafür. Die Vorlesungen fangen erst nächsten Monat an.«

»Danke, dass du mir unsere Semesterzeiten erklärst, Rosemary«, sagt er. »Das habe ich ganz vergessen, weil ich ja schließlich erst im vierten Jahr studiere.«

»Tut mir leid«, sagt sie.

»Das war nur ein Witz, Rosie.«

»Ich weiß.«

»Also um wie viel Uhr?«

»Was um wie viel Uhr?«

»Um wie viel Uhr kommst du morgen an?«

»Oh«, sagt sie. »Ich weiß nicht. Ich habe es mir noch nicht überlegt.«

»Okay, kannst du mir bitte Bescheid geben, sobald du es weißt? Ich will dich sehen. Und deine Eltern mit meinem unwiderstehlichen Charme beeindrucken.«

»Ach ja«, sagt sie, weil sie ganz vergessen hat, dass er ihre Eltern noch nicht kennengelernt hat.

»Rosie.«

»Ja?«

»Du hast den Kopf in den Wolken«, sagt er, und ihr Körper zerfließt, weil Josh diesen Ausdruck immer verwendet hat.

*

Will trinkt nicht, nachdem Rosie fortgeht. Er bucht sich auch keinen neuen Flug. Stattdessen besorgt er sich einen Job bei einer anderen Werkstatt in der Stadt, und Moe ist so aufgebracht, dass er ihn anruft und ihm eine Beförderung mit höherem Gehalt anbietet.

»Du hättest ruhig sagen sollen, dass du Hummeln im Hintern hast«, sagt er, und Will schüttelt ungläubig den Kopf.

Doch er nimmt Moes Angebot an und geht endlich in die Lehre zum Mechaniker. Natürlich weiß er schon viel, mehr als er je hat durchblicken lassen, weil sein Großvater es ihm beigebracht hat und weil er Motoren baut, seit er alt genug war, Tee zu kochen, und schon vorher seinem Grandpa dabei zuschaute.

Bald verdient er genug, um bei seiner Großmutter auszuziehen. Er schaut sich eine Wohnung an, ohne ihr davon zu erzählen. Sie liegt näher zur Küste, in einem Wohnblock, der von außen leerstehend aussieht. Wenn er sich ganz weit aus dem Fenster lehnt, kann er ein Stück vom Hafen sehen. An den Fensterscheiben klebt Möwenkot, und in der Dachrinne liegen verbeulte Cola-Dosen. Möbel gibt es keine, außer einem funktionierenden Ofen und einem uralten, knarzenden Kühlschrank.

Er nimmt die Wohnung.

Etwa einmal die Woche spricht er mit Rosie. Sie erzählt viel, findet er, ohne wirklich etwas zu sagen, sodass immer er die Lücken füllen muss. Er erzählt ihr Geschichten aus der Werkstatt und sie ihm von ihren Freunden und ihren Wochenenden, und er gibt sich unbekümmert, interessiert und kein bisschen eifersüchtig.

Er vermisst ihren Gesang und sagt es ihr eines Abends, als sie von einem Date mit Simon heimkehrt und sich in der Gemeinschaftsküche ihres Wohnheims etwas zu trinken holt. Er hört, wie der Wasserhahn läuft und sie ihr Glas auffüllt.

»Ich mach das nicht mehr in letzter Zeit«, sagt sie, und er hört sie in den Flur gehen.

»Als du bei mir warst, schon«, sagt er und erinnert sich an ihre leise Stimme unter der Dusche, ihr Summen, wenn sie von einem ins andere Zimmer ging.

»Nicht so richtig«, sagt sie. »Ich singe ... nicht mehr richtig.«

»Ich wusste es«, sagt er.

»Woher?« Er glaubt zu spüren, dass sie lächelt, obwohl es unangenehm sein muss, dass er sie ertappt hat, dass sie eine falsche Entscheidung getroffen hat und er sie nicht höflich übergeht.

»Ich konnte es sehen.«

»Ja, aber wie?«

»Du würdest es mir nicht glauben«, sagt er.

»Versuch's.«

»Ich sag's dir, wenn du für mich singst.«

»Nein, Will.«

»Wieso nicht?«

»Erstens.« Sie senkt ihre Stimme, sodass er weiß, dass sie direkt vor ihrer Tür steht – im Eingangsbereich, der mit einem anderen Zimmer verbunden ist. Er hört das Kratzen der Schlüssel, das schwere Klacken des Schlosses.

Die Tür geht zu, und ihre Stimme kehrt zurück.

»Erstens ist fast Mitternacht, und alle schlafen.«

»Dann sing leise.«

»Und zweitens«, fährt sie fort, als hätte sie ihn nicht gehört, »wäre es komisch, über das Telefon für dich zu singen. Wie so eine traurige Katzenmutter, die jemanden bittet, ihrer Katze den Hörer ans Ohr zu halten, wenn sie nicht bei ihr ist, damit sie ihr ein Schlaflied singen kann.«

»Katzenmutter«, sagt Will und lacht, weil es lustig ist, er aber genau versteht, was sie meint.

Sie schweigt am anderen Ende der Leitung, aber er ist sich sicher, dass er sie jetzt lächeln hören kann, hat das Gefühl, es würde sich durch den Telefonhörer ausbreiten.

»Diese Gründe reichen nicht«, sagt er, und die folgende Stille ist diesmal nicht so leicht zu entziffern. Er wartet.

»Ich will einfach nicht«, sagt sie.

»Was? Für mich singen?«

»Für irgendjemanden.«

Er hört das sanfte Klirren von Glas auf Holz, das Plumpsen ihres Körpers aufs Bett.

»Na ja, falls du deine Meinung mal änderst«, sagt er, und sie wechseln das Thema.

So reden sie nun miteinander. Wie Freunde. Und zwischen ihren Telefongesprächen tut er sein Bestes, sie zu vergessen, Tag für Tag ein Leben zu führen, von dem sie kein Teil ist, was ja auch zutrifft. Sie hat sich entschieden, zurückzugehen. Sie hat sich entschieden, bei Simon zu bleiben, nach dem er sich erkundigt, um Interesse an ihrem Leben, aber nicht an ihr zu zeigen, und sie erzählt ihm fast nichts, auch wenn sie es irgendwie schafft, seine Fragen zu beantworten. Sie schicken sich gegenseitig Fotos, Songs und Nachrichten zu normalen Tageszeiten. Sie schläft, wie es scheint. Manchmal in Simons Zimmer. Und Will bringt Frauen in seine eigene Wohnung mit, wo der Kühlschrank mit Cola, Ketchup und Proteinshakes gefüllt ist. Abends zappt er durch die Fernsehkanäle und geht manchmal in die Stadt, um die Möwen zu beobachten und so zu tun, als hätte er ein Ziel, einen Ort, an dem man ihn erwartet.

*

Rosie ist seit zwei Jahren mit Simon zusammen. Zwei Jahre voller Vorlesungen, Hausarbeiten und ausgelassener Mittagspausen. Lange Abende, geteilte Kopfkissen, nur bis zur Hälfte geschaute Filme.

Zwei Jahre, in denen er nichts von Josh weiß.

Sie erzählt es ihm an einem Sonntag. Sie liegen zusammen im Bett. Es ist sein Ruhetag, also muss er ausnahmsweise nicht raus aufs Wasser. Sie liegt in seinen Armen, an seiner Brust, die haarlos und glatt wie ein Bootsrumpf ist.

Sie hat einen schlimmen Traum, und als sie aufwacht, denkt sie kurz, dass Josh noch am Leben ist. Simon fragt sie, was los sei, also erzählt sie ihm alles.

Oder zumindest alles, was sie über sich bringen kann, auszusprechen.

Dass sie einen Zwillingsbruder hatte. Dass sie ihn liebte wie keinen anderen Menschen und dass er eines Nachts, kurz bevor sie nach Oxford kam, starb. Dass er tot war, bevor er im Krankenhaus ankam. Dass er tot war, sobald sein Schädel auf den Felsen zerschmetterte, das Meer weit draußen.

Sie erzählt, als könnte sie nichts anderes. Ohne Emotionen oder Unterbrechungen. Ein Fluss, der aus ihr hinausströmt, bis er versiegt.

Simon lässt sie leerlaufen und sagt dann: »Mein Gott, Rosie, wie schrecklich.« Er hält sie nur fest und stellt keine Fragen. In diesem Moment denkt sie, sie könnte ihn womöglich heiraten.

*

Wills Großmutter kommt so gut wie jede Woche unangekündigt mit Einkäufen, Urteilen und vorgeschobenen Gründen vorbei, um nach dem Rechten zu schauen.

»Ich kann selbst für mein Mittagessen einkaufen, Gran«, sagt er, als sie Dosensuppen aus einer Tüte auspackt.

»Junkfood ist kein Mittagessen«, weist sie ihn zurecht.

»Ich esse kein Junkfood zu Mittag.«

»Doch. Ich habe die leere Box bei meinem letzten Besuch im Mülleimer gesehen.«

»Dann hatte ich einmal Junkfood. Nach einer langen Nacht.«

»Na also.«

»Ich habe auch mal gekifft. Macht mich das jetzt zum Junkie?«

»Will«, seufzt sie. »Du bist so ein Trotzkopf, weißt du das?«

»Das höre ich oft.«

»Es war schon immer so mit dir. Wie bei deiner Mutter.«

Eine künstliche Stille tritt ein, ihr ist eine dieser versehentlichen Bemerkungen herausgerutscht, obwohl sie sich mehr oder weniger darauf geeinigt haben, nie von seiner Mutter zu sprechen. Seine Großmutter öffnet einen Schrank und verstaut die Dosen darin, und er tut so, als hätte sie nichts gesagt.

»Bist du Mittwochnachmittag beschäftigt?«, fragt sie ihn, als genug Zeit vergangen ist, ihre Stimme wieder normal klingt und die Dosen aufgereiht im Küchenschrank stehen.

»Ich hab eine Schicht bei Moe«, sagt er. »Wieso?«

»Kannst du die eventuell tauschen?«

»Wahrscheinlich schon. Wozu?«

»Ich brauche dich vielleicht für etwas«, sagt sie.

»Okay.«

»Also halt dir den Nachmittag einfach frei.«

»Du musst mir schon etwas mehr liefern. Dass meine Gran mich für eine geheime Mission braucht, wird mein Chef wohl kaum schlucken.«

»Moe weiß, dass ich die Chefin bin«, sagt seine Großmutter mit einem Zwinkern und stellt den Wasserkocher an.

»Ich habe meine erste Chemo«, sagt sie, als würde sie nur die Möwe erwähnen, die auf dem Dach sitzt.

Will nimmt gerade einen Löffel für ihren Tee aus der Schublade. Später wird er denken, dass es noch nie einen passenderen Moment gegeben hat, um Besteck fallen zu lassen. Taube Finger, das Klirren von Metall auf Fliesen. Aber er hält ihn in der Hand, den billigen Plastikgriff in derselben Farbe wie seine Haut.

»Chemo«, wiederholt er.

»Ich fürchte, ja.«

»Wofür?«

»Ach, Will, du weißt genau, wofür man eine Chemo macht.«

»Welche Art?«, fragt er, und sie seufzt wieder, als wäre er anstrengend. Er merkt genau, dass sie nicht darüber reden will, dass sich ihr ganzer Körper verschließt so wie jedes Mal, wenn sie traurig oder müde ist oder an seine Mutter denkt.

»Lunge«, sagt sie. »Was, wenn du mich fragst, das Lächerlichste an dem Ganzen ist.«

»Aber du hast nie geraucht.«

»Ich weiß. Darum ist es ja lächerlich.«

»Ich rauche nie im Haus«, sagt Will, und sein Entsetzen ist so echt, so rot und sturzflutartig, dass er sich hinsetzen muss – dass er den Stuhl von seinem kleinen Klapptisch wegziehen und sich so fest hineinfallen lassen muss, dass das Holz unter seinem Gewicht knarzt.

»Nein«, sagt seine Großmutter sanft. »Das tust du nicht.«

Ein weiterer Moment der Stille folgt – diesmal nicht künstlich, sondern ausgedehnt, beklemmend. Die Möwe vor dem Fenster erhebt sich mit weiten Flügeln in die Luft.

»Wie lange weißt du es schon?«

»Nicht lange. Ich wusste, irgendetwas stimmt nicht, also habe ich viele Tests machen lassen. Bin sogar monatelang von einem Arzt zum nächsten gereicht worden. Aber jetzt wissen sie es.«

Will nickt, spürt seine Schuldgefühle abebben und wieder ansteigen.

»Könnten es Grandpas Zigarren gewesen sein?«, fragt er.

Sie seufzt wieder, aber diesmal geräuschlos. Er sieht, wie ihre Schultern ein wenig tiefer sinken, und dann dreht sie sich zu ihm und schaut ihn resigniert an.

»Es könnte sein. Aber wahrscheinlicher ist, dass es einfach so gekommen ist, Willyum.«

Er schluckt.

»Niemandes Schuld«, sagt sie.

Als er sich nicht bewegt, tritt sie auf ihn zu und nimmt ihm den Löffel aus der Hand. Sie fragt ihn, ob er Zucker in seinem Tee möchte.

*

Rosie hat das Kennenlernen zu lange vor sich hergeschoben. Ihre Eltern erwähnen es in jedem Gespräch, und auch Simon spricht es an. »Langsam glaube ich, dass du dich für mich schämst«, sagt er zwinkernd, und sie lacht und bricht gleichzeitig in Panik aus.

Als sie also am Muttertagswochenende nach Hause fährt, bringt sie Simon mit. Sie haben den Zug genommen und sind Händchen haltend die Auffahrt hochmarschiert.

Er ist so höflich und freundlich, macht Komplimente zu ihrem Elternhaus, den Kochkünsten ihrer Mutter und der Krimisammlung ihres Vaters, und sie will vor lauter Nettigkeit schreien, will für einen merkwürdigen, unerklärlichen Augenblick brutalen Sex mit ihm auf dem Boden ihres Kinderzimmers haben.

Dieser Gedanke kommt ihr beim Abendessen. Als Simon sie über die Salz- und Pfefferstreuer hinweg anlächelt und ihr eine Schüssel Karotten reicht.

Sie schiebt ihren Stuhl zurück.

»Ich muss gehen«, sagt sie.

»Schätzchen?« Ihre Mutter hebt den Blick mit der Gabel auf halber Strecke zum Mund.

»Ich habe etwas fürs Dessert bestellt«, erklärt Rosie, »und mir ist eben eingefallen, dass ich vergessen habe, es abzuholen.«

»Aber wir haben schon ein Dessert«, sagt ihre Mutter. »Ich habe ein Trifle gekauft.«

»Ja, aber – morgen ist Muttertag, und ich dachte, ich besorge etwas Besonderes«, sagt Rosie, während sie in den Flur geht und ihren Mantel vom Garderobenständer an der Tür nimmt.

»Schätzchen«, sagt ihre Mutter wieder. »Wir essen gerade.«

»Kann es nicht warten?«, fragt ihr Vater, der innehält, als er Simons Weinglas auffüllt.

»Nein«, sagt Rosie. »Es dauert nicht lange. Ich bin sowieso schon satt.«

»Du hast dein Fleisch kaum angerührt.«

»Bis gleich«, sagt sie und stürzt zur Haustür, hört noch das nervöse Lachen hinter sich und ihren Vater, der zu Simon sagt: »Ich fürchte, sie war schon immer so, Simon. Wenn sie sich einmal was in den Kopf gesetzt hat, dringt man nicht mehr zu ihr durch.«

Sie schlendert zur Bäckerei, weil sie gelogen hat und nun mit etwas zurückkommen muss, um ihre Lüge zu kaschieren. Ihr Zorn, der heiße, aufsteigende Dampf in ihr ist verflogen, und jetzt lacht sie beinahe über sich selbst. In diesem Haus gibt es keine Luft zum Atmen. So war es schon immer, aber jetzt treiben sie der Smalltalk, das Klirren der Gabeln und Joshs leerer Stuhl beinahe in den Wahnsinn, wann immer sie heimkommt.

Sie denkt, dass sie Simon liebt, und weiß, dass er sie auch liebt, doch manchmal wünscht sie sich, er würde sie anblicken, als könnte er sie auffressen, sie so berühren, dass sie sich begehrt, anstatt nur umsorgt fühlt. Aber er nippt bloß an seinem Wein, zeigt beim Sprechen alle Zähne und reicht die Karotten über den Tisch.

Jetzt lacht sie wirklich über sich selbst, fragt sich, ob es die Hormone sind und was Marley wohl dazu sagen würde. Ich wollte, dass er mich oben vögelt, während meine Eltern unten ihr Roastbeef vom guten Porzellan essen, würde sie ihr erzählen. Auf dem geblümten Teppich meines Kinderzimmers.

Jetzt, wo sie draußen ist, versucht sie, an diesem Bild festzuhalten.

Das würde er nie. Und sie auch nicht.

Es ist ein milder, sogar warmer Tag. Die Bäume blühen, und am Himmel hängen ein paar Bilderbuchwolken. Familien spazieren an ihr vorbei, als sie die nächstgelegene Ladenzeile ansteuert. Ein Friseursalon und ein Café mit verblassten, laminierten Menüs an der Tür, das selten aufhat. Sie bleibt an der Bäckerei stehen, um die Auslage im Fenster zu begutachten. Pinke Cupcakes. Bauernbrote. Mit Rosen übersäte Festtagstorten, wie ihre Mutter sie niemals aussuchen würde.

Sie geht hinein und kauft eine.

Als sie wieder auf die Straße tritt, lässt sie die Tortenschachtel beinahe fallen, weil Will White vor ihr steht, an die Backsteinmauer zwischen der Bäckerei und dem Salon gelehnt. Er hat sie nicht bemerkt, sie kann sich nicht erklären, was er hier tut.

Unversehens sagt sie seinen Namen, und er schaut hoch, genauso überrascht wie sie. Sie hat noch nie so einen Ausdruck in seinem Gesicht gesehen, das immer so cool und unbeteiligt, auf alles gefasst wirkt.

»Roe«, sagt er, und ein warmes Gefühl macht sich in ihr breit. »Hey.«

»Selber hey.«

»Was machst du hier?«

»Ich bin für ein paar Tage zu Hause. Muttertag«, sagt sie und deutet auf die Tortenschachtel, woraufhin er eine Augenbraue hochzieht.

»Ich hätte nicht gedacht, dass deine Mutter Torte mag.«

»Isst nicht jeder gern Torte?«

»Sie hat auf mich den Eindruck gemacht, als würde sie so was eher ablehnen«, sagt er und hat damit recht, aber das gibt sie nicht zu. Sie fragt ebenfalls, weshalb er hier sei, und er nickt in Richtung des Salons.

»Auf meine Gran warten«, sagt er.

Rosie lugt durch die Glasscheibe und sieht sie in einem Stuhl sitzen. Sie lächelt über die kleine Gestalt, ihren typischen, ergrauten Bob.

»Wie geht's ihr?«

Will antwortet nicht gleich, und sie blickt ungeduldig zu ihm. Sie muss zurück nach Hause, ihr Freund und ihre Eltern warten auf sie. Und es ärgert sie, dass sie lieber hier auf der Straße bei Will steht, obwohl sie seit Wochen nicht miteinander gesprochen haben.

Ihre Freundschaft ist im Laufe der letzten Monate immer wieder gewachsen, geschrumpft, gewachsen. Manchmal reden sie jede Woche miteinander, manchmal kommt das Leben dazwischen, und sie versinken in gegenseitigem Schweigen, bis einer von ihnen sich wieder meldet. So funktionieren echte Freundschaften, denkt sie. Wie bei ihr und Marley. Sie ist damit beschäftigt, Leichen aufzuschneiden und bis vier Uhr morgens Party zu machen, verschiebt häufig ihre Telefonate, damit sie den ganzen Tag mit dem Kopf über dem Klo hängen kann.

Mit Will ist es jedoch ein wenig anders. Er lässt vielleicht manchmal nichts von sich hören, aber er ist immer für sie da, wenn sie anruft. Nicht ein Mal hat er sie vertröstet. Und jetzt steht er hier und hat eine andere Haltung angenommen, als würde er vom Scheitel in die Höhe gezogen werden.

»Will?«, fragt sie.

»Sie ist krank«, antwortet er.

»Was?«

»Krebs.«

»Oh.«

Das Oh ist ein Einatmen – ein schockiertes, trauriges: Das kann nicht sein. Aber so ist es.

»Oh Gott«, sagt sie und wünscht sich, sie hätte die Tortenschachtel nicht in der Hand, damit sie die Hände nach ihm ausstrecken und ihn berühren könnte.

»Ja«, sagt er.

»Ist es ... wird sie ...?«

»Lässt sich noch nicht sagen. Sie bekommt Chemo.«

»Na, das ist doch gut.«

»Ist es das? Sie ist siebzig und wird jede zweite Woche mit Gift vollgepumpt. Ihr fallen die Haare aus. Sie will nichts mehr essen. Sie hat eine Menge Gewicht verloren und schläft nur noch. Sie ist nur noch ein verdammter Schatten ihrer selbst.«

Rosie blinzelt ihn an.

»Aber so hat sie eine Chance, oder?«

»Ja«, sagt Will. »Schon.«

Sie weiß es, ohne dass er es aussprechen muss, sie kann es in seinen Augen sehen. Er hat sie schon abgeschrieben, wartet nur noch darauf, dass sie stirbt.

»Willst du ... für eine Weile zum Leuchtturm gehen?«, fragt sie.

Sein Blick wandert zuerst zu ihr und dann wieder in den Salon. Sie kann sehen, wie er abschätzt, ob ihm genug Zeit bleibt, ob er heute in seinem Leben Platz für Rosie schaffen kann, jetzt da sich alles verändert hat.

Ein junges Paar lehnt an der Brüstung, als sie beim Leuchtturm ankommen. Die Hände ineinander verschlungen, die Nasen am Hals des anderen vergraben.

»Wie können die es wagen?«, stößt Will aus.

»Wissen die nicht, wer wir sind?«, scherzt Rosie.

»Wir sollten ein Schild aufstellen«, sagt Will.

»Was? Und was soll darauf stehen? Aufenthalt verboten an unserem Leuchtturm?«

»Einfach nur: Verschwindet«, sagt Will. Sie lacht laut auf, und er lächelt ein wenig, und sie ist so erleichtert, dass sie ihn beinahe umarmt, doch die Tortenschachtel hält sie davon ab. Ihr bleibt noch ein wenig Zeit, denkt sie, bevor sie zurückkehren muss, also gehen sie ein Stück weiter und setzen sich auf eine

Bank mit Blick aufs Wasser. Das Meer ist unruhig. Die Wellen, entschlossen und tiefblau, rollen schnell aufs Ufer zu.

»Ich wusste nicht, dass du wieder da bist«, sagt Will.

»Nur übers Wochenende«, sagt Rosie. »Familienzeug, du weißt schon.«

»Ja.«

»Ist Muttertag komisch für dich?«

Er scheint über ihre Frage nachzudenken, beobachtet eine Familie, die vor ihnen über den Strand spaziert. Zwei kleine Kinder in grellen Gummistiefeln. Eine Mutter, ein Vater. Hand in Hand.

»Nicht wirklich«, sagt er. »Ich denke in merkwürdigen Momenten an sie.«

Sie schweigt, also fährt er fort.

»Meistens, wenn etwas Gutes passiert. Zum Beispiel als ich mein Zertifikat zum Mechaniker bekommen habe, da wollte ich es ihr irgendwie erzählen. Ich weiß, das ist traurig. Einfach antrainiertes Verhalten, wie wenn man in der Schule einen goldenen Stern als Abzeichen erhält.«

»Oh ja!«, sagt Rosie. »Auf die war ich richtig scharf.«

»Das glaube ich.«

»Das ist überhaupt nicht traurig.«

»Ich denke nicht wirklich an sie, wenn etwas Schlechtes passiert. Schwierige Dinge hat sie ... noch schwieriger gemacht. Sie ist nicht mal zur Beerdigung meines Großvaters erschienen. Ihres eigenen Vaters.«

Rosie hatte keine Ahnung davon. Sie fühlt sich hin- und hergerissen – zwischen Panik, weil sie zu ihrer Familie zurückkehren sollte, und dem dringenden Bedürfnis, hierzubleiben, solange er sie braucht, vor allem während er solche Dinge erzählt.

»Manchmal denke ich, dass ich sie sehe«, fährt Will fort. »Auf der Straße oder beim Joggen. Aber sie ist es natürlich nie. Bloß irgendeine Frau. Gleiches Alter, falsches Gesicht. Es ist nicht so, als hätte ich Sehnsucht nach ihr, würde sie an jeder Ecke suchen oder so. Es passiert einfach.«

Er verstummt, als würde er sich an den letzten Vorfall dieser Art erinnern. In diesem Augenblick will Rosie ihn tatsächlich berühren. Sie will seine Hand halten oder ihm das volle, goldene Haar aus den Augen streichen, wie um zu sagen: Ich sehe dich, auch wenn deine Mutter es nicht tut.

»Um also deine Frage zu beantworten«, sagt er. »Nein. An diesem Wochenende denke ich nicht an sie. Zumindest nicht, bis du gefragt hast.«

»Ich wette, sie denkt an *dich*«, sagt Rosie. Er gibt einen spöttischen Laut von sich, und es verletzt sie, dass er ihr Mitgefühl abtut. Sie schluckt den Kloß in ihrem Hals herunter.

»Wie geht's dir denn?«, fragt er.

»Gut«, antwortet sie und denkt, dass gut eigentlich halb tot bedeutet. Nichts zu berichten, weder Neues noch Aufregendes oder Schönes.

»Einfach gut?«

»Einfach gut.«

»Noch mit Simon zusammen?«

»Jap.«

»Du bleibst bei deinem Ersten?«

»Denke schon.«

»Dann läuft ja alles Rosie-mäßig«, sagt er, und sie weiß, sie sollte lachen, aber sie taumelt noch von der Neuigkeit über seine Großmutter, spürt den Schmerz noch, als wäre es ihre eigene Gran.

»Kann ich mal vorbeikommen?«, fragt sie. »Kann ich sie irgendwann besuchen?«

Er schaut sie mit einem vielsagenden Blick an.

»Das würde ihr gefallen.«

Sie sitzen nebeneinander und beobachten das Wasser. Sie

fragt, wie Amber damit klarkommt, und er antwortet: »Auf die typische Amber-Art, indem sie sich auf Zahlen und Fakten konzentriert und eine Liste nach der anderen schreibt.« Sie versucht, ihn nach normalen Dingen zu fragen, zum Beispiel nach der Arbeit, dem Joggen oder einem neuen Album, von dem sie dachte, er hätte es vielleicht gehört, doch ihr scheint, dass es ihm schwerfällt zu antworten, also verstummt sie. Der Nachmittag ist in den frühen Abend übergegangen, als er sagt, dass seine Großmutter vermutlich fertig sei und er sie nach Hause fahren sollte.

Als sie zum Salon zurückkehren, sagt Rosie seinen Namen. Sie stellt die Torte ab und schlingt auf Zehenspitzen einen Arm um seinen Hals.

Sie will sagen, dass es ihr leidtut, aber sie bekommt nichts heraus.

Er erwidert ihre Umarmung, und sie hat das Gefühl, als würde in ihm etwas zusammenfallen, als würde dieses Emporgezogenwerden, das ihr aufgefallen war, erschlaffen wie die Schnur einer Marionette.

»Können wir einen Kaffee zusammen trinken, bevor du morgen fährst?«, fragt er sie, ohne sie loszulassen, und sie sagt: »Ja, natürlich«, ohne nachzudenken.

*

Später am Abend schreibt Rosie ihm, dass sie Simon mitbringe und ob das okay sei. Ist es nicht, also schreibt er nicht zurück.

Sie sind eine Stunde vor Abfahrt ihres Zugs verabredet. Er will unbedingt als Erster da sein und setzt sich an einen Tisch am Fenster. Es könnte einen Putzlappen vertragen, ist voller verschmierter Fingerabdrücke.

Er ist nervös und breitet seine Hände auf der Holztischplatte aus. Er fragt sich, wie es seiner Großmutter geht, ob er sie als

Vorwand nehmen kann, um sich schnell zu verabschieden. Und dann kommen sie zur Tür herein, er nach ihr, und Will mustert den Menschen, von dem sie sagt, dass sie ihn liebt, an den sie ihre Jungfräulichkeit verloren hat, mit dem sie all ihre Freizeit verbringt. Er ist groß, muskulös und glattrasiert.

Sie entdecken ihn und steuern auf seinen Tisch zu.

»Ah, der berühmte Will White«, sagt Simon und geht mit ausgestrecktem Arm auf ihn zu. Will möchte seine Hand schütteln, doch Simon umarmt ihn stattdessen kurz und klopft ihm auf den Rücken. Will schämt sich dafür, dass er es nicht hat kommen sehen, und er schämt sich auch für seine Scham. Sie lösen sich voneinander, und sein Gesicht fühlt sich heiß an.

»Ich habe schon viel von dir gehört«, sagt Simon, und Will erwidert: »Ach ja?« Als Rosie ihm einen Blick zuwirft, fügt er hinzu: »Äh, ich auch von dir.«

»Nur Gutes, hoffe ich«, sagt Simon, und Will fragt sich, ob er absichtlich in Klischees spricht, ob er sich auch verlegen oder bedroht fühlt. Rosie steht neben ihm und schaut Will mit einem merkwürdigen Ausdruck an. Wachsam und bereit zur Flucht.

»Was hast du?«, fragt Will, als Simon ihnen etwas zu trinken holt.

»Was meinst du?«

»Du machst so ein kleines Rehgesicht.«

»Was?«

»Du weißt schon. Bambi.«

»Nein, tu ich nicht.«

»Du kennst Bambi nicht?«

»Natürlich kenne ich Bambi! Aber ich mache kein Rehgesicht.«

»Du kannst dein Gesicht doch gar nicht sehen.«

»Will! Verdammt!«

»Was? Warum bist du so gereizt?«

»Ich will bloß, dass ihr euch gut versteht«, sagt sie.

»Okay«, sagt Will. »Haben wir uns nicht gut verstanden?«

»Es ist zu früh, um das zu beurteilen«, sagt Rosie.

»Eben. Gib uns wenigstens eine Chance. Lass uns Kaffee trinken, einander ein Ohr abkauen.«

»Ich hasse diesen Ausdruck«, sagt sie, und er stimmt ihr zu. Simon kommt mit drei Tassen und zu vielen Zuckertütchen zurück und stößt gegen Rosies Arm, als er sich hinsetzt. Er ist einfach zu groß für ihre Sitzbank.

»Also, Will«, sagt Simon, während er die Getränke verteilt. »Rosemary hat erzählt, du bist Mechaniker?«

Will schaut ihm in die Augen, schlammig braun und aufrichtig interessiert, wie es scheint. Das ärgert ihn.

»Was soll das werden?«, fragt er. »Ein Bewerbungsgespräch?«

Simon blinzelt und grinst dann. Er rührt seinen Americano. Der Löffel klirrt gegen die Tasse.

»Sie meinte auch, du wärst ein wenig ruppig«, sagt er, und Will merkt, wie Rosie sich anspannt, während sie ihre Teetasse zu den Lippen führt.

»Ruppig?«, wiederholt Will

»Hervorragendes Wort, fand ich.«

»Sie besitzt in der Tat einen großartigen Wortschatz«, sagt Will.

»Eine von vielen Eigenschaften an ihr, in die ich mich verliebt habe«, sagt Simon.

»Ist das so?«

»Okay«, sagt Rosie zu laut. »Sollen wir von vorn anfangen?«

Beide Männer schauen sie an, wenn auch nur kurz, bevor sie sich wieder einander zuwenden. Simon lächelt immer noch, womöglich jedoch weniger aufrichtig.

»Ich mag dich, Will«, sagt er. »Ich finde es gut, dass du meiner Freundin zur Seite stehst.«

Will sagt nichts. Er zwingt sich, stillzuhalten. Dann fällt ihm ein, dass er seinen Kaffee trinken könnte als eine nicht konfrontative, sogar gesellige Geste.

»Immer doch«, sagt er nach einem Schluck.

»Sehr gut«, sagt Simon. »Jeder, der ein Freund von Rosie ist, ist auch mein Freund. Wenn du das möchtest«, fügt er hinzu, was kindisch, bescheiden und ein wenig jämmerlich klingt, und Will bekommt Mitleid mit ihm, weil er tatsächlich keine Ahnung hat.

Betretenes Schweigen macht sich breit.

Rosie blickt in ihren Tee.

»Aber wenn zwischen uns alles läuft«, sagt Simon und bricht mit seiner dröhnenden Privatschulstimme die Stille. »Dann brauche ich nur noch Marleys Segen.«

»Viel Glück damit«, sagt Will, und Simon lacht. Es ist ein nettes Lachen, herzhaft und anerkennend, und auch das ärgert Will, weil er es nicht als Witz gemeint hat.

»Du brauchst niemandes Segen«, sagt Rosie.

»Gut zu wissen«, sagt Simon, nimmt ihre Hand und drückt sie. Dann fragt er Will etwas über Motorräder, und die restliche Stunde vergeht mit freundlichen Gesprächen, obwohl das Blut in Wills Kopf pulsiert.

*

Er versucht, den klickenden Herd seiner Großmutter zu reparieren.

Wenn er die ganze Nacht daran arbeitet, wird er es hinkriegen, denkt er.

Er recherchiert online, stellt ein paar Dinge ein, macht sich einen Kaffee nach dem anderen, um hellwach zu bleiben. Um drei Uhr morgens denkt er, dass er es endlich geschafft hat, und hinterfragt nicht einmal, warum er erst so spät damit angefangen und es nicht einfach bei Tageslicht erledigt hat.

Am nächsten Morgen brät seine Gran Bacon, und das Klicken ist wieder da.

*

Rosie hält Wort, wie er es nicht anders erwartet hat.

Einige Wochen und nächtliche Nachrichten später kommt sie alleine vorbei. Sie hat sich eine Ausrede einfallen lassen, den Zug genommen und klingelt bei seiner Großmutter an der Tür, weil er ihr gesagt hat, dass er da sein würde, wenn sie käme.

Seine Großmutter ist hocherfreut. Sie umarmt Rosie und sagt, sie sehe schlauer und zu dünn aus, und Rosie erwidert, dass es einem Mädchen in Oxford so ergehe. Sie lachen miteinander in weiblicher Verbundenheit, und seine Großmutter sagt: »Dann lasst uns was essen, na los.«

Will kocht für sie. Fisch und Gemüse, mit Zitrone zubereitet, denn er hat gelesen, dass die italienischen Nonnas auf Zitrusfrüchte schwören und dadurch länger leben würden. Seine Großmutter isst kaum etwas, und auch Rosie scheint keinen Appetit zu haben, aber sie stochern beide in ihren Tellern herum, um etwas zu tun zu haben als Unterbrechung zwischen den Fragen und den Krebsthemen. Seine Gran scheint Rosie all die Einzelheiten, nach denen Will sie ausfragen musste, viel bereitwilliger zu erzählen. Sie formuliert ihre Antworten sorgfältig und überlegt, hält nichts zurück.

Das Radio läuft leise im Hintergrund. Country-Musik, *Desperados waiting for a train*, während seine Großmutter erklärt, wie ihre Chancen stehen.

»Du wirst ihn besiegen«, sagt Rosie, und in ihrer Stimme liegt eine Schärfe, die Will unerwartet trifft.

»Hoffen wir es, meine Liebe«, sagt seine Gran. Rosie greift nach ihrer Hand und hält sie fest, und Will beeilt sich, aufzustehen, um die Teller abzuräumen.

Sie spielen Karten am Kaminfeuer. Dave kauert sich zu Rosies Füßen auf den Boden, sie sprechen nicht mehr über den Krebs. Für eine Weile fühlt es sich wieder normal an, wie in jenem Sommer vor zwei Jahren. Seine Großmutter erkundigt sich nach Oxford, ihren Freunden und sogar Simon, was unerwartet und unangenehm ist, auch wenn seine Gran es ignoriert und Rosie mit sanftem Blick über ihre Teetasse hinweg mustert. »Er ist ein Schatz«, sagt Rosie. Und Elsie erwidert: »Wie schön.« Rosie wird rot und fragt Elsie, was sie gerade liest, also tauschen sie sich über ein Buch aus, das unheimlich dick, aber jede Seite wert ist, etwas über einen Jungen und ein Gemälde. Will strengt sich ernsthaft an, zuzuhören, auch wenn er lieber trinken, rennen oder irgendetwas anderes tun möchte, was er bereuen würde.

Am späten Abend begleitet er sie zum Bahnhof. Seine Großmutter bat sie, zu bleiben, doch Rosie meinte, sie müsse zurück, hätte noch eine Hausarbeit fertigzustellen.

Sie hat Geschenke dagelassen, ein Glas Honig aus Oxfordshire und Sonnenblumen, die sie in eine Vase gestellt hat. So gelb und weit geöffnet wie Gesichter, Planeten oder frisch gereifte Früchte. Auf ihn wirkten sie kitschig, vor erzwungener Fröhlichkeit strotzend.

»Danke fürs Kommen«, sagt er unterwegs. »Sie hat sich sehr gefreut, dich zu sehen.«

»Ich habe mich auch gefreut, sie zu sehen«, sagt Rosie. »Tut mir leid, dass ich nicht mehr da war seit, du weißt schon. Jenem Sommer. Ich werde öfter kommen.«

»Weil sie stirbt?«

»Nein«, sagt Rosie, und ihm ist nicht klar, ob das heißen soll, dies sei nicht der Grund oder seine Gran sterbe nicht. Doch dann fügt sie hinzu: »Weil ich möchte.«

Sie laufen schweigend über die geschäftigen Straßen. Es ist Samstagabend, viele Leute sind unterwegs. Sobald er sie in den Zug gesetzt hat, will er in seine Wohnung zurückkehren und hirnlose Fernsehsendungen schauen, vielleicht auch das Mädchen anrufen, mit dem er letzte Woche im Bett gelandet ist.

»Simon mochte dich sehr«, erzählt sie ihm.

Ihr Tonfall ist locker und ungezwungen.

»Hm«, sagt er.

Er lässt ihre Worte in der Luft hängen, und als sie am Bahnhof ankommen, wirkt sie nervös, die Augen glasig und die Wangen zu gerötet für den kurzen Spaziergang.

»Dann bis bald«, sagt sie.

»Ja. Bis bald«, sagt er. Sie umarmen sich nicht, und nachdem Rosie einen Nachmittag bei seiner kranken Großmutter verbracht, ihre Hand gehalten, sie zum Lachen gebracht hat, gibt es aus irgendeinem Grund, den keiner von beiden benennen kann, zwischen ihnen keine Dankbarkeit oder Zärtlichkeit, sondern eine Distanz, einen Schmerz, der so tief und geheim ist, dass sie ihn nicht äußern können. Sie besteigt den Zug, und Will wendet sich ab, ohne ihm hinterherzuschauen.

ZWÖLF

An ihrem Hochzeitstag hat Rosie Nasenbluten.

Das ist ihr bisher erst zweimal im Leben passiert: Während des Feueralarms am ersten Tag an der weiterführenden Schule, und dann einige Jahre später, am selben Tag, an dem sie zum ersten Mal ihre Periode bekam. Die Schulkrankenschwester meinte, ihr Körper sei sich nicht sicher, wo er bluten sollte, und lachte über den kleinen Witz. Da spürte Rosie noch etwas anderes aus sich herauslaufen, etwas, das für ihr Leben und ihre Selbsterhaltung notwendig war.

Das dritte Nasenbluten führt nicht zu einem dieser Alptraumszenarien, die sie aus Brautmagazinen kennt. Sie hat ihr Kleid noch nicht an. Es ist früh, ihre Mutter und die Brautjungfern schlafen noch. Sie sitzt am Badewannenrand und beobachtet durchs Fenster, wie sich das Licht verändert, das Grau einem milchigen Weiß Platz macht, als sich ihre Oberlippe plötzlich feucht anfühlt. Sie fasst dorthin und stellt überrascht fest, dass die Fingerspitze rot ist. Das ist alles. Das Blut fließt nicht weiter heraus, tropft oder beschmutzt die Fliesen.

Sie wischt ihre Nase mit einem Stück Toilettenpapier ab. Dann klopft ihre Mutter an die Tür und sagt: »Rosie, bist du da drin?«

*

Als sie ihm von ihrer Verlobung erzählte, sagte er, dass er sich für sie freue. Dreimal.

Er stand gerade in der Schlange vor dem Imbiss, sein Atem weiß in der Luft, als sie ihm die Neuigkeit verkündete, auf die er gewartet hatte. Dann legte er auf, ging mit seinen Pommes frites nach Hause und ließ sie in der Verpackung kalt werden.

Seine Großmutter weinte, als er es ihr erzählte.

»Was?«, fragte er. Sie erwiderte nichts, wischte sich nur das Gesicht mit dem zerknüllten Taschentuch ab. Ihr Haar war noch licht, wuchs aber in Büscheln nach.

»Mach's nicht«, sagte er, und sie fragte ihn: »Mach was nicht?« Er antwortete: »Mach's einfach nicht«, dann rief er ein Mädchen an, in dessen Wohnung er die nächsten Wochen verbrachte. Er trank, rauchte und gab sich Dingen hin, die er für immer hatte sein lassen wollen.

Am großen Tag stürmt er beinahe die Trauung oder denkt zumindest darüber nach. Er weiß, dass die Zeremonie um zwei stattfindet, und blickt ständig auf die Uhr. Er bereitet sich einen Kaffee zu, die aufwändige Variante, die den Wochenenden oder Frauenbesuch vorbehalten ist. Er trinkt ihn in seiner Küche mit Blick über die Dächer. Verstopfte Dachrinnen. Überwucherte Schieferplatten. Es ist ein erstaunlich heißer Tag. Ihr Jawort rückt eine weitere Stunde näher, und etwas in ihm ist so gespannt wie eine Gitarrensaite, die nach Nylon, Rost und ihren geschwollenen Fingerspitzen riecht.

Er ist eingeladen. Nicht zur Trauung, aber zur Feier in irgendeiner Scheune am Rande Norfolks, eine relativ kurze Autofahrt entfernt. Er hätte sogar eine Begleitung mitbringen können. Er hat sich nicht zurückgemeldet, und Rosie hat nicht nachgefragt. Nun weiß er immer noch nicht, ob er hingeht, als der Zeitpunkt, um sich zu rasieren, umzuziehen und loszugehen, kommt und geht und er nach wie vor in Jeans in seiner Küche sitzt und auf ein Stückchen Meer hinausschaut.

Er hat ihr die Halskette aus Montenegro schenken wollen – irgendwann. Die, die sie auf dem Markt bewundert und er später, als sie nicht hinsah, gekauft hatte. Er hat sie all die Jahre in einer zerknitterten Papiertüte aufbewahrt. Die Kette ist inzwischen ein wenig angelaufen, doch der Stein hat noch immer dieselbe Farbe wie das Meer in jenem Sommer, und in dem Moment, in dem sie vermutlich »Ja« oder »Ich will« oder »In guten wie in schlechten Zeiten sagt«, geht er mit der Kette zum Strand und wirft sie in die Wellen, wie er es aus Filmen kennt, doch er fühlt sich dadurch kein Stück besser.

Er will trinken. Und zwar so richtig. Stattdessen trifft er eine Entscheidung, die sich ausnahmsweise gut anfühlt. Auf einmal entspannt sich seine Brust, als hätte sich ein Ventil geöffnet und die angestaute Luft würde nur so hinausströmen.

*

Vol-au-vents. So ein lustiges Wort, denkt sie, doch da ist niemand, mit dem sie diesen Gedanken teilen kann, obwohl der Saal voller Menschen ist, die sie kennt und mag, und einigen, bei denen es ihr nicht so geht.

Es gibt Rosen und Schleierkraut, Tischläufer und Schaumwein, warmherzige Reden und Rotzunge in Dill. Die Brautjungfern tragen Königsblau, weil es Joshs Lieblingsfarbe war.

Alles ist so, wie es bei einer Hochzeit sein sollte, doch Wills Abwesenheit beschäftigt sie den ganzen Abend, ohne dass sie sich dessen wirklich bewusst ist, wie die Lücke eines fehlenden Zahns. Ihr Kleid ist wunderschön und zu eng. Ihre Mutter hatte es am Rücken geschnürt, was ein inniger Moment hätte sein sollen, aber sie schwiegen die meiste Zeit und waren nur damit beschäftigt, ob Rosie ins Kleid passt. Anstatt sich während der Zeremonie auf ihren zukünftigen Ehemann zu konzentrieren, dachte sie daran, dass weder Josh noch Will da waren und es ihre Entscheidung gewesen war, ihn nicht zum ersten Teil, zu ihrer intimen und eleganten Trauung einzuladen. Harfenmusik zum Einlaufen. Religiöse Lesungen, obwohl sie gar nicht religiös sind. »Weil es sich so gehört«, hatte Simon gemeint.

Sie hat ihr ganzes Leben lang versucht, dazuzugehören, also hatte sie nicht widersprochen, es kümmerte sie kaum, denn die Worte klangen schön, und darum ging es doch sicherlich.

Den ganzen Tag plaudern sie, stehen herum und trinken. Sie halten sich bei ihrem ersten langsam wiegenden Tanz im Arm, und sie denkt daran zurück, wie sie mit siebzehn auf dem Lehrerparkplatz stand, an die Spannung zwischen ihr und Will und den Drang, den sie verspürte, ihn zu berühren und gleichzeitig nicht zu berühren. Es fühlte sich gefahrlich an, und das hier, denkt sie, ist das Gegenteil. Sie fühlt sich in Simons Armen geborgen. Gestützt. Bei Will wusste sie nie, woran sie war, welche Gefühle er in ihr auslösen würde.

Als sie nachts das Strumpfband abstreift und ihr Ehemann sich neben ihr auszieht, wird ihr klar, dass sie einen Großteil des Tages damit verbracht hat, an einen Mann zu denken, den sie nur noch selten sieht. Es liegt wohl daran, dass sie ihn nach all der Zeit wie einen Bruder liebt. Und davon hat sie schon einen verloren. Also ruft sie Will am nächsten Morgen an, als Simon unter der Dusche steht.

Sie erreicht ihn nicht, aber versucht es immer wieder, bis er rangeht.

»Rosie«, sagt er. So nennt er sie nur selten, und sie hat seine Stimme seit so vielen Monaten nicht gehört, dass sie lächeln muss und sich gleichzeitig verkrampft.

»Hi«, sagt sie.

»Was ist los?«

»Warum sollte etwas los sein?«

»Du hast mich ungefähr sechs Mal angerufen.«

»Na ja, du bist nicht rangegangen.«

Er sagt nichts. Das Licht, das durch die Jalousie fällt, umspielt ihre gespreizten Finger auf der Bettdecke.

»Was ist denn bei *dir* los?«, fragt sie ihn. »Wieso gehst du nicht ran?«

»Rosie«, sagt er erneut und klingt müde.

»Ich habe mich nur gefragt, wo du gestern Abend warst«, sagt sie.

Wie eine Schneelawine rollt die Stille über sie, droht sie zu erdrücken. »Ich konnte einfach nicht, Roe«, sagt er.

»Ach, komm schon«, sagt sie. Ihr Herz schlägt schneller, sie flüchtet sich in Humor. »Ich weiß, feines Essen und Streichquartette sind nicht so dein Ding. Meins auch nicht wirklich. Aber es war meine Hochzeit, Will.«

Stille. Schnee. Kalte Hände, vor nicht allzu langer Zeit.

»Genau«, sagt er.

»Es war ... komisch, dass du nicht da warst, weißt du?«

»Komisch«, wiederholt er, und sie glaubt zu hören, wie er an die Decke schaut und den Mund öffnet, als wäre er wütend.

»Will?«, sagt sie.

»Ich glaube, das war's, Rosie«, sagt er. »Ich gehe weg.«

»Weg?«

»Ich ziehe um«, erklärt er.

»Wohin?«

»In den Norden.«

»In den rauen Norden?«

»Genau. Die Mieten sind günstig.«

Sie hört, wie Simon das Wasser in der Dusche abstellt.

»Ziehst du schon bald um?«, fragt sie und ignoriert, was er zuvor gesagt hat. »Kann ich dich vorher noch sehen?«

»Ich denke nicht«, sagt Will nach einer weiteren Pause. »Wie gesagt, ich ... denke, das war's.«

Ein Schatten unter der Badezimmertür. Eine Kabine, die sich

öffnet und schließt. Simon kommt nicht heraus, und sie legt nicht auf.

»Pass auf dich auf«, sagt er, und sie antwortet: »Warte«, was er tut, also fährt sie fort. »Wie meinst du das, dass es das war? Was ... was war es denn?«

Die Sonne verblasst auf der Bettdecke. Wolken schieben sich am Fenster vorbei.

»Ich weiß es nicht, Roe«, sagt er, und in ihrem Bauch kribbelt es wie jedes Mal, wenn er den Namen verwendet, den er ihr gegeben hat. »Ich weiß es wirklich nicht. Du?«

*

Er setzt seinen Plan in die Tat um und geht nach Leeds, doch die Stadt passt nicht zu ihm. Sie ist hektisch, kalt und voller Menschen, denen er nichts zu sagen hat, ein bisschen wie Norfolk, bloß regnerischer.

Bald darauf zieht er in eine Kleinstadt in den Yorkshire Dales, wo es ihm viel besser gefällt. Immer noch kalt. Immer noch nass. Aber voller Ruhe und ruhiger Menschen. Er findet einen Job in einer Werkstatt, deren Besitzer keine Fragen stellt, seine Fertigkeiten schätzt und ihm ein anständiges Gehalt zahlt.

»Es ist nur für eine Weile«, erzählt er seiner Großmutter. »Ein Tapetenwechsel.«

Ihre Chemo war vorbei, und sie hatte überlebt. Sie verstand es und ließ ihn gehen. Nun kennt er niemanden, trinkt immer nur ein einziges Ale im örtlichen Pub und meldet sich nach zwei Wochen als Freiwilliger bei der Bergrettung, ohne zu wissen, worauf er sich einlässt. Er überhört ein Gespräch darüber im Pub, schaut vom Fenster seines Einzimmerappartements auf die Berge und denkt sich: Wieso nicht? Er geht regelmäßig joggen. Seine Beine sind stark. Er hat Zeit totzuschlagen, kaum Verpflichtungen.

Er muss eine Prüfung ablegen, die er großspurig als leicht abtut. Doch die Abhänge sind steil, und der Boden ist von Felsen übersät. Er muss trainieren, sich anders zu bewegen, und auf eine völlig neue Weise ausdauernd sein. Er muss schweres Gepäck tragen, sich mit Orientierung befassen, aufbauend auf den paar Grundlagen, die ihm sein Großvater beigebracht hat. In den Bergen geht Sicherheit vor, was für ihn ein neues Konzept ist. Er ist ausgerechnet an einem Ort gelandet, der nichts für Draufgänger ist, das versuchen ihm die Kameraden von der Bergrettung eindrücklich zu vermitteln.

Nach einem Jahr wird er als Mitglied auf Probe aufgenommen und bekommt es hauptsächlich mit Touristen zu tun, die in Turnschuhen wandern gehen, sich die Knöchel verstauchen und ihm müde, verlegen und erleichtert begegnen. Er gibt ihnen Müsliriegel und heißen Tee. Sie schaffen es den Berg hinunter, und er geht nach Hause, liest Kochbücher und sucht neue Joggingrouten heraus. Sein Herz fühlt sich eine Weile lang in Ordnung an, als würde es hinter einem zugezogenen Vorhang schlagen, sich Zeit nehmen, um zur Ruhe zu kommen.

Als das Wetter einmal sehr schlecht ist, der Himmel so weiß wie der Bergnebel, brauchen sie länger, um das Paar zu finden, das um Hilfe gerufen hat. Schließlich finden sie es doch. Zwei Frauen Ende vierzig, von denen eine auf Geröll ausgerutscht ist. Bei ihrem Anblick fährt er zusammen, weil sie ihr so unfassbar ähnlich sieht.

Er versucht so angestrengt, nicht überall Rosie Winters zu sehen, dass er darüber diesen Schreck aus früheren Zeiten vergessen hat: Wenn er eine Person vor sich hat, die ungefähr im gleichen Alter ist und so aussieht wie die Frau, die ihn auf die Welt gebracht hat. Die gleichen roten Haare, die gleichen gelenkigen Arme. Niemals das gleiche Gesicht.

Manchmal, wenn er an sie denkt, fragt er sich, ob sie tot ist.

Und er weiß nicht, was er dabei fühlen soll.

Eines Abends schmeißt er eine Runde für seine Kameraden, als er ein Mädchen an der Bar entdeckt. Sein Gesicht brennt noch vom beißenden Höhenwind.

Sie schaut ihn auf eine gewisse Art an, ein Blick, den er von anderen Mädchen kennt, daher weiß er, dass sie »Ja« sagen wird, wenn er sie auf einen Drink einlädt. Sie hat kurzes dunkles Haar und scharfe, noch dunklere Augen. Um den Hals trägt sie einen Jadestein an einer Schnur.

»Der ist aus Neuseeland«, erzählt sie ihm, als sie seinem Blick folgt.

»Also bist du eine Kiwi?«

»Schön wär's«, sagt sie. »Ich war dort für ein Jahr nach der Uni.«

»Mit Fallschirmspringen und so?«

»Gott, nein. Mit normalem Leben. Ich habe Tickets für Bootstouren verkauft.«

»Klingt spannend.«

»War es auch irgendwie«, sagt sie achselzuckend. »Ich mag Boote. Und am anderen Ende der Welt ist eh alles besser.«

Darauf hebt er sein Glas, setzt sich neben sie auf den Barhocker und ignoriert das Gejohle seiner Freunde.

Sie ist trinkfest. Er nippt den ganzen Abend an einem einzigen Bier, und ihm gefällt, dass sie es nicht kommentiert. Sie reden über Reisen, die Heimat und Dinge, die generell unterschätzt werden, was sie beide ein wenig zum Lachen bringt. Sie mag Katzen, lange Nächte und Horrorfilme, isst kein Fleisch oder Koriander. »Schmeckt wie Seife«, meint sie. Sie hat eine Schwester und Eltern, die geschieden sind, aber noch in derselben Straße wohnen.

»Ist das nicht merkwürdig?«, fragt er. Sie findet, Menschen, die einander die Treue schwören und sich dann nie wiedersehen, seien merkwürdiger. Sie ist blass wie Milch, was ihn an das Licht hier im Norden erinnert.

»Und was ist mit dir?«, fragt sie ihn, als die letzte Runde ausgerufen wird. »Hast du eine Mum? Einen Dad? Einen einbeinigen Hund?«

»Nichts davon«, sagt er und beginnt zu erzählen. Sie ist so interessiert und geradeheraus, dass er immer weiter fortfährt und sogar Roe erwähnt. Er schüttet dieser Frau, die er kaum kennt, sein Herz aus, weil er das Gefühl hat, ihr vertrauen zu können. Er erzählt, dass er eigentlich hergezogen sei, um Abstand zu gewinnen, und er wünschte sich, es gäbe einen anderen Grund, doch da ist sie, die Wahrheit, kahl und gekrümmt wie die Bäume am Rande der Straßen Yorkshires. Sie hört aufmerksam zu und lässt dabei den Wein im Glas kreisen.

»Also bist du in ein Mädchen verliebt, mit dem du noch nie geschlafen hast?«

»Schlimmer«, sagt er. »In ein Mädchen, das ich erst einmal geküsst habe. Vor acht Jahren.«

Den Anfang ihres Satzes wiederholt er nicht.

»Dann würde ich sagen, du liebst nur die Vorstellung von ihr. Du projizierst all deine Sehnsucht auf etwas, was du noch nie hattest, etwas, das nicht echt ist.«

»Meinst du?«, fragt er und starrt sie an, wünscht sich verzweifelt, dass diese Frau, diese Fremde, recht hat und er plötzlich, endlich, mit Mitte zwanzig loslassen kann.

»Tu ich«, sagt sie, und als er beobachtet, wie sie den Drink leert und ihr Pony dabei zur Seite fällt, weiß er, dass sie für ihn irgendwie wichtig werden wird.

Ihr Name ist Jen. Auf der Hüfte trägt sie das Tattoo eines Farns, was er noch in derselben Nacht herausfindet, als sie einander ausziehen. Sie sagt ihm, *das* sei echt ... und *das* ... und *das*, während sie ihm bedeutet, sie an Stellen zu berühren, die Verlangen in ihm auslösen, ihn benebeln und alles andere vergessen lassen.

Seine Schwester kommt zum ersten Mal zu Besuch, seit er in den Norden gezogen ist. Sie ist hochgeschossen wie eine Bohnenstange, besteht nur noch aus Ellbogen, Kniescheiben und Schulterblättern.

»Du bist ja ein Teenager«, sagt er. »Scheint ganz so«, erwidert sie. Er will sie umarmen, doch sie sagt: »Ähm, was machst du da?«

»Meine kleine Schwester begrüßen«, sagt er, während der Zug sich wieder in Bewegung setzt und den Bahnhof verlässt.

»Dann begrüß mich«, sagt sie. »Ohne Umarmen.«

»Was macht deine Angst vor Nähe?«, fragt er. Sie rollt mit den Augen und sagt, sie sei hungrig, hoffentlich koche er noch genauso gut wie früher.

Amber scheint Jen zu mögen, so sehr sie jemanden mögen kann. Jen und er sind inzwischen zusammengezogen, was er seiner Großmutter noch nicht erzählt hat. Die Spuren einer Frau sind überall in der Wohnung zu finden – ihr Rasierer am Badewannenrand, der fettarme Joghurt im Kühlschrank, saubere, trockene Geschirrtücher, die gefaltet auf der Arbeitsfläche in der Küche liegen.

Zunächst sagt Amber nichts, doch er merkt, dass sie alles genau registriert. Sie stampft ins Gästezimmer und wirkt später beim Abendessen glücklicher, als Jen Interesse an ihren Unterrichtsfächern zeigt und Amber mit ihren Noten, ihren Leistungen als Schwimmerin und ihrem neuen Plan, Menschenrechtsanwältin zu werden, angeben kann.

»Oder Onkologin«, sagt sie, und Will schaut sie über den Tisch hinweg an, als er in ein Stück Brot beißt.

»Wegen Gran?«, fragt er.

»Weil man viel verdient«, antwortet Amber. »Und ich gut darin wäre.«

Auch Jen blickt sie an. Sie nippt am Weinglas und fragt, ob sie wirklich dieselben Eltern hätten, was als liebevoller Witz gemeint ist, als Kompliment. Amber ist geschmeichelt und nimmt einen teils schüchternen, teils selbstgefälligen Schluck von ihrer Limonade, Will jedoch ist den Rest des Abends über still.

Später im Bett fragt Jen ihn, was los sei, was sie getan habe. Will atmet aus und fragt sich, ob er sich die Mühe machen soll, sich ihr anzuvertrauen.

»Wir haben verschiedene Väter«, erklärt er.

Jen dreht sich zu ihm, sucht seinen Blick. Ihr schwarzes Haar liegt gefächert auf dem Kissen.

»Das wusste ich nicht«, sagt sie.

»Amber weiß es auch nicht«, sagt er. »Sie ist zu jung, um sich daran zu erinnern, dass mein Vater schon abgehauen war.«

Jen berührt sein Gesicht und fragt ihn, ob er darüber reden wolle, aber er verneint.

»Das wusste ich nicht«, wiederholt sie. »Tut mir leid.«

»Nicht nötig«, sagt er und meint es auch. Er rollt sich auf den Rücken und verschränkt die Arme hinter dem Kopf.

»Sie ist ein gutes Kind«, sagt sie. »Das hast du gut hinbekommen.«

»Meine Großeltern haben sie großgezogen«, sagt er. »Ich habe nichts damit zu tun.«

»Blödsinn«, sagt Jen. »Sie vergöttert dich.«

Darüber muss er lachen.

»Im Ernst«, sagt sie. »All diese Dinge, die sie erzählt und tut. Sie versucht, dich zu beeindrucken.«

»Sie versucht, mich zu übertrumpfen«, kontert Will.

»Sie will dich stolz machen«, sagt Jen, was ihm schwerfällt

zu glauben, doch er sagt nichts. Er lässt sie an der sentimentalen Familienfantasie festhalten.»Ich liebe dich«, sagt Jen, kurz bevor sie einschläft und er noch immer den Schimmel an der Decke anstarrt. Er sagt, dass er sie auch liebe, denn diese Worte auszusprechen erfordert lediglich Übung, wie er inzwischen weiß. Sie ehrlich zu meinen – sie zu empfinden –, hat damit nichts zu tun.

Sie unternehmen Ausflüge, beobachten, wie die Lachse im Fluss stromaufwärts springen, klettern über Zauntritte, bestellen Tee und Kuchen in kleinen Cafés mit Schieferdächern. Amber fotografiert unspektakuläre Dinge wie Disteln, Telefonzellen und Schafe, fragt ihn über die Bergrettung aus und erzählt hauptsächlich von ihren Freunden, von der Schule und ihrem Wunsch, in Warwick zu studieren.

Am Morgen ihrer Abreise fragt sie ihn, wie es ihm gehe.

»Wie meinst du das?«, will er wissen. Er bereitet Kaffee zu. Jen ist schon zur Arbeit gegangen, und es ist das erste Mal in dieser Woche, dass sie wirklich allein sind.

»Ich meine, wie es dir geht«, wiederholt Amber. »Trinkst du?«

»In Gesellschaft«, sagt er nach einer Pause.

»Das ist okay.«

»Ja«, sagt er. »Ist es.«

»Gran sorgt sich zu Tode um dich«, sagt sie.

»Sag das nicht.«

»Wieso nicht? Es stimmt.«

»Das mit dem Tod«, sagt er.

Er grinst, um zu zeigen, dass er nur Spaß macht, als er ihr eine Tasse hinstellt. Er kann noch nicht recht glauben, dass sie jetzt Kaffee trinkt. Und dass sie beinahe so groß ist wie er.

»Sie hat das Schlimmste überstanden«, sagt Amber. »Sie hat

nächste Woche eine weitere Untersuchung, aber ihr geht's gut. Sie backt Aufläufe und Brot. Sie pfeift sogar wieder.«

»Oje«, sagt Will.

»Ich weiß. Es treibt einen in den Wahnsinn.«

»Ich erinnere mich.«

»Aber jetzt mag ich es irgendwie.«

»Ich verstehe, was du meinst.«

»Ich habe euer Gespräch durch die Wand überhört«, sagt sie unvermittelt. Sie hält ihren Kaffee hoch ins Licht, als wollte sie prüfen, von welcher Marke seine Tassen sind. Einzelheiten, die sie zweifellos seiner Großmutter berichten wird.

»Okay«, sagt er.

»Und ich wusste bereits, dass wir Halbgeschwister sind«, sagt sie. »Zumindest habe ich es vermutet.«

Er kann ihr nicht in die Augen schauen. Ihm gefällt nicht, wie beiläufig ihre Worte klingen, wie unbekümmert.

»Klar«, sagt er.

»Für mich spielt es aber keine Rolle«, sagt sie.

»Nicht?«

»Gar nicht. Unsere beiden Väter sind abwesend, also im Grunde nicht von Bedeutung. Und unsere Mutter ist abwesend, aber die haben wir wenigstens gemeinsam. Du bist so ziemlich alles, was ich habe«, sagt sie nachdenklich. »Abgesehen von Gran, und sie wird nicht mehr lange da sein.«

»Ambs.«

»Was? Du musst dich an den Gedanken gewöhnen, dass Menschen sterben, Will.«

»Ich weiß verdammt noch mal, dass Menschen sterben.«

»Tust du nicht! Du setzt dich nicht damit auseinander oder lässt es nicht wirklich zu. Deshalb trinkst du und läufst wie ein Verrückter und versuchst, dich auf diesem Motorrad umzubringen.«

»*Was?*«

»Ich habe dich ein paar Mal gesehen«, sagt sie. »Wie du die Kurven genommen hast, als wärst du lebensmüde. Die Leute aus der Schule haben dich Kamikaze-Will genannt.«

Will steht so schnell auf, dass er sein Knie am Tisch anstößt. Er spürt einen Schmerz um sein Gelenk herum aufflammen, das Blut zu dieser Stelle hinströmen.

»Ich meine ja nur«, fährt Amber fort, während er sich abwendet und den Wasserhahn aufdreht. »Ich habe das Gefühl, du solltest – ich weiß auch nicht – die Dinge verarbeiten. Ich habe Psychologie als Leistungskurs belegt und …«

»Dinge verarbeiten«, wiederholt er mit schriller, ungläubiger Stimme. »Verflucht, Amber. Ich bin ein Erwachsener. Einige beschissene Dinge sind passiert, okay? Aber mir geht's gut. Es ist alles in Ordnung.«

»Aber bist du glücklich?«

Das Wasser läuft. Er hält seine Finger drunter, um die Temperatur zu prüfen.

»Niemand ist glücklich«, sagt er.

»Das stimmt einfach nicht«, sagt Amber. »Meine Güte, genau das meine ich. So kannst du nicht durchs Leben gehen, Will. Du musst mit jemandem über Mum und Grandpa und deinen Freund, der gestorben ist, reden.«

»Ich rede viel«, sagt er.

»Ich habe sie gesehen«, wechselt Amber das Thema so abrupt, dass er nicht gleich versteht, wovon sie spricht.

»Mum?«, fragt er.

»Nein, nicht Mum«, sagt sie. »Dein Mädchen. Rosie.«

Kurzes Innehalten. Die Sonne fällt auf seine reglosen Schultern, während er ihr den Rücken zugedreht hat.

»Rosie ist nicht mein Mädchen«, sagt er.

»Na ja, was auch immer. Sie war mit ihrem Freund da.«

»Ehemann«, korrigiert er.

»Mit wem auch immer. Sie waren im Pub mit ein paar alten Schulfreunden. Du kennst bestimmt viele von ihnen.«

»Das interessiert mich alles nicht, Amber.«

»Rosie Winters interessiert dich nicht?«

»Wieso erzählst du mir das?«

»Weil«, setzt Amber an und holt tief Luft. Sie bleibt so lange still, dass er das Wasser abstellen muss. Die Spülschüssel ist schon randvoll, Wasser schwappt über ins Becken.

»Ich wollte sagen, dass du alles bist, was ich habe. Und ich wollte sagen, dass ich möchte, dass du okay bist. Und ich habe den Eindruck, dass ich dich bloß dann als einigermaßen okay erlebt habe, wenn dieses Mädchen in der Nähe war. Nicht, dass ich sie je besonders mochte«, fügt sie hinzu.

Etwas in ihm schlägt einen Funken.

Eine Sicherung knallt durch.

»Sie war immer so bedrückt«, sagt Amber. »Und so schwer zu fassen, als wäre sie nicht richtig da.«

»Ihr Bruder ist gestorben«, sagt Will.

»Ja«, sagt Amber und ist so anständig, erneut innezuhalten, um so zu tun, als würde sie nachempfinden, wie schwierig es für dieses Mädchen, das sie kaum kennt, gewesen sein muss.

»Aber als ich sie gesehen habe, Will, hatte ich das Gefühl, ich müsste dir davon erzählen, und deshalb bin ich den ganzen Weg hierhergekommen. Nicht, dass es nicht auch schön gewesen ist, dich zu sehen. Irgendwie.«

Will hält seine Hände ins Spülwasser. Es ist so heiß, dass er sich verbrüht.

»Ist sie schwanger?«, fragt er.

»Nein.«

Ein weiterer Funke. Langsam nimmt er die Hände aus dem Wasser und sieht seine wunde, fleischrote Haut.

»Sie ist unglücklich.« Amber lässt die Worte in der Luft hängen.

»Ihre Augen sind eingesunken«, fährt sie fort. »Und sie ist spindeldürr. Sie hat nicht wie alle anderen Wein getrunken, sondern Wasser, und als sie auf Toilette ging, war sie eine Ewigkeit dort drin, Will. Ich meine, wirklich eine Ewigkeit. Ich wollte schon nach ihr sehen.«

»Wieso erzählst du mir das?«, fragt er erneut.

»Ich dachte, du würdest das wissen wollen«, sagt Amber achselzuckend. »Offenbar falsch gedacht.«

»Ganz offenbar.«

»Ich denke einfach«, sagt sie, als sie aufsteht und ihre leere Kaffeetasse zur Seite stellt, »dass man bloß ein Leben bekommt, weißt du? Wieso sollte man es also unglücklich oder teilnahmslos verbringen?«

»Teilnahmslos?«, wiederholt er.

»Ja. Gutes Wort, oder? Bald bin ich eine junge studierte Frau«, sagt Amber und schaut dabei wieder selbstgefällig drein – aber nicht nur. Da liegt noch etwas anderes in ihrem Blick.

»Also komm drüber weg.«

»Über was? Dass du so schlau bist? Oder dass ich unglücklich bin?«

»Beides.«

Sie schenkt ihm ein Lächeln mit geschlossenen Lippen, zieht nur einen Mundwinkel nach oben.

»Und um das klarzustellen«, sagt sie, als sie ins Nebenzimmer geht, um ihre Sachen zu packen. »Ich mochte Jen wirklich.«

Ihm fällt auf, dass sie in der Vergangenheitsform von Jen spricht, doch da ist kein Funke, keine durchgeknallte Sicherung, keine Flamme in seinem Bauch.

Er dreht die Spülschüssel um und schaut zu, wie das Wasser das Becken flutet und langsam abläuft.

*

Rosie zieht es nach der Heirat nicht in die Ferne. Sie und Simon wollten nicht in London leben, sehnten sich jedoch nach den Lichtern und der Jugend einer Stadt, also einigten sie sich auf Norwich, nah an der Heimat, aber anders genug.

»Anders als was?«, hatte Simon sie gefragt.

»Der Ort, an dem ich Josh an jeder Ecke sehe«, hatte sie nicht geantwortet.

Also der Ort, den sie einfach nicht verlassen konnte.

Sie gab ihm eine schwammige Antwort, und Simon dachte darüber nach. Er meinte, Norwich sei wie ein größeres, weniger schönes Oxford. Warum nicht? Also kauften sie ein großräumiges verglastes Penthouse mit Blick auf den Fluss und guter Anbindung an den Flughafen, die Hauptstadt und den Rest des Landes, damit sie all ihre geplanten Abenteuer in die Tat würden umsetzen können.

Simon macht Karriere im Investmentbanking, und Rosie landet eher zufällig bei einer Unternehmensberatung. Der Job ist einigermaßen herausfordernd, bringt viele Überstunden mit sich, ein hohes Gehalt, gute Vorsorge- und Gesundheitsleistungen und Familientage, an denen ihre Kollegen Picknicks veranstalten, Gokart fahren oder in weißer Tenniskleidung Badminton spielen.

Sie besucht Pilates- und Cardio-Kurse, zählt Kalorien und kocht miserabel für Simon oder manchmal auch für ihren Freundeskreis von der Uni, mit dem sie nach wie vor in Kontakt stehen und der, so scheint es Rosie, allein durch das gemeinsame Alter und Einkommen zusammengehalten wird. Sie kauft Chia-Samen, Sojakerzen und auf Anraten ihrer Mutter Antifaltencreme. Sie passt in Kleidungsstücke, von denen sie es nie gedacht hätte, doch wenn sie sie anzieht, fühlt sie sich entblößt und nicht wie sie selbst anstatt sexy oder schön, wie sie erwartet hätte. Sie hat es mit einer Therapie versucht. Sie schafft es nicht, zu meditieren, auch wenn sie sich noch so anstrengt. Sie dreht nach wie vor ihre Schleifen und kontrolliert Dinge. Sie ist Ehefrau und Tochter, aber keine Schwester mehr.

Sie fragt sich, ob sie ohne ihn noch ein Zwilling sein kann.

Manchmal, wenn sie darauf wartet, dass ein Klient sich in einen Call einwählt, oder wenn sie vom Büro mit dem Taxi nach Hause fährt und ihr etwas in den Sinn kommt, das sie sich nicht merken wird, schreibt sie noch heimlich auf die Haut. Dieser gestohlene Moment ist ihr Lieblingsteil eines jeden Tages. Wenn sie einen Satz oder eine Strophe verfasst und für kurze Zeit das Gefühl hat, im Sonnenlicht zu stehen.

Sie möchte alles richtig notieren, es in einem Notizbuch festhalten, was ihr manchmal gelingt, sie manchmal jedoch vergisst. Dann verschmieren die Gedichte, Fragmente, Zeilen, oder was sie auch sind, unter der Dusche. Die Tinte fließt zusammen mit dem Straßenschmutz der Stadt, dem Schweiß ihrer Laufband-Sessions und der Duschcreme, die sie auf ihrem starken, knochigen, nicht wiederzuerkennenden Körper verteilt, den Abfluss hinunter.

Der Sex mit ihrem Mann ist manchmal schön, hin und wieder jedoch unangenehm und lässt sie häufig auf die falsche Art erschaudern. Er verreist oft geschäftlich. Wenn er zu Hause ist, ist er lieb und zärtlich, und dafür ist sie dankbar und fühlt sich gleichzeitig unheimlich schuldig.

Eines Abends reibt sie ihre Waden mit einer Bodylotion ein, nachdem sie sich in der Badewanne die Beine rasiert hat. Simon ist bei einer Konferenz, und sie muss ohne ihn zu Abend essen. Sie denkt kurz daran, die Körperbutter auf einen Cracker zu schmieren und hineinzubeißen. Wie weich und cremig das doch wäre.

Es ist so lange her, seit sie das letzte Mal Zucker geschmeckt hat.

So lange, seit sie sich etwas erlaubt hat, das auch nur ansatzweise an Liebe denken lässt.

Marley ruft sie einmal im Monat an. Sie ist nun schwanger und mit einem Arzt, genauer gesagt einem Neurologen, verlobt, lebt in London und besitzt dieselbe eklektische, koffeingeladene Energie wie alle Hauptstädter – eine schnell gehende, U-Bahn erwischende, Ramen-essende Verve, die ihre Freundin wie einen Wirbelwind wirken lässt, wann immer sie miteinander sprechen. Sie ist ehrgeizig, direkt und an Rosie interessiert, doch die hat das Gefühl, als könnte sie nicht mehr mit Marley mithalten, als würde sie ihr bloß von ganz weit weg zuschauen, wie durch eins dieser Operngläser, die man im Theater bekommt.

Ihre Freundin wirkt glücklich, wenn auch pausenlos beschäftigt. Rosie fragt sich, ob sie zufrieden ist, ob sich all die harte Arbeit, die Regelkonformität und die guten Noten auf der Schule für sie ausgezahlt haben. Ob sie überhaupt Zeit hat, darüber nachzudenken.

Bei Rosie trifft das Gegenteil zu. Sie hat nun zu viel Zeit zum Nachdenken, nachdem die Dinge früher einfach so passierten, als sie nicht sie selbst war und alles hat geschehen lassen, ohne ihren Gedanken oder Gefühlen Raum zu geben.

Manchmal verfällt sie in tiefster Nacht, oder wenn sie im Regen zum Fitnessstudio läuft, ins Grübeln. Doch es ist nicht alles schlecht. Sie schreibt. Sie verdient Geld. Sie hat bodentiefe Fenster, die das Sonnenlicht hereinlassen, und einen guten Ehemann, der nach Seife riecht, ihr Tulpen mitbringt und ihr jeden Abend, bevor sie das Licht ausschalten, sagt, dass er sie liebe.

Sie ist nicht gänzlich erfüllt, führt aber ein ruhiges, gesetztes und sicheres Leben, und das ist in Ordnung, weil sie das gebraucht hat. Weil sie das braucht.

Kurz vor Mitternacht, als Simon neben ihr liegt und schläft, erhält sie eine Nachricht. Sie war nicht müde, als sie zu Bett gingen, schrieb noch die Gedichte auf, die sie zuvor abgewaschen hat und an die sie sich jetzt zu erinnern versucht.

Als ihr Handy vibriert und sie Wills Namen sieht, öffnet sie die Nachricht nicht gleich. Es ist so lange her, seit er auf ihrem Display aufgetaucht ist. Seit sie geheiratet und er ihr gesagt hat, dass es das war zwischen ihnen, haben sie nicht mehr miteinander gesprochen, was ihr manchmal vollkommen gerecht erscheint und sie manchmal wiederum so wütend macht, dass sie auf den Boden stampfen und schreien will wie ein kleines Kind. Wie ein Teenager mit gebrochenem Herzen. Obwohl sie sich in Erinnerung ruft, dass er ihr Herz ohnehin nicht hätte brechen können. Sie waren gute Freunde. Für mehr waren sie nicht bestimmt. Das weiß sie jetzt und ist glücklich mit Simon. Glücklich mit ihrem Los.

Also ignoriert sie die Nachricht eine Weile lang, beobachtet – wie ihre Therapeutin ihr raten würde –, was in ihrem Körper passiert, was sich dreht und pulsiert und sie überrollt.

Sie schreibt zu Ende und denkt darüber nach, die Nachricht erst morgen früh zu lesen, klappt das Notizbuch zu und starrt das Mondlicht an der Wand an.

Dann fragt sie sich, wem sie hier eigentlich etwas vormachen will, und öffnet die Nachricht.

Zuerst überfliegt sie sie viel zu schnell, muss sich bremsen und von vorn lesen. Er fragt, wie es ihr gehe, erzählt, dass er zu einem Besuch in die Heimat komme, und will wissen, ob sie und Simon Lust auf ein Treffen hätten? Er würde Jen mitbringen, mit der er jetzt zusammenlebe und die sie bestimmt mögen würde.

Es ist eine ganz gewöhnliche Nachricht, also versteht Rosie nicht, warum sie sie so wütend macht, warum sie das Bett verlassen und unten im Wohnzimmer eine digitale Core-Workout-

Session absolvieren muss, in steifer, angespannter und verkrampfter Haltung.

»Will möchte uns sehen«, sagt sie beim Frühstück.

Ihr Tonfall ist beiläufig. Es ist ihr egal. Sie nippt am zuckerfreien Saft.

»Will White?«, fragt Simon, ohne von seiner Zeitung aufzuschauen.

»Wie viele andere Wills kennen wir?«

Simon antwortet nicht, sondern nimmt einen Schluck von seinem Smoothie und liest weiter. Sie wundert sich, wie sehr er sie an ihren Vater beim Kreuzworträtseln erinnert, so darin versunken, dass wichtige Informationen einfach unbeachtet vorbeiziehen.

»Was soll ich antworten?«, fragt sie.

»Was möchtest du denn antworten?«, fragt er zurück, und sie möchte ihm den Saft ins Gesicht schütten, weil er immer so vernünftig und umgänglich ist.

»Ich habe das Gefühl, ich kenne ihn gar nicht mehr«, sagt sie. »Ich glaube, ich muss ihn nicht unbedingt treffen.«

»Dann sag, dass wir keine Zeit haben.«

»Aber ist es glaubwürdig, dass wir die ganze Woche, die er hier ist, keine Zeit haben? Ist das nicht unhöflich?«

»Rosie«, sagt Simon und blickt endlich hoch. »Du machst dir zu viele Gedanken.«

»Tut mir leid«, sagt sie. Wie immer entschuldigt sie sich reflexhaft, ähnlich dem Zurückschrecken vor einer Flamme.

»Wäre es so schlimm, sich mit ihm auf einen Drink zu treffen?«

»Nein, wäre es nicht.«

»Es könnte guttun, sich auszusprechen.«

»Was meinst du damit?«, fragt sie, und ihr ganzer Körper

spannt sich an, bis er sagt: »Du weißt schon, weil er dich auf der Hochzeit hat hängen lassen und so.«

»Klar«, sagt sie.

»Vielleicht will er sich sogar dafür entschuldigen«, sagt er. »Ein paar Jahre zu spät«, sagt sie.

»Besser spät als nie«, sagt Simon und blättert um. Also sagt sie »Vielleicht« und zaudert die ganze Woche lang.

An Wills Abreisetag nimmt ihre Feigheit überhand, und sie antwortet ihm schließlich. Sie entschuldigt sich dafür, dass sie seine Nachricht übersehen habe – Simon sei verreist und sie auf einer Konferenz, aber nächstes Mal sicher, gern, es wäre schön, ihn wiederzusehen, kein Smiley, eine Leerzeile, dann »xx«, entweder als herzliche Verabschiedung oder als Kompensation für ihre Lügen, sie weiß es nicht genau. Diesmal antwortet er nicht, und darüber ist sie erleichtert.

Eine Ruhe stellt sich ein. Friedliche Tage. Ehe, Partnerschaft und erholsamer, regelmäßiger Schlaf. Will verliebt sich in die Landschaft North Yorkshires, sogar mehr noch als in die heimische Küste. Rosie gefällt die Routine und Beständigkeit ihrer Tage, eine neugewonnene Stärke, die sie nicht für möglich gehalten hätte. Eines Morgens ist sie plötzlich da und auch noch am nächsten und am übernächsten Morgen.

Es gibt schöne Tage und welche, die weniger gut sind. Regen in Yorkshire, der eine ganze Woche anhält. Kälteausbrüche in Norwich, die Rosies Hände taub werden lassen und Erinnerungen wachrufen, an die sie nicht denken will, von Schneetagen, Leuchttürmen und sturmgrauen Augen.

»Ich liebe dich, weißt du das?«, sagt sie zu Simon, wann immer das passiert und die Panik sie befällt.

»Das weiß ich«, erwidert er, und sie machen so weiter wie bisher. Alles in geregelten Bahnen.

*

In einer rauen Winternacht erhält Will einen Anruf.

Ein vierunddreißigjähriger Mann, der zuletzt auf dem Weg in die Berge gesehen wurde und nicht gut in Form sei, gilt als vermisst. Also geht Will mit seinem Team hinaus in den Schneeregen, sie tragen Seile und Rettungstaschen mit sich. Die Eile treibt sie noch mehr an als der starke Wind in ihrem Rücken.

Das Team scheint unbesorgt, also ist Will es auch. Es ist früh am Morgen, und die Dunkelheit ist das Gegenteil von Dunkel: ein weißes Leuchten des ungefallenen Schnees, der schwer in den Wolken hängt. Wills Herz rast wegen des Gewichts des Gepäcks und des Starkwinds, aber es bereitet ihm keine Probleme. Durch das Laufen hat er genug Kraft und Ausdauer. Er ist fokussiert. Die Mission gibt ihm denselben Kick aus Rausch und Gefahr wie klarer, harter Alkohol, den er seit jenem verregneten Klopfen an seiner Tür vor so vielen Sommern nicht mehr angerührt hat.

Sein Fuß rutscht auf einem Stück Felsgeröll aus, und sein Herz macht einen Sprung, aber er fängt sich.

»Alles in Ordnung?«, fragt Jim, der Einsatzleiter hinter ihm, und Will bejaht. Denn es geht ihm gut. In diesem Moment ist alles in Ordnung. Sie gehen weitere neun, zehn Schritte. Der Wind dröhnt wie das Meer, und plötzlich hört der Schneeregen auf.

Er sieht und hört nichts, was ihn gewarnt hätte. Er geht voran, und es ist schon geschehen. Der Mann hat seine Entscheidung bereits getroffen, das Seil gebunden, den nötigen Schritt getan. Bloß ein Schritt. Bloß ein Ast.

Im einen Moment sucht Will noch nach einem Vermissten, und im nächsten nicht mehr.

»Verdammt«, flüstert Jim, doch Will hört ihn und begreift, dass er dumm gewesen sein muss, nicht drauf gefasst zu sein. Nicht erwartet zu haben, dass es ihm eines Tages ins Gesicht springt, in irgendeiner Form, in einem anderen Teil des Landes, unter einem anderen Himmel, aber diesmal mit erfolgreichem Ausgang für denjenigen, der es unbedingt wollte.

Entsetzen. Dieses Gefühl, das er immer gespürt, aber unterdrückt hat.

Es holt ihn auf dem Berg ein.

Danach ist seine Welt taub und verschwommen. Er verspürt einen großen Drang, zu trinken, erzählt in einem Moment der Klarheit jedoch Jen davon, und sie tut ihr Bestes, ihn davon abzuhalten. Er geht zur Arbeit und erledigt seine Schichten mit so wenig Interaktion wie möglich, ansonsten verbringt er fast all seine Freizeit in der Wohnung. Er hört mit dem Laufen auf. Er fährt manchmal mit dem Motorrad raus, weil es das Einzige ist, was ihn überhaupt etwas spüren lässt.

Er denkt darüber nach, was Amber gesagt hat.

Darüber, wie sie ihn in der Schule nannten.

Er denkt an jenen Tag in der Schultoilette mit dem zerbrochenen Spiegel und der Platzwunde an seinem Kopf. Alle dachten, er hätte einen anderen Schüler angegriffen, und so war es leichter, verständlicher. Niemand, am wenigsten er selbst, hätte mit der Wahrheit etwas anfangen können. Nämlich, dass er seinen Kopf mehrmals gegen die Scheibe geschlagen hatte, um zu sehen, was zuerst zerbrechen würde.

Er denkt an die Frau, die sie ausgeraubt haben.

Josh und den Abgrund.

Seine Mutter ist fort. Sein Vater war nie da. Sein Großvater ist tot, und seine Großmutter wird auch irgendwann sterben, und der vermisste Mann in seiner Khakihose und seinen aufgeschnürten Schuhen, den sie nicht mehr rechtzeitig gefunden haben – der ist auch fort, und nichts, was Will getan hat oder tun könnte, würde irgendetwas davon aufhalten.

Also fährt er, liegt im Bett, spricht sehr wenig und lässt sich von dem, was in ihm ist, immer tiefer und tiefer und tiefer herunterziehen.

*

Rosie besucht Marley und das Baby. Sie bringt haufenweise Geschenke mit, eingewickelt in Papier mit kleinen Entenküken darauf, von ihr und Simon, aber auch von ihren Eltern. Marley bittet Rosie, sie auszupacken, denn sie ist im Sofa versunken, die winzige Gestalt auf der Brust. Sie sieht erschöpft aus. Zufrieden. Zerrupft wie eine Knospe, die sich erst spät geöffnet hat.

Marley erzählt ihr in allen Einzelheiten von der Geburt, und Rosie hält das Baby, ist aber von seinem Gewicht so überrascht, dass sie es bald wieder abgibt. Sonnenstrahlen fallen durchs Fenster und wärmen den Raum. Rosie zieht ihren Pullover aus und füllt die Gläser auf.

»Ich kann nicht glauben, dass du Mutter bist«, sagt sie irgendwann.

»Ich auch nicht«, sagt Marley. »Ich hätte es frühestens mit dreiunddreißig werden sollen.«

»Ach wirklich?«

»Jap. Ich hatte einen Plan. Einen Rosie-Winters-Plan.«

Rosie lächelt, als sie ihre Limonade nimmt und zu Marley sagt, sie solle fortfahren.

»Mit dreißig wollte ich Trev heiraten«, erzählt Marley. »Dann meinen Facharzt beenden und anfangen, es zu versuchen. Ich dachte mir, es dauert bestimmt etwa ein Jahr, bis es klappt. Tja, und so wäre sie mit dreiunddreißig herausgeploppt, nicht schon mit siebenundzwanzig. Das alles ging ein bisschen ... schnell.«

»Was ist passiert?«, fragt Rosie.

»Skye ist passiert«, sagt Marley und schaut auf ihren kleinen Menschen hinunter. Es scheint ihr wenig auszumachen, dass es zu schnell ging, dass ihr Plan einer eigenen Zeitlinie folgte.

»Und heiratest du Trevor trotzdem?«, fragt Rosie. Beide blicken Skye gebannt an, ihr schlafendes Gesicht, ihr Patschehändchen, das auf Marleys Schlüsselbein ruht.

»Irgendwann«, sagt Marley. »Falls er fragt.«

»Natürlich wird er fragen.«

Eine angenehme Stille tritt ein. Sie lauschen dem Seufzen des Verkehrs auf der Straße, dem Rascheln der Jalousie in der Brise.

»Hast du dich anders gefühlt, als du Simon geheiratet hast?«, fragt Marley. Rosie nimmt einen Schluck Limonade.

»Wie, anders?«, fragt sie.

»Keine Ahnung. Sag du es mir. Ich dachte immer, eine Hochzeit sei nötig und besonders. Aber jetzt, da wir Skye haben, frage ich mich einfach, ob irgendwas besonderer sein kann als das. Verbindender. Weißt du?«

»Klar«, sagt Rosie, obwohl sie es natürlich nicht weiß, weil sie keine Kinder hat. Sie und Simon haben ein- oder zweimal darüber gesprochen. Sie verspürt nicht den Wunsch, Mutter zu sein, auch wenn sie es noch nie offen zugegeben hat. Sie hofft, es stellt sich eines Tages einfach unbemerkt ein.

»Also hat sich etwas verändert, als ihr geheiratet habt?«

»Ja, natürlich«, sagt Rosie.

Marley wartet, und Rosie nimmt noch einen Schluck von der Limonade. Sie schmeckt herb und schon schal, hinterlässt einen zuckrigen Film auf ihren Zähnen.

»Es hat unsere Beziehung gefestigt«, sagt sie. »Es war gut, das vor allen anderen laut auszusprechen.«

»Gut«, wiederholt Marley. Sie mustert sie mit ihrem typischen Blick.

»Wundervoll«, verbessert sich Rosie.

»Rosie«, sagt Marley.

»Ja?«

»Alles in Ordnung bei dir?«

»Ja? Wieso?«

»Nur so«, antwortet sie. »Du wirkst einfach so ... angespannt.«

»War ich das nicht schon immer?«

Darüber lächeln sie betreten, weil es gleichzeitig traurig und wahr ist. Skye quengelt, also rückt Marley sie an ihrer Brust zurecht. Bald darauf schläft sie wieder ein.

»Außerdem bist du echt dünn geworden«, sagt Marley.

»Endlich«, sagt Rosie. Marley verzieht das Gesicht, widerspricht ihr nicht, heißt ihre Antwort aber auch nicht gut.

»Das liegt nur an Simons gesunder Lebensweise«, sagt Rosie mit einem aufgesetzten Lachen. »Es ist schwer, noch Zucker und Kohlenhydrate zu essen, wenn man mit einem Ruderer verheiratet ist.«

»Aber dir geht es gut«, sagt Marley.

»Mir geht's bestens«, sagt Rosie. »Wirklich.«

Diese Lüge hängt ihr auf dem Heimweg nach. Es ging ihr in Wahrheit nämlich noch nie bestens. Sie kann sich nicht daran erinnern, dass es ihr jemals wirklich gut gegangen wäre, und zwar schon vor Joshs Tod.

Josh.

Sein Name ist wie ein verlorener Glücksbringer, der noch immer Hoffnung und positive Dinge in sich trägt, aber ebenso mit etwas Unwiederbringlichem verbunden ist, einer Sehnsucht, die ins Nichts führt.

Sie erblickt ihn manchmal im Spiegel, in der Form ihrer Ohren und der Kontur ihres Kinns. Sie beide sehen ein wenig komisch aus. Er wäre mit seinen zu langen Armen und Beinen in den Jahren, die ihm nicht vergönnt waren, sicherlich zu einem gut aussehenden feinen jungen Mann herangewachsen. Und an ihr stimmte schon immer etwas nicht. Zu dichte Augenbrauen. Zu breite Stirn. Blaue, aber traurige mandelförmige Augen.

Sie vermisst ihn wie ein lebenswichtiges Organ.

Manchmal schreckt sie mitten in der Nacht hoch, weil sie glaubt, seine Schritte im Flur zu hören, obwohl er nie einen Fuß in ihre Wohnung gesetzt hatte und wahrscheinlich einiges auszusetzen hätte an all dem Granit und den Grautönen, den fehlenden Pflanzen, Kissen und der Musik.

Als sie von Marley nach Hause zurückkehrt, lässt sie das Abendessen ausfallen und putzt sich die Zähne, weil es ihr so leichter fällt, sich vorzumachen, sie hätte gegessen. Dann überprüft sie dreimal, ob die Fenster geschlossen sind – was nicht allzu oft ist, wenn man ihre Geschichte bedenkt.

Sobald sie im Bett liegt, ruft sie ihre Mutter an, ohne wirklich darüber nachzudenken. Eine Kurzschlussreaktion, wenn sie niedergeschlagen oder aufgewühlt ist, auch wenn es selten hilft.

»Schätzchen«, antwortet ihre Mutter, und Rosie sagt: »Mum.«

»Alles in Ordnung?«

»Nicht wirklich«, sagt sie.

»Oh! Was ist passiert?«

»Nichts. Gar nichts.«

Stille.

»Ich glaube, das ist das Problem«, fährt Rosie fort. »*Nichts* ist passiert. Ich glaube, ich langweile mich, Mum. Ich stecke fest. Und bin ständig müde.«

»Ernährst du dich gut?«, fragt ihre Mutter. »Schmerzen deine Brüste?«

»Ich bin nicht schwanger, Mum.«

»Bist du sicher?«

»Ja. Deshalb rufe ich nicht an.«

»Du rufst an, weil du müde bist?«

Rosie hält den Atem an und blickt auf ihre zugezogenen Vorhänge, die Ansammlung von Cremedosen auf ihrer Kommode. Sie fragt sich, wohin ihre Bücher verschwunden sind, ihre Platten, Notizbücher und Post-its.

»Ja«, sagt sie. »Schätze schon.«

»Na dann geh früh ins Bett, Schätzchen«, sagt ihre Mutter. »Und achte auf dich. Es könnte Eisenmangel oder etwas Ähnliches sein. Vielleicht brauchst du mehr Vitamine.«

»Vielleicht«, sagt Rosie.

»Schätzchen?«

»Ja?«

»Du langweilst dich bloß, weil du klug bist«, sagt sie. »Schau dich doch mal nach anderen Stellen um. Du bist schon lange genug in deiner Firma. Wahrscheinlich brauchst du einfach eine neue Herausforderung.«

Rosie stimmt zu. Sie dankt ihrer Mutter, auch wenn sie nicht weiß, wofür, und legt auf. Die Cremedosen scheinen sie anzustarren, als wüssten auch sie nicht, was Rosie sich eigentlich von dem Gespräch erwartet hatte. Wie sie da in Reih und Glied stehen, ist ihr Blick geradezu verurteilend. Bald darauf schreibt Simon, dass es bei ihm spät werde und sie nicht aufbleiben solle, und obwohl sie schon im Bett liegt, verspürt sie einen Anflug von Selbstgerechtigkeit – als hätte sie das Recht, auf den Mann wütend zu sein, der sie liebt, sich um sie sorgt und all ihre Wochenenden so sorgfältig plant wie fast alles in seinem Leben: Rudern, Sex, Kraftsport, Scrabble. Er berührt sie falsch, aber wenigstens berührt er sie. Er steht ihr in ihrer stillen Trauer und ihren Zwängen bei und hält ihre unruhigen, tippenden Hände, wenn sie nervös ist, weil sie etwas Schlimmes im Fernseher sieht.

Nach einer Weile gleitet sie aus ihrer Wut in einen traumlosen Schlaf. Auf dieselbe Art und Weise bewegt sie sich durch ihre Tage.

LANGE DANACH

DREIZEHN

Jahre vergehen, in denen es mal gut, mal schlecht, mal ganz in Ordnung läuft.

Schlafwandelnd.

Routiniert.

Das Leben zieht vorbei wie fließender Verkehr. Gerüche nach Benzin, Bleiche und Instantkaffee. Ein Stechen in der Brust, frische Tulpen, verbrannte Kalorien und Nudeln aus dem Topf spät in der Nacht.

Guter Sex, schlechter Sex. Unhöfliche Kellner, weinende Frauen, lange Telefongespräche mit Verwandten, die Anrufe erwarten, aber nichts zu sagen haben, die bloß von der Wäsche, den Nachbarn und ihrem Blick aus dem Fenster erzählen.

Sie denken nicht aneinander. Nicht oft.

Wirklich nicht.

Bis Will eines heiteren Tages auf der Spitze eines Berges, den er erklommen hat, eine Landschaft fotografiert, die er so noch nie gesehen hat. Genauso hat er es früher immer bei seinen langen Läufen an der Küste getan. Fotos von Wolken, schemenhaften Seevögeln und dem kühnen Spiel der Lichtstrahlen. Diesmal hat der Himmel das klarste Blau angenommen, das er je gesehen hat, so klar, dass er bis zur Irischen See blicken kann, was noch nie vorgekommen ist, seit er hier lebt. Er hält es für Rosie fest, ohne nachzudenken, und fühlt sich einen Moment lang gut und leicht.

Er ist gerade beim Abstieg, den Berg im Rücken, als das Gewicht auf seiner Brust zurückkehrt. Denn er wird es ihr nicht schicken. Sie haben seit fast zwei Jahren nicht miteinander gesprochen. Er will sie nicht wieder hineinziehen, will nicht wieder damit anfangen, obwohl er sich so sehr wünscht, von ihr zu hören, mit ihr zu sprechen, ihre Worte auf einem Display zu lesen, und deshalb ist er wütend auf sie. Weil sie in ihm ein Verlangen weckt, das er nicht haben sollte. Also behält er das Foto auf seinem Handy, als Erinnerung an die guten Dinge, die heiteren Dinge, die sie nicht miteinander teilen dürfen.

Bei ihrem letzten Kontakt – als er sich hauptsächlich aufgrund von Ambers Schilderungen meldete, um nach ihr zu sehen – hatte sie ihn ignoriert beziehungsweise seine Nachricht gesehen und absichtlich nicht geantwortet, bis es zu spät war. So oder so verspürt er eine leise Wut auf ihre Feigheit oder, schlimmer noch, die Tatsache, dass er ihr egal geworden ist. Also kocht er innerlich und schweigt, weil er ihre Gründe nicht kennen will. Er ist sich nicht sicher, ob er damit umgehen könnte, wenn sie Nachrichten oder Weihnachtskarten austauschten und er feststellen sollte, dass sie ohne ihn in ihrem Leben glücklich ist, dass sie weitergezogen, verheiratet und losgelöst ist. Also sagt er nichts, tobt tagein tagaus im Stillen, bis auf die seltenen Momente, wenn er einen Himmel wie diesen sieht und sich für kurze Zeit alles richtig anfühlt.

Der Rückweg ist weniger schön.

Rosie umspielt seine Gedanken wie das Sonnenlicht den Bach, der neben ihm bergab fließt.

Er weiß, dass es zwischen ihnen immer eine Versuchung geben wird, eine Art magnetische Anziehung, die keiner von beiden endgültig brechen kann. Eine Sucht, denkt er, während er dem Abstiegspfad folgt, vorbei an einem anderen einsamen Wanderer, der ihm zunickt und »Guten Morgen« sagt. Wie bei jeder Sucht muss man lernen, damit umzugehen. Es ist ein Augenblick der Schwäche, wenn er etwas sieht und es mit ihr teilen will, ein Drang, der aus dem Nichts auftaucht, obwohl er sich gefangen hat und jeden Tag hinausgeht, als könnte er die schlechten Gefühle wegwandern, denn Jen sagt, es tue ihm gut und sie würde eine Veränderung an ihm wahrnehmen.

Er tut es hauptsächlich, um Jen zufriedenzustellen. Um ihr die Sorge zu nehmen. Und weil es auf seinen Wanderungen Sekunden gibt – buchstäblich Sekunden –, in denen er tatsächlich eine Veränderung spürt, die so erleichternd, so rein und echt ist, dass er weiß, diesmal wird die Taubheit nicht anhalten und alles wieder in Ordnung kommen.

Das Verlangen, Rosie Fotos zu schicken, kommt und geht, wie jetzt.

Draußen in der Natur kann er solche Entscheidungen treffen. Zu sehen, und nicht zu senden. Zu denken, aber nicht zu handeln. In der gemeinsamen Wohnung mit Jen fühlt sich alles zu hell und hart an. Die Sonne, die sich in den Ecken des Fernsehers spiegelt. Das schmutzige Messer auf dem Schneidebrett. Gabelzinken. Nagelknipser. Jens Zahnseide, die sie vor dem Spiegel zwischen ihren Zähnen versenkt.

Nach jener Nacht auf der Suche nach dem vermissten Mann hat er den Bergrettungsdienst aufgegeben. Er arbeitet, geht unter Menschen und wandert alleine, wie jetzt, um jeden einzelnen Tag zu überstehen. Niemand drängt ihn zu etwas, so wie damals nach dieser unsäglichen Zeit in der Schule oder in dem Jahr nach Joshs Sturz. Seine Gran, seine Freunde, seine Freundin – sie alle lassen ihn sein, wie er ist, ohne Fragen oder Kritik. Seine Depression – denn das ist es, wie er jetzt weiß, was ihn seit seiner frühen Jugend plagt, das Verlangen, die Taubheit und der Schmerz in der Brust – hat endlich eine Daseinsberechtigung.

Der Arzt hat ihm Medikamente verschrieben.

Sie haben nichts verändert, aber er lebt, er koexistiert, ist nicht eine der Leichen oben in den Bergen, und das – so denkt er an den besseren Tagen, wenn das Licht gedimmt, der Geräuschpegel gedämpft ist und er in Kleinigkeiten einen Schimmer aufblitzen sieht, wie dem Duft von Jens Haaren, einem üppig gebutterten Brot oder dem Ruf der Lerche im blassen Morgenlicht –, das ist durchaus etwas Gutes.

Er hat einen Ring in seiner Sockenschublade. Er gehörte der verstorbenen Schwester seiner Großmutter oder irgendeiner anderen bedeutsamen Verwandten, nach der er sich nie erkundigt hat. »Ich vertraue darauf, dass du ihn der richtigen Person geben wirst«, hatte seine Gran bei seinem letzten Besuch gesagt. »Ich wollte ihn deiner Mutter geben«, erzählte sie. »Aber, du weißt schon. Bei dir ist er auch gut aufgehoben.«

Manchmal denkt er tatsächlich darüber nach, Jen einen Antrag zu machen. Aber sie sind nun schon seit mehr als vier Jahren zusammen, und sie hat sich immer wieder über das Konzept von Hochzeit und Ehe lustig gemacht, all die Traditionen und der Papierkram. Der Ring würde ihr sowieso nicht gefallen, da ist Will sich sicher. Er ist zu filigran, zu verspielt mit seinen verwobenen Linien und dem tief eingesetzten weißen Stein. Er passt nicht zu ihr.

An den meisten Wochenenden fahren sie raus in die Berge. Sie wandern, klettern und bouldern bei Wind und Regen und in der seltenen pollenschweren Hitze. Jen schwimmt auch in den kalten, flachen Bergseen, rennt oft splitterfasernackt hinein und ruft ihm zu, er solle es ihr gleichtun, doch er tut es nicht. Er schaut ihr nur vom Ufer aus zu, lauscht ihrem Plantschen, Abtauchen und Kreischen, das übers Wasser zu ihm herüberschallt.

Sie ist voller Energie und, wie es ihm scheint, ständig in Bewegung, sodass auch Will davon mitgerissen wird und keine Zeit hat, zu viel nachzudenken oder zu fühlen.

Abends spielen sie Karten oder schauen Filme, und er hört sogar mit dem Laufen auf, um morgens länger mit ihr im Bett zu bleiben. Das Wandern hält ihn nicht ganz so gut in Form, doch er stellt fest, dass ihm die Energie fehlt, um sich darüber Sorgen zu machen. Ein nicht geringer Teil von ihm möchte einfach aufgeben, dick werden und wieder mit dem Rauchen anfangen.

»Wage es ja nicht«, hatte Jen gesagt, als er ihr von diesem Wunsch erzählte. »Meine Freunde sind neidisch auf mich, und das soll auch so bleiben.«

Während sie das sagte, glitt sie mit ihren Händen über seinen unteren Bauch zu seiner Leiste. Seine Muskeln waren noch da, aber verborgen unter einer weichen Hautschicht, die er früher nie besessen hatte. »Das liegt an den Medikamenten«, sagte er mit Bitterkeit in der Stimme. »Das liegt daran, dass du dreißig geworden bist«, sagte Jen, bevor sie seinen Schwanz in den Mund nahm.

Er weiß nicht, woher sie das wusste. Sie waren bereits über zwei Jahre zusammen, als ihr auffiel, dass sie seinen Geburtstag nicht kannte. Er erzählte ihr, das liege daran, dass er ihn nicht feiere. »Wie woke«, sagte sie, und er entgegnete nichts, ließ sie in dem Glauben, er sei einfach zu cool oder unsentimental, lehne Konsum ab und hänge an einer goldenen Jugend, die er in Wahrheit lieber vergessen würde.

*

Simon öffnet den Küchenschrank, in dem sich die Hausapotheke befindet, während sie schon wieder über Nichtigkeiten streiten. Eine Auseinandersetzung mit Simon läuft leise und verhalten ab. Außenstehende würden kaum merken, dass sie überhaupt streiten. Rosie empfindet es als ermüdend und endlos.

Er nimmt eine Packung Ibuprofen heraus, füllt ein Glas mit Wasser und schluckt zwei Tabletten hinunter.

»Ich verstehe einfach nicht, was daran falsch ist«, sagt er erneut zu ihr. »Ich dachte, du magst deine Eltern.«

»Das tue ich ja auch«, erwidert sie.

»Was ist dann das Problem?«

»Das Problem ist, dass ich etwas Zeit alleine mit meinem Mann verbringen will«, sagt Rosie und kann nicht glauben, dass sie ihm das schon wieder erklären muss. »Wir brauchen das, Si. Findest du etwa nicht?«

»Nein, finde ich nicht. Und ich glaube, das ist das Problem, Rosie. Ich liebe dich noch genauso wie seit jeher.«

»Das meine ich doch gar nicht.«

»Was dann? Was ist falsch daran, sie einzuladen?«

»Als du sagtest, lass uns unseren Hochzeitstag feiern, dachte ich, du meinst mich, dich und vielleicht etwas Wein. Kein Familienessen, bei dem ich mir Gedanken darüber machen muss, ob mein Kleid zu tief ausgeschnitten ist oder ob ich mir einen Cocktail bestellen kann.«

»Warum solltest du dir keinen Cocktail bestellen können?«

»Ich könnte. Aber wenn ich es nicht tue, denkt sie, ich bin schwanger. Und wenn ich es tue, schaut sie mich mit hochgezogenen Augenbrauen an oder macht eine Bemerkung über die vielen Kalorien im Fruchtsaft.«

»Ich bin verwirrt«, sagt Simon und reibt sich die Schläfen, als wäre der Schmerz schlimmer geworden. »Will deine Mutter nun, dass du dir einen Cocktail bestellst oder nicht?«

»Das ist ein hypothetischer Cocktail. Wir sind ja noch nicht einmal im Restaurant.«

»Ich weiß, aber hypothetisch.«

»Das spielt keine Rolle, Simon!«

»Du hast doch gesagt, dass ...«

»Was ich sage, ist, dass ich unseren Jahrestag nicht mit meiner Mum und meinem Dad feiern will, okay? Ich will mit dir ins Restaurant. Allein.«

Simon blickt sie über sein Wasserglas hinweg an.

»Aber jetzt habe ich sie schon gefragt«, sagt er.

»Eben. Und das können wir nicht zurücknehmen.«

»Na ja, wir können schon. Ich könnte sagen, es sei ein Missverständnis gewesen.«

»Nein, jetzt ist es zu spät.«

»Tut mir leid«, sagt Simon und klingt so hilflos, so benommen von einer seiner häufigen Kopfschmerzattacken, dass sie beschließt, es auf sich beruhen zu lassen.

Für Simon verlangen sechs Jahre Ehe anscheinend nach einem gehobenen Restaurant mit zu vielen Gabeln. Es gibt Gratin dauphinois, Jus und so etwas wie ein Drei-Vögel-Spezial, dessen Dekadenz ihr den Magen verdreht. Rosie schaut sich die Speisekarte an und will nichts davon. Sie würde lieber zu Hause einen großen Topf Spaghetti kochen, die Nudeln an die Wand werfen, um zu sehen, ob sie kleben bleiben, mit Löffel und drehender Gabel essen und mit Bolognese-Soße ihr Kinn bekleckern. Mit jemandem, der es ihr wegküsst. Knoblauch, Hitze und schmutzige Pfannen in der Spüle.

So hatte sie sich ein gemeinsames Leben vorgestellt.

Momente des Verlangens und der Lust, neue Orte, Bücher, Speisen und Musik. Simon und sie hören jedoch nicht einmal Radio. Und sie sind noch nie wirklich verreist. Er arbeitet zu viel und ist an den Wochenenden zu müde. Sie ist sich nicht sicher, ob er überhaupt weiß, dass sie früher Musikerin war. Dass sie nach wie vor Songs schreibt, wenn sie dazu kommt.

Der Kellner bringt eine Flasche Sekt, und sie bestellen Vorspeisen. Ihre Mutter legt sich eine Serviette auf den Schoß, und ihr Vater fragt Simon über seine Arbeitszeiten aus. Rosie zieht sich unter dem Tisch die High Heels aus, weil die Riemen in ihre Zehen schneiden.

»Wie geht's Marley?«, fragt ihre Mutter. Die Lichtstrahlen des Kronleuchters brechen sich funkelnd in den Weingläsern.

»Gut«, sagt Rosie. »Die Hitze macht ihr etwas zu schaffen.«

»Man sagt, das Zweite wird immer größer«, erinnert sich ihre Mutter mit einem Nicken. »Bald ist sie so groß wie ein Wal.«

»Schreib das nicht auf die Glückwunschkarte für das Baby«, sagt Rosie, und ihre Mutter lacht, ein gezwungenes Klirren wie eine Gabel, die auf Porzellan schlägt.

»Was ist mit dir?«, fragt ihre Mutter.

»Was soll mit mir sein?«

»Wie geht's dir, Rosie? Du erzählst mir gar nichts mehr in letzter Zeit.«

Rosie greift nach ihrem Wasser. Sie kühlt ihr Handgelenk, das sich verschwitzt und viel zu warm anfühlt, am feuchten Glas. Sie hat ein hochgeschlossenes Kleid angezogen und bereut es nun.

»Es gibt nicht viel zu erzählen«, sagt sie.

»Du siehst gut aus«, sagt ihre Mutter, was Rosie so sehr überrascht, dass sie zu ihr aufblickt, um zu sehen, ob ein »Aber« folgt.

»Du siehst gut aus«, wiederholt ihre Mutter. »Aber du siehst nicht aus, als würdest du dich auch so fühlen.«

»Müde«, sagt Rosie achselzuckend. »Das ist alles.«

»Schläfst du?«

»Kommt drauf an.«

»Müssen wir dich wieder zu einem Schlafspezialisten bringen?«

»Nein, Mum. Es geht schon.«

»Ich mache mir wirklich Sorgen um dich, Schätzchen.«

»Das brauchst du nicht. Mir geht's gut. Ich ...«

Sie überlegt, ob sie den Satz mit der Wahrheit beenden soll. Vielleicht liegt es am schummerigen Licht, der Gewissheit, dass ihr Mann ihr gegenüber am Tisch in ein Gespräch vertieft ist. Vielleicht liegt es an der ungewohnten Situation, dass ihre Mutter ihr eine echte Frage gestellt hat und eine echte Antwort zu erwarten scheint.

Doch dann erscheint der Kellner mit Ceviche, Gazpacho und Tatar in winzigen tiefen Tellern mit breitem Rand.

»Ich habe früher Klavier gespielt«, sagt Rosie später am Abend an die Schlafzimmerdecke gerichtet.

Simon ist im Bad und geht seiner üblichen Routine vor dem Schlafengehen nach. Sie hat das Licht bereits ausgeschaltet, sodass ein goldener Streifen aus dem angrenzenden Zimmer auf den Holzboden bis ans Fußende ihres Bettes fällt.

»Ich weiß«, murmelt er unter dem Rasierer hervor. Sie hört, wie er ihn im Waschbecken ausspült und wieder an seine Haut führt.

»Wirklich?«

»Klar. Bei deinen Eltern hängt dieses eine Foto im Flur.«

Ihr fällt ein, dass er recht hat. Es ist ein Schnappschuss von ihr als Fünfjährige auf dem Klavierhocker, die Beine noch in der Luft baumelnd.

»Nun, ich vermisse es«, sagt sie.

»Ach ja?«

Sie antwortet nicht, wartet, bis er aus dem Badezimmer kommt, das Licht ausschaltet und es sich im Bett bequem macht. Er riecht nach Rasiercreme und Bergamotte-Seife.

»Dann solltest du spielen«, sagt er. »Ich würde es gern hören.«

»Würdest du?«

»Natürlich.«

»Warum hast du dann nie danach gefragt?«

»Weil du es nie erwähnt hast?«

Rosie seufzt, weil sie wütend ist und ein schlechtes Gewissen deswegen hat.

»Alles Gute zum Jahrestag«, sagt Simon und schläft trotz allem binnen weniger Minuten ein. Leichte Atmung, die Luft rasselt durch seine Zähne.

Sie starrt zornig an die Decke. Sie kann nicht anders. So vieles an ihm regt sie in letzter Zeit auf. Es stört sie, dass er so oft Kopfschmerzen bekommt, dass er sich täglich wiegt, dass er ihr Tulpen mitbringt, obwohl sie Tulpen nicht sonderlich mag, weil sie nach und nach schlappmachen, als würden sie aufgeben, die Köpfe hängen lassen, als wäre ihr Genick einfach so gebrochen.

Es gab eine Zeit, in der ihr das gefiel.

Sie erinnert sich, wie sie Marley einmal bei einem Glas Wein erzählte, dies sei einer der Gründe, weswegen sie Simon heiraten wollte. Weil er die traurigen Tulpen entfernte, ohne dass sie ihn darum bitten musste.

»Die traurigen Tulpen?«, fragte Marley.

»Ja. Die herunterhängenden. Er schmeißt sie weg und lässt nur die fröhlichen stehen.«

»Nicht dein Ernst«, sagte Marley. »Das ist zu süß.«

Nun treibt sie diese wunderschöne, liebe, beiläufige Geste, über die sie nie auch nur gesprochen haben, in den Wahnsinn. Als würde er sich zu viel Mühe geben. Es stört sie, dass er besser kochen kann als sie, auch wenn er nie das Abendessen zubereitet, und dass er so nasal atmet, wenn sie fernsehen. Seine einst breite und schützende Brust scheint geschrumpft zu sein, sodass Rosie sich unpassend fühlt, als wäre sie zu groß.

Er schläft tief und fest, und Rosie versucht, es ihm gleichzutun.

Während sie daliegt, zählt sie die Lichtschalter.

Sie denkt darüber nach, dass er noch immer freundlich, geduldig und liebevoll ist, aber ihre Hand nicht mehr so oft hält, wenn sie tippt und flattert und immer wieder kontrollieren muss, ob die Eingangstür verschlossen ist, sechsmal, siebenmal, vielleicht achtmal.

»Alles ist gut, Rosie«, sagt er dann mit müder Stimme. »Alles ist gut.«

*

Der Arzt blickt ihn über seine Brille hinweg an.

Will erwidert seinen Blick, weil er nicht sicher ist, ob er die Frage verstanden hat.

»Ich fragte, ob Sie eine Psychotherapie in Betracht ziehen würden«, sagt der Arzt. »Ich weiß, wir haben schon darüber gesprochen, aber das ist ein Weg, den Sie noch nicht eingeschlagen haben. Vielleicht ist es einen Versuch wert. Ich kann Ihnen zwölf Stunden über die Krankenkasse verschreiben, hier in der Praxis.«

Will nickt, als würde er es in Betracht ziehen.

»Vielleicht«, sagt er.

Der Arzt lehnt sich zurück und legt die Fingerspitzen aneinander.

»Wie schlafen Sie? Haben Sie Alpträume?«

»Gut und nein«, erwidert Will.

»Schlafen Sie mehr als normal?«

»Nein.«

»Wissen Sie überhaupt noch, was normal ist, Will?«

Die Frage erscheint ihm dreist und vorwurfsvoll, also antwortet er nicht. Er pustet aus, als wäre er beleidigt, aber nicht beunruhigt.

»Sind wir fertig?«, fragt er. »Hören Sie, Doc, mir geht's großartig. Ich verspüre kein Verlangen, mir eine Überdosis zu verpassen oder mich an einem Baum zu erhängen. Das ist doch ein Fortschritt, oder?«

Er versucht, seine Stimme ruhig zu halten. Der Arzt mustert ihn, während er spricht.

»Ein Fortschritt«, wiederholt der Arzt nach einer langen, nur vom Ticken der Uhr erfüllten Pause. Auf seinem Schreibtisch steht ein Kugelstoßpendel, und Will verspürt den Drang, sich vorzubeugen und es in Gang zu setzen – zuzuschauen, wie Metall auf Metall stößt, etwas in Bewegung zu bringen, durch die Luft fliegen zu lassen.

»Sie verstehen doch sicherlich«, fährt der Arzt fort, »dass wir bei einer Person mit Ihrer Vorgeschichte vorsichtig sein müssen. Und wenn die Medikamente nicht ausreichen ...«

»Sie reichen aus«, sagt Will.

»Aber wenn sich irgendetwas verändert«, sagt der Arzt, »wenn Sie sich schlechter fühlen, einen ähnlichen Drang wie damals verspüren. Auch nur ähnliche Gedanken haben.«

»Wie mich von einer Klippe zu stürzen?«, fragt Will.

»Nun ja«, sagt der Arzt. »Oder Ihren Kopf gegen einen Spiegel zu schlagen.«

Will verschränkt die Arme.

»Das war einmal«, sagt er.

»Und ist noch immer Grund zur Sorge«, ergänzt der Arzt und schaut wieder auf seinen Bildschirm. Mit dem Zeigefinger scrollt er zweifellos durch all die gottverdammten Einzelheiten, die Geschichte, die Will auslöschen oder vergessen will, die jedoch ein ums andere verfluchte Mal wieder hervorgeholt wird.

»Ja«, sagt Will. »Ich habe versucht, mich in der Schultoilette umzubringen. Ich war jung und dumm und habe es nicht geschafft. Hier bin ich also. Ich nehme meine Medikamente und fühle mich gut.«

»Sie fühlen sich gut«, wiederholt der Arzt.

»Wie immer«, sagt Will. Diesmal greift er nach vorn, hebt eine der silbernen Kugeln an und lässt sie fallen. Sie beobachten beide, wie das Pendel in Schwung gerät, wie das andere Ende in die Höhe fliegt und zurückschlägt. Kleine Geräusche, wie Nägel auf Holz.

»Freut mich, zu hören«, sagt der Arzt und tippt etwas auf seiner Tastatur.

Jen wartet draußen auf ihn.

»Alles gut?«, fragt sie. Sie hält in beiden Händen Einkaufstüten und trägt eine Sonnenbrille, sodass er ihre Augen nicht sehen kann. Das hat er immer schon gehasst.

»Jap«, sagt er.

»Gibt's was Neues?«

»Nope.«

»Rede mit mir«, sagt sie, als sie sich auf den Heimweg begeben, vorbei am Friedhof, dem Kebab-Laden, den Ampeln und dem Marktplatz. Die Stadt ist ruhig. Rentner schlendern umher. Es gibt weder Motorradfahrer noch Wanderer oder Touristen.

»Tu ich doch«, sagt Will.

»Nein, tust du nicht. Früher schon. Aber jetzt bist du so ... zugeknöpft.«

»Tja, ich bin nun mal gern angezogen.«

Er nimmt ihr eine Einkaufstüte ab, damit er ihre Hand halten kann. Das ist nicht seine Art, aber er weiß, dass sie dadurch lockerlassen wird.

Es funktioniert. Sie schüttelt den Kopf und gibt auf. Den restlichen Weg gehen sie schweigend. In der Wohnung angekommen, knallt die Sonne auf die Holzdielen.

»Hier ist es ja wie im Treibhaus«, sagt Jen, während sie die Einkaufstüten auspackt, also öffnet Will das Fenster und lässt die Jalousien herunter. Er legt sich aufs Sofa, schließt die Augen und stellt sich schlafend, während Jen weiterredet. Er denkt schon, sie hätte es endlich geschluckt, denn nach einer Weile verstummt sie.

Doch dann nimmt er ihren Schatten wahr. Sie setzt sich auf

seinen Schoß, umschlingt ihn mit ihren Beinen, und er bekommt unwillkürlich eine Erektion.

»Jen«, sagt er. »Ich bin kaputt.«

»Zu kaputt hierfür?«, sagt sie, zieht ihr Top und ihren BH aus und amüsiert sich eine Weile mit seiner Jeans. Es ist gut, eine Ablenkung, und in fünfzehn Minuten vorbei, schnell, dreckig und hart. Er spürt ihren Herzschlag an seinem, als sie danach auf ihm liegt.

»Und jetzt«, sagt sie, »erzähl.«

»Jen«, sagt er und will sich unter ihr hochkämpfen, doch sie ist stark und umklammert ihn mit ihren Waden.

»Was hat der Arzt gesagt?«, fragt sie. »Wenn wir Partner und nicht bloß Mitbewohner sind, dann erzählst du mir so was, okay? So ist die Regel.«

»Ich wusste nicht, dass wir Regeln haben.«

»Tja, die haben wir. Ich kann aber auch einfach nur deine Mitbewohnerin sein, wenn es das ist, was du willst.«

Er antwortet nicht. Durch die Lücken in der Jalousie fallen Sonnenstrahlen auf den Boden und auf die schillernden Messingkurven der Möbel.

»Sieh mich an«, sagt Jen, also gehorcht er.

»Was hat er gesagt?«, fragt sie ihn wieder.

»Er wollte sichergehen, dass es mir gut geht«, sagt er. Und als sie ihn weiter mustert, als würde sie wissen, dass da noch mehr ist, geht etwas mit ihm durch – eine weitere Sicherung, eine weitere Implosion.

Und er gibt nach, entschließt sich, ihr die volle Dröhnung zu geben, wenn sie es unbedingt will. Mal sehen, ob sie damit umgehen kann, der Angst, dem Entsetzen, der Abscheu vor allem, was er zu sagen hat.

Er hat es noch nie jemandem erzählt. Nicht einmal Rosie. Aber Rosie brauchte er es auch nicht zu erzählen.

»Ich habe versucht, mich umzubringen«, sagt Will. »Als ich ein Kind war.«

Jen sagt nichts.

»Nicht so richtig«, fügt er hinzu, als die Scham ihm die Brust zuschnürt. »Ich habe versucht, meinen Kopf am Spiegel in der Schultoilette aufzuschlagen, nachdem ich ein paar Schmerztabletten zu viel genommen hatte.«

Sie blickt ihn weiterhin an, noch immer rittlings auf ihm sitzend.

»Deshalb wurde ich der Schule verwiesen. Außer, dass es kein echter Verweis war. Es war eine Auszeit, um mich zu erholen oder so. An der Schule dachten alle, ich hätte jemanden angegriffen und mich in Schwierigkeiten gebracht, und das war mir irgendwie auch lieber.«

Gitterstäbe aus Sonnenlicht auf den Dielen.

Hinter ihnen in der Küche brummt der Kühlschrank.

»Also wollte er bloß sichergehen, schätze ich, dass diese Depression nicht in dieselbe Richtung läuft.«

»Und das tut sie nicht?«, fragt sie. Ihre Stimme klingt ganz normal.

»Nope«, sagt er. »Deshalb gibt es nichts zu erzählen.«

Sie schaut ihn weiter an, doch er weicht dem Blick aus, mustert stattdessen ihre gepiercten Ohren, das Muttermal am Hals. Es gibt Stellen an ihr, die er noch nicht kennt. Als würde er schauen, ohne zu sehen. Als fiele es schwer, sich an die kleinen, unglaublichen Einzelheiten einer Person zu erinnern, die ihm viel bedeutet, ihn jedoch immer noch nicht wirklich zu verstehen scheint, auch wenn das eher eine Erleichterung gewesen ist.

Nach einer Weile rutscht Jen von ihm herunter und setzt sich neben ihn auf die Couch.

»Ich bin jedenfalls nicht überrascht«, sagt sie. »Ich erkenne den Unterschied zwischen Traurigkeit und richtig krasser Scheiße.« Er zuckt mit den Achseln.

»Aber ich finde es furchtbar, dass du so viel Schmerz erlitten hast.«Das sind ungewöhnlich emotionale Worte von Jen. Sie beide passen so gut zusammen, weil sie nicht über ihre Gefühle sprechen, keine Zuneigung zeigen – außer beim Sex und manchmal nicht einmal dann –, deshalb ist es irritierend. Als würde man aus Versehen auf eine Gabel beißen und das harte Metall zwischen den Zähnen spüren.

»Es ist kein wirklicher Schmerz«, sagt Will. »Mehr so etwas wie ein ... Nichts.«

»Sogar mit den Medikamenten?«

»Bisher ja.«

»Vielleicht brauchst du eine höhere Dosis.«

»Jen«, sagt er. »Bitte lass es, okay? Ich kümmere mich darum, wenn es nötig ist.«

»Aber ...«

»Wenn du willst, dass wir *bloß Mitbewohner* sind«, sagt er, »dann mach nur so weiter.«

Das ist grausam und ungerecht von ihm, zeigt aber die gewünschte Wirkung. Sie steht auf und überlässt ihn seinem vorgetäuschten Nickerchen, mit bis zu den Knien heruntergezogener Jeans.

*

Rosie steht vor dem Bürogebäude ihrer Mutter. Sie war nicht mehr hier, seit sie als Kind einmal zu krank war, um zur Schule zu gehen, und ihre Mutter sie zur Arbeit mitgenommen hatte. Sie setzte Rosie auf einen Stuhl, gab ihr ein Buch und sagte, sie solle brav und still sein. Rosie schaffte es etwa eine Stunde. Dann übergab sie sich in den Papierkorb.

Sie schaut zu den Glastüren hinüber, erinnert sich an die Säure, das halb verdaute Müsli, den verchromten Eimer, der sich unter ihren Händen so kühl anfühlte.

Es ist ein hohes Gebäude mit vielen Etagen voller Anwälte, Banker und Versicherer. Wichtige Leute mit wichtigen Jobs und wichtigem Ledermobiliar. Orchideen in der Lobby. Messingknöpfe im Aufzug. Sie drückt auf den fünften Stock und wartet. Ihr Herz flattert wie ein Spatz mit seinen Flügeln.

Ihre Mutter ist da, wo Rosie sie erwartet hat: in ihrem verglasten, vom Rest des Stockwerks abgetrennten Büro. Nachdem sie zur Partnerin ernannt worden war, zog sie dort ein. Rosie hatte ihr dabei geholfen, eine Lampe, Topfpflanzen und einen Teppich auszusuchen, um es persönlicher zu gestalten. Es war eine aufregende Zeit. Ihre Mutter wirkte glücklich und erfüllt. Sie war eine Weile lang netter, stellte interessierte Fragen.

Jetzt ist sie am Telefon, also wartet Rosie, beobachtet, wie sie sich dem Computer zuwendet und mit den langen Nägeln auf der Tastatur klimpert. Eine unscheinbare junge Frau in einem verknitterten Kostüm rauscht mit Papieren und weit aufgerissenen, koffeingeladenen Augen vorbei. Irgendwo den Flur hinunter klingelt ein Telefon. Dann klopft Rosie an die Tür und beobachtet die Reaktion ihrer Mutter, als diese hochblickt. Ihr Gesicht spannt sich an. Sie erhebt sich vom Schreibtisch, während Rosie das Zimmer betritt und die Tür sanft hinter sich schließt.

»Rosie«, sagt ihre Mutter. »Was ist los?«

»Nichts«, antwortet sie.

»Dein Vater? Simon?«

»Allen geht's gut.«

»Bist du schwanger?«

»Meine Güte, Mum.« Rosie sinkt in den Stuhl vor dem gigantischen Schreibtisch. Die Aussicht aus dem Fenster ist weit und schimmernd. Noch mehr verglaste Gebäude. Noch mehr Menschen vor noch mehr Bildschirmen. Und weiter entfernt das verblassende Dahinschwinden der Stadt und der Fluss irgendwo hinter dem Beton.

»Ich bin nicht schwanger«, sagt Rosie. »Das ist irgendwie Teil des Problems.«

»Du bist unfruchtbar«, sagt ihre Mutter.

»Mum!«

»Na, warum solltest du sonst unangekündigt in meinem Büro auftauchen?«

»Weil«, beginnt Rosie und hebt unabsichtlich die Stimme. »Weil ich mit dir über eine Scheidung sprechen wollte.«

Sie schaut ihre Mutter nicht an.

Unter ihnen dröhnt der Straßenverkehr.

»Für eine Freundin?«, fragt ihre Mutter.

»Ja«, sagt Rosie. »Oder nein. Ich weiß nicht.«

»Rosemary. Das kann nicht dein Ernst sein. Jedes Paar hat seine Probleme. So ist die Ehe – ein einziger Kompromiss. Das bedeutet, das Schlimmste zu überstehen und zusammenzuhalten.«

»Sagt die Scheidungsanwältin.«

»Das ist die letzte Option«, faucht ihre Mutter. »Und du kommst mir nicht gerade vor wie jemand, der schon alles probiert hat.«

Rosie blickt ihre Mutter konsterniert an. Ihr Hals schnürt sich zu, jener vertraute Druck auf den Kehlkopf.

»Was ist passiert? Was hat sich verändert?«

»Ich weiß nicht. Es ist einfach so.«

»Dann rede mit ihm«, schlägt ihre Mutter vor.

»Das habe ich versucht.«

»Dann geht zur Paartherapie. Oder bekommt ein Baby. Vielleicht solltet ihr es mit künstlicher Befruchtung versuchen. Dein Vater und ich ...«

»Das ist dein Rat? Wir sollen ein Baby bekommen?«

»Sprich leiser, Rosie. Ich bekomme noch Migräne.«

»Aber Kinder sind Teil des Problems. Wir sollten mittlerweile welche wollen, oder nicht? Und wir reden nie darüber. Er will nicht einmal in den Urlaub fahren, obwohl er ständig so gestresst wirkt. Wir sind einfach in einem Hamsterrad gefangen, Mum.«

»Was genau ist das Problem, Rosemary? Das musst du mir erklären, bevor du hierherkommst und nach einer Scheidung fragst.«

»Ich frage nicht nach einer Scheidung«, sagt Rosie. »Ich wollte nur darüber sprechen. Um unsere Optionen auszuloten, zu sehen, wie oft es deiner Erfahrung nach doch noch klappt.«

Ihre Mutter seufzt und führt die knochigen Hände an die Schläfen.

»Er ist so unglücklich. Er ist immerzu müde, gelangweilt und nicht mehr an mir interessiert.«

»So ist die Ehe«, sagt ihre Mutter, und es dauert einen Moment, bis Rosie begreift, dass das kein Scherz sein soll.

»So sollte es nicht sein«, sagt Rosie.

»Es ist aber so. Es geht darum, miteinander auszukommen.«

»Ich will aber nicht bloß miteinander auskommen.«

»Ach, Rosie«, sagt ihre Mutter. »Du warst schon immer eine Traumtänzerin.«

Genau wie Josh, denken beide, auch wenn keine von ihnen es ausspricht. Er jedoch, der Goldjunge, wurde dafür nie kritisiert.

Ihre Mutter wendet sich wieder dem Bildschirm zu und klickt auf der Maus herum. Rosie widersteht dem Drang, das Büro zu verlassen, und hält die Füße still.

»Dein Vater und ich sind nicht glücklich«, sagt ihre Mutter schließlich. »Seit Jahren.«

Rosie starrt sie an.

»Aber niemand ist das«, fährt sie fort. »Die Erfolgreichen zeichnen sich dadurch aus, dass sie sich entschließen, durchzuhalten. Und du gibst nicht schnell auf, Rosie. Das hast du nie.«

»Dad und du seid nicht glücklich?«

»Wir tolerieren einander. So funktioniert unsere Beziehung. Er ist ein guter Mann. Er respektiert mich. Und ich mag ihn, die meiste Zeit jedenfalls. Sich irgendetwas darüber hinaus zu wünschen, ist ein Märchen, Rosie. Ich bin lange genug in diesem Geschäft, um das zu wissen.«

»Du bist nicht glücklich mit Dad«, wiederholt Rosie. Mit jedem Mal, dass sie es ausspricht, scheint etwas zu zerbröckeln. Sie wusste, dass ihre Eltern nicht die innigste Beziehung hatten. Aber sie dachte, nach all dieser Zeit müsste es da etwas geben, das sie nicht mitbekam. Hände, die sich unter der Bettdecke berühren. Erzählungen von ihrem Tag im Flüsterton. Trost, geteilter Kummer und Verbundenheit.

»Glück ist, was man daraus macht«, sagt ihre Mutter, und Rosie blickt aus dem Fenster auf das kleine Stück freien Himmel.

»Hör zu, Rosie«, sagt ihre Mutter nun ungeduldig. »Weshalb genau bist du hergekommen? Du bist nicht wirklich hier, um nach Scheidungspapieren zu fragen, oder?«

»Nein«, sagt Rosie, den Blick noch immer auf den Himmel, nun eine undurchdringliche Wolke, gerichtet.

»Na dann. Versprich mir, dass ihr daran arbeiten werdet.«

Noch mehr Arbeit. Noch mehr Mühe. Es sieht so aus, als würde es gleich anfangen zu regnen, und Rosie wartet darauf, bloß ein paar weitere Sekunden. Als nichts passiert, streift sie sich die Tasche wieder über die Schulter und erhebt sich von dem netzbezogenen Stuhl, bei dessen Auswahl sie vor all den Jahren geholfen hat.

Simon liegt schon im Bett, als sie nach Hause kommt. Es ist früh am Abend, und er hat die Bettdecke vor Hitze zurückgeschlagen.

»Fühlst du dich nicht gut?«, fragt Rosie ihn.

»Wieder mal«, antwortet er.

»Vielleicht ist es der Stress. Kannst du dir nicht ein paar Tage von der Arbeit freinehmen?«

»Die Arbeit ist nicht stressig.«

»Dann ... liegt es an uns beiden?«

»Nein, Rosie. Wie kommst du darauf?«

Sie hat ein schlechtes Gewissen, weil sie es angesprochen hat. Und weil sie das Gegenteil fühlt.

»Ich dachte nur, ich frage sicherheitshalber«, sagt sie und legt sich neben ihn.

»Das ist sehr rücksichtsvoll von dir«, sagt er und rollt zu ihr herüber, sodass sein Kopf auf ihrem Arm ruht, seine Wange stoppelig und piksend. Er hat keine Ahnung, denkt sie, und die Schuld fährt in sie hinein wie ein Schwert in seine Scheide, groß und scharf, an seinem Platz.

»Vielleicht solltest du mal zum Arzt gehen«, schlägt sie vor. »Vielleicht hat es mit der Schilddrüse zu tun.«

Im abnehmenden Tageslicht gibt er einen zustimmenden Laut von sich. Das Schlafzimmer riecht nach ihrer Ehe, nach gefalteten Pyjamas, Handcreme und Bettlaken, die sie öfter waschen sollte.

»Willst du abendessen?«, fragt sie irgendwann, und Simon murmelt »Nein«.

»Willst du mich?«, fragt sie. Er gibt etwas von sich, das eher nach Schnüffeln als nach Lachen klingt, und antwortet nicht. Sie wartet eine Weile, lässt die Dunkelheit über den Teppich kriechen.

»Ich will Dinge«, spricht sie in sein Haar.

»Was denn zum Beispiel?«, fragt er. Es klingt, als wäre er fast eingeschlafen.

»Ich will kündigen«, sagt sie.

»Okay«, entgegnet er.

»Ich will wieder Musik machen.«

»In Ordnung.«

»Klavier. Und Gitarre. Ich glaube, ich will unterrichten.«

»Dann unterrichte«, sagt er.

Es ist nicht mehr und nicht weniger als das. Kein Streit. Weder Fragen noch Diskussionen oder Konflikte. Sie weiß nicht, was sie erwartet hat. Mehr Enthusiasmus, denkt sie, ein Anfeuern oder ein erhitztes Gemüt.

»Du solltest rudern«, sagt sie.

Er gibt wieder sein schnüffelndes Lachen von sich. Dann verändert sich seine Atmung, und er schläft auf ihrem Arm ein wie ein Kind. Kleine Nadelstiche kribbeln auf ihrer Handfläche.

*

Will ist bei der Arbeit, als seine Schwester anruft.

Er wechselt gerade das Öl einer alten Triumph. Das Radio läuft, und er wird die Surf-Rock-Gitarre und die dichten Akkorde des Songs, der gerade spielt, nie wieder hören können. Der Kartoffelsalat der Musikwelt.

»Will«, sagt Amber. »Es geht um Gran.«

»Alles okay?«

»Sie ist tot.«

Drei Worte. Drei Worte, die er all die Jahre, in denen der Krebs sie im Griff hatte, in denen sie kämpfte, ihr Haar verlor und das Licht fast aus ihren Augen verschwunden war, erwartet hatte. Drei Worte, mit denen er jetzt nicht gerechnet hat. Nicht, während er hier auf dem ölverschmierten Betonboden steht und sein Kaffee auf der Werkbank kalt wird.

»Was?«

»Es war schmerzlos«, erklärt Amber. »Im Schlaf. Das Alter.«

»Aber sie war doch nicht alt«, sagt er.

»Will.«

»Bist du sicher? Hast du einen Krankenwagen gerufen?«

Seine Schwester geht darüber hinweg und sagt: »Komm einfach her, okay?« Etwas in ihrer Stimme bedeutet ihm, dass er nicht widersprechen kann, weder hinterfragen noch bestätigen noch leugnen. Er stellt das Radio ab und sagt, dass er komme. Als er die Werkstatt verlässt, kann er doch nicht umhin, es zu tun. Er wählt die Nummer seiner Großmutter und hört, wie es klingelt und klingelt und klingelt.

Im Haus ist es zu still. Es hatte immer und unüberhörbar Geräusche gegeben. Das Feuer im Kamin, der Fernseher auf leiser Lautstärke, die klickende Zündung des Ofens oder der Wind, der gegen die Rollläden peitscht. Die Fenster sind jedoch geschlossen. Der Ofen, der Fernseher, der Kamin, alles erstorben.

Sterben.

Dieses Wort fühlt sich nicht wie ein Wort an. Wie wenn man etwas immer und immer wieder liest und es einem nicht mehr richtig vorkommt.

Ambers und seine Wege hatten sich nach dem Termin beim Bestatter getrennt. Sie hatte am nächsten Tag Vorlesungen und brauchte Kleidung für die Beerdigung, also hatte sie den Zug zurück nach Warwick genommen. »Ich bin bald wieder zurück«, hatte sie ihm mit festem Blick versichert. Als wäre sie die Ältere. Als würde sie die beiden da hindurchführen.

Er streift durchs Haus und sucht nach Hinweisen, um die letzten Stunden seiner Großmutter zu rekonstruieren, doch er findet keine. Ihr Bett ist sauber, aber dort, wo die Sanitäter sie herausgeholt haben, zerwühlt. Ein Buch liegt auf dem Nachttisch. Er nimmt es und schlägt es an der Stelle auf, wo das Lesezeichen steckt. Es handelt von einer jungen Frau und einer lange verloren geglaubten Liebe. Schlechte Dialoge. Ein noch schlimmeres Cover. Er berührt die Seite, wo sie sie berührt haben muss, bevor sie das Licht ausgeschaltet hat.

Auf seinem Handy sieht er einen verpassten Anruf von Jen, die wahrscheinlich in ihrer Mittagspause wissen wollte, wie es ihm geht, doch er ruft nicht zurück. Er geht in den Garten und jätet Unkraut.

Er stutzt den kleinen Baum, unter dem Dave vor einigen Jahren begraben wurde. Er erinnert sich an den Anruf seiner Oma. Sie schluchzte so sehr, dass sie kaum sprechen konnte, als wäre Dave ein Kind gewesen und kein Hund. Er bricht Zweige auseinander, kratzt sich beim Zurückschneiden der Büsche die Hände auf.Es ist nass draußen, was seltsam ist, da es gar nicht geregnet hat. So gottverdammt nass, dass ihm die Feuchtigkeit sogar in die Augen gelangt.

Amber hält ihr Versprechen und kehrt ein paar Tage später nach Norfolk zurück. Die Beerdigung steht unmittelbar bevor. Zu unmittelbar, findet Will, vor allem weil sie auf eine Autopsie verzichtet haben. Es würde nichts ändern, hatte Amber gesagt und damit vermutlich recht gehabt. Ihre Großmutter war beinahe achtzig und im Schlaf gestorben. Mehr gab es nicht zu wissen.

Sie müssen sich um all die Dinge kümmern, die es zu erledigen gilt, wenn jemand stirbt. Die persönlichen Gegenstände durchgehen: die Schubladen, den Papierkram, die alte Plattensammlung, um Musik für den Gottesdienst auszusuchen.

»Ich habe keine Ahnung«, sagt Will, während er das Vinyl in seinen Händen anstarrt.

»Wovon?«, fragt Amber, ohne von ihrem Bildschirm aufzublicken. Sie schreibt eine E-Mail an das Beerdigungsinstitut, um

Fragen zu den Blumen, dem Sarg und allen möglichen Dingen zu beantworten, die keine Rolle spielen, weil Gran tot ist. Aus irgendeinem Grund jedoch müssen sie versuchen, sich mit solchen Einzelheiten zu befassen.

»Welche Lieder ich aussuchen soll«, sagt er. »Wollen wir etwas Fröhliches oder Trauriges? Oder etwas Langweiliges, Getragenes, einer Beerdigung angemessen?«

»Auf keinen Fall das Letzte«, sagt Amber.

»Nein«, sagt er. »Nein.«

»Was ist mit dem Lied von ihrem Hochzeitstanz?«

»Woher weißt du überhaupt, welches das war?«

»Ich habe sie mal gefragt«, sagt sie achselzuckend. Will nickt und schluckt. Er hat seiner Großmutter nie solche Fragen gestellt.

»Ich wollte dich noch was fragen«, sagt Amber und klappt den Laptop zu.

»Ja?«, sagt er und erwartet etwas über Fingerfood, Lyriklesungen oder den Ort für die Totenwache. Hier, denkt er, damit sie kein Geld für einen schlecht beleuchteten Saal mit billigen Teppichen und Nikotinflecken an der Decke ausgeben müssen.

»Sollen wir Mum einladen?« Stille. Ein Auto fährt dröhnend am Fenster vorbei. Diesel statt Benzin, das erkennt er am Klang des Motors.

»Warum sollten wir?«, sagt er.

»Weil sie Grans Tochter ist«, sagt Amber. »Sie sollte wenigstens wissen, dass sie gestorben ist.«

»Sie ist nicht zu Grandpas Beerdigung erschienen«, sagt Will.

»Und vielleicht kommt sie auch diesmal nicht.« Amber fängt an, sich die Haare zu flechten, teilt sie in drei Strähnen auf und webt sie ineinander. »Aber es ist nicht unsere Entscheidung, denke ich. Sondern ihre.«

»Warum fragst du mich dann überhaupt?«, sagt Will, und sein Herz pocht schneller.

»Weil wir sie nicht einladen *müssen*, wenn du es für eine schlechte Idee hältst.«

»Ich glaube, es ist eine Nicht-Idee«, sagt Will. »Ich wüsste nicht mal, wie ich sie erreichen sollte, Ambs. Also nur zu, wenn du meinst, dass du das kannst.«

»Ich habe ihre E-Mail-Adresse«, sagt Amber.

Er blickt zu ihr auf. Die Schallplatten wiegen schwer in seinen Händen. Seine Schwester erwidert den Blick und wartet.

»Wie?«, ist alles, was er nach einem Augenblick herausbringt.

»Gran«, sagt sie.

»Sie hatte Kontakt mit ihr?«

»Nein.« Amber hört auf, sich die Haare zu flechten, und löst den Zopf wieder. »Sie hatte bloß die Adresse und sagte, ich könnte sie haben, wenn ich wollte.«

»Wann?«

»Vor ein paar Jahren. Sie sagte damals, es sei meine Entscheidung. Und ich glaube, jetzt ist es Mums.«

»Großmütig von dir«, sagt Will.

»Was genau?«

»Ihr die Wahl zu lassen. Als hätte sie es verdient.« Amber klappt den Laptop wieder auf und meint, er solle darüber nachdenken. Er sagt, das müsse er nicht, sie solle ruhig tun, was sie wolle.

Am Tag zuvor geht er zum ersten Mal seit Monaten laufen.

Er läuft durch den Wald, an der Straße entlang und über windige Klippen. Er schwitzt, flucht und hasst die Anstrengung, lauscht seinem Atem, der durch seine Lunge fegt und in seinem Hals stecken bleibt. Er läuft über den nassen Sand am Strand und bleibt am Leuchtturm stehen, was sich absolut falsch anfühlt und sein Herz schneller schlagen lässt, weil er ihn mit seinem Glasauge anblickt und ihn Dinge fragt, auf die er keine Antwort weiß.

Wieder zu Hause legt er sich in die Badewanne, bis seine Fingerkuppen weich werden. Er blickt auf seinen nackten Körper und denkt an all die Dinge, die er sie nie gefragt hat, die Frau, die ihn großgezogen hat, ihn ausschimpfte, ihn trotz alldem, was er getan oder nicht getan hat, liebte. Und er fragt sich, was zur Hölle er als Nächstes tun soll, nach diesem Bad und der Beerdigung. Er fürchtet sich vor dem Leben, das er sich aufgebaut hat, und davor, wie wenig es ihm bedeutet. Ihm wird übel, wenn er an die Verachtung denkt, die er für seine Großmutter empfunden hatte, als sie sich in ihr Häuschen zurückzog, mit den Büchern, den Aufläufen und ihrer unverhofften zweiten Familie, doch zumindest hatte sie etwas, denkt er, zumindest hatte sie etwas, das sie glaubte zu wollen.

Er zieht den Stöpsel, nachdem Amber ihn durch die Tür fragt, was los sei. Er sei schon eine ganze Weile da drin.

»Ich kann nicht glauben, dass sie tot ist«, sagt er.

Der Sog des Wassers, getrübt von Seife und Schweiß.

»Ich weiß«, sagt Amber.

So verharren sie, auf ihrer jeweiligen Seite der Badezimmertür, hören einander zu und sagen nichts.

VIERZEHN

Der Tag beginnt bedeckt. Graue Wolken, trübe Sonne.

Obwohl ihm danach wäre, trägt Will kein Schwarz. Er hat auch die Gäste gebeten, es nicht zu tun. Stattdessen knöpft er ein blaues Hemd zu, das ihm seine Großmutter einmal zu Weihnachten geschenkt hat, und kämmt sein Haar, wie es ihr gefallen hätte.

Amber und er nehmen ein Taxi zum Krematorium, weil keinem von beiden nach Fahren zumute ist und sie später etwas trinken wollen. Sein einzelnes Bier wartet auf ihn.

Wie geplant kommen sie als Erste an, und die Gäste erscheinen paarweise oder allein, hochbetagte Freunde aus Grans Buchclub oder von ihrer alten Arbeit, sogar aus ihrer Schulzeit. Sie hatte Norfolk nie verlassen, wuchs auf, lebte und starb in dieser Stadt. Sie schloss Freundschaften, lernte ihren Mann kennen und verlor ihn, zog Kinder groß – zweimal. Sie machte immer weiter, weil es keine andere Option gab.

Jen hat sich den Tag freigenommen und ist hergefahren. Sie biegt auf den Parkplatz ein und wirkt auf Will außerhalb Yorkshires merkwürdig fehl am Platz. Sie umarmen sich, und er riecht den Teebaumduft ihres Haars, die schwache Zitrusnote des Lufterfrischers im Auto.

»Du bist okay«, sagt sie, eine Vergewisserung womöglich, oder eine Frage, die er nicht beantworten kann. Sie nimmt seinen Arm, wie es sich für eine Freundin gehört, und sie gehen gemeinsam mit seiner Schwester hinein. Der Raum wirkt so klein mit den Holzbänken und dem Nadelstreifenteppich, und er wünscht sich, sie könnten den Gottesdienst draußen abhalten.

Es ist warm genug. Schnell dahinziehende Wolken, durch die die Sonne immer wieder kurz bricht. Vögel, gemähtes Gras und Bäume.

Im Saal gibt es keine Fenster.

Amber bespricht etwas mit dem Zelebranten, und Will denkt darüber nach, wie unpassend diese Bezeichnung ist. Schließlich gibt es nichts zu zelebrieren. Er hasst alles daran, und er hasst sich selbst dafür, dass er dem zugestimmt hat. Er braucht Luft und sagt zu Jen, er müsse zur Toilette, bricht aus dem fensterlosen Saal aus und sucht sich eine Bank, die verborgen vom Parkplatz und Eingang liegt, und von all den Gesichtern, die er nicht kennt, obwohl er sie kennen sollte.

Er vergräbt den Kopf in den Händen und beschließt, den Gottesdienst zu schwänzen, einfach sein eigenes Gedenken zu veranstalten, gleich hier und jetzt, mit den sprießenden Gänseblümchen zu seinen Füßen und den Ringeltauben auf der Wiese, keine Kirchenlieder, kein trauriger, bedeutungsloser Rückblick auf Grans Leben, gemessen in Jahren, Jobs und Abschnitten. Doch Amber kommt, um ihn zu holen, und sagt, es sei an der Zeit. Er will sie fragen, ob ihre Mutter gekommen ist, aber gleichzeitig will er es nicht wissen.

Er sieht sie an, sein Blick sagt: Muss ich?, und da streckt ihm seine Schwester, ganz und gar entgegen ihrer Gewohnheit, wenn auch nicht ganz so außergewöhnlich angesichts der Situation, ihre Hand entgegen.

Er ergreift sie und steht auf.

Ihre Handfläche ist kühl, so wie seine. Abgekaute Fingernägel und gespaltene Lebenslinien.

Will nimmt den Gottesdienst nur verschwommen wahr, bis am Ende etwas Unerwartetes passiert. Die Gäste haben das letzte Loblied gesungen – oder in Wills Fall eher die Lippen dazu bewegt –, etwas über den Sonnenaufgang und die Schatten, als ihr Name aufgerufen wird.

Will sitzt in der ersten Reihe, neben Jen und Amber. Ein trauriges Häufchen Familie, denkt er, während er es vermeidet, den Sarg anzuschauen.

»Und jetzt wird eine junge Freundin von Elsie etwas für uns singen«, sagt der Zelebrant. »Würde Rosemary Winters bitte nach vorne kommen?«

Die Zeit verlangsamt sich.

Der Boden unter Will verschiebt sich, während alle anderen dasitzen und warten, den Ablauf des Gottesdienstes nachlesen oder beobachten, wie diese Frau mit ihrer Gitarre und den großen Rehaugen unter dem Pony den Gang entlangschreitet.

Sein Herz bleibt stehen.

Ihm ist, als würde er einen Geist oder eine Fata Morgana sehen und könnte seinen Augen nicht trauen.

Er will etwas sagen, aber die Sprache versagt ihm, also dreht er sich zu seiner Schwester um, die nach vorn blickt und seltsam stillhält.

Sie wusste es.

Sie wusste es, und er weiß nicht, was er davon halten soll.

Jen blickt ihn von der Seite an, er dreht sich wieder nach vorn. Roe nimmt auf einem Stuhl Platz und stimmt ihre Gitarre.

Alle Augen sind auf sie gerichtet, als sie Luft holt und zu spielen beginnt.

Will hat sie noch nie mit ihrer Gitarre gesehen. Ihre Finger gleiten über die Bünde, und er wartet mit angehaltenem Atem, bis sie anfängt zu singen.

Sie sieht anders aus. Voller und weicher, als er sie in Erinnerung hat, das Haar kurz und frisiert. Aber ihre Stimme – diese Stimme – ist dieselbe. Sie berührt ihn noch immer auf eine Weise, die er nicht für möglich gehalten hat, jetzt da er Medikamente nimmt, die die Taubheit betäuben, die Welt gedämpft, erträglich und farblos machen. Doch etwas in ihm leuchtet auf. Dasselbe Streichholz wie damals, entflammt.

Sie trägt ein blaues Kleid.

Keine Ohrringe.

Er kennt das Lied nicht. Sie singt über frühe Morgenstunden und Äpfel, etwas Klares, das in einem Fenster hängt. Er vermutet, dass sie es speziell für diesen Anlass geschrieben hat, es ist unheimlich schön und viel zu schnell vorbei.

Niemand applaudiert, da es eine Beerdigung ist.

Die absolute Stille wird jedoch nicht durchbrochen, selbst als sie wieder an ihrem Platz sitzt. Kein Papierrascheln oder Räuspern. Keine Konzentration mehr auf die Schlussworte des Zelebranten. Alle sind von dieser Frau, ihrer Stimme und dieser nachhallenden Stille eingenommen.

Will kann es nicht fassen.

Er kann nicht fassen, was in ihm vorgeht, ausgerechnet heute.

Die Trauerfeier findet im Gemeindezentrum ein Stück die Straße runter statt. Es ist ein heruntergekommenes Gebäude, das nach schalem Bier, Billardqueues und schwitziger Frischhaltefolie riecht, ein freudloser, schummriger Ort, doch viele Trauerfeiern von Grans Freunden haben hier schon stattgefunden. Auch die ihres Mannes.

Es würde zu viel Mühe machen, die Trauerfeier bei ihnen zu Hause auszurichten, hatte Amber gesagt, und er hatte mit ihr darüber gestritten, doch jetzt, als die Gäste sich ächzend und raschelnd erheben, ist er dankbar. Er kann sich nicht vorstellen, sie alle im Haus versammelt zu sehen, zu erdulden, dass sie die persönlichen Gegenstände seiner Großmutter anfassen, länger bleiben als erwünscht, ihm den Raum zum Atmen nehmen.

Auch Will steht auf, sagt jedoch zu Amber und Jen, dass er nachkommen werde. Er brauche bloß eine Minute. Jen protestiert, will bei ihm bleiben, aber Amber ergreift sie am Ellbogen und führt sie hinaus, nach wie vor seinen Blick meidend.

Als sich der Raum größtenteils geleert hat, setzt er sich wieder hin und wartet. Denn auch sie ist dageblieben. Sie ist dageblieben, kommt nun den Gang entlang und setzt sich eine Reihe hinter ihn. Ein Hauch Blau wie der Himmel, den sie nicht sehen können.

Der Sarg steht noch vorne. Amber und Will hatten sich dagegen entschieden, dass die Vorhänge fallen oder sich der Tisch dreht, um ein deutliches Ende der Zeremonie zu markieren. »Lassen Sie ihn einfach, wo er ist«, hatten sie gesagt. Also steht der Sarg noch auf dem Tisch, auf dessen polierter Holzoberfläche sich das matte Licht des Saals bricht.

»Wer stellt Särge her?«, fragt er, und Rosie zuckt mit den Schultern. Er sieht es aus dem Augenwinkel.

»Ein Tischler?«, tippt sie.

»Denkst du nicht, es gibt eine Unterkategorie für so was?«

»Doch, bestimmt.«

»Ein Sargmacher«, sagt Will, und Rosie erwidert, vielleicht sei es sogar ein schöner Job, etwas so Persönliches für einen Fremden herzustellen.

Sie sitzt etwas versetzt hinter ihm. Sie blicken beide auf den Sarg seiner Gran und versuchen, Worte zu finden, bis der Zelebrant sagt, es tue ihm leid, in zehn Minuten folge ein weiterer Gottesdienst, aber sie sollten sich alle Zeit nehmen, die sie bräuchten.

»Volle zehn Minuten, meinen Sie wohl«, sagt Will, woraufhin ihn der Zelebrant verwirrt anschaut, dann jedoch entschuldigend lacht und auf eine Art und Weise stammelt, an die Will gewohnt ist, wenn er das tut, wenn er so direkt ist.

»Komm«, sagt Rosie mit einem Nicken in Richtung Tür.

Eine vertraute kleine Geste.

Der Frühling ist bereits angebrochen, aber es ist noch kalt, so als hätte die Jahreszeit sich noch nicht gefunden. Wenn Jahreszeiten Stimmen hätten, grübelt Will, wäre der April ein Pfeifen, hell und unaufdringlich, wie die schmallippigen Knospen an den Bäumen.

»Dein Lied«, sagt er, als sie sich auf die Bank von vorhin setzen.

»Ja?«

»Hast du es geschrieben?«

»Habe ich.«

»Für sie?«

Sie schaut ihn an, als wäre sie überrascht, dass er diese Frage überhaupt stellt. Ihre Pupillen sind so weit und schwarz, dass er sein eigenes Gesicht darin gespiegelt sehen kann.

»Natürlich.«

Daraufhin muss er schlucken und sich abwenden.

»Es tut mir so leid, Will.« Nach einem winzigen Moment des Zögerns legt Rosie eine Hand auf seine – er spürt sie in der Luft schweben und dann herabsinken, spürt die Wärme ihrer Handfläche, als sie sich schließt. Ihre Hände sind noch immer so zart. Schmale, anmutige Finger, dabei kommen ihm Wörter wie »anmutig« sonst nie auch nur in den Sinn. Er schämt sich dafür, kommt sich lächerlich vor, ist plötzlich wütend.

»Ich wusste nicht, dass du kommst«, sagt er und zieht seine Hand weg.

Rosie blinzelt.

»Wirklich?«

»Wirklich.«

»Oh. Na ja, Amber hat mich eingeladen.«

»Hat sie dich gebeten zu singen?«

»Natürlich. Das hätte ich mir nie ... angemaßt.«

»Aber du hast es nicht für nötig gehalten, mir zu sagen, dass du kommst?«

»Ich bin davon ausgegangen, dass du die Gästeliste kennst«, sagt Rosie mit einer leichten Schärfe in der Stimme, einem Unglauben darüber, wie vorwurfsvoll er ihr gegenüber ist. »Ich dachte, du hättest schon genug um die Ohren, ohne dass ich dir ... ›Hallo‹ schreibe.«

Spatzen huschen durch die Hecken. Ein Rasenmäher, irgendwo hinter den Gräbern.

»Sie ist tot, Rosie«, sagt er.

»Ich weiß.«

»Wenn es je einen passenden Moment für eine Nachricht gegeben hat, dann war es dieser.«

»Tut mir leid.« Ihre Stimme ist nur ein Hauchen, der Wind in den Ulmen. Er will keine Entschuldigung von ihr hören. Er will, dass sie wieder seine Hand hält. Er will, dass sie weggeht. Er will sie so sehr, dass er glaubt, sein Herz könnte aufhören zu schlagen.

»Roe«, sagt er, ohne sie anzublicken.

Kein Ja oder bestätigendes Murmeln. Mehr Hauchen, mehr Wind. Mehr von allem, wenn sie in seiner Nähe ist. Gleißendes Sonnenlicht, das ihn blendet.

»Ich bin so verdammt froh, dass du hier bist«, sagt er.

»Ja?«

»Du bist der einzige Mensch, den ich sehen wollte. Daran habe ich sogar heute Morgen noch gedacht, als ich aufgewacht bin und mir klar wurde, welcher Tag ist. Und jetzt bist du hier.«

Sie schweigt lange. Der Mäher erstirbt und rattert dann weiter. Die Spatzen sind fort, und er fragt sich, ob auch sie aufstehen und gehen wird.

Lass sie, denkt er. Lass sie gehen.

Wieso ist es so schwer, sie gehen zu lassen?

»Du hast gesagt, du willst mich nicht in deinem Leben haben«, sagt sie schließlich.

»Das habe ich nie gesagt.«

»Doch.«

»Denk drüber nach, Roe. Das habe ich nicht gesagt.«

»Du hast es auch nicht *nicht* gesagt.«

»Hör auf, drum herum zu reden. Ich habe was anderes gesagt.«

»Was, dass du verdammt froh bist, dass ich hier bin? Gott, Will.«

»Was?«

»Selbst wenn du etwas Nettes sagst, kommst du mir wütend vor«, erklärt sie. »Ich weiß nie, was du von mir willst. Genau wie damals, als wir siebzehn waren.«

»Das meinst du nicht ernst, oder?«

»Was?«

»*Du* bist diejenige, die *mich* nicht wollte. Weißt du nicht mehr?«

»Es war nie so, dass ich dich nicht wollte«, sagt Rosie, ohne nachzudenken, wie es scheint, ohne die Absicht, es so ungefiltert und roh in die klare Aprilluft zu tragen. Die Worte hängen zwischen ihnen wie eine verbotene Frucht. Zerquetscht, aber unreif.

»Ich verstehe dich nicht«, sagt Will.

»Und ich verstehe dich nicht, Will«, erwidert sie mit bebender Stimme. »Bist du nicht mit Jen zusammen?«

»Und du mit Simon?«

»Nein«, sagt sie, und dieses eine Wort ist so mächtig, so einschneidend.

»Red keinen Unsinn.«

»Tu ich nicht, Will.«

»Seit wann?«

»Seit kurzem.«

»Aber du hast den Kerl geheiratet.«

»Ja. Wir sind immer noch verheiratet.«

»Also bist du noch mit ihm zusammen.«

»Was machen wir hier überhaupt?« In einem Wirbel aus Kleid und langem Mantel steht sie auf. »Du hast Jen. Wir sind erwachsen. Wir haben seit Ewigkeiten nicht miteinander gesprochen.«

»Einundvierzig Monate«, sagt Will.

»Was?«

»Wir haben seit einundvierzig Monaten nicht mehr miteinander gesprochen.«

Sie starrt ihn an, als hätte er wieder geflucht, ihr etwas Unverzeihliches an den Kopf geworfen. Sein plötzlicher Ärger hat sich in etwas Anderes verwandelt. Er kann es nicht erklären. Er ist auf der Beerdigung seiner Großmutter. Seine Freundin befindet sich ein paar Hundert Meter die Straße runter, isst Häppchen und betreibt Smalltalk mit Cousins von ihm, die er gar nicht kennt, und zwar einzig und allein ihm zuliebe.

»Es geht nicht«, sagt Rosie, und ihre Stimme klingt gepresst und lässt ihn an ein Stück Stoff denken, aus dem Wasser gewrungen wird. Alles, was sie nicht laut ausspricht, tropft zu Boden und bildet eine Pfütze zu ihren Füßen.

»Ich habe nicht gesagt, dass es geht«, sagt er, während sein Blick über das Gras und die Grabsteine, die tief in den Boden eingesetzt sind, wandert. Etwas in ihm reißt auf. Er wünscht sich seine Gran herbei, will mit ihr über die Situation sprechen oder dass sie ihnen beiden ins Gewissen redet.

»Ich wollte es dir nur sagen«, fährt er fort. »Wenigstens einmal.«

Und doch spricht er es noch immer nicht laut aus. Anscheinend muss er das aber auch nicht.

»Ich hätte es dir an jedem einzelnen Tag sagen sollen. Aber ich war jung und dumm und hatte Angst. Und vieles davon trifft auch heute noch auf mich zu, Roe.«

Sie schweigt.

»Roe?«

»Ich weiß nicht, wieso du schreist.«

»Tu ich nicht.«

»Doch, du klingst so wütend auf mich.«

Er blickt sie an. Das Haar fällt ihr über die Wangen und verdeckt einen Teil des Gesichts. Er will ihr erklären, dass Liebe und Wut bei ihm oft nah beieinanderliegen. Dass ihretwegen seine Haut brennt, sein Blut kocht und sich das weder sicher noch gut anfühlt. Es fühlt sich wie Wut an.

»Ich schreie nicht«, wiederholt er.

»Jetzt nicht mehr.«

»So sollte das nicht laufen.«

»Was? Heute? Die Beerdigung? Oder das mit uns?«

»Alles«, sagt er, und zwischen ihnen löst sich etwas. Die Vögel singen. Ein paar Sonnenstrahlen fallen durch die Zedernbäume.

»Will.«

»Ja?«

»Ich ... ich denke, wir sollten darüber reden. Aber nicht jetzt. Nicht hier. Es ist Elsies Tag. Wir sollten das respektieren. Lass uns rübergehen.«

Seine Gefühle für sie schäumen fast über. Er wischt sich mit der Hand übers Gesicht und sagt, die Trauerfeier sei nicht weit von hier, und Rosie nickt. Sie stehen auf und machen sich schweigend auf den Weg zum Parkplatz, doch dann hört Will ein Geräusch, Schritte, und dreht sich wieder um zur Bank.

Jemand nähert sich.

Eine Frau im richtigen Alter. Mit dem richtigen Gesicht.

*

Rosie lädt Sandwiches und Cocktailwürstchen auf einen Teller, stellt sich in eine Ecke und stochert darin herum. Sie merkt, dass sie in den letzten Wochen weicher geworden ist, seit sie Brot, Gebäck und Zucker im Tee zu sich nimmt. All die Jahre zuvor gab es Nüsse, Proteine und fettreduzierte Alternativen, doch nun fühlt sie sich so gut genährt wie noch nie. Sie denkt nicht daran, Kalorien zu zählen, abzunehmen, härter zu werden oder noch fünf Sekunden lang durchzuhalten. Sie denkt nun an ihren Unterricht, ihre Schüler und ihre Songs. Daran, dass sie jetzt wieder auf Papier schreibt.

Sie erkennt auf Elsies Trauerfeier ein paar Leute aus ihrer Heimatstadt, der Bibliothek oder der Bäckerei. Aber außer Amber kennt sie niemanden wirklich, und die scheint sich die größte Mühe zu geben, mit allen zu sprechen, nur nicht mit ihr. Es macht ihr nichts aus. Sie beschäftigt sich mit dem Essen und wartet auf Will, den sie bei seiner Mutter auf dem Parkplatz zurückgelassen hat.

Ihr Magen zieht sich nervös zusammen. Sie blickt immer wieder zur Tür und hofft, dass er bald kommt und in guter Verfassung ist, zumindest einigermaßen.

Sie hat schon drei Mini-Sandwiches verdrückt, und er ist noch immer nicht aufgetaucht, als Jen zu ihr herüberkommt und »Hi« sagt.

»Hallo«, entgegnet Rosie.

Das Blut in ihren Adern kocht. Sie verspürt Schuld und Abneigung und schämt sich für beides.

»Dein Song hat mir echt gefallen«, sagt Jen, und Rosie hört Wills Tonfall aus ihrer Stimme heraus, so wie man unbewusst jemanden nachahmt, mit dem man zusammenlebt.

»Danke«, sagt sie.

»Schön, dass es auch richtige Musik gab und nicht nur Kirchenlieder.«

»Das freut mich«, sagt Rosie, nimmt ein Sandwich vom Teller und legt es wieder zurück.

»Du bist Rosie, stimmt's?«

»Ja.«

»Wills beste Freundin?«

»Ich bin mir nicht sicher, ob er mich so bezeichnen würde«, sagt sie. »Aber wir waren Freunde. Vor langer Zeit.«

Jen mustert sie, und Rosie will schon irgendetwas über das Wetter oder das Buffet sagen, als Jen auf den Punkt kommt und zeigt, was für eine Art Frau sie ist.

»Er spricht über dich, weißt du?«, sagt sie.

Rosie blickt dieser Frau, mit der er sein Leben teilt, in die Augen. Sie hat tiefschwarzes Haar, schmale Gesichtszüge und einen verschlungenen Jadestein um den Hals.

»Tut er das?«

»Nicht viel«, sagt Jen. »Aber genug.«

Von der Bar dringt Gelächter zu ihnen, zu laut für den Anlass, und beide Frauen blicken dorthin und sehen zwei Männer, die einander auf den Rücken klopfen. Ihre Blicke bleiben bei den Fremden, während Jen mit gedämpfter Stimme weiterspricht.

»Ich weiß, dass er mal auf dich stand«, sagt sie.

Rosie läuft feuerrot an. Ihr Blick wandert von der Bar zum Teller.

»Ich weiß nur nicht, ob es immer noch so ist«, sagt Jen.

Rosies Kehle schnürt sich zu, wie immer, wenn sie nicht weiß, was sie sagen soll, wenn es kein Richtig oder Falsch gibt. Sie versucht zu schlucken und greift nach dem Wasserglas, als plötzlich die Tür aufgerissen wird und Will in den Saal und auf Amber zustürmt. »Oh scheiße«, sagt Jen und spricht aus, was

Rosie denkt, und dann ist Wills Freundin von ihrer Seite verschwunden.

Rosie stellt den Teller hin. Einige Leute schauen gebannt zu, denn die Erregung ist greifbar, auch ohne lautes Geschrei. Will ist wütend und redet mit leiser, ruppiger Stimme auf Amber ein. Die wiederum reckt ihr Kinn empor, als wäre sie auf einen Knall gefasst gewesen.

Rosie entschließt sich, den Saal zu verlassen, vorbei an Will, seiner Schwester und den mit aufgerissenen Augen starrenden Trauergästen. Sie findet sich draußen auf dem Parkplatz wieder, die Luft ist kühler als zuvor. Es riecht nach Frost und nassem Asphalt. Aschfahler Himmel spiegelt sich in Pfützen auf dem Boden.

Als sie zu ihrem Auto geht, erblickt sie, was, oder eher wen, sie zu sehen erhofft hatte. Die Frau, die ihren Sohn verließ, weil ihr das Leben über den Kopf wuchs, die abgehauen war, weil es einfacher schien, weil sie ungebunden und frei sein wollte, ein Gegenentwurf zu Rosies Leben. Rosie beobachtet, wie diese unbändige, abwesende Frau mit dem langen kupferroten Haar den Schlüssel im Auto dreht, sodass der Motor mit einem Brummen anspringt. Sie beobachtet, wie sie mit beiden Händen das Lenkrad festhält und den Kopf dazwischen sinken lässt. Sie beobachtet, wie sie eine Weile lang weint.

*

Jen bringt Will in eine Bar. Sie gibt Amber die Schlüssel zu ihrem Auto, und die zwei nehmen sich ein Taxi zu einem Pub mitten im Nirgendwo, an einer Landstraße außerhalb Norfolks, mit Backsteinwänden, lokalem Fassbier und schummrigem Zwielicht. Es ist so dunkel, dass man die Speisekarte kaum lesen kann.

Allerdings möchte Will auch gar nichts essen.

»Einen doppelten Wodka«, sagt er zu Jen, und sie sagt »Nein«, er könne ein Bier haben oder ein Wasser mit Limette. Er will am liebsten seine Faust auf den kleinen Holztisch schlagen, stattdessen starrt er bloß seine Hände an.

So viel. An einem Tag.

Sie kehrt mit seinem Wasser und einem Wein zurück, den sie wie ein Goldfischglas in der Hand hält, und sie sitzen da und trinken, während das Gemurmel des Pubs über sie hinwegschwemmt. Das Taubheitsgefühl ist verschwunden, was Will beunruhigt. Denn nun dringen die Emotionen zu ihm durch wie feine Nadelstiche, und er versucht herauszufinden, welcher davon am meisten wehtut, als Jen zu sprechen beginnt.

»Ich habe Rosie Winters getroffen«, sagt sie.

»Ich habe meine Mutter getroffen«, entgegnet er.

Daraufhin senkt sie den Blick, und er spürt einen weiteren Nadelstich, eine grausame Genugtuung, gefolgt von einem stechenden Schuldgefühl, weil er Roe heute einige Dinge gesagt hat, von denen er nicht vorhatte, sie auszusprechen, höchstens sie anzudeuten. Er weiß weder, was er da auf der Bank getan hat, noch, was er hier bei Jen tut.

»Willst du darüber reden?«, fragt Jen. Sie schwenkt den Wein im Glas wie bei ihrer ersten Begegnung.

»Es gibt nichts zu erzählen«, sagt er. »Sie ist gekommen. Wir haben geredet. Ich habe sie weggeschickt.«

Gelächter und Stimmen. Das Schleifen der Eingangstür über den Boden.

»War es ... schlimm?«, fragt Jen.

»Es war so, wie ich es immer erwartet hatte. Zuerst wollte sie mich umarmen, dann war sie beleidigt und fing an zu weinen, als würde ich ihr etwas schulden, als wäre ich das Arschloch, weil ich mich nicht in ihre offenen Arme schmeiße.«

»Das ist scheiße«, sagt Jen. »Das ist echt scheiße.«

»Sie hat gesagt, sie denkt an mich, Jen«, sagt er, wobei ihm etwas Spucke aus dem Mund fliegt wie bei einem alten Mann, doch es kümmert ihn nicht. »Sie *denkt* an mich. Als würde das die ganze Scheiße entschuldigen.«

»Tut es nicht.«

»Ich spreche nicht mal von den verpassten Geburtstagen und Weihnachten«, fährt er unbeirrt fort. »Ich spreche von Jahren. Von Lücken in meinem Leben, in denen ich keine Mutter hatte. Und wie sich das angefühlt hat, nachdem mein Vater schon abgehauen war. Verdammt noch mal!«

Er schlägt mit der Faust auf den Tisch, und einige Männer schauen von der Theke herüber. Er wünscht sich, sie würden ihn zurechtweisen. Er wünscht sich, er hätte einen Grund, etwas zu zerschmettern, ein Glas, einen Knochen oder eine Nase.

»Amber wusste es.« Seine Stimme reißt wie eine Gitarrensaite. »Sie wusste, dass sie kommt. Meine Mum hat vorher Bescheid gesagt, wahrscheinlich zum ersten Mal in ihrem Leben, und Amber hätte mich darauf vorbereiten können – sie hätte mich darauf vorbereiten *sollen* –, aber sie dachte, es wäre *besser*, mir nichts zu sagen.«

»Wenn sie es dir gesagt hätte«, sagt Jen sanft, »wäre es dann anders gelaufen?«

»Stell dich verdammt noch mal nicht auf ihre Seite.«

»Tu ich nicht. Wenn es eine Seite gibt, Will, dann bin ich auf deiner. Immer.«

Sie bleibt ruhig, und das macht ihn wahnsinnig.

»Ich hasse sie, verdammt noch mal«, sagt er.

»Das solltest du auch.«

»Ich hasse sie«, wiederholt er und ist sich bewusst, dass er sich wie ein Kind aufführt, aber Jen nickt.

Will leert sein Glas und spürt, wie sich in seinem Bauch eine Kluft auftut, ein endloser, leerer Brunnen.

»Einen Wodka«, sagt er.

»Keine Chance«, sagt Jen.

Gemurmel, brennende Hitze. Stiche in seinen Händen, Füßen und Augen.

»Können wir jetzt über Rosie sprechen?«, fragt Jen.

Will nimmt das leere Glas und spielt damit herum. Dessen Boden hinterlässt einen feuchten Ring auf dem Tisch, und er rollt das Glas immer weiter, bis ein nasser Bogen auf dem Holz entsteht.

»Wenn du willst.«

»Ich sag's einfach geradeheraus.«

»Okay.«

»Ich habe gesehen, wie du sie angeschaut hast. Als sie gesungen hat.«

»Okay«, wiederholt er.

»Und ich glaube nicht, dass ich mir weiter vormachen kann, du seist über sie hinweg.«

Er rollt das Glas. *Schau sie an*, drängt er sich, aber er kann nicht. Sein Zorn legt sich. Sie haben in einen anderen Gang geschaltet, die Geschwindigkeit erhöht. Neue Konzentration ist gefragt. Er hebt seinen Blick.

Auch sie kann ihn kaum anschauen. Er hat sie nur selten weinen gesehen, und ihm wird bewusst, dass er das immer an ihr geschätzt hat, ihre Dickhäutigkeit, ihre unsentimentale Art, durchs Leben zu gehen. Beruhigend und unkompliziert. Er mag auch ihre Haut, die nahezu durchsichtig ist. Er hat sich schon oft gefragt, insbesondere im Schein des Morgenlichts, wie eine Frau so blass, so zart sein kann.

Stark, aber transparent.

»Ich brauche keine Details. Aber ich kann es in deinen Augen sehen, Will. Und auch wenn ich Gefahr laufe, wie eine gottverdammte Diva zu klingen«, sagt sie mit loderndem Blick, »ich will einfach, weißt du – ich will, dass mich jemand so ansieht.«

Will hört mit dem Glasrollen auf.

»Ich möchte auch nicht zwischen euch stehen«, fährt sie fort. »Sie verdient es, zu wissen, was du immer noch fühlst. Nach all der Zeit.«

Er kann nicht glauben, welche Wendung das Gespräch genommen hat. Er war auf Wut und Vorwürfe gefasst, auf einen Streit, darauf, dass sie auf den Parkplatz hinausstürmt, sodass er ihr folgen muss oder einen Drink an der Bar bestellt. Aber das: Das raubt ihm den Atem.

»Es tut mir so leid«, sagt er, weil das alles ist, was es zu sagen gibt. Sie sitzen im schwachen Licht beieinander, die Gläser leer, um sie herum das heitere Treiben fremder Leben.

»Wenigstens haben wir nicht geheiratet«, scherzt Jen und hebt ihr Glas.

»Sie schon«, sagt er.

Sie antwortet ihm nicht, und er sieht den Schmerz in ihrem Gesicht. Darüber, dass er selbst jetzt, wo sie Schluss machen, nichts zu sagen hat, was nicht mit Rosie zu tun hat. Ihn ergreift eine tiefe Trauer. Er will seine Hand ausstrecken und Jen berühren, sich entschuldigen, Dinge ändern, die er nicht ändern kann.

»Ich hatte einen Ring«, sagt er nach einer Weile.

»Ich weiß«, antwortet sie. »Ich habe ihn in deiner Sockenschublade gefunden.«

»Und du hast dich nie gewundert, warum ich dich nicht gefragt habe?«

»Nicht wirklich.« Sie umschließt das Glas mit den Händen. »Ich wusste, dass du nicht mit vollem Herzen dabei warst. Ich wusste von Anfang an, dass du eine andere liebst.«

Irgendwo lacht jemand. Türen schwingen, heiße Pommes frites verströmen ihren Duft.

»Da haben bestimmt Alarmglocken geläutet«, sagt Will.

»Ja, schon. Aber ich glaube, ich mochte die Herausforderung«, erklärt Jen. »Ich dachte, ich könnte dich umstimmen. Was wohl arrogant von mir war. Aber es wäre so sexy gewesen, wenn ich es geschafft hätte.«

»Meine unsterbliche Liebe für eine andere zu beenden?«

»Ja, genau«, sagt sie, und er ist froh, dass sie nicht mehr den Tränen nahe ist. »Aber auch einfach ... dich von all dem zu befreien.«

Ihm fehlen die Worte. Er will nicht aufstehen und diese Sache zerbrechen, an der sie festhalten, diese fragile, sterbende Sache, die sie ganze fünf Jahre lang gehegt haben.

»Das wäre verdammt heiß gewesen«, stimmt er zu. Sie lacht auf, doch es klingt wie etwas anderes, ein Keuchen, oder womöglich ein Schluchzen. Dann stellt sie das Weinglas auf den Tisch, steht auf, greift nach ihrem Mantel und verlässt überstürzt den Pub.

Und das war's.

Das war's.

*

Rosie kommt in ihrem Kinderzimmerbett nicht zur Ruhe. Es kommt ihr zu schmal vor, und sie kann ohne Simons massigen Körper, sein vertrautes Gewicht neben sich nicht einschlafen. Wie vereinbart, haben sie nicht mehr miteinander gesprochen. Sie hat eine Reisetasche gepackt und ist in einem törichten, fehlgeleiteten Anflug von Heimweh zu ihren Eltern gefahren, nur um sich noch schlimmer zu fühlen.

»Du enttäuschst mich, Rosie«, hatte ihre Mutter gesagt, als Rosie ihr den Grund des Besuchs mitteilte.

Der Schmerz durchzuckte sie wie ein Stromschlag.

Oben in ihrem Zimmer packte sie nicht aus. So schien es einfacher und weniger dauerhaft. Sie wird schon bald eine eigene

Wohnung finden und sie in ihren Lieblingsfarben dekorieren, in jedem Zimmer ein Musikinstrument und Bücher, jede Menge Bücher.

Mit diesen Plänen sinkt sie in den Schlaf und schreck wieder hoch, als hätte sie etwas vergessen.

Sie steht auf, schaut nach, ob sie ihr Portemonnaie, ihren Pass und ihre Schlüssel hat, und legt sich wieder ins Bett. Sie beobachtet, wie die Nacht dem Morgengrauen weicht, sich die Farben von einem tiefen Mauve zum hellsten wolkigen Blau wandeln. Als sie gerade wegdriftet, schreckt sie wieder hoch, und diesmal bleibt ein brennendes Gefühl zurück, als hätte ihr jemand geschmolzenes Wachs auf die Haut getröpfelt.

Dann greift sie nach ihrem Handy.

»Du hast gesagt, ich hätte dich nie gewollt«, sagt sie, als er rangeht. »Und auch ich war eine dumme, ängstliche Teenagerin, Will, aus Gründen, die für mich jetzt nicht einmal mehr Sinn ergeben. Ich weiß, dass es nichts ändert, aber ich – ich wollte dich glauben machen, dass ich deine Gefühle nicht erwidere. Deshalb habe ich damals im Wald ›Nein‹ gesagt.«

Im Hintergrund ertönen Geräusche, so etwas wie erstickter Wind, als wäre er draußen.

»Ich hätte nicht sagen sollen, was ich gesagt habe«, fährt sie fort. »Ich dachte nicht, dass es so einen bleibenden Eindruck hinterlassen würde. Es war einfach leicht, einen auf braves Mädchen zu machen.«

»Was willst du damit sagen, Rosie?« Es klingt noch immer so, als wäre er inmitten einer Menschenmenge, auf einer Hauptstraße oder an einem Hafen, irgendwo, wo zu dieser frühen Stunde schon viel los ist.

Rosie holt Luft und lässt den Blick über die Jugendposter an der Wand schweifen. Eine Band, die über die große Liebe gesungen hatte und darüber, den Glauben daran nicht zu verlieren.

»Ich will damit sagen, dass es eine Lüge war«, sagt sie. »Und ich mich manchmal frage, was gewesen wäre, wenn ich sie nicht erzählt hätte.«

Kurz herrscht Stille. Sie hört ein Rascheln, als würde Will sein Handy von einem Ohr zum anderen wechseln oder einen geschützteren Ort fürs Gespräch suchen.

»Du meinst, als du mir damals gesagt hast, ich wäre der falsche Umgang für dich?«

»Ja«, sagt sie, und die Brutalität dieser Worte wiegt schwer auf ihrer Brust, auch wenn sie die Gründe dafür noch kennt. Josh, der weinend in ihren Armen lag. Und noch etwas anderes, etwas Hartnäckigeres, wie ein Haken in ihrem Herzen, der sie zurückhält.

Mehr Geräusche. Ein Quietschen wie von Schuhen auf hartem Boden.

»Es war eine Lüge«, wiederholt er, als würde er verarbeiten, was sie gesagt hat.

»Ja.«

»Der Tod deines Bruders aber nicht«, sagt Will.

»Ich weiß. Aber ...«

»Du konntest mich danach nicht einmal ansehen. Ich weiß, warum, Roe. Ich verstehe es. Und wir können das hier versuchen, können so tun, als wäre es okay und du würdest ihn nicht sehen, wenn du mich anschaust, oder als wolltest du darüber hinweg sein, wir können es versuchen, aber ich schwöre bei Gott, Rosie, es wird nicht klappen. Er ist gestorben, und zwar wegen mir, meiner Einladung, meinem Geburtstag, wie du es auch drehst und wendest. Deshalb führen wir diesen Tanz auf, deshalb bin ich dir nicht hinterhergerannt und deshalb wolltest du es auch nicht, deshalb bist du dir selbst jetzt nicht sicher, ob du es wirklich willst.«

Rosie atmet in den Hörer. Seine Stimme ist zum Bersten gespannt, kurz vorm Zerreißen und so zerbrechlich, nachdem er so lange so viel zurückgehalten hat.

»Das denkst du«, sagt sie. »Aber ...«

»Nein«, unterbricht er sie. Sie hört den Glockenton eines Lautsprechers und realisiert, dass er sich an einem Flughafen befindet. »Nein, Roe. Ich habe gestern mit Jen Schluss gemacht. Ich habe verdammt noch mal mit der Frau Schluss gemacht, die mich durch eine Depression und den Tod meiner Großmutter begleitet hat, und weshalb? Weil sie weiß, dass ich nicht über eine Frau hinweg bin, die nicht einmal mit mir zusammen sein will?«

Sie versucht dazwischenzureden, doch er fährt fort.

»Ich werde nie im Leben damit klarkommen, dass Josh gestorben ist, Rosie. Und du auch nicht. Also lass uns einfach das, was auch immer zwischen uns ist, beenden.«

»Ich sehe ihn tatsächlich, wenn ich dich anschaue«, bringt Rosie hervor. Das Adrenalin, der Drang, es endlich auszusprechen, beschleunigt ihren Atem.

»Eben.«

»Nein.« Sie schüttelt energisch den Kopf, ohne daran zu denken, dass er sie nicht sehen kann. »Ich sehe ihn, wenn ich dich anschaue, okay, aber nicht aus dem Grund, den du vermutest.«

Zum Glück bleibt er endlich still.

»Er war schwul«, sagt sie, und es ist, als würde sie die Wahrheit wie ein Freudenfeuer durch die Leitung jagen.

»Was?«

»Schwul«, wiederholt sie. »Er hatte mir gerade erst davon erzählt. Und er – ähm – hatte sich, na ja – in dich verknallt. Offensichtlich.«

Sie sitzt auf dem Bett, die nackten Füße unter sich. Ihr ist kalt, doch sie kann sich nicht bewegen, hält still, während sich der Moment entfaltet.

»Und ich wollte, dass er klarkommt. Ich wollte, dass er das alles erst mal verarbeitet. Bevor wir ihm das Herz brechen, verstehst du? Und dann ist er gestorben.«

Sie spricht es einfach so aus, die klare, harte Wahrheit.

»Er ist gestorben«, sagt sie wieder, »und ich ... ich wusste nicht, wie ...«

»Er war schwul«, wiederholt Will.

»Ja.«

Schweigen. Weitere Flughafengeräusche. Sie möchte ihn fragen, wo er hinwill, wie lange er wegbleiben wird.

»Du hast ihn beschützt«, sagt Will nach einer Weile.

»Ich hätte es dir früher erzählen sollen«, sagt Rosie.

»Ja, Roe. Das hättest du.«

»Hätte das etwas geändert?«, fragt sie.

»Was denn?«

»Auf jede Frage eine Gegenfrage«, sagt sie, und er erwidert: »Mach keine Witze, Rosie, nicht jetzt.« Dabei klingt er am anderen Ende der Leitung distanziert, als würde er das Gehörte noch verarbeiten.

»Es tut mir so leid«, sagt sie. »Dass ich es dir nicht erzählt habe. Aber es war einfach nicht ... nicht *mein* Geheimnis, das ich verraten durfte. Verstehst du?«

Rosie wartet vergeblich auf eine Antwort. Erneut ertönt eine fließende weibliche Stimme über den Flughafenlautsprecher und macht eine Durchsage, die Rosie nicht versteht.

»Roe«, sagt Will, und sie entgegnet: »Ja?«

»Danke«, sagt er. »Aber ich muss jetzt los.«

Und er legt auf.

FÜNFZEHN

Es klingelt an der Tür.

Sie ist allein, liegt mit unter die Arme geklemmter Bettdecke da und starrt nachdenklich an die Zimmerdecke. Ihre Eltern sind vor Stunden zur Arbeit aufgebrochen, und sie hat das Bett noch immer nicht verlassen.

Es klingelt erneut, und sie verflucht den Postboten mit seinen Paketen und seinem beharrlichen, nervtötenden Arbeitseifer.

»Leg es vor die verdammte Tür«, sagt sie laut und schämt sich sogleich für ihre Unhöflichkeit, obwohl niemand sie hören kann. Sie stapft hinunter, öffnet die Tür mit Schwung und will dem uniformierten Mann mit dem ausgestreckten Paket schon »Danke« sagen.

Doch es ist nicht der Postbote.

Da steht er in seiner Lederjacke, mit den markanten Wangenknochen, dem bronzefarbenen Haar und dem lodernden, endlosen Blick.

Nach einem einzigen gemeinsamen Herzschlag sagt er, dass er in diesem Tempo niemals die Welt bereisen werde, tritt einen Schritt vor, nimmt ihr Gesicht in seine Hände, diese rauen Mechanikerhände, und schaut sie so lange mit diesem Blick an, bis sie ihn an sich zieht und ihn küsst. Er schmeckt noch genauso wie damals.

Sie landen auf der Treppe ihrer Eltern. Der Teppich reibt an ihren Rücken, und da sind Zähne und Seufzer und Nägel, aber auch eine Sanftheit, ein Dahinschmelzen.

Ihre Farben unter der Kleidung. Haut, die niemand sonst zu sehen bekommt, und der Drang, dass der andere sie berührt, unbedingt, sie sein Eigen nennt. Jugendjahre, Tagträume und Verlangen kommen hoch, so roh und echt, dass es nicht erlaubt sein kann, sicherlich nicht. Sie nennen sich beim Namen, bloß einmal, dann wieder und lachen lautlos, als könnten sie es verschrecken, wenn sie nicht absolut still sind, doch sie können einander noch hören. Das ist alles, was sie wollen, was sie jemals wollten, wenn sie ehrlich sind, wenn sie all das Chaos, das davor war, beiseiteschieben. Ihr Haar wallt wie eine Trauerweide zwischen ihnen. Starke Arme und gebeugte, weiche, flaumige Beine, unrasiert und unbekümmert.

Sie presst ihren Mund auf sein Schlüsselbein, und er stöhnt leise auf.

Schatten von den Bäumen an den Wänden.

Sie halten einander, und zwischen ihrem rauschenden Puls und den pochenden Herzen liegt etwas, das keiner von beiden bisher gekannt hat. Jener unerreichbare, unwahrscheinliche Ort. Knisternde Lagerfeuer. Implosionen. Die Sonne geht auf, bleibend und blendend, wenn man direkt hineinschaut, wenn man so mutig, so willig, so verdammt unfassbar glücklich ist.

Und dann Stille.

Vollkommene Stille.

»Hier können wir nicht bleiben«, flüstert Rosie.

Sie hält ihn umschlungen. Das Licht des späten Morgens streift ihre Stirn, bricht sich im Kupfergold seines Haars.

»Nein«, sagt er. Er küsst sie noch einmal, so lang und intensiv, dass sie fast glaubt, gleich hier zu kommen, doch dann weicht er zurück und sagt, er kenne einen Ort, wo sie hingehen könnten.

*

Will regt sich in den nächsten Tagen wie in einem Traum, aus dem er nicht erwachen will.

Er liegt still und versucht, daran festzuhalten, doch dann hört er Rosie atmen, und sein Herz macht einen gewaltigen Sprung, wie ein Wal, der sich aus dem Wasser katapultiert: plötzlich und heftig und anmutig.

Sie schlafen in seinem alten Einzelbett. Keinem von beiden war es richtig vorgekommen, ins Zimmer seiner Großmutter zu ziehen, nicht bevor sie einige Dinge verändert haben. Rosie hatte darauf bestanden, dass sie wenigstens neue Bettwäsche kaufen, und er war einverstanden, allerdings haben sie seither das Haus noch nicht verlassen.

Es sind Tage des Treibenlassens und des Entdeckens. Sie brühen Kaffee auf und trinken nur die Hälfte, kartografieren die Haut des anderen, die weichen, versteckten Stellen, im Bett, unter der Dusche und einmal auf dem Küchentisch, ihre Körper, Hände und Haare ineinander verschlungen.

»Das ist«, sagt ihm Rosie einmal atemlos ins Ohr.

»Echt«, sagt er, und sie erzittert in seinen Armen. Ihm bleibt fast das Herz stehen vor Glück, und er traut sich nicht, weiter als bis zur nächsten Berührung zu denken, bis zu den nächsten Lauten der Spatzen und Gänse, die manchmal im Windschatten des Hauses zu hören sind.

*

»Er war schwul«, sagt er eines Nachts, als sie im Bett liegen und sich anblicken. Überall auf ihm sind Spuren von ihr. Ihre Augen sind wie kreisende Monde, weit, weiß und überirdisch ziehen sie ihn in ihren Bann.

»Ja«, entgegnet sie.

»Ich hatte keine Ahnung. Aber jetzt, wo du es mir erzählt hast, kann ich es mir vorstellen. Verstehst du?«

»Vielleicht«, sagt sie, ihr Lieblingswort, und es scheint, als würde sie vor ihm zurückweichen. Keine echte wahrnehmbare Bewegung, doch irgendetwas nimmt ab. Sie wirkt schweigsam, und er verflucht sich innerlich dafür, dass er das Thema angesprochen hat.

»Wusstest du es?«, fragt er. »Bevor er es dir erzählt hat?«

»Ich hatte eine Vermutung.«

Er nickt. Ihr Gesicht nimmt einen fernen Ausdruck an, als würde sie sich an etwas erinnern, wovon er kein Teil war.

»Ich denke nicht, dass er etwas dagegen hätte.«

»Wogegen?«, fragt sie.

»Das hier«, erklärt er. »Uns. Wenn es das ist, was dir Sorgen bereitet.«

»Warum glaubst du, das würde mir Sorgen bereiten?«

»Wegen dem, was du erzählt hast.« Er stützt sich auf seine Ellbogen auf, während sie von ihm wegrollt und ihr langes dunkles Haar hinters Ohr steckt. »Dass du ihm nicht das Herz brechen wolltest.«

»Jetzt muss ich mir keine Sorgen mehr darüber machen, oder? Er ist tot.«

Sein Blick sucht ihren, doch sie schaut weg. Mondschein fällt durch die noch offenen Vorhänge, und im Zimmer mischen sich silbernes Licht und Schatten.

»Tust du nicht?«, fragt er.

Er sagt nicht: *Ich kenne dich. Und ich weiß, dass diese Last, die du jahrelang mit dir herumgeschleppt hast, sich nicht einfach in Luft auflöst. Obwohl du alles bekommen hast, was du wolltest, aber dachtest, nicht haben zu können.*

»Vielleicht ein bisschen«, sagt sie mit heiserer Stimme, weil sie die Tränen zurückhält. Er fasst ihr Haar zusammen und legt es ihr über die Schulter, beugt sich nach vorn, um die flache Mulde in der Mitte ihres Schlüsselbeins zu küssen.

So steif wie jetzt hat er sie noch nie erlebt.

»Ich glaube nicht, dass er etwas dagegen hätte«, wiederholt er. »Aber ich fühle mich trotzdem komisch dabei.«

Sie nickt und sinkt zurück in die zerknitterten Kissen. Sie riecht nach Seife, Bettlaken und Tee.

»Ich schätze, ich habe ein schlechtes Gewissen«, sagt er.

»Ich auch«, gibt sie zu.

Beide immerzu in Gedanken und ineinander versunken.

*

Nach vier oder fünf Tagen besteht Rosie darauf, dass sie das Haus verlassen.

»Wir brauchen frische Luft«, sagt sie. »Und Lebensmittel.«

Also gehen sie in die Stadt, um Milch, Eier und andere Grundnahrungsmittel zu kaufen, auch wenn sie allein aufeinander Appetit haben. Sie fühlt sich trunken, wie damals mit siebzehn, als sie sich gerade erst in ihn verliebt hatte, was dumm und peinlich ist, aber auch so überwältigend, dass es sie nicht weiter kümmert.

Sie unterhalten sich über die Schule, das Abendessen und schlechtes Fernsehen. Die Sonne ergießt sich über den Asphalt, cremig gelb wie Buttermilch und schon so warm für den späten Frühling.

Als Rosie in der Supermarktschlange steht und die Einkäufe aufs Band legt, fällt ihr auf, dass sie ihren Ehering noch trägt. Für einen kurzen Moment läuft alles um sie herum mit einer anderen Geschwindigkeit ab, als wollte ihr jemand etwas wegnehmen und sie würde versuchen, daran festzuhalten.

Sie packt alles in die Einkaufstasche, bezahlt und nimmt den Beleg entgegen. Auf dem Weg zum Ausgang denkt sie darüber nach, die Scheidung so bald wie möglich einzureichen. Simon und sie haben beide den Papierkram liegen gelassen, weil keine Eile bestand und die Trennung, allein die Entscheidung dazu, schon anstrengend genug war. »Ich melde mich«, hatte sie gesagt, und er hatte dasselbe erwidert.

Draußen bittet sie Will, Brot aus der Bäckerei zu holen, und während er dort ist, zieht sie den Ring vom Finger ab und lässt ihn im Münzfach des Portemonnaies verschwinden.

Über den Himmel ziehen graue Streifen.

Ihr Spiegelbild in der Glasscheibe.

Sie erwartet ein Gefühl von Scham oder Reue, doch da ist nichts, nichts, das ihr entgegenkommt, nur der goldhaarige, wolfzahnige Junge, der mit einem Brotlaib in den Händen aus der klingelnden Tür tritt und sagt: »Bereit?« Und sie erwidert: »Ja. Bin ich.«

»Erzähl mir etwas«, sagt sie später am Abend.

»Worüber?«

»Irgendwas. Etwas, das passiert ist, als wir keinen Kontakt hatten.«

»Das ist ziemlich viel.« Er legt ein Lesezeichen in das Kochbuch, in dem er gerade geblättert hat, und klappt es zu.

»Dann sollte das ja nicht so schwer sein.«

»Okay«, sagt er, legt das Buch weg und verschränkt die Hände hinter dem Kopf, während er nachdenkt. Sie fragt sich, wie es sein kann, dass er noch attraktiver geworden ist, als er es mit achtzehn war. Sie schlingt die Arme um sich und beobachtet ihn. Er hat sich seit Tagen nicht rasiert, und sein Kiefer ist von honigblondem Löwenzahnflaum bedeckt.

»Tja«, sagt er. »Ich wurde einmal von einem Dachs verfolgt.«

»Einem Dachs.«

»Einem zornigen Dachs«, präzisiert er, und sie lacht auf, ein ungläubiges und überraschtes Beben.

»Wurdest du nicht.«

»Doch. Bei einem Bergrettungseinsatz.«

Rosie prustet nun vollends los, und das bringt auch ihn zum Lachen. Sie winden sich auf dem Sofa liegend, gekitzelt von der Geschichte oder einander. Als sie sich beruhigen, fragt sie ihn, weshalb der Dachs zornig gewesen sei.

»Sind Dachse nicht immer zornig?«

»Ich weiß nicht. Ich bin noch keinem begegnet«, überlegt sie, was sie wieder zum Lachen bringt. Ihr schmerzen schon die Rippen. Sie fühlt sich wund, aus der Übung und so erleichtert. Seine Waden sind an ihre gepresst.

»Du bist dran«, sagt er. »Erzähl du mir etwas.«

»Ich bin nicht von irgendwelchen Waldtieren verfolgt worden.«

»Enttäuschend«, erwidert er. »Aber du hast auch nicht wirklich was verpasst.«

»Okay.« Sie lächelt nach wie vor, denkt nicht viel darüber nach, als sie fortfährt: »Ähm, ich habe einmal den Appetit verloren. Ich weiß nicht, warum. Und ich habe eine Therapie gemacht. Sie war einerseits hilfreich und andererseits schrecklich.«

Will fixiert sie mit seinem Blick.

»In welcher Hinsicht?«

»In vielerlei Hinsicht. Ich habe natürlich wegen Josh damit angefangen. Aber wir haben kaum über ihn geredet. Es ging hauptsächlich über Ziele, meine Mutter, was ich gegessen und nicht gegessen habe, meine Zwangsstörungen und so weiter. Und das war auch wichtig, schätze ich.«

Abgesehen von seinen Beinen an ihren berührt Will sie

nicht. Er hat die Hände hinter dem Kopf verschränkt, die Ellbogen zeigen nach außen, als würde er sich im Lampenlicht sonnen.

»Ich denke, es ging darum, sich durch die Schichten zu schälen«, sagt sie. »Aber ich war zu ungeduldig. Ich wollte gleich zu Josh springen und wiederhergestellt werden und zu meiner Spinning-Stunde loshetzen.«

»Spinning?«

»Noch etwas, was ich eine Weile gemacht habe. Was auch eher schrecklich war. Ich weiß noch, dass der Trainer mich einmal angeschrien hat, härter in die Pedale zu treten, und die Lichter flackerten und ich dachte: Wow, ich hasse das hier einfach. Danach bin ich nicht mehr hingegangen.«

»Gott sei Dank«, sagt er, und sie stimmt zu, und sie verfallen in Schweigen.

Er schaut sie unverwandt mit hinter dem Kopf verschränkten Händen an.

»Hast du irgendwas gemacht, was nicht schrecklich war?«, fragt er. »In all der Zeit?«

Darauf schenkt sie ihm ein schmales Lächeln, auch wenn sie nicht glaubt, dass es ein Witz sein sollte.

Draußen dröhnt der Wind wie das Meer. Gegen Mitternacht soll es stürmen. Sie freut sich schon darauf, dass der Regen später an die Fensterscheiben schlägt, wenn sie ins Bett gehen.

»Traurig, ich weiß«, sagt sie, nachdem sie ihm keine Antwort gegeben hat, und da berührt er sie richtig, beugt sich nach vorn und nimmt ihre Handgelenke in seine Hände.

»Du bist Vieles, Roe. Aber traurig? Nein. Niemals. Selbst nach allem, was passiert ist, bist du das Licht, Roe. Ein gottverdammter Lichtstrahl.«

Die Intensität seines Blicks und seiner Worte machen sie verlegen. Sie brennt von Kopf bis Fuß. Im Gesicht, am Hals, zwischen den Beinen.

»Wer redet denn bitte so?«, haucht sie ihm entgegen.

Sie lachen wieder. Weicher als der Regen, als der Stoff ihrer Lesezeichen.

*

Er trägt keinen Pyjama im Bett. Nur Boxershorts. Sie fängt ungefragt an, seine Sachen zu tragen, nimmt ein T-Shirt aus seiner Schublade, zieht sich Socken bis zu den Schienbeinen hoch.

Er fragt sie, wie sie mit Socken schlafen könne.

Sie fragt ihn, wie er es ohne könne.

Es ist, als wären sie wieder in der Schule, die Anziehung, das Kribbeln, das Feuer, aber es sind bloß sie beide in einem anderen Jahrzehnt, so, wie sie schon immer waren.

*

Mit dem Sommer kommen die Touristen. Die Küste ist übersät von Familien und Fischern, und dennoch gehen Rosie und Will auch nach zwei Monaten, die sie nun schon zusammen sind, fast täglich zum Leuchtturm.

»Ich singe wieder«, erzählt sie ihm, während sie am Strand entlang daraufzusteuern. Treibhölzer liegen wie ausgeblichene Knochen in der Bucht. Die Luft riecht zugleich frisch und faulig, nach Schaum und angespültem Tang.

»Das habe ich gehört«, sagt er.

»Nicht nur unter der Dusche.« Das Lachen fällt ihr so leicht, dass sie unmittelbar daran denken muss, wie anders sie sich fühlt – nicht niedergedrückt oder eingeengt, sondern weit geöffnet.

»Und nicht nur bei Beerdigungen«, fährt sie fort. »Sondern bei der Arbeit. Sie haben mich gebeten, den Chor zu übernehmen.«

Kurz vor der Trennung von Simon hatte sie bei der Unternehmensberatung gekündigt und als Musiklehrerin an einer Mädchenschule in Norfolk angefangen. Sie lehrt Klavier und Gitarre, hilft bei der Organisation von Schulkonzerten. Es ist keine weltverändernde Arbeit, stellt sie fest, aber eine lebensverändernde. Für sie.

Als sie Will erzählte, dass sie wieder Musik macht und damit Geld verdient – wenn auch wenig –, hatte er sie angesehen, als wollte er sie ganz und gar verschlingen.

»Das ist großartig«, sagt er jetzt, während sie durch den Sand staksen.

»Ja, ist es«, sagt sie. »Es fühlt sich irgendwie richtig an. Natürlich war es meine Entscheidung, mit der Musik aufzuhören. Auch wenn es sich damals nicht so angefühlt hat, als hätte ich eine Wahl. Es war, als müsste ich lernen, anders zu atmen, falls sich das nicht zu schräg anhört.«

»Tut es nicht«, sagt Will.

»Aber jetzt fühlt es sich einfach so an wie ... wie kann es sein, dass das nicht schon die ganze Zeit mein Leben war?«

Der Sand knirscht unter ihren Schuhen. Körner, die zur Seite gedrückt werden und mit ihren Fußspuren zurückbleiben.

Er sagt, er verstehe sie, und Rosie schämt sich plötzlich, weil ihr klar wird, was er meint. Ihre Wangen erröten, und sie bückt sich, um eine Muschel aufzuheben, damit er ihr Gesicht nicht sieht.

Sie schaut zu, wie er weitergeht, sich umdreht, auf sie wartet. Er ist so groß, so stark und vom Leben gezeichnet. William White, der Medikamente nimmt, der ein verwundetes Herz und tiefe, traurige Augen hat. Ihrer. Jeder zerschmetterte, narbig verheilte Teil von ihm.

Sie behält die Muschel, legt sie auf das Badezimmerregal.

Als sie vom Wind zerzaust und mit kalten Händen nach Hause kommen, setzt Will heißes Wasser für Tee auf und lässt sie dann allein, um die Gartenhecken zu trimmen.

»Ich hätte dich nicht für einen gehalten, der die Hecken trimmt«, sagt sie, und er zuckt mit den Schultern und meint, es sei für seine Gran, und sie nickt.

Sie tut noch immer sinnlose Dinge für ihren Zwillingsbruder. Oder zumindest in Gedanken an ihn. Zu viele Dinge. Sie kauft seine Lieblingscornflakes und schaut sich Filme im Kino an, die er mögen würde und die sie absolut nicht interessieren. Manchmal fällt es schwer, auseinanderzuhalten, wo Josh endet und sie beginnt, was sie wirklich selbst über etwas denkt oder fühlt, ob sie etwas ihm zu Ehren tut oder für sich selbst. So war es schon zu seinen Lebzeiten, und nach seinem Tod ist es noch verschwommener geworden.

Bloß Kleinigkeiten.

Solche Kleinigkeiten sind es jedoch, die ein Leben, einen Menschen ausmachen.

Sie hört, wie sich die Hintertür in der Küche schließt. Es ist seltsam, allein in diesem Haus zu sein, ohne Will und ohne seine Großmutter oder seine Schwester, die sich oben herumtreibt, wie in jenem Sommer, den sie hier verbracht hat. Sie lauscht, setzt sich in den Sessel am Fenster und tut nichts, als durch die geöffneten Vorhänge zu schauen. Sie nimmt die Stille in sich auf wie Wärme auf der Haut. Eine Mutter spaziert mit einem Kinderwagen vorbei. Ein Mann mit einem schnauzbärtigen Hund, der eine Jacke trägt. Es ist ein strahlend klarer Tag, der zu ihrem Herzen passt, als wäre in ihrem Inneren alles leicht und gelöst.

Also nimmt sie einen Stift und beginnt zu schreiben.

Die Songs kommen selten so einfach über sie, und sie fühlt sich wieder jung, als hätte es in ihrem Leben noch keine Fehler oder Tragödien gegeben. Etwas von einem anderen Ort durchströmt sie. Es ist, als würde sie im Wasser treiben oder im Sonnenlicht oder im Schnee stehen.

Der Schnee.

Da taucht Josh wieder auf, und sie fragt sich, von wo er kommt, wie er mit diesen Strängen verbunden ist. Sie denkt, es müsse etwas neben dem Verstand, dem Herzen, dem Bauchgefühl geben. Ist es die Erinnerung oder die Seele? Und wie mag eine Seele aussehen, wenn man sie berühren könnte, wenn man mit ihrer hellen und dunklen Seite tanzen könnte?

Die Stunden verstreichen, und sie schreibt immer weiter. Will kommt herein und beginnt, das Abendessen zu kochen. Das Öl flirrt und zischt in der Pfanne, Schubladen werden rollend geöffnet und wieder geschlossen, das Wasser läuft, das Messer schlägt beim Schneiden auf das Holzbrett.

»Du magst Spinat, oder?«, ruft er ihr zu. Sie sagt »Ja«, ohne richtig wahrzunehmen, was er gefragt hat, weil sie ganz woanders ist, auch wenn sie hier im Sessel sitzt, in dem Haus, das sie vor vielen Jahren gerettet hat und nun wieder rettet.

Vor dem Essen wird sie fertig.

Sie wünscht sich, den Song für Will zu spielen, oder vielleicht für Josh, wenn sie wirklich daran glaubt, dass er von irgendwo zuschaut, von hoch oben oder zwischen den Welten, denn schließlich liebte er Physik und wusste, dass es mehr gab als Leben und Tod. Das wollte er nicht bloß glauben, sondern wusste es mit Sicherheit. Ja, sie will es für ihn spielen, oder für jenen Teil von ihm, den sie darstellt, also wird sie es vielleicht, ganz vielleicht, letztlich für sich selbst spielen.

*

Etwas hat sich verändert oder begonnen oder wieder begonnen. Wenn Rosie nicht gerade arbeitet oder schläft – oder mit ihm schläft –, schreibt sie.

Will beobachtet sie, ohne ein Wort zu sagen, die Notenblätter und Füller, die billigen Notizbücher mit Karopapier, in das sie ihre eigenen Notenlinien zeichnet. Ihm kommt es vor, als würde er einen Einblick in etwas Privates erhalten, und er weiß, wenn er sie dazu befragt – selbst mit ehrlichem Interesse –, wird es zu nichts Gutem führen. Es macht ihn glücklich, um sie herum zu existieren, während sie schreibt. Er kocht und putzt, entfernt sich für ganze Stunden, um in der Garage zu schrauben. Das ist in gewisser Hinsicht seine Form der Kunst, auch wenn sie ihn nicht so von dieser Welt abheben lässt, wie es bei Rosie der Fall zu sein scheint. Mechanik erdet ihn im Hier und Jetzt. Bei Rosie und ihren Songs nimmt er jedoch eine Transzendenz wahr. Eine Veränderung.

Sie ist der aufmerksamste Mensch, den er je kennengelernt hat.

Das hatte damals am Lagerfeuer sein Interesse geweckt. Die Art, wie sie tief in ihn hineinblickte und ihm zuhörte, obwohl sie ihn gar nicht kannte. Diese Aufmerksamkeit hat nie nachgelassen – bis jetzt. Denn wenn sie schreibt, fällt alles von ihr ab. Die Konzentration, die sie allem und jedem vorbehält, schwindet, und er denkt, dass er diese Seite an ihr noch nicht gekannt hat. All die Energie fließt dorthin, wo sie hingehört.

Manchmal summt sie oder bewegt die Lippen.

Ihr Haar ist zurückgebunden, die Beine sind seitlich eingeknickt, während ihre Finger klopfen oder zählen.

Sie geht an einen Ort, an den er ihr nicht folgen kann, und er lässt sie. Es ist eine Freude, ein Privileg, ihr diesen Raum und diese Zeit geben zu können und keine Anforderungen an sie zu stellen. Er liebt diese Version von ihr sogar mehr, denkt er, während er in einem Kochbuch blättert oder ihr eine Tasse Tee hinstellt. Und dann ist sie wieder da, blinzelt benommen, als würde sie auf die Erde zurückkommen und sich an die Welt um sie herum erinnern. Seine verschränkten Füße auf dem Couchtisch. Ihr Roman daneben. Sie beide. Ihre Dinge. Der samtene Nachthimmel hinter den Jalousien.

Rosie hat ihre Gitarre ins Haus seiner Großmutter mitgebracht, und sie hat ihre Stimme, aber etwas scheint zu fehlen. Sie bleibt immer häufiger länger in der Schule, um das Klavier dort zu benutzen und ihre Songs so zu spielen, wie sie sie komponiert hat.

»Ist das in Ordnung?«, fragt sie ihn am Telefon, als sie Feierabend hat und er schon kochendes Wasser und eine Pfanne mit Öl auf dem Herd stehen hat.

Er wundert sich, dass sie überhaupt meint, ihn fragen zu müssen.

Doch es beschäftigt ihn. Er hat eine Idee, die ihn nicht mehr loslässt. An den Abenden, an denen sie länger wegbleibt, durchforstet er das Internet und findet nach ein paar Wochen genau das, was er gesucht hat. Mit Bargeld in der Hand legt er den kurzen Fußweg zurück. Ein »Danke, Mann. Pass gut darauf auf, ja?«, und schon rollt er das Instrument den ganzen Weg nach Hause, die Bordsteine hinauf, über die Zebrastreifen, als wäre es ganz normal, ein altes Klavier über die Straße zu schieben.

Es hat eine Restaurierung nötig, etwas Zeit und Pflege. Das Holz weist tiefe Kratzer auf, und Pfützen aus Kerzenwachs sind vor langer Zeit auf dem Deckel festgetrocknet. Er schiebt das Klavier in die Garage und schlägt ein paar Tasten an. Obwohl er kaum etwas von Musik versteht, ist es eindeutig ganz schrecklich verstimmt. Die Tasten wirken steif und träge, knacken wie Gelenke unter seinen Fingern. Die Obertöne seien unrein, hatte der Verkäufer erklärt, doch das spielte keine Rolle.

Er weiß, dass sie es lieben wird.

Die verschlungenen Linien auf der Holzverkleidung und die zart gebogenen Beine, die ihn ein wenig an seine Kerzen im Schulunterricht früher erinnern. Das tiefbraune Holz unterscheidet sich so sehr vom glänzenden Schwarz des Klaviers bei ihren Eltern. Er holt seine Werkzeugkiste hervor, schaut sich stundenlang Videos im Internet an, um zu verstehen, wie man ein Klavier auseinanderbaut, die vorderen Rahmen entfernt, an den Resonanzboden, die abgenutzten Saiten, die Hämmer, Dämpfer und Stößel gelangt.

Innen sieht es verfallen aus. Die Metallschienen sind matt und angelaufen, der Filz an einigen Stellen abgewetzt. Will verbringt viel Zeit damit, es einfach nur anzuschauen und zu verstehen, so wie er damals seinem Großvater mit den Motoren zuschaute, als er noch nichts beizusteuern hatte, weder Fähigkeiten noch Erfahrung, aber ein Verlangen, das er nicht zu artikulieren vermochte.

Er, allein mit einem Projekt in der Garage.

Es kribbelt ihm in den Fingern.

Sobald er Rosies Schlüssel in der Tür hört, versteckt er das Klavier unter einem Überwurf, auch wenn sie aus Angst, sein Motorrad umzustoßen, die Garage nur selten betritt. Er schaltet das Licht aus und geht ins Haus, wo sie ihn mit einem Kuss begrüßt, die Schuhe auszieht, ihr Haar herunterlässt und sie zu Abend essen, sich über den Tag austauschen, während er beim Gedanken an das Klavier, das auf der anderen Seite der Wand auf sie wartet, still und heimlich vor Freude glüht.

*

Die Tage ziehen dahin, bis sich der August dem Ende neigt, bis zu jenem Tag, den sie beide jedes Jahr aufs Neue fürchten. Wills Geburtstag, der Tag, an dem Josh starb und sich ihre Leben in ein Davor und ein Danach spalteten, in das, was hätte sein sollen, und in das, was war.

Sie sprechen nicht darüber. Will steht früher als üblich auf und geht joggen. Rosie stellt sich schlafend, obwohl sie in Wahrheit die ganze Nacht kaum ein Auge zugemacht hat, seit dem Morgengrauen in die Traumwelt und wieder hinausgedriftet ist.

Als er schon eine ganze Weile fort ist, steht sie auf und macht Frühstück. Etwas Besonderes, Marmelade, Croissants und frischgepresster Saft, Wills Lieblingskekse auf einem Teller. Wie immer an diesem Morgen ruft sie ihre Eltern an, und ihr Vater geht ran. »Harter Tag«, sagt sie, und er erwidert: »Nicht wahr?«, und sie tauschen Erzählungen über Josh aus, seine Gewohnheiten, Dinge, die sie vermissen oder an die sie sich noch erinnern. Der Geruch seiner Socken nach einem Basketballspiel. Seine Angewohnheit, mit den Fingern zu knacken oder sein Gemüse unter seinem Messer zu verstecken, als er noch klein war, als würde so niemand bemerken, dass er es nicht aufgegessen hatte.

Sie lachen so, wie sie es an diesem Tag können, oder an Weihnachten, Ostern und jedem anderen Anlass, bei dem er nicht mehr zugegen ist: leise und mit so viel Liebe und Schmerz in ihren Herzen, dass sie glauben, daran zu ersticken.

Kurz nachdem sie aufgelegt hat, kommt Will mit rotem Kopf von der Anstrengung und der schon heißen Morgensonne nach Hause. Er spaziert in die Küche, sieht den gedeckten Tisch und fragt sie, was sie da tue. Sie erwidert, es sei nichts, bloß ein Frühstück zu seinem Geburtstag, doch er schüttelt den Kopf und sagt »Nein«.

»Nein?«, wiederholt Rosie.

»Ich feiere meinen Geburtstag nicht.«

»Will.«

»Nein, Roe. Das habe ich seither nie, und vor allem *du* brauchst darum keinen Wirbel zu machen, nur weil du hier bist. Im Ernst. Vergessen wir es einfach.«

»Will«, sagt sie erneut, doch er tritt rückwärts aus der Küche und springt die Treppe hinauf ins Badezimmer.

Rosie bleibt ganze drei Sekunden am Tisch sitzen und schiebt dann den Stuhl zurück, um ihm hinterherzugehen. Er ist bereits unter der Dusche, als sie hereinkommt, kein Dampf, weil er nach wie vor kalt duscht.

»Josh fände es furchtbar, dass du deinen Geburtstag nicht feierst«, sagt sie.

Will quetscht Shampoo aus der Flasche auf die Hand und verteilt es in seinem Haar. Es sieht so lang aus, wenn es nass ist, und verwandelt sich in ein dunkles, schmutziges Blond wie der piniendurchsetzte Sand in Montenegro.

»Bestimmt hast du recht.« Das Wasser läuft ihm über den Körper, den Rücken hinunter, an den starken Läuferschenkeln entlang. Rosie steht in der Tür und beobachtet ihn.

»Dann lass uns heute etwas unternehmen«, sagt sie.

»Ich kann nicht«, sagt Will. »Ich wasche mir die Haare.«

»Sei doch nicht so.« Sie schaut zu, wie er sich abspült, einseift und wieder abspült. Dann dreht er das Wasser ab und reibt sich die Augen.

»Gibst du mir bitte das Handtuch?«, fragt er, und sie folgt seiner Bitte und beobachtet, wie er es sich um die Hüfte wickelt und aus der Wanne steigt. Obwohl heute ebenjener Tag ist und obwohl ihr das Herz schmerzt wie eine gebrochene Rippe, fühlt sie sich einen Augenblick lang selig. Weil sie hier in diesem Badezimmer mit Will White steht und er das Schönste ist, was sie jemals gesehen hat. Dieser Gedanke geht ihr tatsächlich durch den Kopf, und sie lacht beinahe laut auf.

Will setzt sich auf den Rand der Badewanne und sagt, sie könne seine Meinung nicht ändern. Er habe viel darüber nachgedacht, und so sei es besser. Es sei denn, sie wolle ihn in irgendeiner Weise würdigen. Nicht seinen Geburtstag, selbstverständlich, sondern ihren Bruder.

Er öffnet das Badezimmerfenster, und sie hört einen Vogel im Garten krächzen. Eine Elster. So schroff und nicht lieblich.

»Ich denke jeden Tag an ihn«, erklärt sie. »Also ist heute nichts anders als sonst.«

»Klar«, sagt Will.

»Ein normaler Tag also«, verkündet Rosie, und Will sieht so erleichtert aus, so dankbar, dass ihr Herz umso mehr schmerzt. Sie tritt beiseite, lässt ihn ins Schlafzimmer durch und denkt, dass all die alten Songs wahr sind: dass Liebe so oft aus Schmerz besteht, das eine Gefühl die Kehrseite des anderen.

*

Ein paar Wochen später spazieren sie gerade zum Strand, als Rosie Will am Arm packt und in den Eingang eines Geschäfts auf der Hauptstraße zerrt. Es ist ein Laden voller Aushängeschilder und Muschelbilderrahmen.

»Was ist passiert?«, fragt er, als sie über seine Schulter späht, die Nägel in seine Armbeuge bohrt.

Sie sagt »Psst« und regt sich nicht. Eine ältere Frau tritt aus dem Geschäft, sodass sie zur Seite weichen müssen. »Hab mir was gegönnt«, sagt sie zu ihnen, hält eine Papiertüte hoch und setzt ihren Weg fort. Will beobachtet, wie sie am Gehstock davonhinkt, bis Rosie mit rotem Gesicht einen Schritt zurücktritt.

»Wen hast du gesehen?«, fragt er.

»Meinen Vater«, sagt sie. »Was bedeutet, dass meine Mutter wahrscheinlich auch in der Nähe ist.«

»Klar«, sagt er.

»Oh Gott«, sagt Rosie und presst ihre Handflächen auf ihre Augen. »Tut mir leid. Das war ein Reflex.«

»Schon okay.«

»Nein, ist es nicht. Ich bin so feige. Wir tun nichts Verbotenes. Sie wissen, dass Simon und ich nicht mehr zusammen sind.«

»Aber sie wissen nichts von mir.«

»Nein.«

»Weiß es irgendjemand?«

Sie reckt das Kinn empor, als würde sie einen Seufzer zum Himmel ausstoßen. Noch jemand betritt das Geschäft und bittet sie, Platz zu machen, sodass Will auf den Gehweg deutet. Sie nehmen denselben Weg zurück, den sie gekommen sind, in die entgegengesetzte Richtung von Rosies Vater, wie Will vermutet.

»Ich werde es ihnen erzählen«, sagt sie. »Versprochen.«

»Mir ist eigentlich egal, ob sie es wissen oder nicht. Es sei denn, es würde für dich etwas ändern.«

»Inwiefern?«

»Wenn sie unglücklich darüber wären, würdest du mich dann verlassen?«

Sie hält mitten im Schritt inne und schaut erschrocken auf.

»Natürlich nicht«, sagt sie. »Das ist nicht – nein. Natürlich nicht.«

Er lässt sie über seiner Frage brüten, denn ihre gestammelte Antwort zeigt, dass sie noch nicht wirklich darüber nachgedacht hat. Er geht weiter, und sie folgt ihm. Die Luft ist sauber und frisch. Ein Tag, der sich gut zum Wäschetrocknen eignet. Ein Bettwäschewechseltag, wie seine Großmutter zu sagen pflegte. Strahlender Sonnenschein, eine beständige Brise.

»Ich habe auch niemandem von dir erzählt«, sagt er, während sie sich vom Stadtkern entfernen, wieder in die Seitenstraßen einbiegen, die sie nach Hause führen. »Aber ich habe noch nie von irgendwem erzählt. Ich finde, es geht niemanden was an.«

»Nein«, sagt Rosie, bemüht, ihm zuzustimmen.

»Simon hast du allerdings nicht geheim gehalten«, sagt er.

»Nein, hab ich nicht.«

»Und was hat dir das gebracht?«

Rosie antwortet nicht, und Will stupst sie in die Seite, als wollte er sie zurückholen.

»Rosie, es ist in Ordnung. Ich sage dir, es ist alles gut.«

»Ich sollte es erzählen«, sagt sie. »Ich will es. Aber ich will auch einfach ... nichts kaputtmachen.«

»Das verstehe ich.«

»Und zwar nicht, weil mich interessiert, was sie davon halten. Meine Eltern oder meine Freunde oder wer auch immer. Aber das mit Simon ist einfach noch nicht so lange her. Und niemand wird verstehen, dass es für uns sogar noch viel länger her ist.«

Ein Rotmilan fliegt tief über ihre Köpfe hinweg. Er verschwindet hinter den Dächern.

»Sie werden denken, es sei nur eine Affäre«, erklärt Rosie, »obwohl es das nicht ist. Und ich bin gerade so glücklich und möchte es einfach noch etwas länger genießen. Ich habe solche Angst, dass es vorbeigeht. Je weniger Leute sich einmischen oder unsere ... also das stören, was zwischen uns ist, desto besser. Verstehst du?«

Will versteht. Er möchte ihr sagen, dass sie keine Angst haben muss, dass es keinen Grund dafür gibt, aber er weiß nur zu gut, wie sie sich fühlt.

»Verstehst du, was ich meine?«, drängt Rosie, da sie sein Schweigen falsch interpretiert. Ein weiterer Vogel. Eine Amsel springt von einer Feuersteinmauer und huscht über den Grasstreifen.

»Du meinst, ich bin kein Lückenfüller«, sagt Will.

»Du bist definitiv kein Lückenfüller.«

»Na wenn das so ist, sollten wir das mit uns noch mal überdenken.«

»Wieso?«

»Ich dachte, das hier wäre nur etwas Lockeres.«

Sie lacht ihr funkensprühendes Lachen, hakt sich bei ihm unter und lehnt sich an seiner Schulter an.

»Ich habe es nicht einmal Marley erzählt«, sagt Rosie, während sie der Biegung der Straße folgen. »Aber sie hatte so viel um die Ohren mit dem neuen Baby und allem.«

»Du wirst es ihr schon noch erzählen«, sagt Will. »Wenn die Zeit reif ist.«

Er weiß, dass sie das jetzt braucht, einen Freiraum ohne aufgezwungene Fristen oder Regeln. Es fühlt sich wie ein einziger langer Sommer an, seit sie wieder zueinander gefunden haben, und die paar Monate sind wirklich nicht viel, verglichen mit all den Jahren, die er gewartet hat.

Auch er hält Rosie geheim, was nicht schwer ist, da er und Amber nicht miteinander sprechen und er eigentlich auf Weltreise sein sollte. In Vietnam inzwischen. Und doch ist er wieder in Norfolk, wieder mit demselben Mädchen und überstürzt nichts, lässt das Leben einfach geschehen. Dieselbe gelassene Strategie wendet er auch bei Rosies Scheidung an. Er fragt sie nicht nach dem Wann oder Wie, bestärkt sie nur darin, dass sie schon wissen wird, wann es so weit ist. Es ist aufwühlend, so hingerissen zu sein, so aufgezehrt vor Verlangen nach einer Frau, die ihm wirklich etwas bedeutet. Er will sie beschützen, ihr aber auch bei bestimmten Dingen die Möglichkeit lassen, ihren eigenen Weg zu finden.

Sie biegen Arm in Arm in die Straße seiner Großmutter ein, als er sieht, dass sie in sich hineinlächelt. Er fragt sie, was los sei, und sie schüttelt mit einem kleinen Ruck den Kopf. Doch er lässt nicht locker, also zuckt sie mit den Schultern, nach wie vor mit einem scheuen Lächeln auf den Lippen.

»Ich wünschte, ich hätte alles auf der Welt mit dir gemacht«, sagt sie.

Auf der Straße ist es still. Keine Autos oder sich schließende Türen. Bloß sie beide, ihre Stimme im wäschetrocknenden Wind.

»Das stammt nicht von mir. Das ist ein Zitat. Aber es ist wunderschön, nicht?«

Er nickt schwach, weil er solche Worte nicht gewohnt ist.

»Und genauso geht es mir«, sagt Rosie noch immer lächelnd. »Ich habe gerade gedacht, dass es mir genauso geht.«

*

Will ist früh heimgekommen und hat am Wohnzimmerfenster gewartet, bis sie endlich draußen auf dem Gehweg erscheint, ihre Schultasche in der Hand, die Haare unter dem Schal versteckt, sodass es aussieht, als hätte sie einen kurzen Bob statt ihrer langen Mähne.

Er atmet durch.

Seine Füße kribbeln. Er lacht ein wenig, weil er sich fragt, ob es sich wohl so anfühlt, einen Antrag zu machen.

Der Ring seiner Großmutter kommt ihm in den Sinn, doch dann kratzt Rosies Schlüssel an der Tür, und sein Herz hämmert gegen seine Rippen. Sie geht zur Wohnzimmertür, stellt ihre Tasche ab, löst ihren Schal, wendet sich ihm zu und stockt.

Bloß einen Moment hält sie inne.

»Was ist das?«

»Es gehört dir«, antwortet er.

Sie sagt seinen Namen, schriller als üblich, und darin spiegeln sich sowohl Schock als auch Freude. Es ist ein wundervoller Klang. Er hat ein Bild von ihr vor Augen als kleines Mädchen an Weihnachten oder bei ihrem ersten Besuch in einem Musikgeschäft.

»Komm und schau es dir an«, sagt er und berührt einladend das obere Ende des Klaviers. Sie tritt vor, den Schal noch immer in den Händen. Er nimmt ihn ihr ab, damit sie die Hände frei hat. Sie schaut und schaut und sagt nichts, und seine Freude beginnt zu schwinden.

Sie streckt die Hand aus und malt das Design auf dem Korpus nach. Etwas Viktorianisches, Weinreben und gewundene Blätter, die er aufbereitet und gebeizt hat. Er hat auch den Hocker gepolstert, einen neuen Stoff gekauft, von dem er glaubt, er könnte ihr gefallen, alle Kratzer und Dellen aufgefüllt und abgeschliffen.

Wenn er so darüber nachdenkt, ist er stolz darauf.

Rosie hingegen sagt nichts.

»Ich weiß, es ist altmodisch«, sagt Will. »Aber ich habe gelesen, dass zu Beginn des 19. Jahrhunderts eine gute Zeit für Klaviere war und sie danach eher mittelmäßig geworden sind? Und der Typ meinte, dieses wäre aus den 20ern, also dachte ich, es ist bestimmt ganz anständig. Nicht, dass ich viel über Klaviere wüsste. Vielleicht hätte ich dich erst mal fragen sollen.«

Immer noch nichts. Ihre Hände streifen über den Tastaturdeckel.

»Es war nicht so gut in Schuss«, gibt Will zu, »aber ich habe versucht, es zu restaurieren, so gut ich konnte, und es hat ein solides Skelett. Die Saiten mussten ersetzt werden, und es hat neuen Filz und neue Tasten bekommen, sodass der Resonanzboden wieder so ist, wie er sein sollte. Angeblich ist der Bass besser bei diesen Vorkrisenmodellen, weil sie ein Stückchen größer sind. Dieses ist knapp 1,40 Meter. Also ja.«

Er schluckt. Sie hat noch immer ihren Mantel an, berührt nicht mehr das Holz, sondern steht mit hängenden Armen da.

»Gefällt es dir nicht?«, fragt er. Sie dreht sich zu ihm um, und ihre Augen sind von Tränen und Licht erfüllt. Sie sagt wieder seinen Namen, und er prägt sie sich ein, will sie für immer so sehen, so in Erinnerung behalten.

Die Wangen gerötet.

»Ich«, sagt sie. »Ich weiß gar nicht, was ich sagen soll.«

»Dann spiel einfach«, sagt Will, und sie wirkt geschlagene fünf Sekunden überrascht von dieser Idee, doch dann knöpft sie den Mantel auf, setzt sich auf den Hocker und öffnet den Deckel.

Er beobachtet, wie sie einen Moment lang die Tasten mustert, die Hände positioniert, als würde sie prüfen, ob sie dort hinpassen.

Eine Pause.

Und dann spielt sie.

*

»Woher hast du es gewusst?«, fragt sie ihn später. Sie haben zu Abend gegessen, geduscht und liegen zusammen unter der Bettdecke.

»Was gewusst?«, spricht Will in ihr Haar. Sie ist an ihn gekuschelt, ihr Rücken in der Kurve seines Bauchs, seine Knie an ihren Waden.

»Was ich brauchte.«

Will ist sich nicht sicher, ob das eine richtige Frage ist. Er denkt, es ist vielleicht ihre Art, ihm zu sagen, wie viel ihr das alles bedeutet. Nicht nur das Klavier, sondern auch die Zeit des Getrenntseins, die Monate, in denen sie nicht miteinander sprachen, einander Raum gaben, jeder für sich auf seine eigene vergebliche Weise versuchte zu heilen. Dass er sie nie vergessen hat. Er wusste nie, ob sie wieder den Weg zueinanderfinden würden, wagte nie, es zu hoffen. Doch das Leben ging weiter, und da war sie, und hier ist er, für sie da.

Er liegt richtig. Sie braucht keine Antwort, denn sie schläft ein, bevor er etwas erwidern kann. Neben ihr zu liegen, erinnert ihn an die letzte Nacht im Zelt, als sie weinte, ihm erzählte, das Leben könnte wieder gut werden, sie jedoch nicht verstünde, wie.

*

So vergeht ein halbes Jahr.

Stunden voller Gespräche, Mahlzeiten, Klavierspielen, Einkäufen, Schlafen und Wachen. Sie sind ins Zimmer seiner Großmutter gezogen, haben umdekoriert, das Bettzeug und die Vorhänge gewechselt.

Vor der Arbeit kocht er Kaffee, für sie mit Milch und einem halben Löffel Zucker, für sich schwarz und bitter. Sie trinken ihn bei hochgezogenen Jalousien im Bett, und die Sonne fällt auf die gegenüberliegende Wand. Wir sollten ein paar Bilder aufhängen, schlägt sie vor. Ich mag das Sonnenlicht lieber, entgegnet er, und sie lächelt, sagt nichts, führt die Kaffeetasse an die Lippen.

Jeden Morgen küsst er sie innig an der Haustür, bevor sie den kurzen Weg zur Schule antritt. Wenn sie sich lösen, ist sie atemlos und er hart, und sie schlafen fast jeden Abend miteinander, sobald sie nach Hause kommt. Im Bett, auf dem Sofa und wieder auf der Treppe, wobei er sich einmal eine ernsthafte Abschürfung am Teppich einhandelt. »Dafür bin ich zu alt«, sagt er, als er sich später am Abend im Badezimmerspiegel untersucht. »Wir haben einfach viel nachzuholen«, sagt sie, und er grinst sie an. Es erstaunt ihn, wie sehr sie ihn mit ihren Worten manchmal noch immer überraschen kann.

Natürlich ist das alles viel zu perfekt.

Zu richtig in einem Leben, in dem so viel falsch läuft.

Eines Tages, sechs Monate nach ihrem Einzug, erhält sie einen Anruf. Er bereitet gerade Eier zu, rührt langsam am Herd und überlegt, ob er anfangen sollte, Brot zu backen, ihr Zuhause mit dem Duft von Vollkorn und Gemütlichkeit zu füllen, als er sie auf der Treppe hört und es bereits an ihren Schritten erkennt.

»Simon«, ist alles, was sie herausbringt, als sie das Zimmer betritt.

Er schaltet den Herd aus, legt den Löffel beiseite und dreht sich zu ihr um.

»Was ist mit ihm?«

»Er ist krank«, sagt sie. »Sehr krank.«

Ein Dröhnen in seinen Ohren. Er ist ein schrecklicher Mensch, denn er will ihr sagen, dass ihm dieser Mann egal ist, dieser Mitmensch, der einst die Frau liebte, die er schon immer geliebt hat – dass jetzt nichts mehr eine Rolle spielt, außer dem Hier und Jetzt, außer ihnen beiden, ihrer Küche und ihren Eiern und dem morgendlichen Kaffee. Wenn es nach ihm geht, kann Simon ruhig sterben, was herzlos klingt, aber in diesem Moment die Wahrheit ist, und er will es ihr ins Gesicht sagen, damit auch sie so empfindet.

Er fragt sie, was sie nun tun wolle.

»Ich muss ... zu ihm«, sagt sie, und ihre Stimme klingt nicht entschuldigend, sondern entschlossen. »Ich bin noch immer seine Frau.«

»Auf dem Papier«, sagt Will, und sie nickt und wiederholt die Worte. »Auf dem Papier.«

»Musst du jetzt sofort gehen?«, fragt er, obwohl er weiß, dass es in Anbetracht der Umstände keine Rolle spielt, aber er deutet auf die Eier und die Teller, die auf dem Tisch bereitstehen.

»Ich sollte«, sagt sie, ohne ihn anzuschauen, ohne seinem Blick zu begegnen, und plötzlich ist er so wütend, dass es ihm die Sprache verschlägt. Sie verlässt die Küche, und er hält sich an der Arbeitsplatte fest und wartet.

Prismen brechen sich in der verchromten Spüle.

Sie brennen sich in seine Augen.

Dann ist sie zurück, mit einer Tasche zu ihren Füßen. Er lehnt an der Arbeitsplatte und beobachtet sie, nimmt seine Kaffeetasse in die Hand. Sie kommt herüber, schmiegt sich an ihn, und er hält die Luft an, will nicht einatmen, will weder ihr Haar noch ihre Haut oder ihre morgendliche Verschlafenheit riechen, einen Geruch, auf den er inzwischen vertraut.

»Es tut mir leid«, spricht sie in seine Schulter hinein, und dann ist sie fort, und er wartet, bis die Haustür ins Schloss gefallen ist, bevor er seine Kaffeetasse zu Boden wirft und beobachtet, wie sie auf den Fliesen explodiert und in tausend Scherben zerspringt.

SECHZEHN

Rosie geht zu ihm, ihrem Ehemann. Dem Mann, mit dem sie seit sieben Monaten nicht gesprochen hat.

Dem Mann, mit dem sie Nacht um Nacht auf einer schmalen Matratze im Studentenwohnheim und später in einem Queen-size-Ehebett geschlafen hatte, der sie in seinen breiten Armen zum Einschlafen brachte und sie mit seiner endlosen Güte und Fürsorge und unerschütterlichen Gewissheit darüber, wie ihr Leben auszusehen hatte, langweilte.

Sie verbrachten Stunden zusammen im Fitnessstudio mit Muskelaufbau und Cardio-Training. Er joggte am Fluss vorneweg und rief ihr zu, dass sie dranbleiben solle und das großartig mache.

Bei ihm machte sie immer alles großartig.

Und nun ist sie von sich selbst angewidert und der Euphorie, die sie ohne ihn verspürt hat. Mit Will. Beim Zusammenbruch der Strukturen, die sie und Simon sich seit ihrem ersten Date im Uni-Café, als sie noch so krank vor Trauer und pausenlos wach war, aufgebaut hatten. Damals nahm er ihre Hand und ihren Mantel. Er stützte sie. Also geht sie zu ihm und blendet alle Gefühle aus, die sie für andere Dinge und andere Menschen empfindet, und sie kriecht zurück in jene enge, allumfassende Haut, die sie so gut kennt, bevor sie an ihre alte Wohnungstür klopft.

Im Wohnzimmer erzählt Simon ihr vom Hodgkin-Lymphom. Auf dem Tisch steht eine Teekanne mit irgendeiner urinfarbenen Kräutermischung. Sie wünscht sich schwarzen Yorkshire-Tee mit Milch und Zucker. Vanillecremekekse. Sie kann nicht aufhören, an die Kekse zu denken, und ihr ist übel, weil sich alles so surreal anfühlt. Ihr Sofa. Ihr gemeinsames Sofa.

Dieser Mann darauf, den sie kennen sollte, mit seinen trüben, rot unterlaufenen Augen.

Sie trinken Tee, und er zählt Symptome wie vergrößerte Lymphknoten und extreme Müdigkeit auf. Zuerst habe er gedacht, es sei der Stress wegen, nun ja, ihnen beiden, doch als der Nachtschweiß einsetzte, ließ er die Blutuntersuchung und die Scans machen, und da war sie, die Diagnose. Und alles, woran Rosie neben Keksen denken kann, ist der Künstler, über den sie etwas in der Schule gelernt hat, Howard Hodgkin, der Hochzeiten in Mumbai, Himbeerstreuselkuchen und die Morgenröte gemalt hat. Sie sollte Simon schlaue, aufmerksame Fragen stellen, doch sie hat nur Farbstriche vor Augen, Kunstwerke, die sie damals nicht verstand. Gedankenschleifen. Das Berühren von Fensterbänken, das Rücken innerer Stühle.

Simon bleibt den ganzen Nachmittag ruhig, sachlich und freundlich wie eh und je. Nach Anbruch der Dunkelheit erzählt er ihr jedoch, dass er Angst habe, und weint. Sie hält ihn in den Armen, und es erinnert sie daran, wie Josh sich in seinem Schlafzimmer vor ihr outete, dieselbe Sprachlosigkeit und der Instinkt, da zu sein, so voll und ganz, dass nichts und niemand sie woanders hinbewegen könnte.

Sie denkt an Wills Großmutter.

Daran, dass sie den Krebs besiegt hatte und schließlich doch starb.

»Du bist jung und fit und wirst wieder gesund«, versichert Rosie sich selbst genauso wie ihm. Ziffern leuchten ihr von seiner Fitness-Uhr entgegen. Es sind schon Stunden vergangen, und so kommt es ihr auch vor. Er dreht sich, um sie anzuschauen.

»Als ich es erfahren habe, Rosie, war das Erste, was mir in den Sinn kam: Warum auf der Welt haben wir das getan?«

Sie will den Kopf hängen lassen, zwingt sich jedoch, seinen Blick zu erwidern.

»Ich werde meine Stunden reduzieren, Rosie. Wir können die Wohnung verkaufen und aufs Land ziehen. Sogar nach Bali. Was auch immer du willst. Wir können Kinder bekommen, oder es sein lassen. Ich werde mir mehr Zeit für dich nehmen. Wir werden wieder wie wir sein. Ich verspreche es.«

Wir waren immer wie wir, denkt Rosie in der Dunkelheit.

»Simon«, sagt sie und versucht sich herauszuwinden, von seinem Gewicht zu befreien.

»Ich liebe dich, Rosie«, sagt er, und zum ersten Mal in all den Jahren, die sie einander kennen, klingt seine Stimme leidenschaftlich. »Ich hätte niemals zulassen dürfen, dass uns das Leben in die Quere kommt. Also werde ich das überleben und es wiedergutmachen.«

»Simon.«

»Ja?«

»Wir waren eine ganze Weile getrennt. Wir haben Schluss gemacht. Und. Na ja.«

»Du trägst deinen Ring nicht mehr«, stellt er fest.

Ihr Herz gefriert zu Eis, und der Frost breitet sich entlang ihrer Wirbelsäule aus. Kalte Scham.

»Wir dachten beide, es sei vorbei«, erklärt Simon. »Bestimmt haben wir beide … Dinge getan, die verheiratete Menschen nicht tun sollten.«

Er verschränkt seine Hände in ihren. Sie sind schweißnass, wie ihre Kniekehlen.

»Lassen wir es damit auf sich beruhen«, sagt er. »Ich liebe dich. Das Schlimmste, was ich mir hätte vorstellen können, ist eingetreten, und alles, woran ich denken konnte, war: Warum ist Rosemary nicht hier?«

»Aber …«

»Ich verstehe es, wenn du nicht genauso empfindest. Ich verstehe, wenn du nicht mehr mit mir verheiratet sein willst. Bei allem, was das mit sich bringt.«

»Simon. Das ist es nicht.«

»Dann gib mir eine Chance, Rosie. Gib uns eine Chance, ja?«

Er schaut sie unverwandt an, und sein Gesichtsausdruck ist so flehentlich und gutherzig, und sie hat ihn so viele Jahre lang geliebt und einen Schwur geleistet, und er könnte sterben. Und für sie gibt es hier kein Richtig oder Falsch. Sie weiß, was sie tun möchte, wer sie unbedingt sein möchte.

»In guten wie in schlechten Zeiten«, sagt sie.

»Bis dass der Tod uns scheidet«, ergänzt Simon, und sie erwidert: »Oh Gott, bitte sag das nicht.«

Die folgenden Tage sind bleiern und schwer. Sie kämpft sich durch, trägt Chemo-Termine in ihren Kalender ein, vertieft sich in Internetrecherchen über Chancen und Statistiken, doch dann hält sie es nicht mehr aus und ruft ihn an.

Sie kann nicht anders.

Die sich verfestigende Angst und die Reue ersticken sie, und sie braucht ihren besten Freund, so selbstsüchtig und schrecklich es sie auch dastehen lässt. Es kriecht ihr unter die Haut wie eine Seuche.

Er geht nicht ran, also versucht sie es noch einmal.

Schließlich hinterlässt sie ihm eine Nachricht.

»Will. Ich weiß, ich bin die letzte Person, von der du jetzt hören willst. Also leg auf, wenn du musst, okay? Aber ich muss einfach mit jemandem sprechen. Mit dir. Er hat Krebs. Ein Lymphom. Und ich kann es wirklich nicht glauben. Ich kann es nicht glauben. Der Tod meines Bruders, dann deine Großmutter und jetzt das? Wie viel Unglück kann einem Menschen in einem einzigen Leben begegnen?«

Sie gibt ein hohles, seltsames Lachen von sich und zittert am ganzen Körper. Ihre Hände fühlen sich nicht wie ihre eigenen an.

»Er ist mein Mann, Will«, sagt sie. »Und ich weiß, wir haben uns getrennt, und ich weiß, dass ... wir ... aber es geht nicht mehr. Er könnte sterben. Und ich muss ihm beistehen. Als seine Frau, verstehst du?«

Sie hält inne, als würde er zuhören und sie ihm Zeit geben, um es aufzunehmen.

»Ich muss das tun«, sagt sie. »Ich muss einfach. Und ich will dich nicht verlieren, Will, das wollte ich nie. Aber es ist deine Entscheidung, okay? Okay.«

Und damit legt sie auf.

Als Rosie sie darum bittet, kommt Marley sofort mit dem einen Kind im Buggy, dem Baby im Tragetuch und dem Wichtigsten, der Speisekarte eines Lieferdienstes, vorbei.

»Such dir aus, was immer du willst«, sagt sie zu Simon.

»Mir ist nicht wirklich nach Essen zumute«, entgegnet er, und sie sagt: »Umso mehr Grund, dir auszusuchen, was du willst, Si.«

Dann stellt sie Fragen, hört sich alles an und spricht ihnen gut zu, während sie das Baby auf den Knien schaukelt. Sie erzählt ihnen genau dasselbe wie seine eigene Ärztin, wiederholt die Zahlen, Empfehlungen und Zeiträume, die sie schon kennen. Skye spielt auf dem Teppich mit etwas, das nach einem zusammengerollten Sockenpaar aussieht, und draußen geht die Straßenbeleuchtung an, als sie Nudeln, klebrigen Reis und Hähnchen in Kokosmilch essen.

»Wenn man Krebs bekommt«, sagt Marley, »dann am besten diesen.«

»So sagt man«, erwidert Simon.

Er stochert mit Stäbchen im Essen herum und bekommt kaum etwas herunter. Rosie hingegen verschlingt eine Portion nach der anderen. Seit der Fast-Scheidung hat sich in ihr eine höhlenartige Leere aufgetan, die sie mit Salz, Trost und weichen, warmen Dingen zu füllen versucht. Sie lauscht Marleys Worten, als könnten auch die sie nähren, als könnten Fakten und Informationen sie irgendwie dagegen wappnen, als könnten sie alle drei durch das schiere Pauken von Zahlen, Körperteilen, Stadien und Zellen hier in diesem Wohnzimmer eine Immunität um sich herum errichten. Rosie ist eine gute Schülerin. Sie ist gut darin, alles zu wissen, was es zu wissen gibt, und sich für das optimale Ergebnis maximal anzustrengen. Während der kurzen Dauer des Abendessens glaubt sie, dass schon alles in Ordnung kommen wird. Und in Ordnung ist alles, was sie will. Alles, was sie jemals hätte wollen dürfen.

»Wie kommst du zurecht?«, fragt Marley, während sie sich im Treppenhaus ihren Mantel überstreift und Rosie Skye im Buggy fixiert.

»Ich – versuche es«, sagt Rosie, als Skye sich freitritt. »Da!«

Als sie es endlich schafft, Skye festzuschnallen, schmollt diese.

»Nein«, sagt Marley, während sie mit dem schlafenden Baby im Tragetuch ganz langsam einen Schildpattknopf nach dem anderen zuknöpft. »Wie geht es *dir*? Mit dem Ganzen.«

Rosie blickt aus der Hocke zu ihrer Freundin auf. Skye zieht nun an ihren Haaren.

»Ich weiß nicht so recht«, sagt sie. »Ich fühle mich ... fokussiert. Ich muss ihn bloß erst mal durch die Chemo bringen, dann sehen wir weiter.«

»Gut«, sagt Marley. »Das ist eine gute Einstellung.«

»Gut«, spricht Rosie ihr nach.

»Aber ich meinte nicht unbedingt den Krebs«, sagt Marley. »Ich meine, dass ihr beide getrennt wart. Und jetzt nicht mehr. Und ich verstehe, warum – die Krankheit ändert vieles.«

»Das stimmt«, sagt Rosie, während sie versucht, ihr Haar aus Skyes Griff zu entwirren.

»Du sollst nur wissen, dass ich da bin, wenn du mich brauchst. Nicht als Ärztin oder zweite Meinung, auch wenn ich selbstverständlich auch dafür da bin. Aber ich bin nach wie vor in erster Linie deine Freundin, Rosie. Ich bin da, wenn es Probleme gibt, in Ordnung? Ganz abgesehen vom Krebs.«

Rosie wirft einen Blick in die Wohnung und den Spalt der Küche, den sie sehen kann. Simon räumt die Spülmaschine ein und macht dabei mit seinen breiten Armen und großen Händen wie immer viel Lärm.

»Wollen wir?«, sagt sie mit einem Nicken in Richtung des Fahrstuhls. Sie schieben Skyes Buggy zwischen sich in die Kabine und fahren sieben Stockwerke hinunter in die Lobby. Draußen empfängt sie ein klarer Sternenhimmel. Ihr Atem bildet silberne Wolken in der Luft.

Während sich die Glastüren schließen, spürt Rosie die Wahrheit in sich aufsteigen wie einen Hustenanfall, bis sie sich schließlich zu ihrer Freundin umdreht und ihr erzählt, dass sie in der Trennungszeit mit Will White geschlafen habe. Nicht bloß einmal. Oft. Sie seien quasi zusammen gewesen. Monatelang.

Marleys Augen weiten sich. Rosie legt sich die Hände über die Augen und presst die Handballen hinein.

»Was tu ich nur, Marl?«, fragt sie.

»Okay, okay, noch mal von vorn«, sagt Marley. »Will White. Aus der Schule. Mit dem du erst in Kontakt geblieben bist und dann nicht mehr, weil er nicht zu deiner Hochzeit gekommen ist, und zwar weil er noch immer unsterblich in dich verliebt war – *der* Will White?«

»Ja. Bei dem Teil mit der Liebe wäre ich mir vielleicht nicht so sicher.«

»Egal«, sagt Marley und schüttelt den Kopf, als wollte sie ihn vom warmen, schläfrigen Nebel des üppigen thailändischen Essens befreien. »Ihr wart also zusammen. Monatelang? Wie viele Monate?«

»Ich weiß nicht. So fünf oder sechs. Wir haben irgendwie zusammengewohnt.«

»Irgendwie zusammengewohnt.«

»Ja.«

»Wie wohnt man *irgendwie* mit jemandem zusammen?«

»Was meinst du ...«

»Hattest du nur eine Zahnbürste in seinem Badezimmer?«, fragt Marley. »Oder bist du kaum noch zu dir nach Hause zurückgekehrt?«

»Ich hatte nicht wirklich ... eine eigene Wohnung«, gesteht Rosie.

»Ich dachte, du wärst zu einer Kollegin gezogen, nachdem du Simon verlassen hattest?«

»Ich habe Simon nicht verlassen. Wir haben uns getrennt.«

Marley wedelt mit der Hand, als wäre das unbedeutend, und macht dann »Pscht«, weil das Baby angefangen hat zu quengeln.

»Aber ja«, lenkt Rosie ein. »Das war ... erfunden. Ich bin von meinen Eltern direkt ins Haus von Wills Großmutter gezogen.«

»Mamma Mia«, sagt Marley. »Nach *all* dieser Zeit?«

»Ich weiß.«

»Das ist wie im Film, Rosie!«

»Ein Film, in dem der Ehemann Krebs bekommt und die Heldin dem Helden das Herz bricht und ihn sitzenlässt?«

Marleys Lächeln erlischt.

»Stimmt. Stimmt.«

»Was tu ich nur, Marl?«, fragt Rosie wieder. »Soll ich Simon davon erzählen? Das wollte ich, aber er meinte, er wäre auch mit anderen zusammen gewesen und wir müssten nicht darüber sprechen.«

»Na dann bist du wohl aus dem Schneider.«

»Aber es ist Will, weiß du? Nicht irgendein Typ.«

»Er ist definitiv nicht irgendein Typ«, sagt Marley. »Er ist *der* Typ.«

»Hör auf, Marl.«

»Du hast ihn doch als Helden bezeichnet!«

»Es gibt keine Helden, okay? Es gibt nur mich, Will und Simon und das, was richtig ist. Und ich bin mit Simon zusammen. Ich habe ihn geheiratet. Und er – er muss wieder gesund werden.«

Unter dem Nachthimmel bricht ihre Stimme wie Glas.

»Okay«, sagt Marley. »Das verstehe ich. Wirklich.«

Rosies Arme sind nackt, und sie friert, doch es macht ihr nichts aus. Sie begrüßt das Unbehagen, die Erinnerung daran, dass es letztlich nicht so schwer zu ertragen ist, dieses Leben aus kalten Händen, langen Herbsten und so viel Sehnsucht, dass es wehtut.

Asche in ihrem inneren Kamin.

»Rosie«, sagt Marley.

»Ja?«

»Bist du ... ist es das, was du willst?«

Rosie blickt ihre Freundin nicht an. Stattdessen starrt sie nach oben, zu den weißen Punkten so weit über ihren Köpfen. Lichtjahre entfernt. Sie blickt in der Zeit zurück, auf schon vergangene Jahre. Josh hatte ihr alles darüber erzählt, die physikalischen Zusammenhänge erklärt.

»Ich muss Simon an die erste Stelle setzen«, sagt sie. »Das will ich.«

»Aber liebst du ihn, Rosie?«

»Ja«, sagt sie energisch, ohne zu zögern.

»Okay«, sagt Marley. »Ich musste einfach fragen. Aber hey, Rosie. Nicht doch.«

Rosie weint. Sie wischt sich übers Gesicht, reibt sich die blöden, feuchten Augen.

»Gut«, erwidert sie und will am liebsten wütend mit den Füßen stampfen, sich an den Haaren ziehen wie Skye vorhin und zu den stillen Wohnungen über ihnen hinaufbrüllen.

»Gut«, sagt sie wieder.

Marley fasst ihr mit ruhiger Chirurginnenhand an die Schulter.

»Alles gut«, sagt sie, und das Wort scheint alle Bedeutung verloren zu haben, doch Rosie hält daran fest wie an einer Rettungsweste, einer Wahrheit, die sie durchs bloße Aussprechen Realität werden lassen kann.

*

Diesmal versiegen ihre Songs nicht.

Sie fließen wie ein Sturzbach aus ihr heraus, sobald Simon schläft. Und er schläft viel, sowohl tagsüber als auch die Nacht hindurch, und das ganze Wochenende vor der ersten Chemo, was ihr viel Zeit zum Schreiben gibt. Viel Zeit, um auf der Fensterbank zu sitzen und im Schein der Stadtlichter Texte aus sich herausströmen zu lassen.

Sie weiß, dass auch Will wach ist.

Sein Rhythmus war ihrem immer ähnlich.

Ein früher Vogel und eine von Schlaflosigkeit Geplagte, beide getrieben von einer inneren Unruhe.

Sie macht eine Liste dessen, was ihn wachhalten könnte.

Sie schreibt eine Nachricht und löscht sie wieder.

Sie trinkt Wasser und Kaffee, bleibt wach und aufmerksam, die Füllerspitze am Notizbuch, der Lampenschein auf den nicht mehr leeren Seiten, die durchgestrichenen Zeilen, die gefundenen Worten und Rhythmen, die aus ihr herausfließen. Wie Ozeane. Flutartig.

*

Will hatte darüber nachgedacht, mit einer Flasche Wodka zu den Klippen zu gehen und sich bewusstlos zu trinken. Doch dabei blieb es: bei einem Gedanken. Stattdessen tigert er durchs Haus und kämpft gegen den Drang an, ins Spirituosengeschäft zu gehen. In Grans Haus befindet sich kein Tropfen Alkohol. Amber hatte gleich nach ihrem Tod alle Regale ausgeräumt. Dafür hasst er sie und ist ihr zugleich dankbar.

Seit Rosie fortgegangen ist, hat er kaum geschlafen.

Er fragt sich, ob sie es kann.

Er hat sich gerade in den Sessel seines Großvaters fallen lassen, seine Augen geschlossen und ist endlich kurz davor, in den Schlaf zu gleiten, als sein Handy klingelt und er hochschreckt, als hätte er einen Einbrecher gehört. Das Herz pocht ihm bis an die Rippen.

Es ist eine unbekannte Nummer. Ein Callcenter vielleicht oder jemand, der sich verwählt hat, denkt er, als er auf das grüne Symbol tippt und wartet.

»Hallo?«, sagt eine Frauenstimme. »Hallo? Ist da Will White?«

»Am Apparat«, antwortet er.

»Oh, cool«, sagt sie, und in ihm blitzt eine Erinnerung auf, die Stimme eines Schulmädchens, das er früher gekannt hat. »Hier ist Marley.«

»Marley«, wiederholt er.

»Rosies Freundin.«

»Ich weiß, wer du bist.«

»Klar, also, tut mir leid, dass ich so spät noch anrufe. Ich wollte nur mal mit dir reden.«

»Okay«, sagt er.

»Ich weiß von euch«, sagt sie. »Sie hat es mir heute Abend erzählt, und sie … sie wird mich dafür hassen, dass ich anrufe. Es geht mich eigentlich nichts an.«

»Nein«, sagt Will. »Tut es nicht.«

»Du konntest mich nie ausstehen, oder?«, fragt sie ihn in verändertem Tonfall, verhaltene Neugier gemischt mit Abneigung.

Es erinnert ihn an das eine Mal, als er Kaviar probiert hat.

»Du konntest mich auch nie ausstehen«, sagt er.

»Nicht wirklich«, sagt sie. »Aber Rosie mochte dich. Mag dich.«

Will sagt nichts. Er sinkt zurück in den Sessel seines Großvaters, streckt die Beine aus.

»Nicht, dass es von Bedeutung wäre.«

»Ich weiß, du kennst sie so gut wie ich«, sagt Marley. »Sogar besser, wahrscheinlich. Also bin ich mir sicher, dass du bereits weißt, dass sie nur versucht, das Richtige zu tun. Sie ist so moralisch, dass es einem auf die Nerven gehen kann. Was sie will … zählt nicht wirklich. Nicht mal, als wir noch klein waren. Wenn wir beieinander übernachtet haben, wollte sie nachts nichts mehr naschen, weil wir uns schon die Zähne geputzt hatten. Diese Art Mensch ist sie, Will. Sie lässt sich von Regeln beherrschen. Aber sie bestimmen nicht darüber, was sie für dich fühlt, sondern nur darüber, was sie tut.«

Will starrt mit leerem Blick in das Wohnzimmer, in dem er aufgewachsen ist. Der Holzboden und der abgetretene, ausgefranste Teppich, die vom Hund in Mitleidenschaft gezogen worden waren. Der Kamin ist verstaubt. Dichte Spinnweben spannen sich um den Schürhaken und die Feuerzange.

»Was sie tut, ist hier das Entscheidende«, sagt er.

Marley schweigt. Im Hintergrund hört er ein Baby schreien.

»Sei einfach nicht zu hart zu ihr«, sagt sie schließlich. »Sie ist schon so hart zu sich selbst, weißt du?«

»Danke für den ungebetenen Ratschlag«, sagt er.

Er hört sie seufzen. Das Baby schreit lauter.

»War schön, mit dir zu sprechen, Will, wie immer.«

Will schnaubt in der Hoffnung, dass sie es noch hört, bevor sie auflegt. Dann wirft er das Handy quer durchs Zimmer, wo es nutzlos auf dem gegenüberliegenden Sessel landet, dem seiner Großmutter, über dessen Armlehne noch immer ihre schottengemusterte Decke hängt.

*

Rosie streicht Simon über den Rücken, während er sich in die Toilettenschüssel übergibt. Die Lüftung läuft, und das Fenster ist geöffnet. Draußen ist es kalt, aber sie brauchen die frische Luft. Den Geschmack des Himmels und Winds und guter Dinge.

Mehr kann sie nicht tun, als ihn mit ihren Händen zu trösten, jene kleinen Gesten, wie das Fenster zu öffnen, zu sagen, alles sei gut, immer und immer wieder. Seine Schulterblätter fühlen sich unter ihren Fingern wie Vogelknochen an. Zart und unmenschlich. Wie das Möwenskelett, das Josh und sie einmal am Strand fanden. Sie vergruben es mit einer feierlichen Zeremonie.

Simon würgt ein weiteres Mal, stöhnt auf und legt sein Gesicht auf den Boden.

»Bringen wir dich ins Bett«, sagt Rosie, und er sagt »Nein«, er wolle liegen bleiben.

»Dann lass mich dir ein paar Handtücher unterlegen«, sagt sie. »Ich kann es dir etwas bequemer machen.«

Wieder sagt er »Nein«, und seine Augen fallen schon zu. Die erste Chemo-Sitzung war zu leicht, fast heiter. Sie hatten Zeitschriften mitgenommen, die sie jedoch nicht lasen, denn sie unterhielten sich stattdessen lieber mit den anderen Patienten, lernten ihre Namen und hörten sich ihre Geschichten an. Es herrschte eine seltsam optimistische Atmosphäre, und Simon ging es gut.

Zwei Tage später ging es ihm nicht mehr gut.

Rosie mustert ihn, wie er da auf den Badezimmerfliesen liegt. Dann steht sie leise auf und lässt ihn ruhen, die Geräusche der Lüftung und der Oktobernacht im Hintergrund. Ein Hund bellt. Hupende Autos, aufgewirbeltes Laub und das monotone Brummen von Motoren in der Ferne.

Sie macht sich einen Tee, um ihn dann nicht zu trinken. Sie sucht sich ein Buch raus, nur um es nicht zu lesen, und starrt am Küchentisch in die Luft, als sie eine andere Art Motor hört. Ein tiefes, dröhnendes Geräusch, jene kehligen Umdrehungen, bei denen sich ihr Magen noch immer zusammenzieht. Sie erlebt einen dieser Augenblicke, in denen sie weiß, dass etwas geschehen wird, und die Zeit beobachtet, als wäre sie greifbar. Sie sieht sie durch den Lampenschein und die Schatten der Möbel sickern. Alles steht still und hält den unbelebten Atem an.

Ihr Handy klingelt, sie geht ran und sagt seinen Namen.

»Welche Nummer?«, fragt er.

»Was?«

»Welche Appartementnummer? Ich stehe draußen und weiß nicht, wo ich klingeln soll.«

»Du stehst draußen?«

»Ja.«

»Du willst reinkommen?«

»Oder du kommst raus«, sagt er.

Sie zögert, auch wenn sie ihn keinesfalls warten lassen will.

»Ich werde dich nicht berühren«, verspricht er. »Wenn dir das hilft.«

»Ich ... lasse dich rein.« Rosie drückt auf den Knopf, bereut es jedoch sogleich, nimmt ihre Schlüssel und geht hinaus auf die Treppe.

Er ist bereits auf halbem Weg nach oben, trägt seine Lederjacke, seinen Motorradhelm und sieht okay aus, nüchtern und ruhig. Seine Schritte sind lang und sicher, selbst in den schweren Stiefeln. Die Stiefel, die sie kennt und irgendwie liebt. Wie kann man denn überhaupt jemandes Stiefel lieben, fragt sie sich, während er die Stufen weiter hinaufsteigt.

Als sie fast bei ihm angekommen ist, bemerkt er sie und bleibt ein Stockwerk unter ihr stehen. Er fixiert sie mit seinem Blick und zuckt dann mit den Schultern wie sein achtzehnjähriges Ich.

Wolfszähne. Unverwandter Blick.

»Entschuldige«, sagt er zu ihr.

»Wofür?«

»Dass ich so lange gebraucht habe.«

Sie essen Cornflakes in der Küche, wie damals, als Josh noch am Leben war, draußen der Schnee fiel und sie einander kaum kannten. Jetzt erscheint es ihr unvorstellbar, dass es diese Zeit gegeben hat. Sie hat nie einen ausgeprägten Kinderwunsch verspürt, doch manchmal fragt sie sich, wie es wohl wäre und wie es sein kann, dass es eine Zeit gibt, in der man seine Kinder noch nicht kennt. Mit Will geht es ihr genauso.

Heute sitzen sie bei schwachem Licht zusammen und sprechen leise.

»Er schläft«, erklärt Rosie, und Will nickt.

»Hat er die Chemo schon angefangen?«

»Diese Woche.«

»Scheiße.«

»Ja.«

»Ich kann auch wann anders wiederkommen«, sagt er.

Doch sie schüttelt den Kopf und reicht ihm eine Tasse Kaffee. Seine Hände fühlen sich von der Fahrt kalt an, sind rot und ein wenig geschwollen.

»Du solltest wirklich Handschuhe tragen«, sagt sie.

»Du solltest wirklich vom Singen leben«, erwidert er.

»Hm?«

»Sag du mir nicht, wie ich zu leben habe. Und ich tu es auch nicht.«

»Wow«, sagt sie. »Du bist ja mürrisch geworden.«

»Ich war schon immer mürrisch.«

»Nein, warst du nicht.«

»Doch. Als ich jung und attraktiv war, wirkte es wahrscheinlich bloß anziehender. Verführerisch.«

»Ist das so?«

»Dabei war ich eigentlich die ganze Zeit mürrisch.«

»Du bist ein stacheliger Dummkopf«, stößt sie aus, als ihr der Kaktus wieder einfällt, und prustet vor Erstaunen über ihren gewagten Kommentar und die Erinnerung los. Auch Will ist überrascht und grinst, stimmt dann in ihr Lachen ein. Sie steht kurz davor, in Tränen auszubrechen.

»Ich weiß, es klingt komisch«, sagt er und schüttet sich noch mehr Cornflakes in die Schüssel. »Aber ich versuche, ein besserer Mensch zu sein. Mehr wie du. Oder Josh.«

Rosie spielt mit dem Löffel. Sie will ihm erzählen, dass sie so angestrengt versucht, gut zu sein, weil sie es nicht ist, dass es ihr nicht leichtfällt, so wie ihrem Zwillingsbruder, dass sie Dinge will, die sie nicht wollen sollte, schlechte Entscheidungen trifft und Menschen verletzt, ohne es zu beabsichtigen.

»Du bist bereits ein guter Mensch«, sagt sie.

Und denkt: derjenige, der mich nachts wachhält.

Auf jede erdenklich richtige Art und Weise.

Will kaut mit geschlossenem Mund und blickt sie über den

Tisch hinweg an. Dann erzählt er ihr, er werde da sein, bei allem. Was auch immer sie brauche, oder Simon. Sie hätten sicherlich engere Freunde als ihn, doch er sei flexibel mit seinen Schichten und könne fahren, und er habe keine Verpflichtungen, keine Freundin oder Familie. Also könne er ihnen ein Freund sein. Er wolle ihnen ein Freund sein.

Der Verkehr dringt dumpf durch die verriegelten Fenster. Rosie legt den Löffel nieder und nimmt seine Hand. Um sie herum haucht der Tag sein Leben aus, brennen die Wolken rostrot. Und als er zurückweicht, lässt sie ihn los.

»Das sind miese Cornflakes«, sagt er nach einer Weile zu ihr.

»Ich weiß«, sagt sie. »Zuckerfrei.«

Sie nehmen beide noch einen Löffel, kauen und schlucken.

»Die sind von Simon.«

Er nickt, und sie essen weiter.

Sie erklärt Simon nichts, sagt lediglich während der nächsten Chemo-Sitzung, dass Will sie beide nach Hause fahren werde.

»Wir haben wieder Kontakt«, sagt Rosie, während Simon an den Schläuchen hängt, die das lebensrettende Gift in seine Adern pumpen, und er akzeptiert es, ohne Fragen zu stellen. Später grüßt er Will müde, aber lächelnd, sagt, es sei schön, ihn wiederzusehen, sitzt dann still auf der Rückbank und schaut aus dem Fenster, während Will sie zu ihrer Wohnung zurückfährt.

Beim Aussteigen bedankt sich Simon, und Will sagt: »Kein Problem.«

Einen Moment lang hat Rosie das Gefühl, Will wolle noch mehr sagen. Sie bemerkt seine Augen im Rückspiegel, sieht, wie er diesen neuen Mann in sich aufsaugt, der so anders ist als der junge, muskulöse Typ, den er damals im Café kennenlernte, als Rosie noch hoffte, sie würden Freunde werden, alle drei, als sie dachte, das Leben würde eine andere Richtung nehmen.

»Ruf an, wenn was ist«, sagt Will, und sie nickt. Diesmal bittet sie ihn nicht herein. Sie steigt mit ihrem Mann in den Aufzug – was sie in all den Jahren nie getan haben, es sei denn, sie waren mit Koffern auf dem Weg zum Flughafen –, brüht ihm einen koffeinfreien Tee auf. Sie verbringen die Zeit mit leichten Beschäftigungen wie Herumsitzen und Einnicken, der Fernseher im Hintergrund stumm geschaltet.

Eines Tages geht es ihm jedoch so schlecht, dass sie Angst bekommt. Er behält nicht einmal Wasser bei sich, seine Haut ist kreidebleich, doch sie hat an diesem Tag eine Unterrichtsstunde nach der anderen und schon oft genug gefehlt, also sagt er, sie solle gehen, er komme zurecht. Sie will seine Mutter anrufen, aber er sagt »Nein«. Dann einen Freund der Familie, seinen Trauzeugen, doch auch das lehnt er ab, weil er nicht will, dass ihn jemand so sieht. Er meint, alle hätten schon genug zu tun, mit ihren Jobs, ihren Leben. Er werde wirklich klarkommen.

»Ich könnte Will anrufen«, sagt sie an der Tür. Simon gibt einen schläfrigen Laut von sich, was sie weder eindeutig als Einverständnis noch als Ablehnung deuten kann. Bei Will hat er nichts zu verlieren, sie kennen sich kaum. Also wird es keine Emotionen, keine Mitleidsblicke oder Pflichtgefühle geben, denn sie weiß, dass Simon sich davor am meisten fürchtet. Sie ruft Will auf dem Weg nach unten an. Es ist ein fahler Tag, trüb und schal, das Treppenhaus bitterkalt.

»Es ist viel verlangt«, sagt sie, sobald er rangeht. »Aber könntest du vorbeikommen? Ich muss zur Arbeit, und er ist im Bett, aber nur für den Fall, dass er mehr Wasser braucht oder irgendwas passiert. Ich will bloß ...«

»Ich werde da sein«, sagt Will.

Sie sagt »Okay«. Er erwidert dasselbe und legt auf, und als sie draußen auf der Straße steht, fühlt es sich so an, als hätte sie zu viele Zähne im Mund.

*

Will klopft an die Tür, weil er nicht ungebeten hereinkommen will, falls Simon wach ist. Fünf Sekunden. Sechs. Als nichts geschieht, holt er den Schlüssel unter der Fußmatte hervor, wie Rosie ihn instruiert hat, und schließt auf.

Er hat sich zuvor noch nicht wirklich in der Wohnung umgeschaut. Sie wirkt teuer und geräumig, ist größer als das gesamte Haus seiner Großmutter. Die bodentiefen Fenster lassen mehr Licht herein, als er gewohnt ist. Unten glitzert der Yare-Fluss wie ein silbernes Band. Die Möbel sind glänzend und hart. Ein Großstadtrefugium voller Glastische, Chromgriffe und einem Fernseher, der größer als sein Küchentisch ist.

Er bleibt eine Weile in der Tür stehen und lauscht, doch Simon scheint nicht auf den Beinen zu sein. Er macht ein paar Schritte nach vorn, flucht, kehrt um, zieht die Schuhe aus und lässt sie auf der Fußmatte stehen. Er blickt aus den weiten Fenstern und stöbert in ihrer DVD-Sammlung, findet jedoch nichts, was ihn auch nur im Entferntesten interessiert.

Und obwohl er es eigentlich nicht tun will, schnüffelt er schließlich herum, schaut in die Schubladen, den Kühlschrank, den Badezimmerschrank unter dem Marmorwaschbecken. Goldene Hähne. Perlweißer Desinfektionsspender. Die Wohnung erinnert ihn an ein Hotel, was ihn zugleich traurig und irgendwie auch ein wenig zufrieden stimmt.

Mittags bereitet er Sandwiches zu, was sich als komplizierter herausstellt, als er erwartet hat. Aus dem Gefrierschrank holt er Körnerbrot, das älter aussieht als die Margarine, die er ganz weit hinten im Kühlschrank findet. Sie ist so gelb und glatt, als wäre bisher noch kein Messer in ihre Nähe gekommen. Sonnengetrocknete Tomaten am Boden eines Glases, ein Stück Käse mit feinen Reibespuren, der bisher offensichtlich nur zum Kochen verwendet wurde. Er schneidet den Käse in Scheiben, tröpfelt Tomatenöl auf das Brot, bevor er es toastet, um es goldbraun und weniger papptrocken zu machen.

Zwei Teller.

Das Buttermesser in der Spüle.

Er tappt durch den Flur zum Schlafzimmer und klopft mit dem Fuß an die Tür. Als er sie aufdrückt, findet er Simon von Kissen gestützt aufrecht sitzend. Er starrt die Wand an. Hier gibt es einen weiteren Fernseher. Außerdem Bilder mit blauen Motiven, abstrakte Farbkleckse und wirbelnde Wellen, umgeben von Passepartouts und schmalen Rahmen.

»Du bist wach«, sagt Will.

»Oh«, entgegnet Simon. »Hallo.«

»Rosie hat dir gesagt, dass ich komme, oder?«

»Mehr oder weniger, denke ich«, sagt Simon. »Ich bin in letzter Zeit kein guter Zuhörer.«

»Ich habe Mittagessen gemacht.« Will bleibt zögernd in der Tür stehen, zurückgehalten von einem starken Widerwillen, das Schlafzimmer dieses Mannes zu betreten. Er denkt darüber nach, ihm das Essen über den Boden zuzuschieben und ihn damit allein zu lassen. Doch Simon ist krank, nicht im Gefängnis, also überquert er die Türschwelle und reicht ihm den Teller.

»Ein Sandwich«, sagt Simon und klingt amüsiert.

»Jap.«

»Ich esse ...«, beginnt er, stockt dann aber und nimmt den Teller entgegen.

»Hast du Hunger?«, fragt Will, während er auf einem Stuhl neben der Kommode Platz nimmt, den eigenen Teller auf den Knien balancierend. Er schaut zu, wie Simon das Brot inspiziert, hineinbeißt und sich dann sichtlich entspannt.

»Scheint so«, sagt er mit vollem Mund. Will hebt sein Sandwich, wie um ihm zuzuprosten, und sie essen mit mahlenden Kiefern, umgeben von abgestandener, nach Schlaf riechender Luft.

Ohne es zu wollen, schaut sich Will um. Eine düstere Faszination ergreift von ihm Besitz wie das Bedürfnis, bei einem Autounfall oder dem Angriff eines Wildtiers zuzuschauen, auch wenn es noch so falsch ist. Simons und Rosies Schlafzimmer. Ihr privater Raum, mit den salbeigrünen Wänden und gerahmten Fotos, überwiegend Aufnahmen von der Hochzeit, zu der er nicht erschienen ist. Ihr Bademantel an der Tür. Die Antibabypille auf dem Nachttisch.

Sein Herz schlägt zu langsam. Als er den letzten Bissen kaut, wird ihm klar, dass er keine Ahnung hat, wie viel Simon eigentlich weiß.

»Wie fühlst du dich?«, fragt Will, als sie aufgegessen haben.

»Als hätte ich Krebs.«

»So schlimm, hm?«

»Ich kann es nicht empfehlen«, sagt er, lächelt jedoch dabei, und Will sieht denselben breiten Kiefer wie vor all den Jahren, das freundliche Gesicht dieses freundlichen Kerls, den er so viele Jahre lang gehasst hat.

Viele Male hat er sich seinen Tod gewünscht.

Was ihm weniger Sorgen bereitet, als es sollte.

»So schön, dass du und Rosie wieder Kontakt habt«, sagt Simon, und Will wappnet sich, wischt sich mit dem Handrücken über den Mund, auf dem das Öl glänzt.

»Ja«, sagt er.

»Es ist ziemlich lange her, oder?«

»Jahre«, bestätigt Will.

»Sie hat dich vermisst«, erzählt Simon. »Sie hat es nie gesagt, aber ich konnte es sehen. Ich bin froh, dass du drüber hinweg bist, weißt du? Was auch immer es war.«

»Ich auch«, sagt Will nach einer endlosen, beängstigenden Pause.

»Rosie ist kein stolzer Mensch.« Simon sinkt wieder in seine Kissen. »Aber sie hat Prinzipien. Sie nimmt sich die Dinge zu Herzen und braucht lange, um zu verzeihen. Genau das mag ich an ihr. Sie ist aufrichtig. Und ich mag Aufrichtigkeit.«

»Ja«, sagt Will, obwohl er nicht versteht, weshalb Simon ihm das erzählt.

»Sie mag sich distanziert haben«, erklärt Simon. »Aber sie ist zurückgekommen. Sie hat sich gemeldet, als es hart wurde. Und das bedeutet mehr als die Distanz, denke ich.«

»Klar«, sagt Will, und gerade als Simon die Augen zuzufallen scheinen, fügt er hinzu: »Ich weiß das alles. Deshalb bin ich hier.«

»So schön, dass sie dich hat«, sagt Simon, während er wieder in den Schlaf sinkt. Er murmelt etwas, das wie »Bruder« klingt, woraufhin Will aufsteht, die Teller nimmt und an der Tür innehält. Er will ihm sagen, dass er hier nicht der Bruder ist, dass nichts an ihm brüderlich ist. Ein wilder, rüpelhafter Teil von ihm will aussprechen, dass Rosie für ihn nie wie eine Schwester war, dass Simon das alles falsch verstanden hat, dass es peinlich und jämmerlich ist. Er will ihm die Teppichabschürfungen zeigen, die weißen Narben auf seinem Po vom Sex, den sie in dem Haus hatten, wo sie ihr Leben miteinander geteilt haben, wo sie sich seine Hemden geliehen, ihm das Haar geschnitten und zusammen mit seiner Großmutter im Treibhaus gelacht hat. Gänserufe am Morgen. Ihr Haar, das nach dem Duschen nach Äpfeln riecht.

Aber er tut es nicht und lässt Simon schlafen.

Er wäscht die Teller in der riesigen Spüle ab.

Später spielen sie Karten. Als Simon aus dem Schlafzimmer kommt, sagt er: »Oh, du bist noch hier«, und Will entgegnet, er habe Rosie versprochen zu bleiben, sie werde bald nach Hause kommen.

»Ich kann auf mich selbst aufpassen, weißt du?«

»Ich weiß«, sagt Will, bewegt sich jedoch nicht vom Fleck. Also zuckt Simon mit den Schultern, und ihre Blicke fallen auf die selbstgefällige, kobaltblaue Königsfigur eines Kartendecks, das auf dem Couchtisch liegt. »Sollen wir?«, fragt Will, und Simon antwortet: »Klar.«

Will mischt das Deck. Er mag die Logik und Ordnung von Kartenspielen. In gewisser Hinsicht erinnert ihn das an Mathe oder das Schrauben an einem Motor. Eine Vielzahl an möglichen Ergebnissen, jedoch mit klaren Lösungswegen, die einen zum Ziel führen. Er hatte oft mit seinem Großvater gespielt. Und mit seiner Großmutter, als sie ihre Chemo bekam, vor so langer Zeit, und doch hat er noch immer den rostigen, sauren Geruch von damals in der Nase, jenes Gemisch aus kupfrigem Blutgeruch, Körpern und aufgeschnittenem Obst.

So riecht Simon nicht, noch nicht.

Seine Augen sehen eingefallen aus, und sein Haar ist von den vielen Stunden im Bett zerzaust, ansonsten scheint er aber er selbst zu sein, auch wenn Will beim Austeilen der Karten feststellt, dass er ihn eigentlich kaum kennt.

»Rommé?«, fragt Will.

Simon antwortet wieder: »Klar«, und Will fragt sich, ob er jemals zu irgendetwas eine Meinung hat. Sie sitzen sich gegenüber, spielen eine Weile und schweigen ansonsten, die Stille wird nur unterbrochen vom Klatschen und Wischen der Karten. Die untergehende Sonne flutet das Wohnzimmer und wärmt ihnen beim Spielen die Hände.

»Was hat es mit der Kunst auf sich?«, fragt Will, als er die Stille nicht mehr aushält.

»Hm?«

Simon blickt auf, und Will sieht ihm an, dass es ihn jedes bisschen seiner Aufmerksamkeit gekostet hat, dem Spiel zu folgen. Er hat das Schweigen nicht als betreten oder angespannt empfunden, sondern einfach nur angestrengt versucht, sich zu konzentrieren.

»In eurem Schlafzimmer«, erklärt Will. »Das ganze Wasser.«

»Oh«, erwidert Simon. »Ich bin früher gerudert. Und gesegelt.«

»Und jetzt nicht mehr?«

»Nicht mehr seit Oxford.«

Will sagt nichts. Es ist eine altbekannte Geschichte. Eine, die er verabscheut, was ihn jedoch zum Heuchler macht. In seiner alten Wohnung liegen noch immer Reisebroschüren herum, eingeknickte Seiten, eingekreiste Wanderrouten, Wasserfälle und Weltwunder, die er noch nie gesehen hat.

»Wieso nicht?«, kann er sich dann doch nicht zurückhalten zu fragen.

»Ich habe angefangen zu arbeiten«, sagt Simon. »Einen Immobilienkredit aufgenommen und eine Frau geheiratet. Ich will ihr eines Tages das Segeln beibringen. Ich habe es immer versprochen, aber nie getan. Keine Zeit. Das Stadtleben, du weißt schon.«

Will weiß es nicht, denn er hat nur an der Küste und in den Yorkshire-Dales gelebt, wo er seine Freizeit mit Wandern, Rettungsmissionen und Laufen durch die Berge, über die Klippen, bei Regen und Sonnenschein, verbracht hat.

»Wie mit Rosies Musik«, sagt er nach einer langen Pause. Eine weitere Karte wird auf den Tisch gelegt.

»Ihrer Musik?«

»Ja. Sie hatte doch aufgehört, oder? Jahrelang. Keine Zeit. Stadtleben. Und so weiter.«

»Kann schon sein. Aber ich glaube, jetzt unterrichtet sie wieder.«

»Du glaubst?«

Sein Tonfall ist barsch, sarkastisch, und er sollte sich zusammenreißen, doch er kann nicht. Er weiß nicht, was er sagen oder wie er diese zwei Worte wieder zurücknehmen soll. Simon ist vielleicht krank, aber nicht dumm. Er lässt die Karten sinken und schaut ihn an, und Will wartet.

»Du magst mich immer noch nicht«, sagt Simon.

»Was?«

»Du hast mich nicht gemocht, als wir uns kennenlernten. Das war nicht zu übersehen. Dann habt ihr den Kontakt verloren, und ich dachte, es spielt keine Rolle mehr. Aber jetzt bist du hier und magst mich immer noch nicht. Darf ich fragen, warum?«

Die Sonne fällt durch die hohen Fenster wie geschmolzenes Messing.

»Es interessiert mich wirklich«, bohrt Simon nach.

»Okay«, sagt er. »Es gibt eine Liste.«

»Ich glaub's ja nicht«, sagt Simon. »Nach nur einem Kaffee?«

»Tja, Rosie und ich haben uns viel erzählt, weißt du nicht mehr?«

Simon nickt mit einem milden Gesichtsausdruck, als wäre das nur fair.

»Ich fand, du warst – bist – unfassbar privilegiert und ein ziemlicher Langweiler«, sagt Will.

Simon starrt ihn an, verliert seinen gefassten Gesichtsausdruck. Will wappnet sich, denkt, Simon sei bestimmt beleidigt oder sogar wütend, doch dann sieht er, dass er lacht.

»Ein Langweiler«, wiederholt Simon.

»Ja«, sagt Will. »Einfach etwas öde. Nicht viel, was dich ausmacht. Außer deinem Geld und deinen Manieren.«

»Geld und Manieren habe ich in der Tat«, bestätigt Simon, nach wie vor grinsend. »Was noch?«

»Das ist schräg, Mann«, sagt Will. »Willst du wirklich, dass ich dich weiter beleidige?«

Simon hat die Karten niedergelegt und reibt sich mit der Hand übers Kinn. Die Stoppeln darauf sehen flechtenartig aus.

»Niemand sagt mir die Meinung«, erklärt Simon. »Meine Eltern sind wohlhabend und privilegiert, wie du sagst, und sie sind toll, aber sie haben mich auch immer glauben lassen, ich könnte alles tun, was ich wollte. Ich musste nur fragen und leben. Dann ging ich auf eine Privatschule, wo mir die Lehrer dasselbe Bild vermittelten. Und dann brachte mir Oxford einen Job ein, bei dem ich eine Menge Geld in kurzer Zeit verdiente, mit einem Team aus Menschen, die meine Anweisungen befolgten. Ich musste nie darüber nachdenken, dass das nicht selbstverständlich ist. Nie. Ich musste mir noch nie Gedanken darüber machen, dass in meinem Leben nicht alles glattgehen könnte, weil es bisher immer so war, ohne mich groß anzustrengen.«

Trotz seiner Selbstreflexion hasst Will ihn noch ein bisschen mehr.

»Ich denke, ich bin kein schlechter Kerl, Will«, sagt Simon. »Ich kümmere mich um viele Menschen und Dinge. Aber mir wird erst allmählich bewusst, wie ... *borniert* ich bin.«

»Weil du Krebs bekommen hast«, sagt Will.

»Genau«, sagt Simon. »Und weil mich meine Frau verlassen hat. Na ja. Vielleicht haben wir einander verlassen, ich weiß auch nicht genau, was uns da passiert ist. Aber auch das ging nicht glatt. Und ich wusste nicht, warum. Weil niemand mich darauf vorbereitet hatte. Weil niemand mir jemals sagt, was er wirklich denkt.«

»Verzeih mir, wenn ich kein Mitleid mehr übrig habe«, sagt Will, und Simon grinst wieder.

»Was noch?«, sagt er. »Ich will es hören.«

Will zögert, aber gibt nach.

»Ich fand dich selbstgefällig«, sagt er. »Und bevormundend, aber weil du so nett warst, war es eine subtile Art der Bevormundung. Nicht direkt Arroganz, sondern fast schon Ignoranz. Und ich fand, du schaust die Menschen an, ohne sie wirklich zu sehen. Du sahst in Rosie eine hübsche, intelligente, unkomplizierte Ehefrau.«

Er hält sich zurück, bevor er ihm noch mehr an den Kopf wirft.

»In der Tat. Das stimmt. Aber ich sehe noch viel mehr in ihr.«

»Tust du?«

»Natürlich.«

»Und was siehst du?«

»Das ist ziemlich persönlich, Mann«, sagt Simon. Will zuckt nur mit den Schultern und starrt ihn unverwandt an. »Ich liebe sie«, sagt Simon. »Das tu ich wirklich. Ich muss nicht erklären, warum.«

»Aber du lässt sie ein Leben führen, in dem sie nicht sie selbst ist«, sagt Will.

»Wie meinst du das?«

»Sie ist nicht kreativ«, sagt Will. »Weder singt noch spielt noch schreibt sie.«

»Sie hat nie Interesse an diesen Dingen gezeigt.«

»Das spielt keine Rolle«, sagt Will. »Du hast sie kleiner, dünner und sogar stiller werden lassen, als sie je war. Ich wette, die Schwiegereltern lieben dich.«

Simon lehnt sich zurück. Sein Ausdruck ist nicht länger freundlich.

»Das tun sie in der Tat.«

»Ich weiß nicht, warum wir überhaupt darüber sprechen«, sagt Will.

»Ich habe dich gefragt, wieso du mich nicht magst«, erklärt Simon. »Und du hast netterweise geantwortet.«

»Daran ist nichts nett.«

»Eigentlich, Will«, sagt Simon, »ist es das Netteste, was jemand seit Wochen für mich getan hat. Ich habe von allen um mich herum nur leere Blicke bekommen. Alte Freunde, Kollegen und Familienmitglieder haben Angst, mich auch nur anzuschauen, und wissen nicht, was zur Hölle sie sagen sollen.«

Will wird den Eindruck nicht los, dass Simon das Wort ›Hölle‹ zum ersten Mal in den Mund genommen hat.

»Und ich verstehe, warum, denn sie alle leben in derselben Blase«, erklärt Simon. »Wo sie sich nie mit Problemen auseinandersetzen müssen. Wo nie etwas schiefläuft.«

»Brandheiße Erkenntnis«, sagt Will. »Irgendwas läuft immer schief.«

Eine weitere Pause. Ein Flugzeug durchquert die Dämmerung und malt eine leuchtende Spur in den Himmel.

»Danke«, sagt Simon. »Ehrlich.«

Will schaut ihn an und versucht, aus ihm schlau zu werden. Ihm fällt auf, dass er seine Karten noch in der Hand hält. Er legt sie hin und lehnt sich auf dem Sofa zurück.

»Jetzt, wo du Krebs hast, bist du interessanter geworden«, sagt er.

»Hinter jeder Wolke«, erwidert Simon.

*

Rosie geht zu Fuß nach Hause. Sie hat nie gelernt, Auto zu fahren, und wollte nicht auf den Bus warten. Als sie Will anruft, sagt er ihr, dass sie zurechtkämen und sie sich nicht zu beeilen brauche.

Das ist ein neues Gefühl. Sie ist sonst ständig in Eile.

Sie spaziert durch die Stadt, vorbei an der Kathedrale, blickt aus Gewohnheit nach oben, um die Wanderfalken zu sehen, doch sie sind nicht da.

Irgendwann muss sie schließlich stehen bleiben und dreimal mit dem Fuß auf den Bordstein tippen. Dann flucht sie über sich selbst und setzt ihren Weg unter den furchigen Herbstwolken fort.

»Was passiert, wenn Sie nicht tippen oder etwas anfassen?«, hatte ihre Therapeutin sie einmal gefragt.

»Nichts«, hatte Rosie geantwortet. »Ich weiß, es macht keinen Unterschied. Aber trotzdem habe ich das Gefühl, es tun zu müssen.«

»Oder was?«, hatte die Therapeutin gefragt, und Rosie hatte die Zähne aufeinandergebissen, weil ihr wieder einmal nicht zugehört wurde, weil sie wusste, dass es nichts ändern würde. Also brach sie die Therapie ab und berührte und tippte weiter hierhin und dorthin, wenn es ihr eine innere Stimme befahl. Es ist im Erwachsenenalter seltener geworden, hat sie festgestellt. Seit Simons Diagnose überkommen die Zwänge sie jedoch wieder. Fensterbänke müssen angefasst, Türgriffe angetippt und Silben im Kopf gezählt werden.

Sie ist wenige Minuten von zu Hause entfernt, als ihr Handy klingelt. Es ist ihre Mutter, die sich so selten meldet, dass Rosie das Schlimmste befürchtet. Einen toten Vater, eine weitere Krebserkrankung, diesmal in den Knochen, der Brust oder im Blut ihrer Mutter.

»Mum«, sagt sie.

»Hallo, Schätzchen.«

»Was ist los?«

»Nichts ist *los*. Ich wollte nur hören, wie es dir geht. Wie es Simon geht.«

»Wirklich?«, fragt sie, woraufhin ihre Mutter verwirrt schweigt, weil sie eine solche Antwort nicht erwartet hat.

»Wirklich«, sagt sie nach einer Weile. »Wie läuft die Chemo?«

»Gut. So gut, wie so etwas eben laufen kann. Heute Morgen ging's ihm sehr schlecht, wie die Ärztin vorausgesagt hatte.«

»Und du bist trotzdem zur Arbeit gegangen?«

»Ich hatte ein gutes Vorbild, nicht wahr?«, sagt Rosie.

Ein Bus scheppert an ihr vorbei, der, den sie hätte nehmen können, wenn sie gewartet hätte. Er ist so laut, ein Ungetüm aus Abgasen, Reifen und dröhnendem Motor, dass sie die gedehnte Stille am anderen Ende der Leitung nicht bemerkt.

»War ich so eine schlechte Mutter?«, hört Rosie sie fragen, als sie die Eingangstür erreicht hat.

»Nein«, sagt sie reflexartig. »Warum fragst du so etwas?«

»Ich kann schwierig sein«, sagt ihre Mutter. »Das weiß ich, Rosie. Und ich habe dich angetrieben, das weiß ich auch. Aber ich habe immer nur das Beste für dich gewollt. Ich dachte, du würdest das verstehen.«

»Das habe ich«, sagt Rosie. »Das tu ich.«

»Wieso ist es dann so zwischen uns?«, fragt ihre Mutter, und Rosie hört zum ersten Mal eine Spur von etwas Neuem in der Stimme. Traurigkeit oder Verzweiflung. Unterdrückte Panik zwischen den Worten.

Rosie dreht sich wieder zur Straße und beobachtet den sich entfernenden Bus. Die vorbeifahrenden Autos. Die kupferglänzenden Bordsteine in der untergehenden Sonne.

Instinktiv will sie ihre Mutter beschwichtigen und ihr gut zureden, doch sie blickt auf ihre Hände, in der einen das Handy, in der anderen ihre Schultasche, die sie in der hintersten Ecke eines Secondhandladens gefunden hat. Sie ist abgegriffen, an einigen Stellen unreparierbar beschädigt, wo das Leder abgerieben ist.

»Weil ich wegen Simon zu dir gekommen bin«, platzt Rosie heraus. »Vor seiner Diagnose. Und du mich einfach weggeschickt hast.«

Erneut breitet sich Stille zwischen ihnen aus.

»Ich habe dir einen Rat gegeben«, sagt ihre Mutter. »Ich habe dir gesagt, was ich tun würde.«

»Das war ein schlechter Rat.«

»Nun«, sagt ihre Mutter verwirrt. Rosie ringt eine gefühlte Ewigkeit mit sich. Ihre Kehle zieht sich zu.

»Wie geht's Dad?«, fragt sie schließlich.

»Alles in Ordnung.«

»Simon kommt auch wieder in Ordnung«, sagt Rosie, und dann, weil da plötzlich etwas Ungestümes in ihr ist, das sie denken lässt: *Zur Hölle damit*, erzählt sie, dass Will den ganzen Tag bei ihm gewesen sei.

»Will White?«, bringt ihre Mutter langsam hervor.

»Genau der.«

»Ich wusste nicht, dass ihr Kontakt habt.«

»Seit kurzem wieder«, sagt Rosie. »Er ist uns ein guter Freund. Simon und mir.«

»Das ist nett von ihm«, sagt ihre Mutter, und es klingt, als wäre ihr Mund ganz klein geworden, als müssten die Worte einen Weg durch die Zähne hindurchfinden. Rosie weiß genau, dass ihre Mutter nur zu gern sagen würde, sie hätten doch sicherlich bessere Freunde, Menschen, die Simon gut kennen und ihm beistehen können, doch sie tut es nicht, denn genau darum geht es ja.

»Ich habe außerdem einen neuen Job«, sagt Rosie. Die vor Abgasen und fehlendem Wind aufgeheizte Luft umringt sie, als sie all das laut ausspricht.

»Ach?«

»Ich bin jetzt Musiklehrerin. Klassische Gitarre und Klavier. Ein bisschen Gesang. Deshalb war ich heute weg.«

»Oh. Rosie. Das ist – das ist schön.«

»Ja, ist es«, sagt sie. »Es ist wirklich schön. Die Bezahlung ist schlecht. Ich meine, fürchterlich. Aber es macht mir nicht so viel aus. Nein: Es macht mir sogar absolut gar nichts aus.«

»Wieso tust du das, Rosie?«, fragt ihre Mutter. Es tritt eine Härte in ihre Stimme, eine Weigerung, dieses Spiel mitzuspielen.

»Warum habe ich es jemals nicht getan?«, fragt Rosie zurück. Der Himmel über ihr ist von einem intensiven Rot erfüllt, als ihre Mutter keine Antwort gibt.

*

Will lernt Simon auf eine Art kennen, wie er noch nie jemanden kennengelernt hat. Er findet heraus, welches Licht ihn lethargisch werden lässt und dazu bringt, die Vorhänge zuzuziehen. Welche Farbe die Bananen annehmen müssen, bevor Simon sie isst. Wie genau er die Temperatur am Thermostat zu bestimmten Tageszeiten einstellen muss. Morgens ist Simon zu warm und nach dem Mittagessen oft kalt. Er trägt Hausschuhe wie ein alter Mann, was er, wie er betont, schon vor der Diagnose getan hat. »Ich hasse es, Zeug an die Füße zu bekommen«, rechtfertigt er sich, als Will ihn damit aufzieht. Und weil Will wissen will, was er damit meint, erklärt er: »Du weiß schon, Staub, Haare oder Wasserspritzer.«

»Wow, du hast echt Probleme«, sagt Will, und Simon erwidert, er fände schmutzige Füße wohl hundertmal schlimmer als Krebs, und sie lachen gemeinsam darüber in der Küche.

Will findet noch andere Dinge heraus. Dass Simon seinen Kamillentee mit Honig trinkt, aber erst nachmittags, als wäre Süßes etwas, das man sich erst in der zweiten Tageshälfte verdient hat. Dass er ein Einzelkind ist, Höhenangst hat und viel zu Politik und Philosophie liest.

»Was liest du so?«, fragt Simon ihn eines Tages, während er sein Bücherregal durchstöbert und Will in der Küche Wasser aufsetzt.

»Nicht viel«, sagt Will.

»Komm schon«, sagt Simon. »Jeder liest.«

»Ich lese Motorradhandbücher«, sagt Will. »Und Kochbücher.«

Simon nickt.

»Und Reiseführer«, fügt er hinzu.

»Du reist gern?«

Daraufhin lächelt Will nur. Er dreht Simon den Rücken zu, um das kochende Wasser in die Tassen zu gießen, und fragt sich, ob er etwas mögen kann, das er noch nie getan hat, aufgeschoben, vielleicht ganz verpasst.

»Ich nicht wirklich«, sagt Simon. »Ich weiß, das ist ziemlich öde.«

»Ich hatte nichts anderes erwartet«, sagt Will. Simon grinst und nennt ihn einen Arsch mit Ohren, was sie beide überrascht und in die Schulzeit zurückversetzt. Sie kichern zuerst und lachen dann so schallend, dass Simon herausbringt: »Oh Mann, es tut schon weh«, woraufhin sie noch heftiger lachen.

*

Und so geht es weiter. Wochen mit einem kranken Ehemann und einem unerwarteten besten Freund, der sie ins Krankenhaus und wieder zurückfährt, manchmal zum Abendessen bleibt oder mit Simon herumhängt, während sie arbeitet.

Sie fühlt sich so dankbar, dass sie glaubt, ihr Herz könnte ihr aus der Brust springen. Ein Organ als Opfergabe.

Er verlangt nichts, außer bessere Butter. Sie füllt den Kühlschrank auf und beobachtet ihn manchmal, wenn er auf dem

Balkon raucht, fragt sich, wieso er nie nach Teer oder Tabak, sondern nach Pinien und Erde mit einer leichten Benzinnote riecht.

Sie erinnert sich an seine Reinheit und daran, dass er nach frischem Wasser schmeckte.

An die Berge, die sie im Schatten der montenegrinischen Bäume erklommen, und die Tomaten, die sie im Mund platzen ließen, die Abwesenheit des echten Lebens, als wäre es für eine Woche, einen Sommer, von ihnen abgespalten worden.

»Du rauchst wieder«, sagt sie einmal an der Tür zu ihm.

»Nicht wirklich«, sagt er. »Nur ab und zu.«

Simon sagt, er möge ihn. Sie hätten das Gegenteil von Gemeinsamkeit gefunden: eine gegenseitige Faszination und einen grimmigen Respekt. Rosie dreht sich im Bett zu ihm und sagt, sie wolle nicht, dass irgendwer grimmig sei, und Simon lacht, berührt ihr Gesicht und sagt, sie sei die liebenswürdigste Person, die er kenne.

Mit diesem Wort wird sie so oft beschrieben. Sie kann es nicht mehr hören.

*

Eines Donnerstags begleitet Will Simon zur Chemo. Rosie hat ein Schulkonzert, bei dem sie anscheinend niemand vertreten kann, obwohl sie darum gebeten hat – doch Simon besteht ohnehin darauf, dass sie hingeht, und Will gibt ihm ausnahmsweise recht.

Er weiß, wie es läuft, hat viel Zeit auf der Krebsstation mit seiner Großmutter verbracht. Sie spielen keine Karten, lesen nicht oder hören auch nur Musik, weil Simon zu erschöpft ist. Es ist seine vierte Behandlung, sein Haar lichtet sich, die Augenbrauen sind nur noch blasse Linien.

Sie beobachten bloß den Raum und die anderen Patienten,

das Tageslicht auf dem harten Boden. Es ist ein nasser Winter. So viel Regen und Wind.

»Weißt du, was komisch ist?«, fragt Simon.

»Was?«

»Wenn ich so darüber nachdenke, bist du wahrscheinlich mein bester Freund.«

Will spürt einen Stich durch seinen Körper jagen, als wäre das Gift auch in seine Adern gedrückt worden.

»Ich weiß, wir reden nicht über so was«, sagt Simon. »Aber der Krebs macht einen sentimental, also lass mir dieses eine Mal.«

»In Ordnung«, sagt Will.

»Es ist komisch, oder? Wir kennen uns kaum, und du bist eigentlich Rosies Freund. Du mochtest mich – magst mich nicht einmal. Aber ich sitze hier und denke, dass ich jetzt abgesehen von Rosie niemanden lieber neben mir hätte. Vielleicht ist das ein bisschen traurig, ich weiß nicht.«

Will schaut ihn einfach nur an. Ihm fehlen die Worte.

»Meine Eltern sind letztes Wochenende vorbeigekommen«, erzählt Simon. »Und ich liebe sie. Aber es war einfach furchtbar mit ihnen. Sie haben mir das Gefühl gegeben, ich wäre wieder ein Kind oder alt und gebrechlich, als wäre ich ein Kartenhaus, um das sie herumschleichen müssten. Und mein eigentlicher bester Freund, Jon, ruft manchmal an, aber es ist merkwürdig. Er fragt, wie es läuft, was nett ist, aber wir sprechen nicht mehr über die Dinge, über die ich gern sprechen würde. Rudern und Cricket oder auch nur seine Kinder. Als wäre der Krebs ansteckend oder so.«

Will schaut ihn unverwandt an. Während Simon erzählt, tritt etwas Farbe in seine Wangen. Er hat sich für die Chemo die Haare gestylt, sich Mühe gegeben, was Will nicht verstehen kann. Ein bisschen Gel, sodass sein Haar zur Seite fällt wie bei einem Rettungsschwimmer, einem hübschen Jungen aus einem anderen Leben.

»Aber du bist anders«, sagt Simon. »Wir können über alles reden. Und nichts. Und es fühlt sich nicht unangenehm an, ob wir zu Hause sind oder hier oder wo auch immer.«

Will nickt. Eine langsame Bewegung seines Kinns.

»Jedenfalls«, sagt Simon. »Ich schätze, ich will damit ›Danke‹ sagen. Und egal, wie es mit allem weitergeht, ich hoffe, wir können, du weißt schon. In Kontakt bleiben.«

Simon schaut sich im Zimmer um, während er spricht, als würde er Will lediglich bitten, ihm ein Glas Wasser zu holen oder die Jalousien herunterzulassen, weil die Sonne ihn blendet.

»Das können wir«, sagt Will, als er schließlich die Worte wiederfindet.

»Gut«, sagt Simon. Will verspürt den Drang, es ihm zu erzählen, jetzt gleich, von ihm und Rosie, und zwar nicht nur das Zusammenleben und den Teppichsex, sondern alles, jedes einzelne Jahr, das Lagerfeuer und den Tanz, dass er da war, als Josh stürzte, und wie es sie die ganze Zeit über auseinandergehalten und vereint hat, denn Simon verdient es, all das zu wissen, bevor er denkt, Will sei sein bester Freund, doch jetzt scheint es zu spät, und Will ist ein Feigling, also starrt er nur die Schuhsohlenstriemen auf dem Boden an und hat zum ersten Mal seit langem das Gefühl, als wüsste er nicht, wer er ist oder was ihm wichtig ist, und es ist zermürbend und illoyal, und er will auf der Stelle losrennen. Weiter und immer weiter.

»Ich nehme Tabletten«, sagt er.

Simon löst seinen Blick von den anderen Patienten.

»Wirklich? Wegen was?«

»Depressionen, oder was auch immer. Sie sollen mich im Gleichgewicht halten.«

»Verstehe«, sagt Simon und nickt.

»Du solltest wieder rudern, wenn all das vorüber ist«, sagt Will. »Wenn du kannst.«

»Du bist ganz versessen darauf, dass andere Leute ihrer Leidenschaft folgen, nicht wahr?«, sagt Simon, und Will gefällt nicht, wie er ihn anblickt.

»Ich mochte dich lieber, als du öde warst«, sagt Will.

Simon lacht kaum wahrnehmbar. Es klingt eher, als würde er einatmen. Danach hören sie auf zu reden und starren in den Raum. Will ist warm und übel.

Will hält auf dem Rückweg vor Rosies Schule und holt sie ab. Ihre Augen strahlen, ihre Wangen sind gerötet. Sie sieht glücklich aus.

»Wie ist es gelaufen?«, fragt Simon von der Rückbank aus.

»Wunderbar«, erzählt Rosie atemlos. »Sie haben *so* gut gesungen. Die Solos waren nahezu perfekt. Ich fühle mich so – ich weiß auch nicht. Stolz.«

Will kommt ›lebendig‹ in den Sinn, dass sie lebendig aussieht, doch er fährt schweigend weiter, während Simon sagt: »Du *solltest* auch stolz sein, Rosie.« Er setzt sie ab und schlägt ihre Einladung zum Abendessen aus, verabschiedet sich auf bald.

Unterwegs nach Hause überkommt ihn der Drang, mit jemandem zu sprechen.

Jemand, der ihn kennt und sich womöglich für ihn interessiert.

Ihre Nummer ist die erste in seinen Kontakten, und er wählt sie über die Freisprechanlage, während er in der anbrechenden Nacht im Verkehr von Norwich festsitzt. Das grelle Rot und Grün der Ampeln. Das Stottern, beinahe Abwürgen der Motoren.

»Hallo?«, meldet sich seine Schwester unsicher.

»Hi, Ambs«, sagt er.

»Hallo«, antwortet sie wieder. Er fährt. Sie wartet. Er räuspert sich.

»Ist lange her«, sagt er schließlich.

»Kann man sagen.«

»Das tut mir leid.«

»Nein«, sagt sie, als wollte sie es nicht hören oder als würde es keine Rolle spielen.

»Wie läuft's mit dem PhD?«

»Gut«, sagt sie, und dann: »Reden wir also wieder miteinander?«

»Sieht so aus.«

Er stellt sich vor, wie sie nickt, die Lage neu sondiert.

»Ich habe eine Frage«, sagt er.

»Schieß los.«

»Glaubst du, jeder hat eine Bestimmung? Ich meine etwas, das er tun sollte? Ich spreche nicht unbedingt von einer großen Berufung oder so. Aber glaubst du, wir brauchen alle etwas, das – ich weiß nicht – uns Halt gibt?«

Amber ist einen kurzen Moment lang still und sagt dann: »Na ja, klar doch.«

»Hm«, sagt Will.

»Aber darin liegt die Herausforderung, nicht wahr?«, sagt seine Schwester. »Die Leute wissen nicht immer, was es ist. Und deshalb laufen sie weg. Oder trinken. Oder spielen. Oder haben Affären, wechseln immer wieder den Arbeitsplatz oder leiden unter Ängsten.«

»Na, das macht ja gute Laune«, sagt Will.

»Tja, du wolltest es wissen«, sagt sie. »Und du hast vieles davon getan, um ehrlich zu sein. Aber du kennst deine Bestimmung, Will. Das hast du immer.«

»Ja?«

»Denk nach.«

»Ambs, ich tue in letzter Zeit nichts anderes als nachdenken.«

»Dann streng dich mehr an.«

Will fährt auf der Schnellstraße. Die Wolken hängen tief wie Nebel und verbergen die Sterne.

»Frag dich einfach, was sich wie zu Hause anfühlt«, sagt Amber, und er sagt »Okay«, tut es aber nicht, sondern fährt bloß weiter. Er hört sie im Hintergrund tippen. Ein Satz, Stille, dann ein weiterer. Das Rascheln eines Stifts auf Papier.

Er fährt, und sie arbeitet. Die Straße verschwindet unter ihm, Scheinwerfer und Bremslichter und leere Seitenstreifen. Schließlich fragt er, wie es ihrer Mutter gehe, und sie antwortet, ach, wer wisse das schon, sie hätten nur alle paar Monate Kontakt, und jetzt sei sie in Indien oder so.

»Sie ist die Art Frau, die sich ein Elefantentattoo stechen lässt«, sagt sie.

»Verstehe«, sagt Will, und die beiden teilen einen Moment des stillschweigenden Lachens. Gespannte und pointierte Stille, ein wissendes Lächeln unter Geschwistern.

Halbgeschwister. Als wäre das von Bedeutung.

Während er von der Schnellstraße abfährt, wundert er sich, weshalb er nicht mehr wütend auf sie ist, beschließt dann jedoch, es nicht zu hinterfragen.

Er hat sein ganzes Leben lang Wut in sich verspürt.

Sie hat ihn aufgefressen.

»Wieso fragst du überhaupt?«, will Amber wissen, als er das Ortsschild ihrer Heimatstadt passiert, deren Wege vom Licht der Straßenlaternen erleuchtet sind.

»Nach Mum?«

»Nein. Das mit der Bestimmung.«

»Ich ... weiß nicht. Ich weiß ... einfach nichts mehr. Ich weiß nicht, was ich will oder was ich als Nächstes tun soll. Und das hat mich früher nie gestört.«

Amber hört auf zu tippen.

»Jen ist weg?«, vermutet sie.

»Schon lange.«

»Und Rosie?«

Er erinnert sich an die Beerdigung, Roe vorne mit ihrer Gitarre, seine Schwester, die seinem Blick auswich.

»Wieder bei ihrem Mann«, sagt er. »Ihrem todkranken Mann. Den ich jetzt irgendwie ziemlich mag, obwohl ich ihn im Grunde immer noch verabscheue.«

Amber schnalzt mit der Zunge.

»Vertrackt.«

»Ich sitze ganz schön in der Klemme«, stimmt er zu, als er in die Einfahrt seiner Großmutter einbiegt, parkt und den Motor abstellt.

»Hättest du nicht einfach dieses schreckliche Mädchen heiraten können?«, sagt Amber. »Wenigstens wusstest du bei ihr, woran du bist.«

»Wen meinst du?«

»Du weißt schon, diese eine. Dolly oder Vanessa.«

»Das sind völlig unterschiedliche Namen, Ambs.«

»Die mit den Piercings und Spitzentangas.«

»Woher weißt *du* denn, welche Unterwäsche sie getragen hat?«

»Gran hat einmal einen in deiner Jeanstasche gefunden. Ich erinnere mich, weil sie zu mir meinte, keine Frau mit Selbstachtung trägt etwas anderes als vernünftige Unterhosen.«

»Das ist wahr«, sagt Will. »Und Keuschheitsgürtel, denk dran.«

»Will«, sagt sie. »Ich bin vierundzwanzig Jahre alt.«

»Und nach wie vor überzeugte Jungfrau, nicht wahr?«, sagt er, woraufhin sie seufzt und meint: »Wie auch immer.«

Alles – und nichts – ist gesagt, doch er legt nicht auf. Er sitzt bei seiner Schwester, die meilenweit entfernt ist, und sie bleibt noch eine Weile länger bei ihm.

»Ich sollte«, sagt sie, als er weiter dasitzt und nichts sagt.

»Klar«, sagt er. »Okay.«

Und als sie auflegen, reibt er den Knoten in seiner Brust, alleine in der dunklen Einfahrt.

SIEBZEHN

»Krebsfrei.«

Die Ärztin benutzt dieses Wort, und Rosie lässt sie es dreimal wiederholen. Simon verschränkt seine Hand in ihrer, und sie sitzen dort im Onkologiesprechzimmer, verheiratet und perplex, und trauen sich kaum, sich der Euphorie hinzugeben, die dieses Wort bedeutet.

»Die Chemotherapie ist so erfolgreich verlaufen, wie wir gehofft haben«, sagt die Ärztin lächelnd und ruhig, und Rosie denkt daran, wie seltsam vertraut ihr die Verlangsamung der Welt bei diesen Worten vorkommt, nicht anders als bei den Verlusten, den unwiederbringlichen und endgültigen Dingen, an die sie eher gewöhnt ist.

»Sie sind stark und fit, Simon, wie wir schon die ganze Zeit über betont haben«, fährt die Ärztin mit den weißen Zähnen und dem Bobschnitt fort, »und wir haben in einem frühen Stadium mit der Behandlung begonnen. Sie müssen trotzdem noch die Chemotherapie beenden, aber es ist –«

»Aber Sie haben alles erwischt?«, fragt Simon, und es ist das erste Mal, dass er spricht, seit sie Platz genommen haben. »Der Krebs ist weg?«

»Er ist weg«, bestätigt sie geduldig. »Aber es ist wie mit der Einnahme von Antibiotika. Sie müssen noch die restlichen Sitzungen beenden und danach alle acht Wochen zur Nachuntersuchung kommen. Aber das sind gute Nachrichten, Simon. Das wollten wir heute hören.«

»Also ... habe ich keinen Krebs mehr«, sagt er, und die Ärztin bestätigt noch einmal, und Rosie und er liegen sich weinend in den Armen. Die Ärztin sitzt ihnen gegenüber, und Rosie liebt sie, diese Frau, die sie kaum kennt. In diesem Moment liebt sie sie mehr als Marley oder ihre Mutter oder Wills Gran. Sie empfindet Dankbarkeit und Liebe dafür, dass Simon lebendig in ihren Armen ist, zweifellos und dauerhaft.

Es ist ein heller, freundlicher Tag.

»Das sollten wir feiern«, sagt Simon, als sie halb benommen Arm in Arm die Straße entlangspazieren. Sie fühlen sich gejetlagged oder als wären sie beide aus einem langen gemeinsamen Traum erwacht. So etwas kommt vor, hat Rosie gehört. Verheiratete Paare können nachts im Bett dasselbe träumen, wenn sich ihre REM-Schlafphasen einander angleichen wie die ineinander verschlungenen Pfade ihres Lebens.

»Selbstverständlich. Was sollen wir machen?«

»Essen gehen. Und Wein.«

»Geht klar.«

»Will soll auch dabei sein«, sagt Simon. »Und wir sollten dieses Wochenende zu meinen Eltern fahren. Sie überraschen. Und wenn die Chemo vorbei ist, sollten wir wegfahren, nur du und ich. Irgendwohin, wo es warm ist. Wir könnten sogar wieder nach Mauritius? Als zweite Flitterwochen?«

Er ist beflügelt, spricht ungewöhnlich schnell, und Rosie ist erleichtert, endlich wieder diese Energie in seiner Stimme zu hören. Das hat sie immer an ihm gemocht. Seine Freude und Leichtigkeit, seinen Enthusiasmus. Dinge, die sie so lange vermisst hat.

Die Sonne steht hoch, und es ist diesig. Tauben stieben auseinander, als sie mit kurzen Schatten an ihnen vorbeigehen. Sie sollte mit einstimmen, Simons Fröhlichkeit teilen, doch sie kann bloß daran denken, dass er sich in erster Linie Will herbeiwünscht, und daran, was das bedeutet und wie viel schwieriger alles gerade geworden ist, obwohl sie sich nichts sehnlicher gewünscht hat.

Das Restaurant hat hohe Decken, weiße Tischtücher, glänzendes Besteck und gedimmte Kupferlampen. Kleine köstliche Gerichte reihen sich auf der Speisekarte aneinander, und Simon sagt, er nehme alle.

»Du isst doch kein rotes Fleisch«, erinnert ihn Rosie, als sich der Kellner vom Tisch entfernt.

»Aber du«, sagt er. »Und Will bestimmt auch.«

»Er kommt also?«

»Wer weiß das schon bei diesem Kerl«, sagt Simon und bittet mit einer Geste um ihre Hand. Sie reicht sie ihm, und er reibt seinen Daumen an ihren.

»Es wäre schön, wenn er jemanden kennenlernen würde«, sagt er. Es ist ein beiläufiger Kommentar, ein Gesprächsanfang, der, wie ihr später klar wird, das Ende bedeutet.

Vielleicht war das Ende aber auch schon vor langer Zeit gekommen.

»Wieso?«, fragt Rosie, was Simon stutzen lässt.

»Weil es schön für ihn wäre, oder nicht? Dann wäre er nicht das fünfte Rad am Wagen. Und wir könnten öfter so was machen. Zusammen essen gehen. Echte Freunde sein.«

»Wir sind echte Freunde«, sagt sie. »Er hat dich zur Chemo begleitet, als alle anderen gekniffen haben. Er hat uns zu Terminen gefahren, seine Schichten getauscht und wirklich einiges auf sich genommen. Wir können uns niemals genug bei ihm dafür bedanken.«

»Das weiß ich«, sagt Simon mit einem leichten Stirnrunzeln, noch immer ihre Hand haltend. »Ich meine nur, es wäre nett, mehr mit ihm zu unternehmen.«

»Und wieso braucht er eine Partnerin dazu?«

»Braucht er nicht, schätze ich«, sagt Simon. »Ich habe nur … laut gedacht.«

Rosie will etwas erwidern, doch der Kellner bringt den Brotkorb. Mehrkorn, warm und aromatisch. Dies war ihr Lieblingsrestaurant, als sie frisch verheiratet waren, ein Ort für besondere Anlässe. Und zu besonderen Anlässen erlaubte Rosie sich, Brot zu essen. Zuerst roch sie daran, dann biss sie hinein.

Heute nimmt sie ein Brötchen, bricht es auf und pult den weichen Teig aus der Mitte heraus. Sie will die Gefühle betäuben, die ungesagten Dinge mit einem watteähnlichen Knebel in ihrem Mund ersticken.

»Habt Will und du jemals, du weißt schon?«, fragt Simon.

Er beobachtet sie beim Brotessen, und sie weiß, dass er die Nervosität in ihren Fingern sehen kann.

»Was meinst du?«, fragt sie, und plötzlich scheint die Schummerigkeit des Restaurants sie zu erdrücken, und sie wünscht sich helles Licht, sodass sie ihm geradewegs ins Gesicht schauen, ein für alle Mal aus sich herausbrechen könnte.

»Ich meine, hattet ihr je was miteinander? Irgendwie hab ich mir so was gedacht.«

»Wann hast du es dir gedacht?«, fragt sie angespannt. Simon lehnt sich zurück, seine Frage ist damit beantwortet.

»Ich werfe dir nichts vor, Rosie. Es macht mir nichts aus.«

»Mir aber«, sagt sie.

Zwischen ihnen flackert eine Kerze in einer gläsernen Kugel und umspielt ihre müden, ausgezehrten Gesichter.

Sie öffnet den Mund, und dann sagt Will: »Hey, tut mir leid, dass ich zu spät bin, der Verkehr war die Hölle«, und lässt sich in einen Stuhl zwischen ihnen am runden, weiß gedeckten Tisch fallen.

Simon lässt ihre Hand los.

»Kein Problem«, sagt er. »Wir haben gerade erst bestellt.«

Will nickt und meint, es sei besser kein Salat, er sei nicht den ganzen Weg nach Norwich gefahren, um ein paar Radieschen auf Feldsalat zu essen.

Er erlaubt sich einen Spaß, weiß Rosie. Er neckt den Mann, den er inzwischen als Freund betrachtet, was sie ebenso freut wie sorgt.

»Das Essen ist gut«, sagt Simon knapp, und Will wirft Rosie einen Blick zu. Sie weicht ihm aus und schenkt Wein nach, kleckert aus Versehen auf die Tischdecke.

»Also gibt es einen Grund, weshalb wir uns so kurzfristig in diesem feinen Etablissement zum Essen eingefunden haben?«, fragt Will, nachdem der Kellner seine Getränkebestellung aufgenommen hat und weder Rosie noch Simon ein Wort herausbringen.

»Ja«, sagt Simon und lächelt, jedoch mit aufeinandergepressten Lippen, und Rosie hört in seiner Stimme, dass die Energie wieder fort ist, entwichen aus seinem Körper wie das Öl aus den Oliven auf dem Tisch.

Will nimmt sein Wasserglas, hält jedoch inne, als Simon nicht fortfährt. Am Nebentisch trifft eine weitere Gruppe ein. Stühle werden über den Boden gerückt. Pailletten, High Heels und leises Gelächter überdecken ihre Wortlosigkeit.

»Ich bin, ähm«, sagt Simon, als die Gruppe neben ihnen Platz genommen hat.

»Du bist …?«

»Ich bin wohl ein Idiot«, sagt er, und Rosie wirft ein: »Simon, bitte.«

Will stellt sein Glas ab.

»Was …«

»Sei ehrlich, Rosie«, sagt Simon. »Zuerst war ich nämlich nur neugierig. Aber jetzt bin ich mehr als das.«

»Es spielt keine Rolle«, sagt sie. »Können wir das ein andermal machen? Wieso reden wir nicht darüber, weshalb wir eigentlich hier sind?«

»Weil«, sagt Simon, »ich im letzten Jahr viel verloren habe.

Und ich mich allmählich frage, ob es mehr ist, als mir klar war.«

Rosie weiß, dass Will sie beide beobachtet, auch wenn ihr Blick auf Simons Gesicht ruht. Sie weiß, dass er sich fragt, wo er hier hineingeraten ist, und sie versucht, sich etwas einfallen zu lassen, das die Situation beruhigen würde, auf eine gute und deeskalierende Art, doch in ihrem Kopf ist nur noch Wasser. Klar und still wie das in ihrem Glas.

»Okay«, sagt sie. »Okay.«

»Okay was?«, fragt Will. Keiner von beiden schaut ihn an, und er sagt, dass er besser gehen sollte.

»Das willst du nicht verpassen«, sagt Simon.

Dann erscheint der erste Gang. Kleine Keramikteller mit Goldtupfen, in denen sich das Kerzenlicht spiegelt. Die Frage nach mehr Wein wird mit Kopfschütteln beantwortet. Wills Wasser mit Limette wird neben seiner Serviette platziert, die noch gefaltet auf dem Tisch liegt.

»Ich habe soeben meine Frau hier gefragt«, sagt Simon, »ob ihr beide je mehr als Freunde wart.«

Rosie hält es nicht mehr aus und steht auf.

»Waren wir«, sagt sie. »Okay? Das waren wir. Aber jetzt nicht mehr, weil ich mich für dich entschieden habe. Und du hast dich nur wieder für mich entschieden, weil du mich brauchtest, Si, und weißt du was? Das ist in Ordnung. Weil ich dich auch brauchte, aber nicht so. Nicht mit einer Szene im Restaurant, wenn Will sich wie ein guter Freund verhält und unseretwegen den ganzen Weg hierherkommt, und heute eigentlich der Tag ist, auf den wir alle gewartet haben. Also lass ihn uns nicht ruinieren, okay?«

»Du sagst immer wieder ›Okay‹«, presst Simon hervor. »Aber das macht es nicht okay.«

»Hör mal, Kumpel«, sagt Will, doch Simon hält seine Hand

hoch, um ihn zum Schweigen zu bringen, und einen wankenden, schwindeligen Moment lang stellen sie fest, dass es funktioniert.

»Was mir Sorgen macht«, fährt Simon fort, »ist nicht die Tatsache selbst, sondern dass keiner von euch es mir erzählt hat, was bedeutet, dass es einen Grund dafür gab.«

»Es war nur«, sagt Rosie und zuckt mit den Schultern. Sie steht nach wie vor, die Hände mit gespreizten Fingern auf dem Tisch.

Sie will die Zeit zurückdrehen.

Alles und nichts rückgängig machen.

»Wir sehen uns zu Hause«, sagt sie. »Ich mache das nicht mit hier.«

Und sie tut das Mutigste, an das sie sich je erinnern kann, und geht davon, auch wenn sie unrecht hat, auch wenn sie Simon das alles schuldet und dem Mann neben ihm noch mehr. Sie holt ihren Mantel aus der Garderobe, steigt die vielen Treppenstufen alleine hinab, lässt sich vom Oberkellner eine gute Nacht wünschen und macht sich auf den kalten, von Sternen erleuchteten Heimweg, ihr Atem weiß in der feuchten Luft.

*

Will blickt über ein leeres Weinglas hinweg den Mann an, dessen Frau seine war.

Oder dessen Frau eigentlich seine sein sollte.

»Lass uns essen«, sagt Simon, und es ist das Letzte, was Will erwartet hätte, doch nachdem Simon einen Teller nimmt, etwas davon auf seinen eigenen schiebt und anfängt, mit der Gabel darin herumzustochern, tut Will es ihm nach. Das Essen ist schwer und buttrig, und im Restaurant herrscht eine erdrückende Dunkelheit. Er hasst es, wenn er nicht sieht, was er isst.

»Ich will nicht streiten«, sagt Simon. »Dazu bin ich zu müde. Ich war auch nie gut darin. Und ich ahne, dass du es bist.«

»Wenn ich in der richtigen Stimmung bin«, räumt Will ein, während er etwas Teigiges über seinen Teller schiebt. Simon führt die Gabel zum Mund, kaut und schluckt.

»Rosie ist leicht zu durchschauen«, sagt Simon. »War sie schon immer. Sie ist eine furchtbar schlechte Lügnerin, ihre Augen verraten ihre Gefühle. Ist dir das schon mal aufgefallen?«

»Wie ein Reh«, sagt Will, und Simon sagt: »Genau.«

Sie essen weiter, nehmen kleine Bissen zu sich und schweigen eine Weile lang.

»Das Brot ist gut«, sagt Simon. »Hast du es schon probiert?«

Will schüttelt den Kopf, und Simon sagt, er werde dem Kellner Bescheid geben, damit er den Brotkorb auffüllt.

»Deine nette Tour geht mir allmählich echt auf die Nerven«, sagt Will.

»Das dachte ich mir«, sagt Simon und kratzt mit der Gabel etwas Soße auf.

»Können wir einfach aussprechen, was gesagt werden muss?«

»Und was muss gesagt werden?«

»Tu das nicht«, sagt Will.

»Was?«

»Fragen mit Gegenfragen beantworten. So wie Rosie.«

»Tut sie das?«

»Können wir es einfach ... klären?«

»Ich will es nicht klären«, sagt Simon. »Ich will das schöne Essen genießen, das ich bestellt habe, um zu feiern, dass ich krebsfrei bin. Und dann will ich zu der Frau, mit der ich seit sieben Jahren verheiratet bin, nach Hause kommen und ihr sagen, dass nichts davon eine Rolle spielt, weil es uns dann allen besser geht. Aber mir ist klar geworden, Will, dass, obwohl du mich durch und durch belogen hast, wochenlang – mein Gott...«

Er reibt sich die Augen, hält einen Moment inne.

»Die ganze Zeit über«, fährt Simon fort, »hast du gelogen, die Wahrheit verdreht, mich im Grunde beleidigt, ohne dass ich es wusste. Doch in einem Punkt hast du die Wahrheit gesagt.«

»Und das wäre?«, fragt Will nach einer knappen Pause.

»Dass irgendwas immer schiefgeht.«

Sie haben aufgehört zu essen. Gelächter und Stimmen, das Summen guter Laune um sie herum. Will fährt mit dem Zeigefinger über die Tischkante. Wieder zurück, und vor und zurück.

»Hör mal«, sagt er. »Das zwischen mir und Rosie ist schon vor vielen Jahren schiefgelaufen. Etliche Male. Das ist irgendwie ... unser Ding. Wir vermasseln es, aber bleiben füreinander da, weil sie ... tja, ich ... wir sind Freunde. Gute Freunde. Ich habe eine Weile versucht, es nicht zu sein.«

Simon sagt nichts. Er starrt seinen Teller an, als wollte er ihn dadurch wieder füllen.

»Du könntest auch versuchen, einfach mit ihr befreundet zu sein«, sagt Will. »Wenn dir das alles zu viel ist, die Lügen, die Geheimnisse oder was auch immer. Aber ich denke nicht, dass du damit viel Glück haben wirst.«

Simon schaut ihm zum ersten Mal an diesem Abend in die Augen. Der Weißwein schimmert in seinem Glas.

»Du liebst sie«, sagt er.

Will hält seinem Blick stand.

»Ich habe versucht, es zu lassen.«

Ihre Teller bleiben auf dem Tisch stehen. Simon trinkt seinen Wein aus und schenkt sich nach. Er bietet Will die Flasche an, doch er lehnt ab. Kondensierte Tropfen rinnen sein Wasserglas hinunter.

»Ich dachte, ihr wärt einfach wie Geschwister«, sagt Simon. »So hat es auf mich gewirkt.«

»Weil du nicht aufmerksam bist«, sagt Will.

»Sei kein Arschloch«, sagt Simon, und Will verspürt einen primitiven Triumph, weil er sich den Zorn herbeiwünscht, ihn sogar gutheißt, mit Feuer gegen Feuer umgehen kann. Diese ganze Friedfertigkeit ist so irritierend.

»Wenn hier jemand der Bruder ist«, sagt Will, ohne den Satz zu beenden.

»Wie meinst du das?«

»Du bist wie er«, sagt Will. »In gewisser Weise.«

»Wie wer?«

»Ach, komm schon, Si«, sagt Will. »Genau *das* ist doch dein Problem. *Alles* hat mit Josh zu tun. Du weißt schon, ihr Zwillingsbruder, der gestorben ist? In den Tod gestürzt? Der seinen Schädel am Strand unter uns zerschmettert hat und verblutet ist, als wir fast halb so alt waren wie heute?«

Simon sagt nichts. Sein Gesicht ist erschlafft.

»Es hat sie zerstört«, sagt Will. »Und du weißt es nicht einmal.«

»Sie«, bringt Simon hervor und klammert sich an den Stiel seines Weinglases, dreht ihn zwischen seinen Fingern. »Sie ... wollte nie viel über ihn sprechen.«

»Klar«, sagt Will.

»Oh Gott«, sagt Simon und fährt sich mit den Händen über sein ausgezehrtes, vom Krebs gezeichnetes Gesicht. Will beobachtet ihn dabei, und sein Zorn verfliegt. Für einen langen Augenblick verlangsamt sich alles um ihn herum.

»Sie hat sich für dich entschieden«, sagt Will schließlich, obwohl es ihn umbringt und er den Tisch umschmeißen, die kleinen Teller gegen die getönten Fenster schmettern will. Simon vergräbt weiterhin das Gesicht in den Händen.

»Ich habe nie wieder jemanden wie Josh kennengelernt«, fährt Will fort. »Aber du kommst ihm ziemlich nah, Si. Freundlich. Arglos. Gütig und gerecht und so erfüllt von dieser quasi unablässigen Energie. Das treibt einen zur Weißglut.«

»Du glaubst, sie hat mich geheiratet, weil ich ihm ähnlich bin?«

»Ich glaube nicht, dass ihr das bewusst ist, falls das hilft.«

Dann erscheint der Kellner, um die Teller abzuräumen, fragt sie, wie es geschmeckt hat. »Gut«, antworten beide, auch wenn Will sich an kaum etwas davon erinnern kann. Er hat keine Ahnung, was er gegessen hat, und hat immer noch Hunger auf etwas, was er nicht ausmachen kann.

»Wie gesagt«, meint Will. »Niemand ist wirklich wie er. Aber ich glaube, du füllst eine Lücke.«

Er steht auf, weil es nichts mehr zu sagen gibt, und gerade als er gehen will, sagt Simon: »Sag mir nur, wann es war, Will. Vor Jahren oder kürzlich?«

Will fragt ihn, warum das wichtig sei, und Simon zuckt mit den Schultern, antwortet, er sei sich nicht sicher, ob es das überhaupt sei.

»Beides«, sagt Will.

Er sollte sich entschuldigen vor diesem Mann, diesem guten, herausgeputzten, dem Tod davongekommenen Mann, der mit seinem warmen Wein und seinem ruinierten Abend allein am Tisch sitzt. Doch er wird sich nie für Rosie entschuldigen. »Keine Reue«, pflegte seine Mutter zu sagen, und dies ist der einzige Rat von ihr, den er versucht hat, in seinem Leben zu beherzigen – zweifellos ohne Erfolg.

»Ach«, sagt Will, als er sich zum Gehen wendet. »Glückwunsch. Zu den guten Neuigkeiten über den Krebs.«

Simon hebt sein Glas.

Zerbrochene Dinge zwischen ihnen, die Will – selbst wenn er es wollte – nicht zurücknehmen kann.

Sobald Will draußen ist, fängt er an zu rennen.

In der Luft liegt eine spröde Kälte, die Schnee verspricht. Er hat sich den Wetterbericht für die Heimfahrt nicht angeschaut, doch das spielt nun auch keine Rolle, denn er rennt und denkt, wenn er irgendetwas weiß, dann wo er hinmuss.

Er braucht zehn Minuten bis zum Flussufer und beschleunigt dann, atmet die Nacht in langen, schweren Zügen ein, während sein Herz im Rhythmus seiner Schritte pocht. Hitze und Freude durchströmen ihn, was ihm nach allem, was passiert ist, falsch vorkommt, doch es sind Rosie und er. Strömungen, die schnell dahinziehen, wie der Fluss neben ihm.

Er holt sie auf der Brücke ein. Sie steht am Rand und schaut aufs Wasser.

»Ich hab's ihm erzählt«, sagt er, als er bei ihr angelangt ist.

Sie ist in ihren Mantel gehüllt, die Hände in den Ärmeln versteckt. Der Fluss fließt schnell, beständig und schwarz dahin.

»Ihm erzählt«, wiederholt sie, als wäre sie weit weg.

»Von uns«, sagt er.

Der Fluss rauscht wie die Gezeiten.

»Ich habe ihm auch erzählt, dass er eine Lücke für dich füllt«, sagt Will, weil er will, dass sie zubeißt, widerspricht, ihm endlich sagt, was sie bisher zurückgehalten hat.

»Aber das tut er nicht«, sagt Rosie – und da ist es, sie hat es endlich ausgesprochen. Ihr Gesicht bleibt ihm abgewandt, und er verspürt den Drang, sie zu schütteln, sie an den Armen zu packen und zu zwingen, ihn anzuschauen, diese lange, mühsame Angelegenheit zwischen ihnen zu beschleunigen.

»Tut er nicht?«

»Nein. Ich dachte es. Ich wollte es. Ich wollte wirklich unbedingt, dass er es tut.«

Sie fasst sich mit den Händen an die Stirn, streicht sich das Haar hinter die Ohren. Sie hält sich ruhig und aufrecht wie eine

Tänzerin, denkt er. Für einen Augenblick erkennt er ihre Mutter in ihr, dieselbe Stärke, dieselbe Härte.

»Ich bin ein halber Mensch, Will«, sagt sie.

»Nein, bist du nicht.«

»Doch. In dem Moment, als der Arzt mir gesagt hat, dass er tot ist, habe ich es gespürt – ich habe gespürt, wie sich etwas loslöst, und seitdem bin ich halb leer, und nichts hilft. Essen hilft nicht, und Hungern hilft nicht, und Therapie und die Ehe und Musik und die Krebsheilung – nichts davon hilft jemals. Ich weiß nicht mehr, wer ich bin oder was ich will oder was mir irgendetwas bedeutet.«

»Wie theatralisch«, sagt er, und sie erwidert: »Fick dich, Will«, und dann dreht sie sich endlich überrascht zu ihm um.

»Tut mir leid«, sagt sie sofort.

»Braucht es nicht«, sagt Will und ist wütend, aber auch ein wenig amüsiert. »Grundgütiger, Roe. Du bist der Mensch, der du schon immer warst. Glaub mir.«

Autos fahren auf der Straße hinter ihnen vorbei. Weißes Rauschen in ihren Ohren.

»Ich weiß nicht, was ich tue«, sagt sie so leise, dass er sie kaum verstehen kann.

»Hast du das jemals?«

»Nun, ja. Das dachte ich.«

»Gute Noten bekommen zählt nicht. Genauso wenig, wie einen netten, langweiligen Typen heiraten, der keine richtige Butter isst.«

»Hör auf«, fährt Rosie ihn an, und da ist wieder dieser Triumph, der in ihm auflodert – er will, dass sie schreit, und er will zurückschreien. Er will ein Aufeinanderprallen und laute Stimmen. Er hat die klimpernden Löffel auf Keramik, gemeinsame Frühstücksmahlzeiten bei Nacht, unbeantwortete Nachrichten und die falsche Freundschaft satt.

»Gottverdammt, Rosie«, sagt er. »Warum zur Hölle bist du bei ihm geblieben? Kannst du mir das erklären? Ich dachte, bestimmt müsste er etwas an sich haben – und ich dachte, ich könnte vielleicht damit leben, wenn es wirklich das ist, was du willst. Aber wenn du nach all den Jahren hier stehst und mir sagst, dass es nicht so ist? Warum dann, Roe?«

»Ich weiß es nicht!«, sagt sie gereizt. »Er ist – *gut*!«

»Gut«, wiederholt Will.

»Ja! Er ist gut und nett, und es sollte mehr Menschen wie ihn geben«, sagt sie fieberhaft, die Worte sprudeln schnell, aber bewusst aus ihrem Mund. »Und es ist nicht *seine* Schuld, Will. Es ist nicht seine Schuld, dass es nicht reicht.«

»Also reicht es nicht«, greift Will auf, und sie schießt durch seinen Körper, die Wut und die glühende Freude darüber, doch Rosie verzieht das Gesicht und fragt: »Warum nicht, Will? Was stimmt nicht mit mir?«

Er sollte nicht antworten, doch in ihm steigen Zorn und Härte auf.

»Vieles, Roe«, sagt er. »Zum einen bist du unentschlossen. Du lässt andere für dich entscheiden, entgegen dem, was du willst, und das ist nicht nur traurig, Rosie, das ist verdammt rückgratlos und damit das genaue Gegenteil von der, die du bist. Und du hast diese falsche Vorstellung davon, was gut und, ich weiß auch nicht, *richtig* ist. Als wäre das wichtig. Du lebst dein Leben nicht so, wie du solltest. Du bietest nie jemandem die Stirn, am wenigsten deiner Mutter, die offen gesagt ein paar ehrliche Worte vertragen könnte. Du singst nicht mehr. Du verweigerst dir alles. Du beraubst dich selbst, Roe. Jede Stunde und jede Sekunde zwingst du dich in ein Korsett, und es tut verdammt noch mal weh, das mit anzusehen, aber du tust es trotzdem, weil du nichts anderes kennst und niemand dir je gesagt hat, dass du es nicht tun sollst.«

Schnee beginnt zu fallen. Er schwebt hinunter, landet in ihrem Haar. Sie blickt ihn an, während er ihr seine Tirade entgegenschleudert, die Hände wieder in den Ärmeln versteckt.

»Aber abgesehen davon«, sagt Will, »gibt es absolut nichts, was mit dir nicht stimmt, Roe. Nicht ein kleines bisschen.«

Ihre Augen auf seinen. Blau und tief wie der Ozean.

»Ich habe in der Kirche einen Schwur geleistet«, flüstert sie, während der Schnee um sie herumwirbelt. Er sagt, das wisse er. Und sie sagt, er sei ihr Ehemann und sie liebe ihn, und er entgegnet: »Nicht so, wie du solltest.«

Er spricht nicht alles aus, was er denkt. Dass sie zu mehr bestimmt ist. Dass sie jemanden haben sollte, der für sie brennt, der ihr unter die Haut geht.

»Ich denke«, sagt er stattdessen, »du solltest dir über einige Dinge klar werden, Roe.«

Sie blickt ihn mit ihren Rehaugen an. Etwas in ihm zerbricht, aber er kann nicht anders, er kann so nicht weitermachen.

»Ich sage nicht, du sollst dich zwischen uns entscheiden«, sagt er. »Du solltest herausfinden, *was* du vom Leben willst, Rosie. Nicht wen.«

Sie stehen in der Dunkelheit. Lichter schimmern auf dem Wasser.

Und trotz all seiner Wut und Erleichterung stellt er fest, dass er sie küssen will. Sein Hunger ist so echt und verlangend, dass er sie in sich aufnehmen will, auf die eine oder andere Weise, sie aufsaugen will, in ihrem tiefen, dunklen Ozean schwimmen will.

Stattdessen sagt er: »Diese Sache zwischen uns, Roe. Lass uns damit aufhören.«

»Will ...«

»Nein. Ich habe versucht, ein netter Kerl zu sein, nur mit dir befreundet zu sein, oder was auch immer, aber ich kann das nicht. Ich habe es satt, zu warten und zu hoffen und die ganze verfluchte Zeit an dich zu denken. Nicht nur diese letzten Monate. Sondern seit dem Lagerfeuer.«

Ihre Augen sind so weit aufgerissen wie ihr Mund, und er macht einen Schritt zurück, weil er sie verzehren will, oder im Arm halten, oder beides.

»Das ist mein Ernst, Rosie. Geh und bleib verheiratet oder auch nicht. Schreib Songs oder auch nicht. Sing oder sing nicht. Eröffne meinetwegen ein verdammtes Mitternachtscornflakes-Café. Aber finde heraus, was du willst. Und ich werde dasselbe tun.«

»Aber ...«

»Hör auf«, sagt er lauter als beabsichtigt. »Hör einfach auf.« Und mit allem, was er hat, jeder verbliebenen intakten Faser, jedem Atemzug und Gefühl, dreht er sich um und geht weg von ihr, von ihnen beiden, von allem, und er weiß tief in seinem Inneren, dass dies endlich das letzte Mal ist.

ACHTZEHN

Auf die Begegnung am Fluss folgt eine lange Nacht.

Einige lange Nächte.

Rosie geht zu Simon zurück, auch wenn sie weiß, dass sie nicht im eigentlichen Sinne zu ihm zurückkehren kann. Sie führen tagelang Gespräche, und sie erzählt ihm alles. Er erwartet, dass sie gleich wieder bei Will einzieht, doch das kann sie nicht, nicht nach allem, was er gesagt hat, nicht jetzt, da sie weiß, dass er mit allem recht hat. Sie dachte immer, sie wüsste, was sie will, aber wie sich herausstellt, ist sie bloß Regeln, Strukturen und Ideen gefolgt, die ihr von ihrer Mutter, von Marley oder von alten Filmen vorgegeben worden waren. Ihre Vorstellung von Richtig und Falsch ist vor so langer Zeit entstanden, dass sie sich nicht mehr daran erinnern kann.

Sie kann sie nicht mehr aufrechterhalten, so viel weiß sie.

Sie kann dieses Leben so nicht weiterleben.

Sie kann Will nicht mehr als Trostpflaster benutzen, wie sie es früher immer getan hat, den Jungen mit den Wolfszähnen, den rauen Händen und dem unheilvollen Geburtstag.

Sie hatte zu ihm am Fluss gesagt, dass Simon nicht genug sei, doch anstatt sie in die Arme zu schließen, hatte er gesagt, er sei fertig mit ihr. Seltsamerweise war es das Befreiendste, was er zu ihr hätte sagen können. Sie braucht sich nicht mehr zwischen dem Einen und dem Anderen zu entscheiden.

Kein Richtig und kein Falsch.

Ihre Zukunft ist aufgebrochen und wartet, und nun weiß sie, was sie zu tun hat.

Als Simon und sie sich alles gesagt haben, zieht sie ein zweites und letztes Mal aus der gemeinsamen Wohnung aus.

Lange Nächte und Tränen. Leere Schubladen, durchnässte Hemden und gepackte Taschen. Ihre Bücher voller Eselsohren, vom sonnigen Platz auf dem Regal ausgeblichen, quetscht sie in eine Reisetasche und nimmt sie mit wie Kinder, von denen sie keine Minute getrennt sein kann.

»Ich ziehe das durch«, sagt sie zu ihrer Mutter, als sie nur für kurze Zeit zu Hause einzieht.

»Ich ziehe das verdammt noch mal durch.«

Sie hat noch nie laut vor ihrer Mutter geflucht.

Sie hat vieles noch nie getan.

Diesmal bleibt sie zwei Nächte lang bei ihren Eltern, während sie alles regelt. Sie teilt der Schule mit, dass sie weggeht. Dort reagiert man verständnisvoll und unterstützt sie. Sie muss dennoch kündigen, weil man ihr die Stelle nicht auf unbestimmte Zeit freihalten kann.

»Das ist in Ordnung«, sagt sie und meint es so.

Sie berührt das Foto von Josh im Flur, bevor sie geht, wünscht sich, er könnte mitkommen, wünscht sich, sie könnte seine Stimme hören, bloß für eine Sekunde. Dafür würde sie noch immer so viel von sich geben, und deshalb weiß sie, dass sie das Richtige tut.

*

Will fängt an, von seinem Großvater zu träumen. Kurz nach dessen Tod war das häufig vorgekommen. Sie tun Dinge, die sie im echten Leben nie getan haben: auf einem Boot angeln oder mit Hämmern und Nägeln etwas aus Holz zusammenbauen.

In diesen Träumen spricht keiner von beiden ein Wort.

Will denkt, dass er die Stimme seines Grandpas vergessen hat. Er wünscht sich, er könnte auch Rosies Stimme vergessen.

Er träumt und wacht und nimmt manchmal an dem Treffen einer Gruppe teil, wenn er einen harten Tag hat, wenn er zur Flasche oder zu Schlimmerem greifen will. Meistens geht es um seine Vergangenheit. Doch es gibt eine Schnur, eine dünne, biegsame Schnur wie die, die er im Schlaf um den Angelhaken wickelt, und er will nicht, dass diese Schnur nachgibt nach all den Jahren, die es ihn gekostet hat, sie zu spannen.

Es ist nicht wie im Fernsehen.

Es gibt kein: »Ich heiße Will und bin dies und das.« Keine herzzerreißenden Geschichten und Geständnisse. Es geht hauptsächlich ums Zuhören und Erlauben. Hin und wieder Augenkontakt, den er eigentlich vermeiden will.

In der Pause gibt es Kekse. Orangensaft aus Konzentrat, verdünnt wie damals in der Schule, und über diesen vermeintlichen Kreislauf des Lebens muss er schmunzeln. Alles führt ihn wieder zurück zu saurer Milch, billigen Schokokeksen, Tee, Kaffee und Saft, den keiner mag, aber alle trinken, weil es eben dazugehört. Es gehört einfach dazu.

*

Selbst als sie nicht schlafen konnte, hatte Rosie den Morgen immer gemocht. Vielleicht gerade dann. Wenn das Licht fließend und sanft ist, als wollte es sagen: Es ist okay, du kannst jetzt aufstehen.

Nun ist jedoch alles anders, und zu ihrer Überraschung stellt sie fest, dass sie eine Vorliebe für die späten Abende in Wien entwickelt. Eine romantische Neigung beinahe, wenn der Tag zur Dunkelheit verschwimmt und die Kopfsteine im Licht der Straßenlaternen schimmern.

Dann zieht sie sich einen Lidstrich, schlüpft in ein Kleid und schreitet die eiserne Treppe hinunter – in Absätzen, die ihr das Gefühl geben, eine Frau zu sein, die weiß, was sie will. Die viel nachzuholen hat. In dieser Bar.

Bevor sie beginnt, schließt sie die Augen, kein obsessives, sondern ein notwendiges Ritual. Dann spielt sie, und die Gäste hören entweder zu oder nicht, was ihr, wie sie feststellt, egal ist, nicht einmal mehr auffällt. Es gibt nur sie und den Flügel.

Kein toter Zwillingsbruder. Kein Ex-Mann.

Ihre Hände, die sich von Neuem finden.

Wenn sie nicht arbeitet, geht sie spazieren und denkt nach. Sie existiert in der Stadt der Musik, als wäre das Atmen hier heilsam und harmonisch, als würde das Tageslicht selbst in ihre Haut einsinken, so wie es all die Komponisten berührt hat, die vor ihr hier gelebt haben, durch die Straßen spaziert sind und ihre Gesichter in dieselbe Sonne gehalten haben. Jahrhunderte der Musik, die wie Hitze in der Luft hängen. Sie hatte nie davon geträumt, im Ausland zu leben, doch diese Stadt hatte eine Anziehungskraft auf sie ausgeübt, die sich richtig anfühlte, als alles in die Brüche ging.

Die meisten Abende verbringt sie in ihrem Lieblingsrestaurant, das am Rande eines Platzes das letzte Sonnenlicht auffängt, über dem Pferdehufe, Wiener Dialekt und Wein liegen, während sie liest, trinkt, schreibt oder isst. An manchen Tagen alles gleichzeitig.

Meistens schläft sie nach ihren Schichten aus, verbringt die Vormittage mit Büchern und Notenblättern im Kaffeehaus. Sie isst täglich Strudel. Sie zieht im Museumsquartier die Schuhe aus und läuft durchs Gras, ohne eine einzige Ausstellung zu besuchen. Sie geht zu so vielen Konzerten, dass sie sie nicht mehr zählen kann.

Sie telefoniert selten mit ihren Eltern und oft mit Marley. Ab und zu ruft sie sogar Simon an, und sie unterhalten sich wie selbstverständlich über seine Kontrolluntersuchungen und die Scheidungspapiere, über seine Mutter und ihre Mutter, und sie freut sich, wenn sie miteinander sprechen, aber noch mehr, wenn sie auflegen.

Sie schreibt nun in richtige, ledergebundene Bücher.

Nicht auf ihre Unterarme, lose Blätter oder Servietten, die sie wieder verliert. Die Gedichte fallen aus ihr heraus wie Blätter von Bäumen und fliegen in alle Richtungen davon, sodass sie ihnen hinterherjagen, sie beinahe mit ihrem Stift einfangen muss.

Es ist wie eine Magie, die sie sich einst zu vergessen gezwungen hat.

So viele Dinge, vergessen und wiedergefunden.

So vieles, was sie ausfüllt.

Es gibt sogar einen Mann. Einen hinreißenden Mann mit dunklen Augen und einer Vorliebe für Oliven, der ein paar Jahre jünger ist als sie, der kellnert, Violine spielt und sie nicht bei Tageslicht küsst. Sie trinken Kaffee, besuchen Konzerte, gehen danach zu ihm oder zu ihr und verschwimmen zwischen den Laken in einem merkwürdigen, befriedigenden Gewirr aus Sex und Zigarettenrauch, in seinem Haar, auf seiner Haut, entlang seiner eckigen Backenzähne.

Wenn er ihr danach eine anbietet, lehnt sie ab.

Er raucht im Bett, und manchmal küssen sie sich lange, als wären sie hungrig, aber wollten nichts essen. Dann zieht er sich an und lässt sie allein, und es vergehen Tage oder eine Woche, bis sie sich wiedersehen.

Sie schläft gut, sobald er weg ist. Oder sie schreibt darüber. Den Zigarettengeruch. Sein spitzes Kinn. Die Wirbel, die ihre Saiten gespannt halten.

*

Will trägt Rob auf, den Honda zu parken, hinten sei noch Platz, aber er solle vorsichtig sein.

Rob nickt, und Will sieht in seinem jungen, unrasierten Gesicht, dass er erwidern möchte, er sei immer vorsichtig und brauche keine Ermahnung dazu. Will sagt es dennoch. Er kann nicht anders. Nun steht sein eigener Name auf dem Schild, und zu Beginn zählt vor allem die Mundpropaganda und der gute Ruf. Jeder Kratzer, jede Delle könnte das Ende seines erfolgreichen Starts bedeuten.

Und er stellt fest, dass es ihm wichtig ist.

Er trägt die Daten der Kundin ein und will dem Jungen gerade in die Werkstatt folgen, als die Tür wieder aufgeht und seine Schwester hereinkommt, hochaufgeschossen und schmal. Sie sieht aus, als könnte sie in seiner Werkstatt arbeiten. Lederstiefel und ein geflickter Overall, eine Latzhose, wie sie ihm später erklärt, als er eine Bemerkung macht. So dicke Brillengläser, dass man sich fast fragt, ob sie überhaupt sehen kann.

»Amber«, sagt er. »Hi.«

»Störe ich?«

»Gerade sind keine Kunden da«, sagt er, und sie erwidert: »Das ist nicht gut, oder?«

»Heute Morgen war viel los«, sagt er. »Willst du die Bücher sehen? Meine Einkünfte der letzten zwölf Monate prüfen?«

»Das wird nicht nötig sein.« Sie schaut sich in seinem begrenzten Lagerbestand um, zwischen Motoröl, Zündkerzen, Leuchtmitteln, Bremskabeln und Schläuchen.

»Ich habe keine Ahnung, was das alles ist«, sagt sie, und er entgegnet, das bräuchte sie auch nicht. Dann beschwert sie sich über den komischen Geruch.

»Das sind die Abgase«, erklärt er.

»Willst du Benzin gegen Paninis tauschen?«, fragt sie. Er schaut auf seine Uhr und bittet sie, ihm zwei Minuten zu geben. Hinten reibt er sich die Schmiere von den Händen und trägt Rob auf, eine Stunde auf den Laden aufzupassen. Der Junge schaut ihn entgeistert an, scheint aber entschlossen, kein Wort darüber zu verlieren, und dafür mag Will ihn ein kleines bisschen mehr.

Draußen weht ein schwacher Wind. Die Wolken sind geschichtet wie Basalt.

»Also wie ist es, deinen eigenen Laden zu führen?«, fragt Amber, als sie den Kiesweg in die Stadt entlangspazieren und die Steine unter ihren Schuhen knirschen.

»Gut«, sagt Will. »Viel zu tun.«

»Du hast ihn nach Grandpa benannt«, sagt sie, und ihr Tonfall ist locker, beiläufig. Er zuckt mit den Schultern und bejaht, und mehr brauchen sie darüber nicht zu sagen.

Sie hat auch nie hinterfragt, warum er in Norfolk geblieben ist, nachdem sie das Haus ihrer Großmutter verkauft hatten. Er hätte ihr auch nicht erklären können, warum es sich richtig anfühlt. Womöglich hat es mit der Nähe zu dem Ort zu tun, wo seine Großeltern begraben sind, wo seine Wurzeln sind, wie er nun begriffen hat.

Sie finden einen Tisch im Eck-Café, bestellen Sandwiches und Tee. Ein paar alteingesessene Stammkunden grüßen ihn beim Vornamen. Die Kellnerin zwinkert ihm zu und bringt ihm extra Bacon.

»Du wirst noch dick«, kommentiert Amber. »Du bist keine achtzehn mehr.«

»Iss einfach dein Brot«, sagt er, also gehorcht sie und erzählt ihm von ihrer Traineestelle und ihrem neuen Freund, von dem sie noch nicht ganz überzeugt sei, weil er zu laut spreche und viel zu viel Wasser trinke.

»Klar, Flüßigkeitszufuhr ist ziemlich abtörnend«, sagt Will, und sie blickt ihn an und sagt: »Ernsthaft.« Daraufhin lacht er, sie nicht. Sie tunkt Salatcreme mit den Brotkrusten auf, und währenddessen spürt er einen Anflug von Zärtlichkeit oder Stolz.

»Wo übernachtest du?«, fragt er, als sie aufgegessen haben.

»Bei dir«, antwortet sie.

»Na klar. Eine Info vorab wäre nett gewesen.«

»Ich hatte ein paar Tage Urlaub und wollte spontan sein«, sagt sie. »Wieso, wo liegt das Problem? Wohnt eine Frau bei dir?«

»Keine Frau«, sagt er. »Keine Frauen.«

»Gut.«

»In der Tat.«

Sie bestellen noch einen Tee, lauschen dem Gespräch der beiden Männer am Nebentisch. Eine Debatte über Pferde, Zahlen und Glück. Sie blicken eher aus dem Fenster als einander an. Das Meer ist schiefergrau. Hämisch und wachsam sitzen die Möwen auf der Hafenmauer.

»Es ist merkwürdig, nicht mehr in Grans Haus zurückkehren zu können.« Amber hält beim Reden einen Zuckerwürfel in der Hand, wendet ihn zwischen zwei Fingern.

»Zu merkwürdig?«, fragt er.

»Nein. Es ist natürlich gut so. Das Geld zu haben.«

»Weißt du schon, was du mit deinem Teil machst?«

Sie schürzt die Lippen zu einem Weiß-nicht und sagt, sie werde sich vermutlich eine Wohnung kaufen, wenn sie wisse, wo die Arbeit sie hin verschlage. Es vielleicht auf ein Konto mit guten Zinsen legen.

»Bloß nicht übertreiben«, sagt er, doch sie versteht den Witz nicht. Sie schmeißt den Zuckerwürfel in ihren Tee und sagt, sie wisse nicht, warum sie das getan habe, schließlich könne sie süßen Tee nicht ausstehen, also tauscht er seine Tasse mit ihrer und verspricht, dass er noch keinen Schluck daraus getrunken habe.

Amber bleibt übers Wochenende, doch vor lauter Arbeit sieht er sie kaum. Die Werkstatt schreibt endlich schwarze Zahlen, und er hat in der letzten Zeit härter gearbeitet als jemals zuvor. Ihm ist voll und ganz bewusst, dass es eine Form der Ablenkung ist, genau wie der Alkohol, das Laufen oder zu schnelles Fahren, sodass er beinahe aus den Haarnadelkurven fliegt. Diesmal ist es jedoch nicht gefährlich. Es ist nachhaltig. Und das ist alles, was er sich in diesen Tagen wünscht: Kontinuität.

Sie bestellen Essen und reden bis spät in die Nacht, so wie sie es inzwischen immer tun, wenn sie sich treffen. Nach zwei Tagen ist es vorbei, und sie geht ihrer eigenen akademischen Wege. Sie sprechen wochenlang kaum miteinander, bis sie mit Neuigkeiten, ihren aufmerksamen Augen und ihren nervigen neugierigen Fragen wieder aufkreuzt. In letzter Zeit sieht er seine Großmutter in ihr, was sowohl schön als auch gewöhnungsbedürftig ist. Sie ist keine Frau, die sich ein Elefantentattoo stechen lassen würde. Sie ist keine Frau, die abhauen würde.

»Du hast deine Bestimmung gefunden«, sagt sie zu ihm, bevor sie geht, und er zuckt mit den Schultern und erwidert: »Vielleicht.« Sie sitzen in seinem Auto. Regen tröpfelt auf die Windschutzscheibe.

»Du wirkst, als würde es dir gut gehen.Besser.«

»Ich nehme immer noch Antidepressiva«, sagt er.

»Ich weiß. Und ich bleibe bei dem, was ich gesagt habe.«

Er nickt und sagt, es gehe ihm wirklich gut. Sie steigt aus, um auf den Bahnhof zuzusteuern, und er schaut ihr nach und fragt sich, ob das Leben nicht mehr besser wird als jetzt, denn falls es so ist, dann ist es okay, wirklich, es ist in Ordnung. Es ist besser als vieles andere.

Was Frauen angeht, hat er die Wahrheit gesagt.

Es gibt keine.

Er hat festgestellt, dass er sie nach den Teppichabschürfungen und den Rühreiern nicht mehr auf dieselbe Art wollte. Nach dem Versuch, ein netter Kerl zu sein, nach der Chemo, den Sandwiches und dem Smalltalk. Ein paar Jungs aus dem Pub triezen ihn gern damit, er werde weich oder eine Schwuchtel oder würde allein in einem Haus voller Katzen sterben.

»Ich mag keine Katzen«, sagt er dazu nur und nippt an seinem einzelnen Bier oder seinem Wasser mit der billigen, nicht mehr frischen Limettenspalte. So sauer und sprudelnd, dass es sich erst beim Schlucken setzt.

»Und sagt nicht ›Schwuchtel‹«, wirft er hinterher. »Das ist verdammt noch mal beleidigend.«

Sie tönen und grölen, und er lässt sie.

Er kocht noch häufiger als früher, als würde er Vorräte für den Winter oder das Ende der Menschheit anlegen. Vor allem günstige Eintopfgerichte mit einem Schuss Olivenöl und schwarzgerösteter Paprika. Brauner Reis. Gezupfte Kräuter. Vollmundiger Kaffee, den er von Hand mahlt und sowohl morgens als auch abends trinkt und wegen dem er wahrscheinlich schlechter schläft, aber nicht so schlecht, dass es ihm etwas ausmachen würde.

Und er schwimmt jeden Tag im Meer. Es tut seinen verspannten Muskeln gut, und er kann im flachen Wasser vor oder nach der Arbeit seine Bahnen ziehen. Es kostet nichts und gibt ihm das Gefühl, stark und wild und Teil von etwas Größerem zu sein als dem Küstenstädtchen, das er nie wirklich verlassen hat.

Er wollte es immer hinter sich lassen.

Doch unterwegs passierten einige Dinge und andere nicht.

Also schwimmt und arbeitet er, und lässt die Dinge sein.

Manchmal denkt er an sie.

Rosie Winters. Das Mädchen, das er mehrmals aus guten Gründen verloren hat. Sie taucht in Momenten auf, die nichts mit ihr zu tun haben. Wenn er den Einkaufswagen durch den Supermarkt schiebt und einen Turm blankpolierter Äpfel sieht, rot und reif. Wenn er Milch in einen Topf gießt oder beim Schalten durch die Radiokanäle eine bestimmte Note hört.

Einmal sieht er ihre Mutter vom Parkplatz am Hafen aus.

Sie steht in der Schlange vor der Metzgerei und sieht ihn nicht. Er bleibt eine Weile im Auto sitzen. Sie telefoniert, die Handtasche unter den Arm geklemmt. Sie sieht wie früher aus, nur älter. Tiefere Stirnfalten, vermutet er aus der Entfernung.

Er fragt sich, ob sie ihn wiedererkennen würde, wenn er ausstiege. Ob der Hass in ihren Augen sich auch nur ein bisschen abgeschwächt hätte.

Er sitzt im Auto und beobachtet ihr hartes Gesicht. Lauter Spitzen und Kanten wie ein Ellbogen. Er fragt sich nicht zum ersten Mal, wie so eine Frau zwei Kinder wie Rosie und Josh großgezogen haben kann, doch dann denkt er an seine Gran und seine Mutter sowie die ungeborenen Nichten und Neffen oder Söhne und Töchter, die er noch nicht kennt, und er lässt etwas los, das sich in seinem Inneren zusammengeballt hat, während er beobachtet, wie sie das Geschäft betritt, mit langen Nägeln auf etwas zeigt, der Metzger nickt, etwas aus der Theke nimmt und es mit seinen behandschuhten Händen vorsichtig einpackt.

*

Eines Abends hat sich das Restaurant fast geleert, die Kellner tragen Teller und Gläser in die Küche zurück, und auch Rosie beendet ihre Schicht. Der Raum funkelt, als wäre Weihnachten, selbst im Hochsommer. Kleine goldene Lichter und übriggebliebener Wein, Kristallgläser und Spiegel. Sie genießt die Szenerie für einen Moment. Dann schließt sie den Klavierdeckel und sammelt die Notenblätter auf. Währenddessen sieht sie nicht, sondern spürt vielmehr, dass sich jemand nähert.

»Sie spielen so wunderschön«, sagt eine junge Frau neben ihr. Sie hat langes schwarzes Haar und ausladende Schultern. Einen breiten, ehrlichen und ernsten Mund.

Rosie lächelt und bedankt sich. Sie weiß nicht, was sie sonst tun soll. In all den Monaten, seit sie hier angefangen hat, ist noch nie jemand auf sie zugekommen. Ihre Aufgabe ist es, im Hintergrund zu spielen, zu unterhalten, während der Wein fließt, das Essen mundet und das Summen der Gespräche auf- und abebbt. Doch für heute ist sie fertig. Also wendet sie sich ihr zu, dieser entschlossenen, schwarz gekleideten Frau. Kein Make-up.Ein kleines Muttermal auf der Wange.

Daran wird Rosie sich erinnern.

»Ich schreibe meine Abschlussarbeit über das letzte Stück, das Sie gespielt haben«, sagt die Frau. Ihr Englisch klingt etwas unbeholfen. Rosie vermutet, dass es nicht ihre Muttersprache ist, und wohl auch nicht Deutsch. Wahrscheinlich eine Studentin, denkt sie. Sie hat diesen Blick. Neugierig, hoffnungsvoll und durstig nach Dingen, die noch in Reichweite sind. Rosie kannte dieses Gefühl vor langer Zeit, bevor ihr das Leben in die Quere kam.

Die Frau fragt, welches Arrangement sie gespielt habe und von wem, und Rosie spürt, wie ihr Farbe in die Wangen schießt. »Oh«, sagt sie. »Niemandes. Bloß meine eigene Version.«

Die Frau blinzelt.

»Studieren Sie auch?«, fragt sie, aber Rosie schüttelt den Kopf.

»Ich arbeite nur.«

»Haben Sie vorher studiert?«

»Ja, aber nicht Musik.«

Die Frau nickt.

»Sie sollten darüber nachdenken«, sagt sie. Rosie lächelt und unterhält sich ein wenig mit ihr über das Arrangement. Als die Frau danach fragt, zeigt Rosie ihr die Notenblätter und sagt, sie könne sie behalten, wenn sie möchte, sie habe noch genug Kopien.

Die Frau berührt zum Dank ihre Schulter, verlässt die Bar mit Rosies Musik, und später in der Nacht kann Rosie nicht schlafen. Sie setzt sich im Bett auf, die Fenster geöffnet, das Handy im Schoß, und denkt darüber nach, wie oft sie schon daran vorbeigelaufen ist. Die größte Musikhochschule der Welt mit der ockerfarbenen Fassade und den bogenförmigen Eingängen, das Schlosstheater, von dem sie so oft geträumt hatte.

Mozart ist dort aufgetreten.

Er ist auf diesen Straßen gewandelt, hat in dieser Stadt gesungen, gespielt und Klavier unterrichtet.

Rosie war in dem Glauben hergekommen, dass es reichen würde, von dieser Tradition und Geschichte umgeben zu sein und sich darin treiben zu lassen, Konzerte zu besuchen, Fragmente ihrer eigenen Songs zu schreiben und bis spät in die Nacht klassische Musik zu spielen.

Sie hatte jedoch nicht an die Studenten gedacht. Die besten Musiker aus aller Welt, die sich hier mit einer Offenheit und einem Traum an der Akademie versammeln. Sie sind ihre Gleichgesinnten aus früheren Zeiten, das weiß sie. Die Menschen, die Person womöglich, die zu werden sie versäumt hat.

Jedes Mal, wenn sie sie gesehen hatte, glaubte sie sich traurig zu fühlen, doch nun weiß sie, dass sie falsch lag. Es ist keine Melancholie, sondern Sehnsucht. Jene tiefe, stille Anziehung, die sie immerzu verspürt hat, seit ihr Vater sie als Kind zum ersten

Mal an ein Klavier gesetzt und ihr gezeigt hat, dass sie mit ihren eigenen Händen Töne erzeugen konnte, eine Magie, die die Musik ergänzte, welche sie andernorts hörte, im Meeresrauschen, von den Blättern im Wald, in den Schritten ihres Bruders, leise auf der Treppe.

In jener Nacht, nach der Begegnung mit der Frau mit dem Muttermal und dem schwarzen Haar, bringt Rosie alles über das Musikstudium in Erfahrung. Sie informiert sich über die Institution, die sie vom Fenster aus sehen kann, studiert die Anforderungen zweier Studiengänge im Besonderen, schreibt sich die Namen der Professoren auf, macht sich Notizen zu den Aufnahmeprüfungen und spürt eine Hitze in sich, einen Auftrieb. All die Moleküle in ihrem Inneren hüpfen, schießen durcheinander und kollidieren, auch als sich der Himmel bereits aufhellt.

Sie trägt noch das Kleid von der vergangenen Schicht.

Sie zieht eine Jacke an, sammelt ihr Notizbuch und Stifte ein, verriegelt die Wohnungstür hinter sich und macht sich auf den Weg zu ihrem Lieblingsort in der Stadt.

Es ist ein Fußweg von fünfzig Minuten, und als sie auf der Donauinsel ankommt, fällt ihr wieder auf, dass der Leuchtturm nicht gerade schön ist. Eine Eisentreppe windet sich außen herum, Touristen stehen davor und halten ihre Handys in die Höhe. Das Aufblitzen der Miniaturkameras, fremde Sprachen. Der Turm steht auf einer weitläufigen Rasenfläche mit freien Bänken, doch Rosie setzt sich auf den Boden. So hat sie das Wasser im Blick.

Sie sitzt, schaut hinaus und wartet.

Es wird schon kommen, ist sie sich sicher.

Wenn sie still und geduldig genug ist.

*

Sie bereitet sich vor, spielt sich durch die Nächte in der Piano-Bar mit einer neuen Absicht, als müsste sie etwas beweisen oder gehöre womöglich woanders hin.

Ihr ist, als hätte sie Wachstumsschmerzen in Händen und Füßen.

Sie denkt gerade darüber nach, wie sie das in Worte fassen kann, als Simon sie eines Abends kurz vor ihrer Schicht anruft. Sie stellt ihn auf Lautsprecher, damit sie sich weiter den Lidstrich ziehen kann. Sie starrt sich selbst im Spiegel an, wie sie es bis vor kurzem immer vermieden hat.

Sie tauschen Begrüßungsfloskeln aus, und dann kommt Simon zur Sache. Er hat Schmuck in einer Schublade gefunden und will wissen, ob sie ihn zurückmöchte.

Rosie bittet ihn um eine Beschreibung, und schließlich stellen sie fest, dass es gar nicht ihr Schmuck ist.

»Tja, das ist peinlich«, sagt Simon. »Das muss wohl … jemand anderem gehören.«

»Einer der Frauen, mit denen du was hattest, als wir getrennt waren«, sagt Rosie.

»Ja.«

»Das macht mir nichts aus, Si.«

»Natürlich nicht«, sagt Simon. »Wieso sollte es auch, bei allem, was du selbst getrieben hast?«

Rosie holt Luft und hört, wie er ausatmet. Er entschuldigt sich, und sie legt den Kajalstift nieder und sagt, es sei in Ordnung. So verhalten sie sich nun. Sie versuchen, umgänglich und halbwegs freundschaftlich miteinander umzugehen, nur um sich dann doch wieder gegenseitig mit spitzen Bemerkungen und Seitenhieben zu treffen, weil keiner von beiden diesen Drahtseilakt beherrscht.

»Denkst du, wir sollten?«, sagt Rosie und braucht den Satz nicht zu beenden, braucht den Vorschlag nicht auszusprechen, dass sie den Kontakt abbrechen sollten, jetzt, wo die Scheidung durch ist. Dass es besser und klüger wäre, auch wenn es sich so anfühlt, als würden sie aufgeben. Einander irgendwie betrügen. Schon wieder.

»Ja«, gesteht Simon. »Ich denke schon.«

Eine traurige, überfällige Stille legt sich zwischen sie.

»Ich überlege sowieso in Wien zu bleiben«, erzählt Rosie, als würde es dadurch einfacher für sie beide.

»Ach ja? Wieso?«

»Ich will Musik studieren. Und hier ist der beste Ort dafür.«

»Aha«, sagt Simon. »Macht Sinn.«

Zuerst antwortet sie nicht, doch er schweigt so lange, bis sie ihn schließlich doch fragt: »Was macht Sinn?«

»Dass du das Beste willst«, sagt er.

Rosie hatte unbewusst die Luft angehalten, jetzt atmet sie hörbar aus.

»Das ist ein Kompliment, Rosie«, sagt Simon, doch nachdem sie endgültig auflegt, ist sie sich dessen nicht so sicher.

*

Eines Tages läuft Will den Norfolk-Marathon. Einfach so.

Auch wenn das ›einfach so‹ nicht ganz stimmt – er weiß, dass er sein ganzes Leben lang unabsichtlich dafür trainiert hat. Nach all den Jahren des Wanderns und Joggens, des täglichen Schwimmens, das er inzwischen liebt, ist er fit und stark.

Das Wasser schneidet in seine Haut.

Er lässt keinen Tag aus.

Im Pub hatte jemand erzählt, dass er wegen einer Verletzung nicht am Wettlauf teilnehmen könne, und ehe Will sich versieht, erklärt er sich bereit, den Platz zu übernehmen, und steht am nächsten Morgen in seinen alten Laufschuhen und Shorts an der Startlinie und verflucht sich dafür, dass er am vorherigen Abend nicht richtig gegessen hat, kein Carb-Loading oder mageres Fleisch oder worüber sich die anderen Läufer sonst so austauschen. Dann aber denkt er sich: Scheiß drauf, wann hab ich je etwas anderes gegessen als das, worauf ich Lust hatte? Das Signal ertönt, und die Läufer setzen sich in Bewegung wie eine Welle, eine riesige Brandung aus Nylon und Waden.

Wenn er läuft, zählt nichts anderes.

Das hat sich in all den Jahren nicht geändert.

Er vergisst, dass er nicht richtig gegessen hat und dass er es hasst, neben anderen Menschen zu joggen, er folgt einfach der Route entlang der Küste, rennt von Holme nach Morston, über die namenlosen Straßen, lauscht wie immer seinem eigenen Atem, keine Musik, keine Unterbrechungen, kein Blick auf die Uhr. Seine Füße, die den Boden berühren.

Er läuft jedes Wochenende dreißig Kilometer, doch die letzten zwölf bringen ihn um. Ihm kommt der Gedanke, dass er an seine Grenze gestoßen ist. Er hat das Gefühl, unter seinem eigenen Gewicht und der Unmöglichkeit des nächsten Schritts ertrinken zu können, und doch geht es irgendwie weiter und weiter, einfach weil er nicht aufgeben will und weil da Menschen vor und hinter ihm sind. Fremde, die ihn anfeuern, obwohl sie nicht das Geringste über ihn wissen.

Also läuft er weiter.

Als er durchgeschwitzt ins Ziel kommt, jedes kleine bisschen von ihm schmerzt und sich gleichzeitig fantastisch anfühlt, jubelt er gemeinsam mit den anderen Läufern, schlägt mit ihnen ein und denkt plötzlich, dass er sich von allen Menschen unter und über dem blauen, wolkenlosen Himmel am meisten seine Großmutter herbeiwünscht.

Er bekommt eine alberne kleine Medaille an einem albernen gestreiften Band.

Zu Hause legt er sie auf die Arbeitsplatte in der Küche, nimmt eine Dusche und kocht dann das Abendessen, eine riesige Schüssel frische Pappardelle, das Radio leistet ihm Gesellschaft. Nachdem er gegessen hat, räumt er den Geschirrspüler ein und lässt sich ein Bad ein, obwohl er schon geduscht hat. Seine Gliedmaßen und sein Bauch schmerzen fast schon angenehm. Er will sich nur noch hinlegen, die Augen schließen und seine Muskeln in heißem Wasser entspannen.

Er schenkt Cola in ein Glas ein und will damit gerade ins Badezimmer gehen, als sein Blick auf die Medaille fällt.

Ein kleiner Ruck in seiner Brust.

Er fragt sich, was er damit tun soll.

Seine Gran hatte alles aufgehoben. Seine Kinderzeichnungen von Autos und Motorrädern, Ambers Musikurkunden und Zeugnisse, die Zigarrenkiste seines Großvaters, die Krankenhausbändchen aus ihrer Chemo-Zeit. Bücher. Fotos und Briefe. Dinge eines Lebens, und zwar nicht nur ihres eigenen. Dinge, die ihre ganze Welt ausmachten. Sentimental und dumm. Sie selbst wäre die Erste, die das zugegeben hätte.

Will nimmt die Medaille von der Platte und spürt ihr Gewicht in seiner Hand. Er hört das Wasser nebenan laufen, die Badewanne füllt sich. Er geht hinüber zum Regal neben dem Fernseher, zum einzigen gerahmten Foto, das er besitzt.

Er weiß eigentlich nichts darüber, weder wo es aufgenommen wurde, noch von wem, oder wie es überhaupt in seinen Besitz gelangt ist. Es zeigt seine Großeltern, jung und noch kinderlos, auf einem Schiff, eine weiße Reling und ein Gewässer hinter ihnen. Sie lächelt und richtet seinen Sonnenhut, während er neben ihr steht und die Augen in Dankbarkeit halb geschlossen hat.

Will betrachtet seine Großeltern und lehnt dann die Medaille an den Bilderrahmen.

Sentimental und dumm, er weiß schon.

Die Monate ziehen dahin. Er steht jeden Morgen auf, joggt zum Strand, schwimmt, läuft zurück nach Hause, duscht und bereitet sich einen großen starken Kaffee zu, den er aus einem Thermosbecher auf dem Weg zur Arbeit trinkt. Er wartet Motorräder, bestellt neue Teile und macht Späße mit Rob und Ryan, dem neuen Mechaniker, den er eingestellt hat, um die viele Arbeit zu bewältigen.

Manchmal, wenn er abschließt und die Rollläden herunterlässt, denkt er, wenn das alles ist, was ihm das Leben zu bieten hat, dann nimmt er es gerne an.

Er überlegt, sich einen Hund zuzulegen.

Einen alten Windhund vielleicht, mit dem er am Strand laufen könnte.

Hin und wieder schaut er nach Flügen und fragt sich, ob er irgendwann all die Dinge nachholen wird, von denen er dachte, er wollte sie, doch nun hat er seine Werkstatt, und es wäre schwierig, länger weg zu sein, und Amber könnte ihn vielleicht brauchen, auch wenn sie ihn in ihrem ganzen Leben noch nie gebraucht hat, und er reimt sich eine lange Liste von Ausreden zusammen, die ihm das Gefühl gibt, alt und verantwortungsvoll zu sein.

Wenn er ehrlich zu sich selbst ist, dann gefällt es ihm einfach so.

Die Routine oder Ruhe, die bewirkt, dass er den Schmerz in seinem Herzen seit Ewigkeiten nicht mehr gespürt hat. Er weiß nicht genau, was ihn gelindert hat. Die jahrlange Behandlung mit Medikamenten womöglich. Oder der Sport. Oder das Leben allein, ohne eine Frau. Oder der Frieden, den er mit den Dingen, die er getan hat, geschlossen hat, mit den Leuten, die fortgegangen sind, und mit der Tatsache, dass die Sonne trotzdem jeden Tag aufgeht.

Manches vermisst er.

Manche Menschen.

Doch er weiß, dass dies eben der Lauf der Dinge ist, und er zieht die Ausgeglichenheit vor, die Erholung, unspektakulär und banal und, wie sich herausstellt, alles, was er zu brauchen scheint.

Und gute Butter natürlich. Anständigen Kaffee. Schließlich wurde er von einer Frau mit Prinzipien erzogen.

*

Die Tage vergehen. Unterschiedliche Küsten, unterschiedliche Ausschnitte desselben Himmels, aber noch immer Morgenkaffee und Abendessen. Getoastetes Brot, wenn es alt geworden ist. Gestrichene Butter, glänzende Marmelade. Feuchtigkeitscreme für die Hände. Für ihre jeden Morgen und Abend, für seine inzwischen auch, weil sie von der vielen Arbeit mit Werkzeug und Schmierfett älter und rauer geworden sind, wie eine Tierhaut.

Es gibt bedeutsame Momente – Freunde und Gelächter und gutes Essen –, und Momente, die einfach geschehen, denn so ist das tragödienfreie Leben: routinierter, bedächtiger. Duschen, rasierte Achseln. Klaviere und Motoren. Das eine, welches er restauriert hat, steht in seinem Keller, weil er nicht wusste, was er sonst damit tun sollte. Manchmal denken sie daran. Einmal schauen sie beide denselben Film, und als im Abspann ein Lied läuft, das sie früher mochten, wird ihnen warm ums Herz. Es lässt sie aber auch traurig und nachdenklich zurück.

Letztlich sind sie jedoch sie selbst. Voller Räume, die nicht gefüllt werden müssen, Spuren auf den Matratzen und Teppichen der Häuser, in denen sie nicht mehr leben, auf Wegen voranschreitend, für die sie sich entschieden haben.

Dieser Gedanke kommt Will eines Abends, als er die Werkstatt abschließt und hofft, dass Rosie dasselbe denkt und fühlt, in dieser Phase der Nicht-Zeit, über die sie einmal gesprochen hat, nach der Schule oder Arbeit und kurz vor dem Abendessen, wenn es sich nicht wirklich lohnt, noch mit etwas Neuem zu beginnen.

Wer redet denn bitte so?, denkt er auf dem Weg zum Laden, wo er noch Milch kauft.

*

Und dann bricht am Ende des Sommers wieder jener Tag an, unbedeutend für die meisten, aber ihm schmerzlich bewusst wie eine Kriegswunde.

Er ist inzwischen näher dran, vierzig zu werden, als achtzehn zu sein. Wie jedes Jahr zählt er rückwärts. Nicht die Anzahl der Kerzen auf der Torte, sondern die Jahre, die Josh verloren hat.

Während er neben der Spüle Kaffee mahlt, fragt er sich, was wohl aus ihm geworden wäre.

Wie das Leben mit ihm darin aussehen würde.

Seltsamerweise sieht Will ihn als Mittdreißiger vor sich, als wäre auch der Geist an seiner Seite älter geworden. Lange Arme und Beine, graue Strähnen im Haar. Weniger hibbelig, mehr gemächliche Bewusstheit in seinen Bewegungen, Fältchen um die Augen, Hände, die über die Feuersteinmauern ihrer Heimatstadt streifen.

Aber er wäre nicht in Norfolk.

Bristol. Berlin. Los Angeles vielleicht. Irgendwo, wo es Farben, Gespräche und Livemusik gibt. Tech-Konzerne mit Kickern, Bällebädern und Schlafkapseln.

Er würde bei der Arbeit noch immer Sterne kritzeln, noch immer neugierig auf alles sein.

Will trinkt seinen Kaffee, lässt die Schwimmrunde aus und arbeitet wie immer den ganzen Tag. Keine Karten, kein Kuchen, keine Nachrichten abgesehen von seiner Schwester, und selbst ihr antwortet er nicht. Er repariert Motorräder, bedient Kunden und bringt Rob bei, wie man den Reifendruck misst. Dann schließt er den Laden und begibt sich für eine Portion Fish & Chips und eine Zigarette zur Strandpromenade. Es ist das Einzige, was er sich an diesem Tag gestattet.

Er denkt eine Weile über das Sterben nach. Abstrakt und undramatisch ziehen die Gedanken vorüber wie tieffliegende Möwen. Er fragt sich, wie es sich wohl anfühlt, wohin man geht.

Und obwohl es ihm in letzter Zeit überwiegend gut geht, ist da ein Gefühl, das er weder mit Medikamenten noch mit täglichem Schwimmen oder ungefeierten Geburtstagen loswird. Er hat festgestellt, dass es stimmt, was man sagt: Die Zeit heilt alle Wunden. Er hat jedoch auch festgestellt, dass die Zeit das Muskelgedächtnis nicht löschen kann. Die Schwere des Entsetzens, das tiefe Gefühl des Unheils in seiner Brust. Also raucht er seine Zigarette, verdaut den in Essig getränkten frittierten Fisch und gibt sich der schieren Freude und dem Selbsthass des Ganzen hin, als sein Handy klingelt.

Er geht ran und isst weiter seine Pommes frites, weil es das Einzige zu sein scheint, was er tun kann.

»Ich bin's«, sagt sie schließlich.

»Du bist's«, erwidert er.

Er blickt hinaus aufs Meer, die Wellen, die sich brechen und zurückfließen. Die Pommes frites fühlen sich in seiner Hand warm an, schmecken ölig und salzig, nach dem gräulichen Weiß des Zeitungspapiers.

»Ich ... weiß, ich sollte das nicht tun«, sagt sie.

Will schweigt.

»Aber es gibt diesen Leuchtturm in Wien«, sagt Rosie. »Ich gehe dorthin, wenn ich nachdenken oder schreiben will. Ich habe wohl eine Schwäche für Leuchttürme.«

»Du schreibst?«

»Ja. Mehr oder weniger.«

»Wie schreibt man ›mehr oder weniger‹?«

»Na ja, ich weiß nicht, ob es etwas taugt.«

»Dann ist es trotzdem Schreiben.«

»Wahrscheinlich.«

»Was schreibst du?«

»Hauptsächlich Songs. Willst du – ähm – welche hören?«

Er knüllt die restlichen Pommes frites im Papier zusammen, schmeißt sie in den nächsten Mülleimer und geht hinunter zum Strand.

»Ich höre«, sagt er.

Daraufhin ist sie eine Weile still. Er stapft durch den Sand, der Abend ist windstill, und er wartet auf sie, das Herz zu groß für seine Brust. Bruchteile von Muscheln unter seinen Füßen. Kiesel, Treibholz, Tau.

»Das ist irgendwie komisch«, sagt sie.

»Du hast dich ja früher schon geweigert«, sagt er.

»Das war damals«, sagt sie und hält inne. »Und außerdem hast du heute Geburtstag.«

Danach läuft er zum Leuchtturm, und sie unterhalten sich.

Das Licht schwindet. Letzte Sonnenstrahlen bahnen sich ihren Weg durch die Wolken, Möwen fliegen auf den Horizont zu. So eine lange Reise zu so später Stunde, denkt er, während sie von ihrem Klavier erzählt und von diesem Mann, der jeden Tag mit einer Zigarre und einem Kaffee in der Ecke eines prachtvollen Cafés sitzt, einen Pelzmantel trägt und zu niemandem ein Wort spricht. Sie habe versucht, seinen Namen zu erraten.

Sie erzählt von den gedehnten Vokalen des Wienerischen, den Bürgersteigen, den Straßenlaternen, dem Fleisch. Als sie ihn nach der Werkstatt fragt, fasst er sich kurz, will lieber ihr zuhören.

Nach ein wenig gutem Zureden stellt er jedoch fest, dass er doch einiges mit ihr teilen will.

Über seine Gruppe und das Schwimmen, darüber, dass diese Dinge genug sind, aber wiederum auch nicht. Er möchte sein Innerstes aufreißen, sein Handy in die Wellen werfen oder es sich so fest gegen den Schädel pressen, dass es wehtut. Dieser schmale Grat zwischen Freude und Zorn existiert noch immer, so real wie sein Atem und seine Knochen.

Er läuft weiter. Sie spricht jetzt über Mozart und Pferdekutschen. Darüber, dass sie ihren Kaffee mit Schlagobers trinkt.

Der Himmel ist gelb und blass, ein Streifen des Sonnenuntergangs trifft auf eine Wolkenmasse wie auf der Rothko-Postkarte, die immer am Kühlschrank seiner Großmutter klebte. Vielleicht zieht später ein Sturm auf. Während Rosie erzählt, nähert Will sich dem Leuchtturm, der sich groß und weiß gegen die Dämmerung abhebt. Es riecht nach Erde und Salz, nassem Sand, seltsam süßlich. Etwas fühlt sich jedoch spürbar anders an, wie es in manchen Nächten der Fall ist, am Lagerfeuer, vor dem Sturz, in der Nacht, als seine Mutter fortging oder seine Großmutter starb oder er den gesamten Wodka in die Spüle kippte.

Und er weiß, wieso, schon bevor er sie sieht.

Sein Herz macht einen Sprung, und da ist sie, sitzt auf der Treppe, die Brüstung zwischen ihr und dem Meer.

Es ist Rosie. Das erkennt er selbst aus dieser Entfernung an der Art, wie sie die Knie angezogen hat, an den Umrissen ihrer Gesichtszüge, den elfenhaft spitzen Ohren, die aus ihrem Haar lugen. Er bleibt stehen, beobachtet, wie sein Schweigen sie besorgt. Ein Augenblick, zwei. Dann nimmt sie ihn wahr, blickt auf, und sie starren einander eine Weile lang mit den Handys am Ohr an.

Leuchtende Augen. Flatternde Herzen.

»Du bist hier«, spricht sie ins Telefon.

»Ich bin derjenige, der hier lebt«, sagt er. »Ich dachte, du wärst im Ausland?«

»War ich«, sagt sie.

Er legt auf und geht auf sie zu, aber langsam, als könnte es Konsequenzen nach sich ziehen, auf die er sich nicht vorbereitet hat. Als könnte es den Anschein von Ruhe und Frieden zerstören, den er sich aufgebaut hat. Als könnte es sein Begehren erneut entfachen, ihn in Flammen setzen und vernichten.

Sie sieht wieder dünner aus, ihr Gesicht reifer und abgespannter. Mehr Sommersprossen von der mitteleuropäischen Sonne, hellwache, blaue Iris, trotz ihrer langen Nächte. Er stellt sich vor, wie sie Kaffee trinkt und an ihrem eigenen Leuchtturm Songs schreibt, und spürt wieder das Anschwellen von Stolz, ein so gutes Gefühl, dass es wehtut.

Sie legt das Handy aus der Hand.

»Hallo«, sagt sie, wie um von vorn zu beginnen.

»Hey.«

»Ich ähm … ich bin nicht mehr in Wien.«

»Das sehe ich. Besuchst du deine Eltern?«

»Nein«, sagt sie. »Nein, die wissen nicht, dass ich hier bin.«

Er nickt, steckt seine Hände in die Taschen und wartet. Sie wirkt nervös, fasst sich immer wieder an die Haare, als wollte sie sie hinter die Ohren stecken, obwohl sie schon dort liegen.

»Es ist so«, sagt sie. »Ich habe mir überlegt, an eine Musikhochschule zu gehen, und zwar nicht nur irgendeine, sondern *die* Musikakademie.«

»Okay«, sagt er. »Welche ist das?«

»Die MDW.«

»In Wien?«

»Du hast davon gehört?«

»Ich habe einmal die Broschüre auf deinem Bücherregal gesehen«, sagt Will. Er sagt nicht: Ich habe deine Sachen durchstöbert, als du nicht da warst und Simon im Bett lag, und es ist mir nicht entgangen, dass die Broschüre zwischen Notenblättern steckte, die du nie weggeworfen hast. Er erzählt nicht, wie er sie hinausgezogen hatte und sah, dass sie die Seiten über Gesang, Klavier und Komposition eingeknickt hatte, wie er einen langen, niederträchtigen Moment lang überlegte, sie offen auf dem Couchtisch liegen zu lassen.

Rosie nickt, als wäre es ganz normal, dass er so etwas Privates, so Verstecktes bemerkt hatte.

»Tja, ich habe mich beworben. Und ich habe nicht erwartet, angenommen zu werden.«

»Aber das wurdest du«, sagt Will.

»Ja. Ich habe heute Morgen die E-Mail bekommen.«

Er spürt, wie sich etwas in ihm verlagert, ein leichter, kaum wahrnehmbarer Wind, der die Richtung ändert.

»Das ist großartig, Roe. Das ist wirklich toll.«

»Danke«, sagt sie. »Ist es.«

Sie schauen einander weiter in die Augen.

»Ich habe abgelehnt.«

Sie löst ihren Blick nicht von seinem Gesicht, als sie das sagt. Ihre Hände im Schoß, seine in den Taschen. Sie beide, blauschwarz vor den flammenden Wolken.

»Wieso?«, fragt Will nach einer Ewigkeit.

»Es hätte ein paar weitere Jahre in Wien bedeutet«, sagt Rosie.

»Gefällt es dir dort nicht?«

»Oh Gott, doch, ich liebe es«, sagt sie. »Es ist so elegant und magisch, in jeder Mauer eines jeden Gebäudes steckt Geschichte – sogar die Laternen sind schön. Es würde dir bestimmt gefallen.«

»Bestimmt.«

»Aber ich will ... dort einfach nicht mehr leben.«

Ein gemeinsamer Herzschlag. Der Sog des Meeres.

Er nimmt die Hände aus den Taschen und setzt sich neben sie, sieht die abgenutzten Stellen an ihren Schuhen, mit denen sie über Straßen, eiserne Stufen und Brücken gelaufen ist, deren Namen er nicht kennt.

Er riecht ihr Shampoo.

Apfelduft.

Er erinnert sich an das erste Mal, als er sie frisch aus der Dusche sah, mit ihrem herabhängenden nassen Haar. Nun fällt es weich über ihre Schultern.

»Also es ist so«, sagt sie, und er wartet.

»Es war wundervoll«, erzählt sie, und die Worte verlassen ihren Mund nur zögerlich, als hätte sie Angst vor ihnen. »Das alles – die Musik, die Freiheit, die Zeit für mich. Aber du warst nicht da.«

Will wagt es nicht, sie anzuschauen. Er hält den Blick nach vorn, zur Sonne gerichtet.

»Ich hätte nicht gehen sollen«, sagt sie. »Als das mit Simon endgültig vorbei war, hätte ich bleiben und um dich kämpfen sollen. Aber ich habe wirklich geglaubt, was du gesagt hast.«

»Was habe ich gesagt?«

»Dass ich herausfinden müsste, was ich will. Aber als ich heute diese Zusage bekommen habe, wurde mir einfach ... klar, dass ich es bereits wusste.«

Sein Herz schlägt schneller, nimmt Fahrt auf wie der Wind in den Pinien. Rosie schlingt die Arme um sich, legt das Kinn auf die Knie. Mit Mitte dreißig sieht sie immer noch jung aus. Er fragt sich, wie er wohl in ihren Augen aussieht. Er fühlt sich so viel älter. Seltsam, dass er schon so oft über das Sterben nachgedacht hat, aber nie über das Älterwerden.

»Ich erwarte nichts«, sagt sie. »Nicht nach allem, was ich getan oder gesagt oder nicht getan habe. Aber ich bin hier, wenn du mich willst. Ich gehe nirgendwohin. Ich brauche die beste Musikhochschule der Welt nicht. Ich will nicht mehr nach Dingen streben, die mich ausbrennen lassen. Ich will Dinge, die mich ausfüllen, ganz gleich, welche das sind, solange du da bist und ich bei dir bin. Ich will Frühstück für dich machen, Will. Jeden Tag zu dir nach Hause kommen, Autoschlüssel und Zahnpasta mit dir teilen und dich mit Geburtstagskerzen überraschen.«

Dann dreht sie den Kopf zu ihm um, ihr Blick milde und ernst. Er kennt diesen Ausdruck. Er hat ihn gesehen. Über geteilte Makkaroni hinweg, in einem stickigen heißen Zelt. Gekaufte Tickets, erklommene Treppen und im Regen geöffnete Türen.

»Zahnpasta«, wiederholt er.

»Jede Geschmacksrichtung, die du willst.«

Sie scherzt, versucht, die Anspannung des Moments zu brechen, doch er kann nicht einmal ans Lachen denken.

»Du solltest Musik studieren«, sagt er.

»Das werde ich«, sagt Rosie. »Aber nicht in Wien.«

Er nickt einmal und kämpft gegen den Drang an, sie zu berühren. Ihre Hand, ihr sommersprossiges Gesicht oder ihren Arm.

Nie wieder, hatte er sich geschworen. Nie wieder würde er sie berühren oder ihr nahekommen, für den Fall, dass sein Herz es nicht überstehen würde.

Doch jetzt ist sie hier neben ihm, und der Vorsatz ist bereits gebrochen.

»Ich denke immerzu an dich, Will«, wagt Rosie sich weiter

vor. »Und ich weiß, ich verdiene es nicht. Ich weiß, wir hatten unsere Chance, und ich hab's vermasselt. Mehr als einmal. Aber ich wünschte, ich hätte einen verfluchten Moment lang innegehalten und begriffen, dass ich immer nur versucht habe, das Richtige für alle anderen zu tun, was letztlich falsch war, verstehst du?«

Will versteht es. Er vernimmt diese Worte, als würde er aus dem Schlaf gezerrt. Vom Sog der tintenschwarzen Gezeiten.

»Ich weiß, es wirkt so, als hätte ich mich nie für dich entschieden«, sagt Rosie, »obwohl ich nie etwas anderes wollte. Und es tut mir leid, dass ich es dir nie gesagt habe. Selbst wenn wir nur Freunde sein können, ist das okay für mich. Aber alles, woran ich denken kann, ist, dass du das Wichtigste in meinem Leben bist. Und ich dir das nie gesagt habe.«

Ein weiterer Herzschlag, eine weitere Welle, die sich am Strand bricht.

»Ich habe unsere Chance ruiniert«, sagt sie wieder.

Sie bleiben am Leuchtturm sitzen, er und Roe. Das Mädchen mit der Stimme, das Mädchen, das zuhörte, sich einen Weg in ihn hineinbahnte, ohne es zu beabsichtigen.

Seine Hände auf dem Beton sind kalt.

»Ich glaube nicht an Chancen, Roe«, sagt er. »Ich dachte, das wüsstest du über mich.«

Sie löst sich aus ihrer Umklammerung und wendet sich ihm zu. Ihre Augen sind vom tiefsten Blau, und er denkt, dass er ihr nie erzählt hat, wie schön sie sind. Auch er hat ihr nie die Dinge gesagt oder die Fragen gestellt, die wirklich wichtig sind.

»Es gibt nur das, was geschieht«, sagt er. »Was ist und was nicht ist.«

Und als er das sagt, füllt sich ihr Gesicht mit all dem, wonach er nicht zu suchen gewagt hat, Gewissheit und etwas anderem, dieses Wort mit fünf Buchstaben, das er immer gefühlt, gewollt und festgehalten hat, und sie streckt ihre Hand aus und berührt das Revers seiner Jacke mit ihren schmalen Pianistinnenhänden.

»Und was geschieht jetzt?«, fragt sie.

»Was denkst du denn?«, fragt er zurück, auch wenn er ihre Antwort schon kennt, nun da sich das Meer vor ihnen erstreckt und die Rufe der Gänse über den Bäumen erklingen. Vielleicht kommen sie heim oder fliegen von den nahegelegenen Feldern davon. Zwei Dinge, die, wenn er es sich recht überlegt, eigentlich dasselbe bedeuten.

DANK

Zunächst einmal möchte ich meiner fantastischen Agentin Ariella Feiner dafür danken, dass sie mir und diesem Roman eine Chance gegeben hat. Danke, Ariella, dass du an mich geglaubt, mich so brillant beraten und mir vor allem zugetraut hast, dieses Buch zu schreiben. Danke auch an alle anderen bei United Agents: Molly Jamieson, für ihren scharfen Blick auf den ersten Entwurf, und die wunderbare Amy, Amber, Yas, Eleanor, Lucy, Jane, Alex und Anna.

Vielen Dank an meine tadellosen Lektoren: Clio Cornish, meiner Schwester im Geiste bei Michael Joseph, für den Brief, der alles veränderte, und dafür, dass sie sofort verstand, welche Art Geschichte ich erzählen wollte. Pam Dorman für ihren unbeirrbaren Blick und ihre entschlossene, ungemein nötige Weisheit, und Jeramie Orton für ihre immerwährende Herzlichkeit, Neugier und ihre gut strukturierten Anmerkungen.

Danke an all die unglaublichen Menschen bei Penguin Random House, sowohl in Großbritannien als auch in den USA. Danke auch an alle meine internationalen Lektorinnen und Lektoren, die Will und Rosie mit der Welt teilen wollten – das wird mich auf ewig rühren, überraschen und freuen.

Ich danke Richard Skinner und meiner vorpandemischen Schreibgruppe für ihr Feedback zu einem früheren Projekt, wodurch dieser Roman Gestalt annehmen konnte. Besonderen Dank an Gaurav und Kathryn für ihre Freundschaft und Unterstützung außerhalb des Faber-Academy-Seminars und an Tamar für all das und mehr.

An die ersten Leserinnen und Leser, die mir Mut machten,

weiterzuschreiben: Justin Coombes, Kirsten Norrie, Jason Gaiger, Georgia Stephenson, Savannah McGowan, Georgia Taylor, Flic Box, Rebecca Hilsdon und Emily Griffin, um nur einige zu nennen. Ein großes Dankeschön an Brian Catling, der mir die Erlaubnis gab, groß zu träumen und kühn zu schreiben, und an Liesel Thomas, die viel gelesen, viel geweint und mir solch aufmerksame Rückmeldungen zu den Romanen gegeben hat, die es nicht ganz geschafft haben.

Danke vielmals an die, die meine Fragen beantwortet haben: Kelly Degaute für ausführliche Informationen zum Hodgkin-Lymphom; Ollie Henson für seine Erfahrungsberichte zur Bergrettung; Bella Chipperfield und ihrem Vater für ihre Anmerkungen über Musik, Holzverarbeitung und Klavierrestauration.

Ich kann nicht in Worte fassen, wie dankbar ich Emma (Lane) Green für all ihre Liebe, ihren Verstand und ihre Freudentränen bin, und Jessica Lockyer-Palmer für ihren Schutz und ihre unbeirrbare Ermutigung. Unendlicher Dank gebührt meinem Bruder, der immer an mich geglaubt hat.

Ein Dankeschön auch an meine Eltern. Meinem Vater für sein detailliertes Wissen über Motorräder und die vielen Stunden, die er mir Geschichten vorgelesen hat (insbesondere über die blauen Luftballons). Meiner Mutter für die mitternächtlichen Besuche in Buchläden und all die besonderen Ausflüge in die Bibliothek – und beiden für die Autofahrten, bei denen wir Danny lauschten.

Danke an Elizabeth Gilbert für jedes einzelne, herzerquickende Wort in *Big Magic*.

An Kate. Für so viel.

Und schließlich möchte ich meinem Mann danken. Für die Zeit und den Raum, die er mir zum Schreiben gegeben hat, frühmorgens, an den Wochenenden, an Feiertagen und während etlicher langer Autofahrten quer durchs Land. Danke, Clive, dass du nie etwas daran angezweifelt hast. Dass du dafür gesorgt hast, dass ich nicht nur von Porridge und Tee lebe. Dass du nie die Energie, die ich für etwas anderes aufgewendet habe, gemindert oder zu viel oder zu wenig von mir verlangt hast. Ohne dich hätte ich dieses Buch nicht geschrieben.